Knaus

K

Luciano De Crescenzo

Helena, Helena, amore mio

R o m a n

Aus dem Italienischen
von Linde Birk

Albrecht Knaus

Die Originalausgabe erschien unter dem Titel
ELENA, ELENA, AMORE MIO 1991 bei
Arnoldo Mondadori Editore, Mailand

Übersetzung des
«Kleinen Mythologischen Wörterbuches»
von Bruno Genzler

Der Albrecht Knaus Verlag
ist ein Unternehmen der Verlagsgruppe Bertelsmann

1. Auflage

Gesetzt aus Korpus Janson
Satz: Filmsatz Schröter GmbH, München
Schutzumschlag von Klaus Renner unter Verwendung einer Illustration von Riccardo Gioia
Printed in Germany · Mohndruck Gütersloh
ISBN 3-8135-1261-4

Es gibt einen blinden Mann, mit einer Stirne
groß und weiß wie eine Wolke,
wir Spieler alle,
die bescheidensten und die besten,
Sänger und Liedermacher
sitzen ihm zu Füßen, hören zu;
er besingt Trojas Untergang.

Edgar Lee Master, *Spoon River*

Inhalt

Vorwort

Ich gehöre einer Generation an, die sich nie mit Indianer- oder Cowboyspielen abgegeben hat. Warum, weiß ich auch nicht. Vielleicht, weil in den vierziger Jahren die Filme John Waynes noch nicht zu uns gedrungen waren oder weil wir unter Mussolini mehr fürs «Klassische» als für den Wilden Westen motiviert wurden. Tatsache ist jedenfalls, daß wir Pimpfe uns, wenn es um Prügeleien ging, lieber in Griechen und Troer aufteilten als in Sioux und Soldaten des Siebten Kavallerieregiments.

Der erste Bandenkrieg, an den ich mich erinnern kann, war der zwischen der 4b und der 4c des Humanistischen Gymnasiums Umberto I von Neapel, der im Stadtpark zwischen der Piazza Vittoria und der sogenannten Cassa Armonica stattfand (die bei dieser Gelegenheit sämtliche farbigen Fensterscheiben im Parterre einbüßte). Wir hatten Holzschwerter, und als Schilde dienten uns die Deckel von Mülleimern, auf die wir mit großen Buchstaben TOD DEN SÖHNEN TROJAS* schrieben. Warum wir die Griechen und sie die Troer spielten, kann ich mir auch nicht erklären, wahrscheinlich einfach deshalb, weil wir von der 4b zuerst auf die Idee gekommen waren. In Wirklichkeit wären wir alle am liebsten Achilles gewesen, nur mußte man es dazu mit einem gewissen Avallone aufnehmen, einem Klassenkameraden von hünenhafter Gestalt und mit Pranken wie ein Bär.

Die Rollen von Diomedes, dem kleinen und dem großen Ajax sowie von Idomeneus wurden sofort von den kräftigsten Jungen der 4b beansprucht, während ich mich damit zufriedengeben mußte, Epistrophos zu verkörpern, einen Phokäer, dem

---

* Wortspiel auf italienisch, da «Troja» auch ein Synonym für «Dirne» ist. (Anm. d. Übers.)

nicht einmal Homer große Achtung zollte, denn er nennt ihn unter den Heerführern nur ein einziges Mal. Aber daß die Namen ganz willkürlich verteilt wurden, erkennt man schon daran, daß Cotecchia, der Schlechteste in unserer Klasse und ein ganz besonderer Einfaltspinsel, nur deshalb den listenreichen Odysseus verkörperte, weil er ein Freund Avallones war.

Unnötig zu sagen, daß keiner von uns Menelaos sein wollte. Daß Agamemnons Bruder Hörner trug, war nur allzu bekannt, wer hätte sich da schon freiwillig seinen Namen zugelegt. Dabei hätte diese undankbare Rolle ganz gut zu mir gepaßt, da ich doch gerade von einer gewissen Elena Ceravolo versetzt worden war, einem kleinen Mädchen aus der 3 a, das sogar den passenden Namen hatte, um die Partie der Ehebrecherin zu übernehmen.

Ich hatte eines Tages nach Schulschluß um eins vergebens auf sie gewartet. Nachdem der Reihe nach alle Mitschülerinnen herausgekommen waren, erkundigte ich mich schließlich bei einer Blondine mit Brille nach ihr, und diese klärte mich mit spitzer Zunge auf: «Elena hat mit Giorgio geschwänzt, dem großen Jungen aus der 4 c.» Ich war am Boden zerstört, hatte ich doch gerade erst ein Gedicht mit dem Titel «Helena, Helena, amore mio» verfaßt, das ich ihr so gern auf dem Heimweg vorgelesen hätte. Ich irrte den ganzen Tag wie ein Schlafwandler herum und rächte mich am nächsten Tag auf die abscheulichste Art: ich verriet Avallone, daß die aus der 4 c ihm den Spitznamen «Fettkloß» gegeben hatten, und das genügte dann auch schon – es kam zum großen Krieg zwischen Achäern und Troern.

Avallone, oder vielmehr Achilles, war ein waschechter Kamorrist: jeder Klassenkamerad mußte ihm eine Zigarette pro Monat abliefern – und wehe, einer war nicht pünktlich. Eines Tages hatte ich nur einen ganz zaghaften Versuch gemacht, mich dagegen zu wehren, und bekam dafür eine Tracht Prügel, die ich bis heute nicht vergessen kann. Allerdings zahlte ich es ihm dann bei der nächsten Griechischarbeit heim. Als dieser Hüne meine Übersetzung abschreiben wollte, ließ ich ihn mit heldenhaftem Mut abblitzen: «Ich heiße Epistrophos», sagte ich, «und bin nur ein armer Phokäer, ich kann gar kein Griechisch. Laß dir von deinem Freund Odysseus helfen, wenn du gar nicht weißt, was du schreiben sollst!»

Bei solchen Erinnerungen bekam ich bald Lust, jene Zeiten wiederaufleben zu lassen und die Geschichte des Trojanischen Krieges auf meine Weise zu erzählen, wobei ich mich allerdings in die Rolle eines sechzehnjährigen Jungen namens Leontes versetzte, der neun Jahre nach Beginn der Feindseligkeiten gemeinsam mit seinem Lehrmeister Gemonydes zum Kriegsschauplatz aufbricht.

Leontes sucht seinen Vater, den König von Gaudos, der seit etwa fünf Jahren vermißt wird. Kein Achäer kann ihm darüber Auskunft geben, ob er im Kampf gefallen oder von den Troern gefangengenommen worden ist. Leicht vorstellbar ist auch, daß sein Onkel Antiphynios ein Komplott geschmiedet hat, um sich des Thrones von Gaudos, einer kleinen Insel südlich von Kreta, zu bemächtigen.

Gleich nach seiner Landung in Troja lernt der Junge Thersites kennen, einen mißgestalteten Krieger, der wegen seiner Lästerzunge bei allen verhaßt ist. Er nennt Agamemnon einen ganz gewöhnlichen Profitjäger, Achilles einen grausamen Mörder und Odysseus einen gerissenen Dieb. Leontes versucht zunächst, seine Idole zu verteidigen, muß aber dann seine Meinung doch ändern.

Der Roman beginnt im gleichen Jahr wie die Ilias, das heißt mit dem berühmten Streit zwischen Agamemnon und Achilles, der «verderbend den Griechen so vielen Jammer bereitet», und er endet mit der Geschichte des hölzernen Pferdes und dem daraus folgenden Blutbad. Bei seiner Suche nach dem Vater lernt Leontes eine Troerin namens Hekta kennen (und lieben).

Diese Frau hat eine erstaunliche Ähnlichkeit mit Helena. «Ist sie es oder ist sie es nicht?» fragt sich der Junge angstvoll. «Sie ist es nicht», erwidert Thersites hart, «und selbst wenn, so wäre sie niemals eine Frau von Fleisch und Blut: Helena ist ein Trugbild, eine Wolke in Frauengestalt, die Hera nur dazu geschaffen hat, um Troja zu zerstören!»

Diese zwielichtige, ständig zwischen Leidenschaft und Reue schwankende Gestalt begleitet uns durch das ganze Buch. Ob Opfer oder Schuldige, immer treibt Helena die Welt voran. In den *Profili Omerici* von Lidia Storani Mazzoleni wird Helena als das weibliche Wesen schlechthin charakterisiert, was ich sehr einleuchtend finde. Wer je in seinem Leben geliebt hat, weiß, wovon ich rede. Er weiß zum Beispiel, daß er dieses geliebte Wesen keinen Augenblick lang wirklich besessen hat, selbst dann nicht, als er glaubte, es fest in den Armen zu halten und es ihm unter Tränen ewige Liebe schwor.

Ach, Helena, Helena, amore mio: Dir widme ich dieses Buch in der Hoffnung und voller Angst, dir noch einmal zu begegnen.

I
Kurs auf Ilion

Leontes, ein sechzehnjähriger Kreter, reist nach Troja, um seinen vermißten Vater zu suchen. Bei der Gelegenheit werden die Mythen von Talos und Iphigenie erzählt.

«Nicht so nahe, Stenobyos, verfluchter Hund, nicht so nahe!» schrie Philoteros. «Willst du vielleicht, daß der Talos mein Schiff versenkt? Ja merkst du denn nicht, daß dieses Gebirge immer näher rückt? Hast du keine Augen im Kopf?»

Stenobyos antwortete nicht, sah nur zum Himmel hinauf, als wollte er Zeus zum Zeugen für all den Unsinn anrufen, den er sich hier anhören mußte.

«Dem Talos ist nicht zu trauen, kapier das doch!» brüllte der Kapitän weiter. «Du kannst mir ruhig glauben, daß der gleich unser Schiff zerschmettert. Mach nur weiter so und fahre möglichst nah ans Land, dann wirst du ja selber sehen, wie Talos mir das Schiff zerschmettert!»

«Bei allen Töchtern des Thaumas!» fluchte Stenobyos leise vor sich hin, «muß ich, der erste Schüler des Phereklos, mir wirklich einen solchen Trottel wie diesen Philoteros anhören! Das ist doch der einzige Kapitän auf der ganzen Welt, der noch an die Legende vom ehernen Sklaven glaubt!»

Am meisten regte es ihn aber auf, daß Philoteros jeden Satz mindestens zweimal sagte. Damit das Geschrei endlich aufhörte, stieg er daher zu den *zygitoi*[1] hinunter und befahl dem Schlagmann, etwas mehr von der Küste abzufallen. Schließlich aber war er es leid und ließ genau in der Mitte der Bucht von Zakros den Anker fallen.[2]

Dieses Märchen von Talos konnte man doch höchstens noch blutigen Anfängern der Schiffahrt erzählen. Es soll so gewesen sein, daß der kretische König Minos, der die Überfälle sardischer Piraten satt hatte, Hephästos zu Hilfe rief und von diesem einen ehernen Sklaven namens Talos geschenkt bekam, einen Roboter, würden wir heute sagen. Dieser Sklave machte jede Nacht dreimal die Runde um die ganze Insel und warf auf alle sich nähernden Schiffe Steinbrocken hinunter. Seine Unerbittlichkeit gegen die Sarden war offenbar grenzenlos, denn Talos schaffte es, seinen Körper so zu erhitzen, daß er glühte. Dann umarmte er alle, die seinen Weg kreuzten und sah lachend zu, wie die Ärmsten qualvoll starben.[3] Er soll nur eine einzige Ader gehabt haben, die vom Nacken bis zur Ferse durch seinen ganzen Körper lief. Eines Tages verführte ihn dann aber die Zauberin Medea mit einem Liebestrank und zog den Nagel aus seinem Leib, der als Verschluß diente, woraufhin Talos starb.

Am Schiffsbug hockte auf einem wirren Haufen von Tauen ein rothaariger junger Krieger mit grünen Augen: Leontes, der einzige Sohn des Königs Neopulos von Gaudos, einer kleinen Insel etwa zwanzig Seemeilen von Kreta entfernt. Der Junge hörte Stenobyos vor sich hinfluchen. Er konnte gut verstehen, daß der Steuermann wütend war, mußte aber in seiner Unerfahrenheit dennoch dem Kapitän recht geben: selbst wenn man die Legende von Talos nicht glaubte – mußte man sich denn der Gefahr aussetzen, einen Steinbrocken abzubekommen? Das Meer war in dieser Nacht völlig glatt, da hätte man ohne weiteres auch draußen ankern können! Es konnte doch wohl nicht an den paar Metern Ankerleine liegen, die man sparen wollte? Die würde am nächsten Morgen doch ohnehin von den Sklaven wieder eingeholt!

Es waren erst zwei Tage vergangen, seit sie von Gaudos abgelegt hatten, und doch kam Leontes diese Seereise schon wie eine Ewigkeit vor. Vorher war er bis auf das eine Mal, als er seinen Onkel Antiphynios nach Festos begleitete, noch nie von seiner Insel weggekommen. Und so sehr ihn auch der Gedanke erregte, Seite an Seite mit Helden vom Schlage eines Ajax oder Achilles zu kämpfen, die er wie Götter verehrte, war es ihm doch etwas unheimlich, die Welt ausgerechnet in Kriegszeiten kennenzulernen. Er war gerade sechzehn Jahre alt geworden und trug erst seit wenigen Tagen den *chiton amphimaschalos*, die Tunika für die volljährigen Söhne wohlhabender Familien von Gaudos. An seinen Vater Neopulos konnte er sich nur undeutlich erinnern, seine Vorstellung von ihm war sehr verschwommen, denn Neopulos war vor neun Jahren von zu Hause aufgebrochen, und kein Mensch hatte mehr etwas von ihm gehört.

«Leontes, erhebe dich, die Sonne steht schon hoch am Himmel», hatte seine Mutter zu ihm gesagt. «Dein Vater reist ab in das ferne Troja. Wir beginnen gleich mit dem Opfer.»

Das Opfer! Wenn er daran zurückdachte, zog sich ihm das Herz zusammen. Seine kleine Ziege, seine unschuldige kleine Ziege, der er sogar einen Namen gegeben hatte, war nur zu dem einzigen Zweck getötet worden, Poseidon milde zu stimmen! Seine Mutter hatte ihn allerdings gewarnt: «Leontes», hatte sie zu ihm gesagt, «du darfst nicht mit den Tieren der Priester spielen. Du weißt doch, daß sie früher oder später auf dem Altar enden!» Aber er wollte nicht hören und spielte trotzdem mit ihnen. Poseidon konnte ja kein guter Gott sein, wenn er nur dafür, daß er das Meer ein bißchen ruhig hielt, ein so liebes Tier verlangte. Auch für diese Reise jetzt war zuerst einmal ein Kalb geopfert worden.

«Sag mal, Gemonydes», fragte Leontes einen alten Mann, der ihm gegenüber saß, «du bist doch so viel in der Welt herumgekommen und weißt Dinge, die ich nicht einmal im Alter des Tithonos je wissen werde, findest du es denn gerecht, daß man unschuldige Tiere abschlachtet, nur um den Zorn eines Gottes zu besänftigen?»

«Was meinst du mit ‹gerecht›?» fragte Gemonydes, der oft, statt zu antworten, eine Gegenfrage stellte. «Wenn du unter ‹gerecht› ‹heilig› verstehst, dann ist alles gerecht, was die Priester machen. Wenn du unter ‹gerecht› hingegen ‹nützlich› verstehst, dann, mußt du wissen, gibt es nichts Nützlicheres auf der Welt als ein Opfer. Mit dem Rauch ernähren sich die Priester und mit dem Fleisch die Armen, die ohne diese Opfer und ein bißchen Glück beim Auslosen nie etwas zu essen bekämen.»[4]

«Ich meine», erklärte Leontes, «daß wir vor der Abreise ein Kalb geopfert haben. Ich war dabei und habe es gesehen. Das arme Tier hat sich mit aller Kraft gewehrt, denn auch wenn es mit Schleifen geschmückt und angemalt war, hat es doch begriffen, daß es getötet werden sollte, und alles versucht, um davonzukommen. Es hat nach allen Seiten ausgeschlagen, sich aufgebäumt, sich mit den Füßen auf den Boden gestemmt, aber es hat alles nichts genützt: die Sklaven haben es mit Seilen hochgezogen und ihm den Stachel in die Flanken gestochen. Ich habe gesehen, wie der Große Priester ihm die Kehle von einem Ohr zum anderen aufgeschlitzt hat. Ich habe gesehen, wie die Augen des Tieres immer trüber wurden, je näher sein Tod kam. Ich habe gesehen, wie der Priester seine beringten Finger in die grausige Wunde getaucht hat. Ich habe alles gesehen und geweint. Aber ich habe mich auch gefragt, was der Gott nun davon hat? Und ich habe mich gefragt, was wir Poseidon angetan haben, daß er uns Sturm und Sturzwellen schickt?»

«O junger Leontes», erwiderte Gemonydes, überrascht über diesen Gefühlsausbruch seines Schülers, «du bist ja zarter besaitet als eine Jungfrau bei ihrer ersten Begegnung mit Eros und beklagst das Schicksal eines Tieres, das doch auf jeden Fall zur Schlachtbank geführt und dann von gewöhnlichen Sterblichen wie dir oder mir aufgegessen worden wäre. Was hätte da

Klytämnestra sagen sollen, als sie ihr die Lieblingstochter aus den Armen gerissen haben, um sie Artemis zu opfern?»

«Welche Tochter meinst du denn?»

«Iphigenie, die auf Aulis geopfert worden ist.»[5]

«Aber warum haben sie die bloß geopfert?»

«Um Agamemnon zu strafen, der Artemis mit einem nicht gerade sehr glücklichen Ausspruch beleidigt hatte.»

«Was hat er denn so Schlimmes gesagt?»

«Ach, nichts Besonderes. Er soll, nachdem er einen Hirsch genau mitten auf die Stirn getroffen hatte, ausgerufen haben: ‹Nicht einmal Artemis hätte das geschafft!›»

«Und dann?»

«Na, nichts. Was soll er sonst noch gesagt haben?»

«Und wegen einer solchen Kleinigkeit ist eine Göttin schon beleidigt?» entrüstete sich Leontes. «Das hat er doch vielleicht auch nur im Spaß gesagt . . . weil er gerade guter Laune war . . . Und da rächt sie sich an einem unschuldigen jungen Mädchen!»

«Mein lieber Junge», unterbrach ihn Gemonydes. «Da merkt man ja genau, daß du Artemis nicht kennst, denn so übelnehmerisch wie sie ist keine andere. Vor den Augen der armen Niobe hat sie einer noch viel harmloseren Sache wegen deren vierzehn Kinder umgebracht! Allerdings weiß bis heute keiner genau, ob Iphigenie tatsächlich tot ist. Es gibt Leute, die behaupten, sie im fernen Tauris[6] gesehen zu haben.»

«Erzähl doch mal genauer, was da passiert ist!»

«Als der Krieg mit den Troern ausbrach, versammelten die Achäer ihre Flotte in Aulis und warteten dort, bis sich die Winde zu ihren Gunsten drehten. Jeden Abend zündeten die Krieger am Strand Feuer an und blickten voller Hoffnung nach Osten, daß sich von dort ein Nachlassen des Seegangs ankündigte. Die wildesten unter ihnen konnten es nicht abwarten, endlich nach Troja abzusegeln. Sie unterhielten sich leise über die Gold- und Silberschätze dort und über die jungen Frauen, die sie würden vergewaltigen können. Aber Tag für Tag wehten die Winde aus der für sie ungünstigsten Richtung, und das Meer toste so sehr, daß sogar die Schiffe am Ufer in Gefahr waren. Müde vom langen Warten fragte Agamemnon schließlich den Seher Kalchas, warum die Elemente sich so gegen sie gewandt hätten, und der Priester antwortete, daß die Göttin Artemis schwer beleidigt worden sei und die Winde sich erst dann legen würden, wenn Agamemnon seine älteste Tochter opferte. Dieser erbleichte, denn Iphigenie war seine Lieblingstochter, und überhaupt, wer würde den Mut finden, es Iphigenies Mutter beizubringen, der furchtsamen Klytämnestra? Wie immer wußte Odysseus auch in dieser heiklen Frage Rat. Der listige Ithaker schlug Agamemnon vor, einen Boten nach Mykene zu schicken, um der Königin Klytämnestra mitzuteilen, daß der edelste aller Achäer, der Schnellfuß Achilles, sich plötzlich in Iphigenie verliebt habe und sie heiraten wolle. ‹Du wirst sehen›, sagte er, ‹da läßt ihre Mutter sie sofort abreisen und freut sich auch noch darüber.›»

«Also wußte Iphigenie nicht einmal, daß sie in den Tod ging?» fragte Leontes tief bewegt.

«Nein, sicher nicht», bestätigte Gemonydes, «sie war überzeugt, zu ihrer Hochzeit zu fahren.»

«... und dann hat sie sich gewiß, um ihrem zukünftigen Gemahl zu gefallen, an jenem Tag ganz besonders schön gemacht», sinnierte Leontes weiter, der sich für die Geschichte zunehmend erwärmte, je genauer er sich die Szene ausmalte. «Und ihre Freundinnen haben sie umarmt und mit kaum verhülltem Neid zu ihr gesagt: ‹Du Glückliche, was für eine vornehme Hochzeit du bekommst!› Und sie selber hat gedacht: ‹Oh, wie müssen mich die Götter lieben, daß ich den stärksten und edelsten aller Helden zum Gemahl bekomme!› Aber nun sag mir doch wirklich, Meister, kann man einen Mann, der ein Mädchen so hereinlegt, noch einen ‹Helden› nennen?»

«Achilles wußte nichts von dem Betrug», erklärte Gemonydes, «und als er davon erfuhr, wurde er fuchsteufelswild ...»

«Wie edelmütig . . .», spottete Leontes.

«. . . und hätte Iphigenie am liebsten mit Gewalt befreit, aber sie hatte sich mit ihrem Schicksal abgefunden und war bereit, sich für das Wohl des Vaterlandes zu opfern. Sie war auf dem Opferaltar so schön mit ihrem langen blonden Haar, das über den eiskalten Marmor gebreitet war, daß alle Krieger, vor allem auch ihr Vater, den Blick abwenden mußten, als der Priester ihr safrangelbes Hemd öffnete, um ihr das Messer in die Brust zu stoßen. In diesem Augenblick raubte Artemis sie schnell wie der Blitz und ließ an ihrer Stelle eine blutende Hirschkuh zurück. Die einen schworen, sie eng umschlungen mit der Göttin im Fluge gesehen zu haben, die andern, sie sei nun Priesterin im barbarischen Tauris. Ich weiß nicht, ob all diese Dinge stimmen, aber ich möchte nicht ausschließen, daß die Achäer diese Geschichte selber in Umlauf gebracht haben, um dieses furchtbare Verbrechen zu verschleiern. Aber laß jetzt diese alten Geschichten, Junge, denk lieber an deinen armen Vater, der schon so lange spurlos verschwunden ist: kein Mensch weiß, ob er noch lebt oder ob er schon in der dunklen Stätte des Agesilaos weilt.»[7]

Jedesmal, wenn von seinem Vater die Rede war, versuchte Leontes, sich dessen Gesicht vorzustellen, aber er konnte sich einfach nicht mehr genau an ihn erinnern. Er hatte nur noch Einzelheiten im Gedächtnis, etwa die eindrucksvolle Erscheinung mit langem Bart, die befehlsgewohnte Stimme und eine Kette an seinem Hals, an der die Hauer des Kalydonischen Ebers baumelten.

Die Menge hatte an jenem Morgen lange seinen Namen skandiert: «Ne-o-pu-los, Ne-o-pu-los, Ne-o-pu-los» und ihn mit Glückwünschen überhäuft: «Du sollst der berühmteste Achäer werden!» «Der Name Gaudos soll auch jenseits der Meere berühmt werden!» «Die Götter mögen deine Schiffe bis ins ferne Troja geleiten!» Und von jenem Tag an hatten alle seinen

Vater als den edelsten und besten unter den Sterblichen verehrt, Neopulos der Ehrenhafte, Neopulos der Weise, Neopulos der Gerechte, so sprachen sie von ihm.

In Wirklichkeit kannte er seinen Vater überhaupt nicht. Gewiß war nur, daß Neopulos vor neun Jahren in den Krieg zog und daß man nun seit fünf Jahren vergebens auf Nachricht von ihm wartete. Immer wieder kehrten Leute vom Kriegsschauplatz zurück und berichteten vom heldenhaften Tod Neopulos': «Deikoon hat ihn getötet: er ritt allen voran und wollte gerade über die Mauern von Ilion setzen, als ihm ein Pfeil des Troers die Kehle durchbohrte.» «Nein, Herr», widersprach ein anderer, «die Thraker haben ihn niedergestochen. Sie haben ihn zuerst bei Pedasa in eine Falle gelockt. Da hat unser König gegen neun Feinde gekämpft und ist nur gefallen, weil einer von ihnen, der feige Peiroos, ihn von hinten angriff. Und Peiroos war es auch, der ihm zuerst Waffen und Kette raubte und seinen Leichnam dann in die Strudel des Skamandros hinabwarf.» Aber bevor die Trauerfeierlichkeiten begannen, kehrte schon der nächste Kämpfer aus Troja zurück: «Halt!» sagte er, «Neopulos lebt! Er ist in Milet gesehen worden. Er war auf einem der vierzig Schiffe des Königs der Karer Amphimachos: an die Ruderbank gekettet und ergeben wie ein Sklave.» Mit Sicherheit wußte man nur eines: sein Leichnam wurde nie gefunden, ebensowenig seine Waffen und die wertvolle Halskette mit den Eberhauern.

Leontes fuhr jetzt nach Troja, um die Wahrheit über seinen Vater in Erfahrung zu bringen. Der zweite Grund für seine Abreise aus Gaudos war aber der, daß das Leben für ihn dort seit einem Jahr unerträglich geworden war. Sein Onkel Antiphynios hatte nämlich die Regentschaft an sich gerissen und herrschte despotisch und grausam. Wer auch nur den kleinsten Widerspruch wagte, lag am nächsten Tag ermordet in einer Schlucht. Antiphynios hatte überall in der

Stadt und auf dem Lande seine Spitzel und trat grundsätzlich nur in Begleitung von mindestens zehn Söldnern auf, die er eigens aus Kreta gerufen hatte. Leontes, der Thronanwärter, war für den Onkel natürlich eine ständige Bedrohung. Nicht verwunderlich also, daß immer wieder Anschläge auf Leontes verübt wurden. Auf einem Dionysischen Fest[8] hatte ihn eines Nachts ein als Satyr verkleideter Mann von hinten angegriffen, und er wurde nur durch das Eingreifen einiger Passanten gerettet. Man nahm den Verrückten fest und warf ihn ins Gefängnis, aber bevor er noch den Namen seines Auftraggebers verraten konnte, hatte Antiphynios ihn schon erdolcht. «Auf diese Weise soll jeder sterben, der nach dem Leben meines Neffen trachtet!» hatte der Tyrann dann verkündet.

Da wurde sich Leontes' Mutter bewußt, daß das Leben des Jungen an einem seidenen Faden hing, und sie drängte ihn, sich noch am selben Abend nach Troja einzuschiffen. «Lieber sollen dich die Troer töten», sagte sie, «als die eigenen Verwandten!» Zu seinem Schutze schickte sie einen alten Familienfreund, einen Hauslehrer und Fechtmeister, mit auf die Reise, der ihn vor seinen Feinden, vor allem aber vor seinen Freunden bewahren sollte. Gemonydes war in seiner Jugend ein berühmter Wagenlenker gewesen und hatte zahlreiche Rennen im Hain des Onchestos[9] gewonnen.

«Stimmt es, Gemonydes», fragte Leontes, «daß der weise Nestor dich als Wagenlenker wollte und daß du auf zwanzig Silberminen verzichtet hast, nur um Gaudos nicht verlassen zu müssen?»

«Ja, das stimmt, aber damals war ich noch jung, und da gab es auf der Insel ein Mädchen aus Festos, das dann zu meinem großen Schmerz in jungen Jahren gestorben ist. Aber lassen wir jetzt diese Erinnerungen: dein Lager ist bereitet, du mußt jetzt schlafen.»

«Ich habe nicht die geringste Lust, mich hinzulegen. Außerdem müßten die Götter ja in einer Nacht wie dieser, da sogar

Boreas' Wut verraucht ist, geradezu beleidigt sein, wenn ich nicht im Freien schliefe.»

«Die Nacht könnte dir wohl wärmer als das Streicheln deiner Mutter erscheinen, aber im Morgengrauen wachst du dann mit nassen Knochen auf, glaub mir.»

Gemonydes war nicht nur Leontes' Lehrer, sondern auch sein Diener, Koch, Vorkoster seiner Speisen und seine Amme: jeden Abend bereitete er ihm unter Deck gleich neben dem Kapitän eine Matratze aus dürren Blättern, denn der Junge hatte als Königssohn (gar König, wenn der Vater tatsächlich gestorben war) ein Anrecht auf das bequemste Bett an Bord.

Leontes jedoch war demokratisch eingestellt, und Standesprivilegien waren ihm zuwider. Warum soll ich denn, so fragte er, nur weil ich der Sohn eines Königs bin, ein Anrecht auf einen Platz unter Deck haben, wenn es auf diesem Schiff viel ältere Männer gibt, die sich draußen dem schlechten Wetter aussetzen? Vielleicht streben ja deshalb alle nach der Macht: um unter Deck schlafen zu können. Da gibt es Leute, die sogar zum Töten bereit sind, nur um einen wärmeren Platz zu ergattern. Antiphynios zum Beispiel wollte seinen, Leontes' Tod nur aus Angst, daß er eines Tages den Thron seines Vaters zurückverlangen könnte.

«Erkläre mir doch einmal, o Gemonydes», sagte Leontes, «warum die Menschen so machtgierig sind?»

«Weil sie nicht begriffen haben, daß sie viel weiter kämen, wenn sie auf die Güte vertrauten», erwiderte Gemonydes sarkastisch. «Jeder Mensch besitzt zwei Waffen, mit denen er die andern erpressen kann: die Liebe und die Macht. Mit der Liebe nutzt er das Bedürfnis nach Zuneigung aus, und mit der Macht beutet er die Angst aus. Ein Maultier kannst du mit Johannisbrot oder mit dem Stock zur Arbeit antreiben, und fast alle Königssöhne verlassen sich lieber auf den Stock als auf die Karotte.»

Nein, er, Leontes, war nicht so. Macht interessierte ihn

nicht. Er war vielleicht überhaupt nur durch ein Versehen des Schicksals als Königssohn geboren. Er liebte ein junges Mädchen aus Gaudos, die sanfte, zarte, bildschöne Kalymnia, und auf ihre Liebe hätte er für kein Königreich auf Erden verzichtet, nicht einmal für das Reich von Knossos oder jenes von Agamemnon, ach, was sage ich, nicht einmal für das Reich des Zeus! Leider war er jetzt durch die politischen Verhältnisse gezwungen, Kalymnia zu verlassen, aber bei der ersten Gelegenheit würde er zurückkehren, um sie zu heiraten. Ach, hätte er doch nur in den letzten Tagen den Mut gefunden, ganz offen mit seinem Onkel Antiphynios zu reden, ihm ganz einfach sein Herz auszuschütten!

«Hör mal zu, Onkel», hätte er zu ihm sagen sollen, «ich finde es ganz gerecht, daß du auf Gaudos die Herrschaft übernimmst. Du bist alt, häßlich, krank und kannst nicht erwarten, daß sich noch eine schöne junge Frau in dich verliebt. Nimm dir also mein Reich und werde glücklich damit. Ich nehme mir dafür Kalymnia, die liebliche blonde Kalymnia mit den korallenroten Lippen. Ich will nichts anderes auf der Welt als sie. Wir werden dir nie Verdruß bereiten. Wir kommen mit Blumengirlanden geschmückt zu deinen Gastmählern und verschönern damit deinen Hof. Wenn dein Tod kommt, stehen wir dir bei und kümmern uns um deine Kinder.»

Aber diese Worte hätte er alle in den Wind gesprochen. Antiphynios hätte ihm nie geglaubt, denn er war ein niederträchtiger Mann und konnte sich auch die andern nur so vorstellen: als Lügner, Machtbesessene und Verräter. Männer wie er waren schuld an den Kriegen. Ja, und der Trojanische Krieg, weshalb war der eigentlich ausgebrochen?

II
Der Casus belli

Eris, die Göttin der Zwietracht, gerät in Wut. Die Ursachen des Trojanischen Krieges, angefangen bei den Klagen Gaias, der Geburt Helenas und der Hochzeit von Peleus und Thetis.

Ich bin Eris, die Göttin der Zwietracht. Alle sind böse auf mich und behaupten, ich hätte den Trojanischen Krieg ausgelöst. Aber seien wir doch einmal ehrlich: wer hat denn angefangen? Ich oder sie . . .? Wer sie? Na, die Götter natürlich, und nennen wir sie ruhig auch beim Namen. Als erster hat Momos Unfrieden gestiftet. Wie? Ihr kennt Momos nicht? Nun, dann werde ich euch sagen, wer Momos ist: einer, der ständig etwas zu meckern hat, der an allen nur herumkrittelt und ewig ein angewidertes Gesicht zur Schau trägt. Er war es denn auch, der zu Zeus gesagt hat, daß er mich bloß nicht zur Hochzeit von Peleus und Thetis einladen soll. ‹Um Himmels willen›, hat er zu ihm gesagt (ich höre ihn noch), ‹lad bloß die nicht ein, Eris ist glatt imstande, dir das ganze Fest zu verderben. Als sie das letzte Mal auf einem Gastmahl war, ist sie anschließend zu Adonis gelaufen und hat ihm erzählt, daß sie Aphrodite tags zuvor mit dem Argonauten Butes auf dem Lilybaion gesehen hat. Adonis hat sich mit dem Messer auf Butes gestürzt, und wer weiß, wie das Ganze ausgegangen wäre, wenn sich Hestia nicht eingemischt hätte!›»

Eris hatte recht: Momos war tatsächlich ein ewiger Nörgler, nicht umsonst wurde er der Gott des Spottes und des Tadels genannt. Er steckte seine neugierige Nase in alles und war nie zufriedenzustellen. Eines Tages zeigte ihm Pallas Athene ein komfortables Haus. «Gut und schön», sagte er, «bequem mag es wohl sein, aber für meinen Geschmack ist es zu unbeweglich: man kann es nicht nach Lust und Laune von der Stelle bewegen.» Und Hephästos zeigte ihm einmal einen schönen und intelligenten Mann, aber auch an ihm fand er sofort etwas auszusetzen: «Er wäre noch schöner, wenn er ein Türchen auf der Stirn hätte, damit man auch seine geheimsten Gedanken lesen könnte.» Aphrodite schließlich stellte ihm einmal eine außergewöhnlich schöne Frau vor, und er mußte, wenn auch widerstrebend, zugeben, daß sie faszinierend war. Dann jedoch fand er doch noch etwas an ihr auszusetzen und sagte: «Aber sie hat scheußliche Schuhe an!»

«Was für ein übles Gesindel, diese Götter!» schimpfte Eris weiter. «Wenn sie mir auf der Straße begegnen, tun sie so, als wäre ich Luft. Aber am meisten erbost mich, daß sie mich nie zu ihren Festen einladen. Sie rufen mich nur, wenn sie etwas von mir brauchen, dann flehen sie mich an: ‹Eris, Schätzchen, provoziere doch die Thraker ein bißchen, man kann ihre Unverschämtheiten ja nicht mehr ertragen.› ‹Eris, sieh zu, daß die Lokrer mit den Abantern einen Streit anfangen.› ‹Eris, dein Bruder Ares hat sich schon beklagt, weil es keine Krieger mehr gibt.› ‹Eris, Hades beschwert sich, weil keiner mehr in die Unterwelt kommt.› Und ich bin dann so dumm und lasse mich darauf ein, schaffe Grenzstreitigkeiten zwischen armen Leuten, die womöglich nicht die geringste Lust haben, miteinander ins Handgemenge zu geraten. Aber wenn es dann einmal was zum Feiern gibt, wenn man nach Herzenslust essen und trinken könnte, dann sind sich alle einig: ‹Wer? Eris, die Zwietracht? Um Himmels willen, bloß die nicht!› Habe ich denn nicht auch ein Anrecht auf ein bißchen Vergnügen?»

Womit sie wohl nicht ganz unrecht hatte. Allerdings gab sie sich auch nicht gerade Mühe, ihre Erscheinung ein wenig zu verbessern: kann man denn mit einem Gewirr von Hunderten von Schlangen statt Haaren auf dem Kopf, mit einer blutigen Binde um die Stirn und acht gräßlichen Bälgern am Rockzipfel bei einem Gastmahl erscheinen? Damit klar ist, was das für Rangen waren, nennen wir sie gleich auch beim Namen: Hunger, Not, Vergessen, Schmerz, Entbehrung, Lüge, Fluch und Ungerechtigkeit.

«Die Kriegsursachen», schloß Eris, «liegen weit zurück. Die Urschuld liegt meiner Meinung nach bei Gaia, der Erdmutter. Eines Tages habe ich sie dabei ertappt, wie sie sich bei Zeus beklagte: ‹So unternimm doch endlich etwas›, sagte sie zu ihm, ‹ich weiß wirklich nicht, wie das weitergehen soll. Da schlafen alle kreuz und quer miteinander, alle kriegen Kinder, alle leben länger, als sie dürfen; ich schaffe es einfach nicht mehr, all diese Leute auf meinem Buckel zu schleppen! Von den Moiren höre ich, daß es jetzt schon fünf Millionen Sterbliche gibt und daß daraus innerhalb der nächsten zehn Jahre leicht acht Millionen werden können, wenn wir nicht ganz schnell etwas unternehmen.› ‹Acht Millionen!› rief Zeus aus. ‹Wo kommen wir da hin!› Und also erfand er Helena, die schönste Frau der Welt. Aber ich frage mich: hat man denn, um einen Krieg ausbrechen zu lassen, unbedingt eine Hure gebraucht? Und selbst wenn, gab es davon nicht schon genügend auf der Erde und im Olymp? Mußte man unbedingt eine neue schaffen?»

Die Geschichte von Helenas Geburt wird in den verschiedensten Versionen erzählt. Die einen behaupten, sie hätten sie aus einem silbernen Ei schlüpfen sehen, das vom Mond heruntergefallen, dann von Fischen an Land getragen und schließlich von Tauben aufgepickt worden war. Andere sagen, Zeus habe sich als ein von einem Adler verfolgter Schwan ausgegeben, sich im Schoß der Nemesis versteckt und diese dann, da er gerade schon mal da war, verführt. Das Ei, das durch diese Verbindung entstand, legte Hermes eines Tages Leda, der Frau Tyndareos', zwischen die Schenkel, als sie breitbeinig auf einem Schemel saß. Um dieses Ereignis zu feiern, schuf Zeus die Sternbilder Schwan und Adler am Himmel. Er war ja auch der einzige, der wußte, daß es hier etwas zu feiern gab! In der freundlichsten Version ist von gewöhnlicher Vergewaltigung die Rede: Zeus vergewaltigte Leda in Gestalt eines Schwans und schwängerte sie. Auf diese Weise kamen Helena, Klytämnestra sowie Kastor und Pollux zur Welt, die aber nicht zwangsläufig alle von Zeus stammten, da die betreffende Dame an jenem Tag auch noch mit ihrem Gatten geschlafen hatte.

Aber kehren wir zur Hochzeit von Peleus und Thetis zurück, zu der, wie wir schon wissen, Eris, die Göttin der Zwietracht, nicht geladen worden war.

Thetis hatte den Göttern von Anfang an Kopfzerbrechen bereitet. Da sie sehr schön war (vielleicht gar ebenso schön wie Aphrodite), wurde sie von vielen begehrt, insbesondere auch von Zeus und Poseidon. Ja, die beiden Draufgänger hatten sich sogar schon darüber gestritten, wer von ihnen als erster ihre Gunst beanspruchen durfte. Kraft seines *jus primae noctis* bootete Zeus dann seinen Bruder aus und war nun schon drauf und dran, seinen ich weiß nicht wievielten Vergewaltigungsakt zu begehen, als ihn Themis am Arm zurückhielt.

«An deiner Stelle würde ich sie lieber nicht anrühren!» rief die Göttin der Weisheit aus.

«Warum denn nicht?» fragte er, verwundert, daß jemand es wagte, ihn an der Ausübung seiner Funktionen zu hindern. «Diese hier ist doch, soweit ich sehe, die knackigste unter den Töchtern des Nereus!»

«Mag ja sein, daß sie knackig ist, wie du sagst», erwiderte Themis, «aber sie ist mit einer Weissagung der Moiren belastet.»

«Die Moiren! Die Moiren!» schwadronierte Zeus. «Ich kann ja wohl nicht leugnen, daß diese verfluchten Moiren meine Töchter sind, aber ich finde sie wirklich unerträglich! Ewig haben sie nur etwas Schreckliches zu weissagen! Ewig unvermeidliches Unglück anzukündigen!» Kurz darauf fragte er aber dann doch etwas besorgt weiter: «Was haben die Moiren denn gesagt?»

«Daß ihr erstgeborener Sohn mächtiger wird als sein Vater. Nun, da du es weißt, kannst du es ja getrost weitertreiben, wenn du den Mut dazu hast.»

Von der Vorstellung erschreckt, einen künftigen Anwärter auf den olympischen Thron in die Welt zu setzen, ließ Zeus nicht nur von seiner Beute ab, sondern verbot es der Nymphe sogar, sich mit irgendeinem anderen Gott einzulassen. Und um wirklich sicher zu gehen, verpaßte er ihr einen sterblichen Gemahl, einen gewissen Peleus, der im Familienkreis schon eine stattliche Anzahl von Verbrechen auf sich geladen hatte.[1] Thetis widersetzte sich sofort: Warum sollte sie, die unsterbliche Nymphe, als einzige der fünfzig Töchter des Nereus dazu verurteilt sein, einen Sterblichen zu heiraten? Sie legte auf allen Ebenen Protest ein, erreichte aber nichts, denn zu jener Zeit zählten die Frauen, selbst die Göttinnen, so gut wie nichts; und wenn Zeus seinen Willen klipp und klar kundgetan hatte, schon gar nichts. Wenn ein Mann ein bestimmtes Mädchen besitzen wollte, fragte er nicht lange, ob sie auch einwilligte: er drang einfach in das Haus der Unglücklichen ein und nahm sie sich, ob sie wollte oder nicht.

Peleus war da kein Deut besser: er versteckte sich in der Nähe einer Meeresgrotte (er wußte, daß die Nymphe dort jeden Tag ihr Mittagsschläfchen hielt) und wartete. Nach einem halben Stündchen sah er sie nackt und mit flatterndem Haar auf einem Delphin übers Meer heranreiten. Was für ein Schauspiel muß das gewesen sein! Der Held muckste sich nicht, sondern wartete, bis sie eingeschlafen war. Dann stürzte er sich wie der größte Halunke auf sie. Es kam zu einem Kampf, bei dem jeder Griff erlaubt schien. Thetis verwandelte sich in den Klauen des Unmenschen der Reihe nach zuerst in Feuer, dann in Wasser, in einen Löwen, eine Schlange und einen Tintenfisch. In letzterer Gestalt bespritzte sie ihn mit einem Strahl Tinte, aber

Tintenfisch hin oder her, er vergewaltigte sie trotzdem (wie ihm dies gelungen ist, während sie gerade die Gestalt eines Tintenfischs angenommen hatte, wage ich mir nicht vorzustellen). Nachdem sie sich dann aber stundenlang zu entwinden versucht, ihn gekratzt und gebissen hatte, überkam Thetis plötzlich doch ein so heftiges Verlangen, daß sie sich ihm hingab und ihn leidenschaftlich küßte. Wen läßt diese Vorstellung kalt, wie der von Meerwasser, Schweiß und Blut triefende, feuerversengte und mit Sepiatinte bekleckste Peleus am Ende doch noch Thetis' Begierde geweckt hat!

Die Hochzeitsfeierlichkeiten fanden in glanzvollem Rahmen statt. Sie wurden vor einer Grotte Cheirons auf dem Pelionberg inmitten einer großen Schar von stampfenden Kentauren abgehalten. Die Hauptgötter saßen bei dem Bankett auf zwölf über und über mit Diamanten geschmückten Thronen, und Ganymedes ging unermüdlich zwischen den Tischen umher und füllte die Becher mit Nektar. Die Musen stimmten ihre Gesänge an, Pan spielte den Dudelsack, Orpheus die Lyra, Apollon die Flöte, die neunundvierzig Schwestern der Thetis, die Nereiden, tanzten im Reigen und warfen den Gästen Rosen und Lilien zu, während Tausende von Tauben über ihren Köpfen flatterten. Hera, die Gemahlin des Zeus, schwenkte eigenhändig die Hochzeitsfackel. Angeführt von Iris, der Himmelsbotin, zogen alle Götter der Reihe nach vor dem Hochzeitspaar vorbei, und jeder brachte ein Geschenk: Athene überreichte eine Lanze, deren Spitze von Hephästos geschliffen worden war und deren Schaft aus einer von Cheiron beschafften Esche stammte; Poseidon führte Balios und Xanthos am Zaum herein, zwei unsterbliche Pferde, letzteres konnte sogar sprechen; Dionysos entbot eine dunkelrote Flüssigkeit, die keiner je zuvor gekostet hatte und die man von nun an «Wein» nannte.

Wie bei heutigen Gesellschaftsnachrichten üblich, sollten wir auch die damaligen Gäste beim Namen nennen. Außer den bereits Genannten waren anwesend: die Bogenschützin Artemis; Hestia mit verhülltem Haupt; Zeus, der ja nie fehlen durfte; die weise Themis; Demeter mit ihrer Tochter Persephone; Cheiron, der als Trauzeuge des Bräutigams gekommen war, sowie an seiner Seite seine Gemahlin Chariklo; die Jahreszeiten; Amphitrite; Hermes mit seiner Mutter Maia; Hephästos Arm in Arm mit Aphrodite; Ares mit seinen Söhnen Phobos, der Schrecken, Deimos, die Furcht, und Enyo, das Blutbad; die Brauteltern Nereus und Doris; die Großeltern Okeanos und Thetis, angeführt von der jungen Hebe; der alte Kronos mit seiner Gemahlin Rhea; die drei Chariten Aglaia, die Zierde, Euphrosyne, die Freude, und Thaleia, die Fülle, ohne die die Hochzeit unter einem schlechten Stern gestanden hätte. Schließlich gab es auch noch ein paar Sterbliche darunter, wir erinnern hier nur an Telamon, Kadmos und Theseus. Die nicht Genannten mögen uns verzeihen, aber bei der großen Zahl der Geladenen konnten wir unmöglich alle berücksichtigen.

Während nun alle beim Bankett saßen und miteinander plauderten, tauchte plötzlich Eris, die Göttin der Zwietracht, aus dem Hintergrund der Grotte auf. Alle verstummten, die Musik hörte auf, die Nereiden unterbrachen ihren Reigen. Wortlos und ohne einen der Anwesenden anzusehen überquerte die Göttin den ganzen Platz, trat an den Ehrentisch und warf einen goldenen Apfel darauf. Der Apfel kullerte zwischen die Speisen und blieb, nachdem er ein paar Becher Nektar umgestoßen hatte, vor dem Hochzeitspaar liegen. Peleus ergriff ihn und las das Wort, das darauf stand, laut vor: *kalliste*, «der Schönsten». Er blickte sich nach allen Seiten um, weil er nicht wußte, was er damit anfangen sollte, dann merkte er aber doch, daß es sich dabei wohl eher um eine heiße Kartoffel handelte, und gab den Apfel an Zeus weiter.

Unterdessen war am anderen Tischende bereits ein heftiger Streit zwischen Aphrodite und Athene ausgebrochen. Wer war die Schönste? Wem stand der Apfel zu? Zeus betrachtete aufmerksam alle anwesenden Göttinnen. In Frauendingen galt er als Experte, und er wollte daher keinen Fehler machen. Er sah eine ganze Reihe verführerischer Schönheiten vor sich, aber als dann sein Blick auf Aphrodite fiel, hatte er keinen Zweifel mehr: sie war mit Abstand die Schönste. Er wollte ihr gerade den Apfel überreichen, als ihn ein böser Blick Heras traf, so daß er mit erhobener Hand verharrte.

«Na los, Vater, entscheide dich!» forderte ihn Hermes auf, nachdem er ihn so unentschlossen sah. «Wer ist für dich die Schönste im Olymp?»

Da trat Hephästos auf Zeus zu, und während er vorgab, ihm etwas zu Trinken einzuschenken, murmelte er ihm ins Ohr: «An deiner Stelle würde ich nicht so lange nachdenken. Wähle Aphrodite. Nicht weil sie meine Frau ist, ganz bestimmt nicht, aber es kann doch keinen Zweifel geben, daß sie die Schönste ist. Sieh sie dir doch bloß einmal an, und dann sag mir, ob du sie nicht am liebsten sofort in dein *thalamos* tragen würdest?»

«Keine Frage, daß ich das gern tun würde!» räumte Zeus ein, und es war die reine Wahrheit. «Ich würde ihr den Apfel auch sofort geben. Aber was muß ich mir dann von meiner Frau anhören. Ich habe noch nichts entschieden, und schon blitzt sie mich böse an.»

In der Zwischenzeit beratschlagten alle eifrig, wer wohl die Schönste sei. Wie sollte man Schönheit überhaupt definieren? War sie nur ein physischer Vorzug oder auch eine geistige Gabe? Die meisten Anwesenden waren für Aphrodite.

«Mag sein, daß sie ein bißchen dümmlich ist», sagten sie, «aber was ihre Schönheit betrifft, so kann es keinen Zweifel geben!»

«Aber ich bin für Athene!» meinte ein anderer. «Du kannst doch mit einer Frau nicht pausenlos Tag und Nacht im Bett liegen. Irgendwann willst du ja auch einmal etwas anderes tun, und dann wäre es doch ganz nett, wenn du dich auch ein bißchen unterhalten könntest. Ja, und über was willst du denn mit Aphrodite reden? Über Duftwässerchen vielleicht? Über Schminke? Über seidene Gewänder? Mit Athene hingegen kannst du über alles reden. Athene ist die intelligenteste aller Göttinnen.»

«Hier geht es doch nicht um Intelligenz», protestierte ein anderer. «Was steht denn auf dem Apfel? Da steht doch ‹Der Schönsten› und nicht etwa ‹Der Intelligentesten›. Also muß der Apfel der Schönsten überreicht werden. Und das ist jetzt die Frage, welche unserer Göttinnen tatsächlich die Schönste ist. Mir kommt Aphrodite ein bißchen mager vor, da ist mir Hera mit ihren weißen Armen ehrlich gesagt lieber. Sie ist . . . wie soll ich sagen . . . besser im Fleisch, üppiger, kurz: weiblicher.»

Man konnte Zeus am Gesicht ablesen, daß er wirklich nicht wußte, wie er sich aus dieser Zwickmühle befreien sollte, in die ihn die Zwietracht gebracht hatte. Er wagte nicht, sich umzudrehen, aber er spürte den drohenden Blick seiner Frau im Nacken.

«Misch dich da nicht ein!» flüsterte ihm Themis ins Ohr. «Beauftrage doch lieber einen Sterblichen damit. Soll doch der sich in Schwierigkeiten bringen.»

Dieser Vorschlag fand sofort Gehör. Der Götterkönig erhob sich und hielt, nachdem er sich ein paarmal geräuspert hatte, folgende Ansprache:

«Meine lieben Göttinnen, ich bin jetzt schon alt und verstehe nicht mehr soviel von Frauen. Für mich seid ihr alle gleich schön, und ich hätte am liebsten nicht einen, sondern tausend Äpfel, um euch der Reihe nach alle auszuzeichnen, denn ihr hättet es alle verdient. Aber drei von euch scheinen mir doch ganz besonders hervorzustechen: Hera, Athene und Aphrodite. Da müßte ich nun meine endgültige Wahl treffen und bestimmen, welche dieser drei Göttinnen die schönste ist; aber da ich nun gleichzeitig der Ehemann der einen und der Vater der beiden anderen bin, habe ich, um mir nicht später Parteilichkeit vorwerfen lassen zu müssen, beschlossen, jemanden mit dem Urteil zu beauftragen, der nicht aus unseren Kreisen stammt, nämlich einen Sterblichen.»

An den Tischen gab es anhaltendes Gemurmel. Alle fragten sich, ob denn ein Sterblicher über eine Göttin entscheiden könne? Würde der Ärmste nicht vollkommen die Fassung verlieren, wenn ihm plötzlich drei Göttinnen aus dem Olymp gegenüberstünden? Würde er da nicht von all dem Glanz geblendet werden?

Zeus war gezwungen, zweimal mit seinem Zepter auf den Tisch zu klopfen, um wieder Ruhe herzustellen und in seiner Ansprache fortfahren zu können.

«Schweigt still, o Götter, und hört, was ich beschlossen habe: der von mir auserwählte Sterbliche heißt Paris. Das ist ein Sohn von Priamos und Hecuba. Er weiß noch nicht, daß in seinen Adern königliches Blut fließt, sondern glaubt, ein armseliger Schafhirte zu sein. Er lebt jenseits des Meeres auf dem Berge Ida. Morgen wird ihm Hermes die drei Göttinnen zeigen, und dann wird er ganz allein entscheiden, wer von ihnen der Auszeichnung am würdigsten ist. Und jetzt trinkt mit mir und stoßt auf das Wohl unseres Brautpaares an!»

III
Der Schönsten

Hecuba, die Königin von Troja, hat einen bösen Traum. Paris fällt sein Urteil. Helena wird geraubt.

Paris, der Sohn des Priamos, soll darüber entscheiden, wer die Schönste im Olymp ist», hatte Zeus gesagt, und von dem Moment an hatten die Troer nichts mehr zu lachen. Aber beginnen wir beim Anfang, nämlich bei der Geburt des Paris.

Troja war eine mächtige kleine Stadt, die auf einem Hügel in der Nähe des Hellespont errichtet worden war, den wir heute unter dem Namen Dardanellen kennen: die unerwartete Meerenge zwischen Ägäis und Marmarameer zwang alle Richtung Orient ziehenden Schiffe, unmittelbar vor den Augen der Troer vorbeizufahren, was diese natürlich nicht ohne Gegenleistung geschehen ließen.[1] Wer versuchte, sich heimlich oder im Schutze der Dunkelheit vorbeizuschmuggeln, wurde regelrecht überfallen und seiner Fracht beraubt. Zu diesem Zweck besaß Priamos etwa zehn besonders schnelle Schiffe, die wie die Geier hinter dem Kap Sigeion[2] hervorschossen und ihre Strafaktion gegen alle unternahmen, die versucht hatten, ungeschoren durchzukommen. Und keiner weiß so genau, ob das wahre Motiv für die Kriegserklärung der Achäer an die Troer nicht vielleicht doch mehr damit und gar nicht so viel mit Eris und dem goldenen Apfel zu tun hatte.

Wir wissen heute dank der Archäologen, daß die Stadt Troja mindestens zehnmal zerstört und verbrannt worden ist. Das Troja, mit dem wir uns hier befassen, ist das siebte in der Reihenfolge der Zerstörungen[3]; hier herrschten König Priamos und Königin Hecuba,[4] und hier lebte ein Rassengemisch aus drei Stämmen: Troern, Iliern und Dardanern.

Priamos und Hecuba hatten alles in allem die stattliche Anzahl von fünfzig Kindern. Ich habe mir als Junge im Gymnasium immer vorzustellen versucht, wie es wohl bei ihnen zu Hause zur Mittagessenszeit so zugegangen ist, wenn all diese Kinder rund um den Tisch saßen und der Papa gewisse Auskünfte von der Mama verlangte:

«Hecú, wie viele sind's denn jetzt?»

«Fünfzig.»

«Gut, aber jetzt reicht es wirklich!»

Natürlich konnten das nicht alles Kinder von ein und derselben Mutter sein; Hecuba hätte ja nicht einmal die materielle Lebenszeit dazu gehabt, sie alle auf die Welt zu bringen. Homer zufolge hat Hecuba nur neunzehn Kinder geboren (darunter Hektor, Deiphobos, Kassandra, Polydoros, Troilos, Paris und Polyxena); der Erstgeborene, ein Sohn der verstorbenen Arisbe, hieß Aisakos, und dann gab es noch etwa dreißig Kinder zweiter Klasse, die von Nebenfrauen oder Zufallsbekanntschaften stammten. Über Aisakos wurde erzählt, daß er von seinem Großvater mütterlicherseits die Fähigkeit geerbt hatte, die Zukunft vorauszusagen; er hatte auch häufig epileptische Anfälle, weshalb er als ein Rasender galt.

Eines Nachts erwachte Hecuba schweißnaß. Sie hatte einen schlimmen Traum gehabt.

«Priamos ...»

«...»

«Priamos ...»

«Hm?» Der König von Troja fuhr hoch.

«Priamos, ich habe einen Traum gehabt.»

«Was für einen Traum denn?»

«Einen furchtbaren Traum!»

«Schon gut, den erzählst du mir morgen.»

«Nein, ich muß ihn dir sofort erzählen!» beharrte sie. «Er ist so schrecklich, daß ich damit nicht bis morgen warten kann.»

«Wieviel Uhr ist es denn?» fragte Priamos in der Hoffnung, daß sie ihn damit in Ruhe lassen würde.

«Ich lag mit Wehen im Bett», fuhr sie beharrlich fort, «und um mich herum waren die Hebamme und meine Lieblingsmägde. Die Wehen wurden allmählich immer schlimmer, immer stechender, aber es war nicht so wie bei den früheren Geburten ... sondern ganz anders.»

«Was meinst du mit ‹ganz anders›?»

«Mein Körper war wie mit glühenden Holzscheiten angefüllt», erklärte Hecuba. «Dann hat sich mein Bauch plötzlich geöffnet, und ein flammendes, von Schlangen wimmelndes Holzbündel ist herausgekommen. Einige Flammen sind auf den Boden gefallen und haben sich bis zur Mauer ausgebreitet. Ich habe gesehen, wie eine der hundertarmigen Erinnyen die ganze Stadt in Brand gesteckt hat und wie die Wälder um den Berg Ida wie eine Fackel brannten.»

Wenn man damals von den Erinnyen träumte, war das gewiß keine angenehme Sache, denn diese wurden in der Überlieferung mit Hundekopf, Fledermausflügeln, Schlangenhaaren und einer Peitsche in der rechten Hand dargestellt. Sie hießen Megaira, Alekto und Tisiphone und verkörperten den Haß, die Wut und die Rache. Ihre Hauptbeschäftigung bestand darin, bei Mördern Gewissensbisse zu wecken[5], aber sie verwandelten sich sofort in bildschöne Geschöpfe (Eumeniden), wenn einer die geforderte Reue zeigte.

Vom Traum seiner Gemahlin beeindruckt, rief Priamos die erprobtesten Seher der Troas zusammen. Unter ihnen befanden sich auch zwei seiner eigenen Kinder: der bereits genannte Aisakos und die schöne, aber finstere Kassandra. Die Weissager versammelten sich in Hecubas Schlafzimmer und betrachteten lange ihren Letztgeborenen, das Knäblein Paris.

Aisakos deutete, nachdem er lange meditiert hatte (obwohl der Traum doch für sich sprach), auf das Kind und verkündete mit leiser und trauriger Stimme sein Urteil.

«Dieser hier muß sterben!»

«Was?»

«Entweder er oder Troja!»

«Was meinst du mit ‹entweder er oder Troja›?» fragte Priamos, der nicht mehr so ganz schnell im Denken war.

«Vater, ich flehe dich an», schrie darauf Aisakos, warf sich zu Boden und schlug um sich, «wenn du verhindern willst, daß unsere schöne Stadt in Flammen untergeht, wenn du verhindern willst, daß deine Töchter von den Feinden vergewaltigt werden, wenn du verhindern willst, daß deine Söhne von den Hunden zerrissen werden, nachdem sie bis zur Erschöpfung gekämpft haben, dann töte noch heute dieses Kind und töte auch alle Frauen von Troja, die heute nacht gebären, mitsamt ihren neugeborenen Kindern!»

Priamos war ratlos. Aisakos war immer ein bißchen spinnig gewesen, man durfte ihn nicht so ernst nehmen. Weil ihn ein trojanisches Mädchen, eine gewisse Asterope, verschmäht hatte, erklomm er zum Beispiel jeden Tag eine Klippe über dem Meer und versuchte, sich von dort hinabzustürzen, um Selbstmord zu begehen! Nur war die Klippe nicht besonders hoch, und daher tat er sich zwar weh, starb aber nie. Eines Tages verwandelten ihn die Götter dann, weil sie so viele vergebliche Selbstmordversuche nicht mehr mit ansehen konnten, in einen Seevogel. «Auf diese Weise kann er sich so oft hinabstürzen, wie er will», sagten sie, «das stört dann keinen mehr.»[6] Priamos wußte nicht, ob er auf Aisakos hören und vielleicht dreißig Unschuldige töten oder sich lieber der Gefahr aussetzen sollte, daß einer der Überlebenden vielleicht in zwanzig Jahren seine Stadt zerstörte. Schließlich lebten unter seinem eigenen Dach zwei Frauen, seine Schwester Killa und seine Gemahlin Hecuba, die gerade an diesem Tag ein Kind geboren hatten. Um seine Schwester hätte es ihm ja nicht besonders leid getan, denn die hatte einen miesen Charakter, aber nun auch noch Hecuba umzubringen, danach stand ihm der Sinn keineswegs.

«Vater», schrie Aisakos aber unermüdlich weiter, «bring das Kind um! Bring es um, bevor es uns tötet!»

Priamos sah sich ratlos um und fing dann, um überhaupt irgend etwas zu machen, zunächst einmal damit an, daß er seine Schwester Killa samt ihrem Sohn Munippos von den Sklaven erwürgen ließ. Als er sich dann aber anschickte, auch den kleinen Paris umbringen zu lassen, ertönte plötzlich ein furchtbarer Schrei: auch Kassandra meldete sich zu Wort.

«Dieser Säugling muß sterben, oder Troja geht unter!»

Nun muß man aber wissen, daß Kassandra in ihrer Jugend von Apollon dazu verdammt worden war, niemals Gehör zu finden. Der Gott war nämlich einst sehr hinter ihr hergewesen und hatte ihr, um sie in sein Bett zu locken, hellseherische Kräfte versprochen. Sobald das Mädchen aber dann die Fähigkeit besaß, die Zukunft vorherzusagen, wies es die Avancen des Gottes angewidert ab. Die Unterhaltung, die sie dabei führten, hatte etwa folgenden Wortlaut:

«Kassandra, gib mir einen Kuß!»

«Nein!»

«Nur einen einzigen!»

«Ich habe nein gesagt!»

«Einen einzigen, nicht mehr!»

«Also gut», antwortete sie, «aber wirklich nur einen einzigen.»

Blitzschnell wie eine Natter spuckte Apollon auf ihre Lippen, und von nun an glaubte kein Mensch mehr ein Wort von dem, was Kassandra weissagte.

Daher stützte Kassandra, indem sie in Aisakos' Horn blies, nicht etwa dessen These, daß das Kind getötet werden müsse, sondern brachte sie zu Fall. Priamos wollte Paris nicht mehr von eigener Hand töten, sondern betraute einen Schäfer mit dieser Aufgabe, einen gewissen Agelaos. «Erledige du das für mich», sagte er. «Aber tu mir einen Gefallen, mach es irgendwo weit weg vom Palast.» Agelaos war nun aber ein grundanständiger Mann, der nicht einmal einer Fliege etwas zuleide tun konnte. Wie hätte er da ein Kind töten können! Also beschränkte er sich darauf, Paris auf dem Berg Ida im Schnee auszusetzen. Fünf Tage später aber entdeckte er, daß der Kleine Hunger und Kälte dank einer Bärin überlebt hatte. Von diesem Wunder beeindruckt, legte Agelaos Paris in eine Tasche, taufte ihn in Alexander[7] um und vertraute ihn seiner Frau an, damit sie ihn aufzog. Priamos zeigte er als Beweis für den erfolgten Kindesmord die Zunge eines Hündchens. Allerdings gibt es auch Lästermäuler, die behaupten, die ganze Geschichte mit der Bärin sei reine Erfindung, und Agelaos habe Paris nur deshalb verschont, weil ihm Hecuba vorher ein ansehnliches Sümmchen zugesteckt habe.

Sechzehn Jahre später sah Alexander (oder vielmehr Paris), als er wieder einmal auf dem Berg Ida war, wo er eine Schafherde hütete, aus heiterem Himmel Hermes und die drei schönsten Göttinnen des Olymps vor sich stehen: Hera, Athene und Aphrodite.

«O edelmütiger Alexander», hob der Gott an, «ich bin Hermes, der Götterbote.»

Paris rieb sich die Augen, denn er glaubte zu träumen.

«Du bist doch so ein anziehender Junge und ein Frauenkenner», fuhr Hermes fort, «nimm also diesen goldenen Apfel und schenke ihn der Schönsten unter den Göttinnen, die hier vor dir stehen. Das ist ein Befehl von Zeus!»

«Ich und anziehend? Ich und ein Frauenkenner?» wunderte sich der Junge zu Recht. «Du verwechselst mich wohl mit einem anderen, o Götterbote?»

Er hatte ja in seinem ganzen Leben nur Schafe, Ziegen und alte Trottel wie Agelaos gesehen. Gut, ja, da hatte es eine Liebesgeschichte mit einer Nymphe namens Oinone gegeben, der Tochter des Flusses Kebrenos, aber das war mehr eine jugendliche Schwärmerei gewesen, eine kleine Schäfergeschichte, mehr als zwei, drei Küsse hinter einer Hecke waren dabei ja auch nicht herausgekommen. Was war das schon im Vergleich zu diesem Auftrag: zu entscheiden, welche der drei Göttinnen die Schönste war. Etwas Schwierigeres gab es ja gar nicht. Praktisch ging es hier um nicht weniger als um die erste Wahl zur Miß Universum!

«O Göttlicher, wie kannst du von einem armen Schafhirten verlangen, daß er solche Schönheiten beurteilt!» versuchte der Junge abzuwehren und fuhr dann fort: «Und selbst, wenn ich fähig wäre, den Preis zu verleihen, wer schützte mich dann vor dem Zorn der verschmähten Göttinnen? Nein, nein, ich glaube wirklich nicht, daß es mir zusteht, bei einem Wettbewerb so hochgestellter Göttinnen den Schiedsrichter zu spielen. Ich würde ja den Apfel lieber in drei gleiche Teile zerschneiden und jeder von ihnen einen Schnitz schenken.»

«O junger Paris», beharrte Hermes, wobei er ihn zum erstenmal mit seinem wahren Namen ansprach und ihn mit dem Caduceus[8] bedrohte, «du darfst dich den Befehlen des Wolkensammlers nicht widersetzen! Und auch ich kann dir bei dieser schwierigen Entscheidung nicht helfen. Betrachte sie aufmerksam, fasse sie auch ruhig an, wenn du willst, aber dann sag mir, wer deiner Meinung nach den Preis verdient hat: Athene, Hera oder Aphrodite.»

Die Göttinnen versuchten unterdessen, ihn auf jede nur erdenkliche Weise für sich einzunehmen. Sie hatten sich im frischen Quellwasser des Berges Ida gewaschen, um begehrenswerter zu wirken, und jetzt zogen sie immer engere Kreise um ihn, wurden immer faszinierender und betäubten ihn mit unbekannten Wohlgerüchen. Um Athenes Haupt funkelte und sprühte es nur so, was teils von ihren metallischen Augen, teils von dem in der Sonne strahlenden Helm kam. Die majestätische Hera mit den weißen Armen hatte sich ins Gegenlicht gestellt, um ihre üppigen Formen besser zur Geltung zu bringen. Aphrodite hingegen hatte sich zu diesem Anlaß von den Horen und den Chariten eine hauchzarte Tunika in allen

Regenbogenfarben nähen lassen. Diese Tunika war von der Schulter bis zu den Füßen seitlich geschlitzt, so daß ihre Hüften und das rechte Bein unbedeckt blieben.

«Muß ich sie so in dieser Aufmachung beurteilen», fragte Paris, «oder kann ich sie auch nackt sehen?»

«Kein Problem», erwiderte der Gott. «Wenn du willst, ziehen sie sich auch nackt aus.»

Aphrodite ließ sich das nicht zweimal sagen. Sie zog ein Bändchen an ihrer Schulter auf, und schon sackte die Tunika zu Boden. Sie stand jetzt vollkommen nackt da, nur ihren Gürtel hatte sie noch an.

Paris stockte der Atem.

«Du mußt auch den Gürtel ablegen!» schrie Athene.

«Aber dann setz du auch deinen Helm ab!» erwiderte Aphrodite. «Immer willst du als die Größte erscheinen!»

Mit Aphrodites Gürtel hatte es nämlich eine besondere Bewandtnis: es handelte sich dabei um ein Seidenband mit magischer Wirkung *(kestos himas)*, das bewirkte, daß jeder sich sofort in die Göttin verliebte, der sie nur ansah. Alle Kräfte, die bei der Verführung halfen, waren darauf eingestickt: die Zärtlichkeit, die Ungeduld, die Vertrautheit, die Überredungskunst und das heimliche Geplauder. Aphrodite legte ihn nie ab, um keinen Preis, nicht einmal, wenn sie zu Bett ging (vor allem dann nicht, wenn sie zu Bett ging). Auch jetzt, da sie vor Paris stand und gezwungen war, den Gürtel abzunehmen, ließ sie ihn aus Angst, daß jemand ihn ihr stehlen könnte, nicht aus der Hand.

«O Göttinnen des Olymp», rief der junge Schäfer blaß wie die Tunika einer Artemis-Priesterin am Tag ihrer Einkleidung, «ich fürchte, daß mich eure Schönheit überfordert, aber wenn es tatsächlich so ist, wie der Götterbote sagt, und ich mich meiner Aufgabe nicht entziehen kann, dann bitte ich euch, helft mir wenigstens. Kommt der Reihe nach einzeln neben mich, und während ich die eine betrachte, sollten sich die beiden anderen ein paar Meter entfernen, damit ich mich auf die eine konzentrieren kann.»

So geschah es auch. Als erste trat Hera neben ihn.

«Sieh mich genau an, o Sterblicher», sagte die Göttin. «Und vergiß nicht, wenn du mir die Auszeichnung gibst, mache ich aus dir den mächtigsten und reichsten Mann ganz Asiens, dann herrschst du über Länder und Meere, und die Menschen erzittern, wenn sie nur deinen Namen hören!»

Seine Feinde erzittern zu lassen, Asien zu beherrschen und die Nachbarvölker zu zwingen, die Oberherrschaft Trojas anzuerkennen, wäre für einen Königssohn das höchste der Gefühle gewesen; einen Hirtenjungen wie Paris hingegen, der von seiner vornehmen Abstammung nichts ahnte und von «Asien» womöglich noch nie etwas gehört hatte, konnte es nicht besonders verlocken.

Als zweite bot sich Athene seinen Blicken dar.

«O junger Paris, du bist stark und weise, aber du bist nicht der Stärkste und der Weiseste. Wenn du den Apfel mir gibst, richte ich es so ein, daß du alle Schlachten deines Lebens gewinnst und die Welt dich als den intelligentesten Mann aller Zeiten in Erinnerung behält.»

«Den intelligentesten?» rätselte Paris vor sich hin, ohne daß es aber so richtig bei ihm klingelte. «Was meint sie denn mit dem Intelligentesten? Und in welchen Schlachten soll ich bloß siegen? Ich habe doch nirgends eine Schlacht zu schlagen!»

Kurz, er fand auch die Vorschläge Athenes nicht besonders verlockend.

Dann kam schließlich Aphrodite an die Reihe. Je näher sie auf ihn zutrat, desto schneller jagte sein Puls. Er fühlte sich schwach werden, und ein merkwürdiges Verlangen befiel ihn, ein Verlangen, das in seinem Kopf anfing, langsam aber seinen ganzen Körper erfaßte.

«O Paris, du gefällst mir!» sagte die Göttin und sah ihm tief in die Augen, als müßte nun sie über ihn ein Urteil sprechen.

«Ich gefalle dir?» stammelte Paris.

«Ja, du gefällst mir sogar sehr», fuhr sie fort, «aber ich glaube, du weißt bereits, daß du schön bist. Trotzdem frage ich dich: Möchtest du gern noch schöner sein? Möchtest du, daß dir alle Frauen zu Füßen liegen? Gut, also wenn du diesen Apfel da mir gibst, dann mache ich dich zu dem Meistgeliebten unter den Sterblichen und gebe dir Helena von Sparta zur Gefährtin, die schönste Frau, die je unter Uranus' Zelt gesehen worden ist!»

Das war doch nun endlich ein Vorschlag, der Hand und Fuß hatte: man bot ihm eine Frau für sein Bett an!

«Wer ist denn diese Helena?» fragte er ungeduldig.

«Sie hat ein so zartes und feines Gesicht. Sie ist aus einem Schwanenei geboren, ihr Vater ist Zeus, ihre Mutter die unschuldige Leda. Sie hat langes, weiches und blondes Haar. Ihre Augen sind von tieferem Blau als die Seen des Parnassos.[9] Ihre Schenkel sind dazu gemacht, von Männerhänden liebkost zu werden. Ihre Brustwarzen gleichen sonnendurchtränkten Weintrauben. Ihre Brust ist warm und zart wie . . .»

«Genug, genug, ich will sie haben!» rief Paris aus, ohne ihr auch nur Zeit zu lassen, Helenas Brust zu beschreiben.

Und während er nun wie von Sinnen in den Wind schrie: «Helena, geliebte Helena», entfernten sich Hera und Athene zornentbrannt und sannen auf furchtbare Rache gegen ihn und alle Troer.

Zwischen Macht, Intelligenz und Liebe hatte Paris die Liebe gewählt, etwas anderes wäre für ihn auch schon deshalb gar nicht in Frage gekommen, weil es das einzige war, was er verstand. Ich muß gestehen, daß ich mich an seiner Stelle (vielleicht auch an meiner eigenen) ebenfalls für Aphrodite entschieden hätte.

Allerdings hatte die Göttin dann ganz schön zu tun, um ihr Versprechen einzulösen: Helena war nämlich schon verheiratet, und Paris war als Schafhirte ja auch nicht gerade eine Traumpartie. Als erstes mußte sie ihn also in seine rechtmäßige Stellung bei Hofe versetzen. Ja, und durch einen merkwürdigen Zufall begannen gerade in jenen Tagen die dardanischen Spiele in Troja. Ein höfischer Würdenträger suchte Agelaos in seiner Hütte auf, um Stiere auszuwählen, und während er die Tiere prüfte, erzählte er von den Spielen. Er sagte, daß sie von Laomedon, dem Vater des Priamos, auf Vorschlag Apollons erfunden worden seien, um Bündnisse mit den Nachbarvölkern zu begünstigen. Der Mann berichtete von den verschiedenen Wettkämpfen, den hervorragenden Teilnehmern und insbesondere von den wertvollen Preisen. Er sagte, die Sieger bekämen goldene Dreifüße, Kupfervasen, phrygische Sklavinnen und Tiere für die Arbeit. Und je mehr wunderbare Dinge er über die Preise, die Sklavinnen, die Tiere und die Heldentaten der Wettkämpfer erzählte, desto mehr geriet Paris aus dem Häuschen und wollte unbedingt auch teilnehmen.

«Vater!» rief der Junge schließlich aus. «Ich will an den Wettkämpfen teilnehmen!»

«An den Wettkämpfen?» fragte Agelaos verwundert.

«Ja, Vater, an den Wettkämpfen!» wiederholte Paris begeistert. «Ich will laufen, ich will kämpfen, ich will am Faustkampf teilnehmen.»

Dabei sah er sich bereits mit lorbeerumkränztem Haupt auf der höchsten Stufe der Siegertribüne stehen und von Priamos den Preis in Empfang nehmen.

Agelaos versuchte gleich, seine Begeisterung zu dämpfen:

«Junge, höre auf einen, der die Tücken der Welt kennt. Troja ist ein Schlangennest, das tausend Gefahren birgt, ein schlechtes Pflaster für einen Sohn von Hirten. In dem Straßengewirr dort würdest du dich noch vor Sonnenuntergang vollkommen verirren. Hier hingegen hast du Sonne, Wasser, Bäume, und keiner bedroht dein Leben.»

Aber Agelaos' Warnungen konnten Paris offenbar nicht

schrecken. Am folgenden Tag war der Junge schon vor Morgengrauen auf dem Weg ins heißersehnte Troja. Sein Adoptivvater, der Ärmste, folgte ihm in gebührendem Abstand, damit er nicht gesehen wurde. Zur Sicherheit ging Paris so lange am Fluß Simoeis entlang, bis er schließlich zu seiner Linken die Mauern der Hauptstadt auftauchen sah.

Das Stadion lag etwas außerhalb der Umfassungsmauern im Süden der Stadt. Als es Paris nach ein paar vergeblichen Versuchen schließlich gelungen war, in die Arena hineinzukommen, waren die Faustkämpfe bereits in vollem Gange. Priamos saß umgeben von Hecuba und seinen ältesten Kindern im Schutz eines Baldachins auf einem Lederthron und überreichte den Siegern eigenhändig die Preise.

Nachdem der Junge die Ausscheidungskämpfe mit Leichtigkeit gewonnen hatte, focht er nun den Endkampf vor den Augen des Königs aus. Mit einem wohlgezielten Faustschlag auf die Kinnlade eines Dardaners, der ihm an Körpergröße und Kräften weit überlegen war, siegte er durch k. o., holte sich aber seinen Preis nicht ab, weil er aus den Augenwinkeln gesehen hatte, daß am anderen Ende des Stadions gerade der Wettlauf begann. Wie der Blitz schoß er nun hinter den übrigen Teilnehmern her, die schon gestartet waren, und erreichte, nachdem er sie der Reihe nach überholt hatte, als erster das Ziel. Aber auch diesmal hatte er keine Zeit, den Preis in Empfang zu nehmen, da gerade das Signal zum Ringkampf gegeben worden war. Er legte seine Tunika ab, wie es unter Gymnasten so üblich war[10] und forderte, nachdem er seinen Körper mit Öl eingerieben hatte, die tüchtigsten Kämpfer der Troas heraus. Es versteht sich von selbst, daß ihm bei all diesen Wettkämpfen die unsichtbare Aphrodite zur Seite stand. Sie war es gewesen, die beim Entscheidungskampf im Boxen die Deckung des dardanischen Hünen hinuntergedrückt hatte; sie hatte den Zusammenstoß jener beiden Athleten verursacht, die Paris beim Wettlauf überholt hatten; sie hatte Hektor, dem stärksten Sohn des Priamos, beim Ringkampf ein Bein gestellt.

Die einheimischen Fans schimpften heftig auf Paris' Erfolg. Was bildete sich dieser Bauerntölpel eigentlich ein? Wie konnte er sich erlauben, einfach seine Preise nicht abzuholen, nachdem er die Wettkämpfe gewonnen hatte? War das vielleicht als Beleidigung für den König der Troer gedacht? Ein paar besonders Aufgeregte stiegen über die Absperrung aufs Spielfeld und wollten ihn schon lynchen, als sich Agelaos angesichts dieser Gefahr Priamos zu Füßen warf.

«O mein König», rief der gute Mann aus, «zähme die Wut deiner Untertanen, dieser junge Mann hier, der alle Wettkämpfe gewonnen hat, ist nämlich kein anderer als dein geliebter Sohn Paris!» Und zur Bekräftigung seiner Worte zeigte er Hecuba einen Anhänger, den sie ihrem Kind an jenem Tag eigenhändig angelegt hatte, als sie es ihm anvertraute.

Bei diesen Worten fuhr hinter Priamos eine Gestalt mit blitzenden Augen von ihrer Bank hoch: Kassandra, die ewige Unheilverkünderin. Sie war trotz ihres wutverzerrten Gesichts noch immer eine bemerkenswert schöne Frau. Wankend, wie betrunken, kam die Ärmste nach vorn und riß sich, während sie mit einer Hand auf den Unbekannten deutete, mit der anderen die schwarze Tunika vor der Brust auf.

«Vater!» schrie sie verzweifelt. «Töte diesen Jungen, oder er wird Troja töten!»

Aber auch diesmal wollte ihr Priamos nicht glauben.

«Dann soll Troja ruhig untergehen, wenn die Götter es so beschlossen haben», erwiderte er stolz. «Auf einen so tüchtigen Sohn will ich nicht verzichten!»

Aber wo befand sich Helena? Helena war die Gemahlin des Menelaos und Königin von Sparta. Vor dieser einigermaßen ruhigen Zeit hatte allerdings auch sie so manchen Sturm erlebt.

Ihr Stiefvater, der spartische König Tyndareos, hatte eines

Tages beschlossen, einen Ehemann für sie zu suchen und angesichts ihrer Schönheit die reichsten und mutigsten Junggesellen jener Zeit zu sich gerufen. Die Einladungen, die von den Herolden an alle Höfe Griechenlands gebracht wurden, enthielten die Aufforderung an jeden Kandidaten, sich klipp und klar zu äußern, wieviel Geld und Wertgegenstände er aufzubringen bereit war, falls die Wahl auf ihn fiel. Unter den Teilnehmern an dieser Auktion waren Ajax, der Sohn des Telamon, Odysseus, Philoktet, Menestheus, Teukros, Diomedes, Idomeneus, Menelaos und Patroklos, und jeder einzelne versprach Tyndareos große Ländereien und sagenhafte Geschenke, nur Odysseus, der über ein Inselchen herrschte, dessen einziger Reichtum Steine und Brennesseln waren, konnte nichts dergleichen anbieten.[11] Der großzügigste Anwärter war Agamemnon, der im Namen seines Bruders Menelaos eine Unmenge Gold- und Silbergeschirr vor den lüsternen Augen der Prinzessin aufstapelte. Von diesem Angebot geblendet, wollte Tyndareos gerade schon seine Entscheidung verkünden, als ihn Odysseus beiseite rief.

«O edler Tyndareos», hob cr an, «bekanntlich habe ich keine Reichtümer zu bieten, zuweilen aber kann ein guter Rat mehr wert sein als eine ganze Kiste voller Edelsteine. Wenn du mir versprichst, bei deinem Bruder Ikarios ein gutes Wort dafür einzulegen, daß er mir seine Tochter, die züchtige Penelope, zur Frau gibt, erteile ich dir dafür einen guten Rat.»

«Einverstanden», erwiderte Tyndareos instinktiv, «ich werde meinen Bruder überreden, dir seine Tochter zur Frau zu geben; aber jetzt gib mir diesen Ratschlag, der nützlicher sein soll als Gold.»

«Bevor du dich für einen der Anwärter entscheidest», schlug Odysseus vor, «läßt du dir von allen das Versprechen geben, daß sie jederzeit herbeieilen, wenn ein Fremder Helena die gebührende Achtung verweigert, und ihre Ehre mit Waffen verteidigen.»

Und so geschah es dann auch. Tyndareos opferte einen Schimmel und zerteilte ihn entsprechend der Zahl der Anwärter in vierzehn Stücke, die Fürsten legten die Hand auf das Fleisch und schworen, Helenas Ruf zu verteidigen und dafür auch ihr Leben hinzugeben. Der Ort in der Gegend von Sparta, wo dieser Pakt geschlossen wurde, ist noch heute zu besichtigen, er heißt «Das Grab des Pferdes».

Es war Helenas Schicksal, ihr Leben lang die Rolle der Geraubten spielen zu müssen, das hatte schon als Kind angefangen. Als noch nicht einmal Dreizehnjährige nämlich wurde sie, während sie im Artemistempel gerade ein Zicklein opferte, von zwei Brüdern, Theseus und Peirithoos, entführt. Die beiden losten dann aus, wer das erste Anrecht auf sie hatte. Theseus gewann und sperrte sie in das Schloß von Aphidnä ein, eine Festung in Attika, die zwar voller kostbarer Möbel und Seidenkissen war, dafür aber weder Türen noch Fenster besaß: ein goldenes Gefängnis also mitten in den Bergen. Hinein kam man nur über einen kilometerlangen Geheimgang.

Helenas Brüder Kastor und Pollux suchten landauf, landab in ganz Griechenland nach ihr, konnten aber ihr Gefängnis nicht finden. Dann jedoch gab ihnen eines schönen Tages eine etwas seltsame Gestalt namens Akademos einen Tip. Auf diese Weise erfuhren sie von dem Geheimgang und befreiten ihre Schwester. Bestimmten Berichten zufolge soll sich Helena während ihrer Gefangenschaft in Theseus verliebt und ihm eine Tochter namens Iphigenie geboren haben, eben jene, die später von Agamemnon geopfert wurde, um die Gunst der Götter für eine Reise der Achäer zu beschwören. Von Menelaos hatte Helena eine Tochter namens Hermione, soll aber anderen Quellen zufolge auch noch drei Söhne gehabt haben: Aithiolas, Maraphios und Pleisthenes.[12] Sollte dies alles stimmen, hätte Paris, als er Helena entführte, ja nicht gerade ein junges Mädchen in der Blüte seiner Jahre geraubt, sondern eine ausgewachsene Mutter von fünf Kindern.

Aber kehren wir nach Troja zurück, wo wir uns jetzt im letzten Jahr vor Kriegsausbruch befinden. Seit Paris am Hofe lebte, hatte er sich vollkommen verändert. Aus dem bescheidenen scheuen Hirten, als den wir ihn im Ida-Gebirge kennenlernten, hatte er sich nun plötzlich in einen arroganten und selbstverliebten aristokratischen Ehrgeizling verwandelt, einen Genießer, der prunkvolle Kleider trug und reichgedeckte Tische den einfachen Gaben der Natur vorzog. Priamos, der vorhatte, sich mit den Mysern zu verbünden, hätte es gern gesehen, wenn sich Paris mit einer Prinzessin von Arginussä verheiratet hätte, aber dieser baute fest auf Aphrodites Versprechen und weigerte sich, irgendwelche für eine Ehe in Frage kommenden Damen auch nur anzusehen. Sobald er aber einen traf, der aus Sparta kam, fragte er ihn sofort, ob er nicht vielleicht Helena, die Gemahlin des Menelaos, gesehen hätte.

Schließlich bot sich dann doch die große Gelegenheit – jene Gelegenheit, die sprichwörtlich Diebe schafft: Troja hatte beschlossen, eine Gesandtschaft nach Griechenland zu schikken, um die Achäer wegen der Schiffahrt am Hellespont zu besänftigen. Der von Troja verlangte Wegzoll, behauptete Priamos, dürfe nicht als Mißbrauch betrachtet werden, sondern als gerechte Abgabe an ihn, der schließlich Mittel und Leute eingesetzt habe, um diesen einst von Piraten heimgesuchten Meeresarm sauberzuhalten. Die Achäer waren da allerdings völlig anderer Meinung; sie sahen keinen großen Unterschied darin, ob sie nun von Piraten oder von den Troern ausgeraubt wurden, daher waren sie auch ernsthaft entschlossen, auf jede Form von Gewalt, gleichgültig von welcher Seite sie ausgeübt wurde, ebenfalls mit Gewalt zu antworten.

Die von den Troern gewählten Botschafter waren Äneas und Paris. Priamos ließ sie von einer Kriegsflotte (mit der er die Achäer ja gleichzeitig auch beeindrucken wollte) bis Elos geleiten. Paris hatte, um Aphrodite ein wenig auf die Sprünge zu helfen, an den Bug des Admiralsschiffs eine prachtvolle hölzerne Galionsfigur montieren lassen, die die Göttin der Liebe mit dem kleinen Eros im Arm darstellte. Erste Reiseetappe war Sparta, eben jene Stadt, wo das Ehepaar Helena und Menelaos in schöner Eintracht lebte.

Die trojanischen Edelleute wurden mit höchsten Ehren empfangen. Beim Festmahl waren außer dem König und der Königin auch deren Brüder Kastor und Pollux zugegen. Das Tischgespräch drehte sich schließlich um das Thema, ob es männlicher sei, eine Frau zu rauben oder ihre Huld mit poetischem Gesang zu erobern? Zwei der Tischgenossen, die letztere These vertraten, warfen den Dioskuren (Kastor und Pollux) vor, ihre Frauen geraubt zu haben, und zwar nicht einmal aus Liebe, sondern aus Geiz, da sie sich nach dem Raub auch noch geweigert hätten, dem Schwiegervater Leukippos die Mitgift zu zahlen. Die beiden Beschuldigten empfanden diese Unterstellung als beleidigend und reagierten entsprechend scharf. Die Gemüter erhitzten sich, und Paris nutzte diese Situation sofort aus, um der Hausherrin den Hof zu machen: er nahm ihr den Weinkelch aus der Hand, aus dem sie gerade getrunken hatte, und trank dreist selber daraus, indem er seine Lippen genau an die Stelle setzte, die sie mit ihrem Mund berührt hatte. Menelaos war so abgelenkt (oder vielleicht auch ein wenig betrunken), daß er nichts davon bemerkte. Am nächsten Tag tat er etwas noch Schlimmeres: er reiste nach Kreta ab, wohin er von Idomeneus zu einer Jagdpartie eingeladen worden war, und ließ die zarte, schutzlose Helena in der Gewalt ihres Verführers zurück.

Gott, so zart und schutzlos kann die Dame doch nicht gewesen sein, wenn sie vor ihrer Flucht noch Zeit fand, die Schatztruhen des Apollontempels auszuräumen, sämtliche Kleinode ihrer Aussteuer auf zwei Maultiere zu laden und sich von fünf Vertrauten begleiten zu lassen. Die These, daß sie Opfer einer Verzauberung durch Aphrodite geworden sei, läßt sich wohl doch nicht so ganz aufrechterhalten, denn wenn man aus

Liebe flieht, nimmt man doch nicht gleich das ganze Familiensilber mit!

Das Schiff des Liebespaars berührte zuerst Zypern, dann Kranaë, ein eher unbekanntes ägäisches Inselchen. Dort verbrachten Paris und Helena unter einem Sternenhimmel, den die Göttin Aphrodite dem Anlaß entsprechend funkeln ließ, am Strand ihre erste Liebesnacht.

«Komm her, Frau», raunte ihr der junge Prinz ins Ohr, «verlieren wir keine Zeit: strecken wir uns hier aus und erfreuen uns der Liebe!»

«Gewiß, mein schöner Paris», erwiderte sie ohne den geringsten Anflug von Scham, «auch ich begehre dich, wie ich noch keinen anderen in meinem Leben begehrt habe. Möge Aphrodite diese Nacht ein ganzes Jahr dauern lassen!»

Ein paar Tage lang herrschten in der Tat ideale Wetterbedingungen: das Meer blieb warm und ruhig, so daß das Liebespaar häufig in die ägäischen Fluten tauchen konnte, auch des Nachts. Um zu verhindern, daß jemand Helena in ihrer paradiesischen Nacktheit sehen konnte, und sei es auch nur von ferne, befahl Paris seinem Kommandanten, das Schiff weit draußen vor Anker zu legen; außerdem ließ er die gesamte Mannschaft, auch die Troer, an die Ruderbänke ketten. Äneas (der ein ernsthafter Mann war) war entsetzt über das gelinde gesagt wenig verantwortungsvolle Verhalten seines Vetters. Daher verließ er ihn und nahm Kurs auf Troja.

Nachdem die Flitterwochen vorbei waren, wäre auch Paris gern nach Hause zurückgekehrt, aber nun entfesselte Hera eingedenk ihrer Demütigung, die sie nicht verwinden konnte, mindestens zehn Stürme gegen ihn, von denen einer furchtbarer war als der andere, so daß es Paris in alle Himmelsrichtungen des Mittelmeeres verschlug. Er soll in Ägypten, in Syrien und Phönizien gewesen sein; Tatsache ist jedenfalls, daß er sehr lange brauchte, bis er endlich die Küsten der Troas erreichte. Als er aber dann nach Hause kam, empfingen ihn seine Landsleute aufs herzlichste: alle, von Priamos bis zum letzten Untertan, beglückwünschten ihn und verliebten sich der Reihe nach in Helena, ohne zu ahnen, daß der Name Trojas ausgerechnet wegen dieser Frau eines Tages zum Synonym für leichten Lebenswandel werden würde.

IV
Thersites

Kaum gelandet, erfahren wir, daß der Trojanische Krieg zu Ende ist. Wir hören die traurige Geschichte von Protesilaos und Laodameia und lernen Thersites kennen, der wie gewöhnlich über Odysseus, Achilles und Agamemnon schimpft.

Leontes' Schiff fand einen Durchlaß zwischen zwei anderen Schiffen, und Philoteros, der reizbare Kapitän, schrie aus voller Kehle Befehle und Gegenbefehle und ließ seine Wut wie gewöhnlich an allen aus: an Stenobyos, weil er nicht auf ihn hörte, an den Matrosen, weil sie nur auf Stenobyos hörten; er schimpfte auf die Nachbarschiffe, weil sie nicht genügend Abstand wahrten, auf die Leute am Ufer, weil sie die Leinen nicht im Flug erhaschten, auf die widrigen Winde, auf die Strömung, die ihn nach Backbord trieb, auf die Götter, auf die Unterwelt, auf die Troer, auf die Möwen und überhaupt auf alles, was ihm unter die Augen kam.

Sobald das Anlegemanöver beendet war, versammelte sich eine Schar von Neugierigen am Schiff, äußerst merkwürdig gekleidete Menschen, die sich in unverständlichen Sprachen unterhielten: Ätoler mit doppelhörnigen Helmen, eleische Krieger mit langen Haaren bis tief in den Rücken, Kephallener, Magneter, Kureter, Ziegenhirten, die Näpfe mit Milch anboten, auf der es von schwarzen Insekten wimmelte, zu Paaren zusammengebundene äthiopische Sklaven, kleine Mädchen, die Wasser verkauften, Dirnen auf der Suche nach Kunden, Krüppel, thrakische Gefangene mit roten Haaren und blauen Augen, Bettler, Weissager, die schreckliche Prophezeiungen in den Wind schrien, zerlumpte, unterernährte, schmutzige Männer, Frauen und Kinder.

Gut, schmutzig waren damals alle: Wasser war in jenen Gegenden ein kostbares Gut, es reichte kaum dazu, den Durst zu löschen. Die reinsten Quellen lagen alle im Landesinnern, beim Zusammenfluß des Simoeis mit dem Skamandros, in einer Gegend also, die ständig von Ausfällen der Troer bedroht war und die die Achäer also nur mit einer gewissen Angst aufsuchten.

Bei diesen Achäern herrschte ein merkwürdiger Glaube, den sie den «Fluch des Protesilaos» nannten: danach mußte derjenige, der als erster seinen Fuß an Land setzte, auch als erster sterben. Wir können uns also gut vorstellen, was sich da im Augenblick der Landung an Bord abspielte: wie die tapferen Krieger zurückwichen, nur um nicht als erste aussteigen zu müssen, wie die Seeleute trotz aller Schreie Philoteros' vorgaben, mit wichtigen Aufgaben beschäftigt zu sein, wie die Helden, die doch für ihren Mut berühmt waren, sich gegenseitig schubsten und hofften, daß wenigstens einer von ihnen diesen Fluch noch nicht kannte. Der Neuling, auf den sie diesmal alle setzten, war der junge Leontes, und tatsächlich wollte der Junge, der noch nie etwas von Protesilaos gehört hatte, schon aussteigen, als ihn Gemonydes am Arm packte.

«O Leontes, bleib stehen, sonst erfüllt sich noch Protesilaos' Fluch an dir und du mußt bald sterben.»

«Was soll denn das für ein Fluch sein, Meister?»

«Vor neun Jahren gelangte ein thessalischer Fürst, der zu Lebzeiten Iolaos und, nachdem sich seine sterbliche Hülle aufgelöst hatte, Protesilaos hieß, nach Troja. Er kam aus dem fernen Iolkos und führte vierzig schwarzbemalte Schiffe mit doppelten Ruderreihen an, voll besetzt mit bewaffneten Soldaten. Mit ihm kam auch sein Bruder Podarkes, der Amazonentöter, sowie unsichtbar der schnellfüßige Achilles.»

«Achilles, meinst du vielleicht meinen Achilles?» fragte Leontes, der immer ganz aufgeregt wurde, wenn die Rede auf seinen Lieblingshelden kam.

«Richtig, der Pelide. Der listenreiche Odysseus war ihm gerade erst auf die Schliche gekommen, als er sich in Frauenkleidern unter die Töchter König Lykomedes' gemischt hatte, und verfrachtete ihn auf ein Schiff nach Troja.»[1]

«Und was ist dann passiert?»

«Die Troer», fuhr Gemonydes fort, «waren von den Phrygern, die auf den Höhen des Tenedos[2] lebten, gewarnt worden und versammelten sich nun entlang des ganzen Ufers. Sobald das erste Schiff des Protesilaos versuchte, sich der Küste zu nähern, bombardierten sie es sofort mit spitzen Steinbrocken und Kieselsteinen.»

Daß die Kämpfe der Antike hauptsächlich Steinschlachten waren, sollte uns nicht besonders wundern: Eisen[3] war damals ein sehr seltenes Metall, fast noch kostbarer als Gold. Wir brauchen uns nur daran zu erinnern, daß einer der Preise bei den Trauerspielen zu Ehren des Patroklos einfach ein Eisenblock war, und daß Achilles bei derselben Gelegenheit zu den Wettkämpfern sagte: «Dies hier ist ein Preis, um den es sich zu kämpfen lohnt. Wer ihn bekommt, braucht, so groß auch seine Ländereien sein mögen, mindestens fünf Jahre lang nicht mehr die Gegend nach weiterem Eisen abzusuchen.»[4] Nur die Reichen besaßen damals Waffen im engeren Sinn des Wortes, die anderen mußten sich irgendwie behelfen; sie gebrauchten die sogenannten uneigentlichen Waffen, also Steine, Stöcke, Mistgabeln usw. Die Schlachten des zwölften vorchristlichen Jahrhunderts waren nichts anderes als ein gewaltiger Steinhagel zwischen zwei gegnerischen Heeren. Man bewarf sich zunächst aus einem gewissen Abstand und kämpfte schließlich mit Stökken und Fausthieben von Mann zu Mann. Die Helme, Lanzen, Schwerter und bemalten Schilde, von denen Homer in der *Ilias* und der *Odyssee* so viel erzählt, waren ein ausschließliches Privileg der Helden, und es war durchaus gang und gäbe, daß der Sieger nach einem Zweikampf schnell von seinem Wagen herabstieg und dem Feind die Waffen abnahm, während der Ärmste vielleicht gerade erst seinen letzten Atemzug tat. Wer so reich war, daß er eine Lanze ganz aus Metall besaß, hütete sich sehr, seine Waffe gegen den erstbesten Gegner einzusetzen.

«Nach ein paar vergeblichen Versuchen», fuhr Gemonydes fort, «gelang es den Thessaliern schließlich, unter dem Steinhagel auf ilischem Boden zu landen. Achilles, der schon ganz begierig war, im Blut seiner Feinde zu baden, wollte gerade an Land springen, als ihn seine Mutter, die unsichtbare Thetis, am Arm zurückhielt. Sie hatte ein Orakel vernommen, das weissagte, daß der erste, der an Land ging, auch als erster sterben werde, und davor wollte sie ihn bewahren. Es wird auch erzählt, daß sie, während sie mit der einen Hand den Eifrigen bremste, mit der anderen Protesilaos schubste, so daß sich an ihm das unvermeidliche Schicksal erfüllte. Der Unglückselige hatte den Fuß noch nicht einmal richtig an Land gesetzt, als ihn schon die Lanze Hektors, des Priamos Sohn, durchbohrte.»

Der arme Protesilaos! Dabei hatte er sich gleich am Tage nach seiner Hochzeit mit Laodameia, der bildschönen Tochter König Akastos', eingeschifft, um an die Front zu kommen. Jahrelang hatte er von ihr geträumt, sich nach ihr gesehnt, sie begehrt, und jahrelang hatte der König sich seinen Wünschen widersetzt. Und als sich seine Sehnsucht dann doch endlich erfüllte, mußte er gleich nach Troja ziehen. Und das, nachdem er sie nur eine einzige Nacht besessen hatte!

Von soviel Unglück gerührt, widmet ihm Homer drei ergreifende Verse:

«Einsam in Phylake blieb mit zerrissenen Wangen die Gattin
Und sein verödetes Haus; ihn erlegt' ein dardanischer Krieger,
Als er dem Schiff entsprang, zuerst vor allen Achaiern.»[5]

Von wegen, daß er «entsprang», möchte ich ergänzen: wenn Thetis ihm nicht den Schubs gegeben hätte, wäre er doch niemals von Bord gegangen!

Als Laodameia vom Tod des Protesilaos erfuhr, fiel sie, wie es wohl jeder anderen Ehefrau an ihrer Stelle auch ergangen wäre, in tiefe Verzweiflung. Sie hatte allerdings zusätzlich noch den Hohn zu ertragen, daß sie nur eine einzige Liebesnacht erlebt hatte. Nein, das konnte nicht gerecht sein: zuerst hatte sich ihr Vater der Heirat widersetzt, dann wurde die Hochzeit in aller Eile vollzogen, der Bräutigam mußte sofort nach Troja abreisen und starb schließlich auf diese tragische Weise, bevor sein Fuß den feindlichen Boden noch richtig berührt hatte. Nach langer Überlegung kam die Ärmste zu dem Schluß, daß sie vom Schicksal sehr schlecht behandelt worden war, insbesondere von der Göttin Persephone. Daher beschloß sie, gerade diese um eine zweite Liebesnacht anzuflehen.

«O Göttin des letzten Hauses», sagte sie zu ihr, «du weißt doch genau, wieviel Schmerzen die Trennung von der geliebten Person bereitet. Noch heute teilst du deine Zeit zwischen dem liebenden Gemahl und der weinenden Mutter, so gewähre auch mir und meinem unglückseligen Gatten noch eine Gelegenheit zur Liebe. Eine einzige Nacht lang hat er mich besessen, und um eine einzige Nacht bitte ich dich heute.»

Persephone hatte Verständnis und war bereit, sie zu erhören. Sie gewährte Laodameia die ersehnte zweite Liebesnacht, genauer gesagt, drei zusätzliche Stunden, die das Paar nur in größter Heimlichkeit verbringen durfte.

In einer stürmischen Nacht erschien der verblichene Held dann seiner Gemahlin, und zwar direkt in ihrem Schlafzimmer. Er trug noch die Waffen, mit denen er abgereist war, und blutete aus der Brust.

«Mein Geliebter, du hier!» rief Laodameia aus und küßte ihn leidenschaftlich.

«Rasch, Liebste», forderte er sie auf und schob sie nur ein

klein wenig von sich, um sich auskleiden zu können, «laß mich schnell in meinen geliebten *thalamos*! Mein Verlangen nach dir ist so heftig, daß ich es nicht mehr aushalte! Drei Stunden haben uns die Götter nur gewährt, und ich möchte nicht, daß deine Worte, auch wenn sie noch so liebevoll sind, uns die Zeit für die Zärtlichkeiten stehlen.»

«Nein, Protesilaos, warte!» schrie sie. «Nur eine einzige Nacht . . .»

«. . . in Wirklichkeit nur drei Stunden, Liebste», erklärte er mit einer für einen Mann in seiner Lage beachtlichen Pedanterie.

«In nur drei Stunden kann ich mein Liebesverlangen niemals stillen!» rief Laodameia. «Laß uns die Zeit lieber anders nutzen, als sie mit einer gewöhnlichen Umarmung zu vergeuden. Halte also still vor meinen Augen, damit ich eine Statue modellieren kann, die dir bis in die kleinste Einzelheit ähnelt. Auf diese Weise kann ich dich bis ans Ende meiner traurigen Tage behalten.»

Gesagt, getan. Laodameia (die eine Bildhauerin von hohen Graden war) ließ sich von ihren Sklaven einen Zentner Wachs bringen und porträtierte Protesilaos in der Haltung eines Mannes, der eine Frau umarmt. Als das Werk vollendet war, legte sie die Statue aufs Bett und schloß sie in die Arme. Als ihr Vater sie nirgends mehr auftauchen sah, ließ er ihr von den Sklaven nachspionieren, und als er hörte, daß die Tochter Tag und Nacht in den Armen eines Mannes lag, befahl er, die Tür zu ihrer Wohnung aufzubrechen. Nachdem die mitleiderregende Täuschung entdeckt war, ließ er die Statue des Toten in kochendes Öl werfen, aber genau in dem Augenblick, da das Wachs zu schmelzen begann, stürzte sich auch die arme Laodameia in den Kessel.

Der Erzählung nach wurde Protesilaos, der Mann, «der als erster sprang», in der Nähe der Stadt Elaios[6] im Gebiet von Chersonesos begraben. Auf sein Grab wurde eine Ulme gepflanzt, deren Äste hundert Jahre lang ununterbrochen grünten – mit Ausnahme jener Zweige, die Richtung Troja wiesen.

Leontes und Gemonydes waren nicht abergläubisch, aber ob nun an der Legende von Protesilaos etwas Wahres dran war oder nicht, sie hielten es jedenfalls für klüger, erst als letzte von Bord zu gehen. In der Zwischenzeit hatte Philoteros das Landungsproblem glänzend gelöst: der Kapitän hatte einen lybischen Ruderer, einen der ältesten, von den Ruderbänken losketten lassen und ihn gezwungen, als Schrittmacher voranzugehen. Mit aller Wahrscheinlichkeit hätte ihn Philoteros gleich darauf auch getötet, hätte nicht Gemonydes ein Wort für ihn eingelegt.

«Laß ihn leben, o Philoteros!» sagte der Meister. «Siehst du denn nicht, daß sein Haar schon grau ist?»

«Gerade deshalb habe ich ja beschlossen, ihn zu erledigen!» erwiderte der alte Zyniker voller Genugtuung. «Der Lybier ist jetzt schon über Dreißig und taugt nichts mehr am *zygon*: er ißt und trinkt so viel wie ein Junger, kann aber den Rhythmus des Schlagmanns nicht mehr halten. Und im übrigen ist es ja nicht meine Schuld, wenn er stirbt. Dazu hat ihn doch das Gesetz des Protesilaos verurteilt!»

«Gut und schön», erwiderte Leontes, «aber dann laß doch die Moiren darüber entscheiden!»

Philoteros hatte wohl gerade seinen gütigen Tag, denn im letzten Augenblick verzichtete er, wenn auch widerstrebend, doch darauf, den Lybier zu töten. Als Leontes und Gemonydes dann glücklich, einem Menschen das Leben gerettet zu haben, auf das achäische Lager zuschritten, wurden sie von einem zerlumpten Lokrer aufgehalten.

«O ihr Kreter, was treibt ihr hier in Ilion?» fragte der Soldat. «Der Krieg ist aus und alle bereiten sich auf die Rückkehr in die Heimat vor. Wir befragen schon die Wahrsager nach den Windrichtungen.»

«Der Krieg ist aus!» rief der Meister erstaunt. «Ja wie kommt denn das?»

«Das habe ich auch nicht recht verstanden», räumte der Lokrer ein. «Gestern hat mein Anführer, der unbesiegbare Ajax, Sohn des Oileus, der den Stab schwingt wie kein zweiter Achäer, zu mir gesagt: ‹O Lystodemos, ich habe eine gute Nachricht für dich: morgen kehren wir nach Hause zurück. Sag deinen Gefährten, sie sollen die Schiffe beladen und sich bereit halten, sie über die Balken ins Wasser zu lassen.› Ich muß dir gestehen, Alter, daß diese Nachricht mich mit Freude erfüllt hat, denn ich kann es kaum erwarten, meine Kinder zu umarmen, und mit ihnen auch meine Gemahlin, sofern diese sich nicht in der Zwischenzeit einen Jüngeren genommen hat.»

«O Lystodemos, Lügenmaul», schrie ein zweiter, der im Unterschied zum Lokrer einen feinen *thorax* aus rotem Leder trug[7], «du bist doch wirklich ein Hund! Idomeneus schwingt den Stab am besten und nicht dieser Zwerg, dein Ajax, Sohn des Oileus. Er kann von Glück sagen, daß wir verbündet sind und er sich nie mit meinem Anführer messen mußte, sonst würde er jetzt schon mitsamt seiner ekligen Schlange im Hades schmachten.»

«Was fällt dir ein, du Wurm, die Geschicklichkeit meines Herrn in Zweifel zu ziehen?» gab der erste Soldat zurück und zog einen Knüppel aus dem Gürtel, der mindestens einen halben Meter lang war.

«Du elende Laus aus dem elenden Lokris», versetzte der andere unverschämt, «wenn du schon nicht glauben willst, daß mein Herr tüchtiger ist als der deine, so finde dich wenigstens damit ab, daß ich, Ariassos, Sohn des Gadenor, geboren in der Feste Gortyn, im Faustkampf[8] geschickter bin als du. In dieser Disziplin bin ich im kreideweißen Lykastos schon zweimal Meister geworden.»

«Hört auf, o Achäer!» rief Leontes aus und stellte sich zwischen die Bewaffneten, um zu verhindern, daß der Streit in einen Zweikampf ausartete. «Sagt mir doch lieber: stimmt es wirklich, daß der Krieg aus ist?»

«O edler junger Herr», ließ sich Ariassos sofort vernehmen, der als geübter Nassauer die Chance eines Freitrunks witterte, «heute ist meine Kehle trocken wie der Wüstensand, und die Sonne der Dardaner wird mir bestimmt die Zunge nicht lösen. Wenn du mir aber ein Gläschen Phästoswein anbieten würdest, bin ich sicher, daß mich das Blut des Dionysos wieder geschwätzig machen könnte. Gerade nur ein paar Schritte von hier hat der Lyker Telonis seine Schenke.»

Leontes und Gemonydes wandten sich dem von Ariassos beschriebenen Ort zu, und auch Lystodemos schloß sich ihnen an. Er hatte entweder schon vergessen, daß er beleidigt worden war, oder er fand es gerade deshalb gerecht, daß ihn jemand zum Trinken einlud.

Lystodemos glich mehr einem Bettler als einem Soldaten: seine Tunika war an drei Stellen geflickt, und als Fußbekleidung hatte er nur Lumpen um die Füße gewickelt. Den Mächtigen gegenüber war er servil, Angebern vom Schlag des Ariassos aber begegnete er hochmütig. Dieser wiederum spielte sich vor den Armen immer groß auf: er brüstete sich mit seinem rötlichen, ganz mit ehernen Lamellen bedeckten *thorax* und spazierte damit im ganzen Lager umher. Gemonydes überlegte, daß Lystodemos wohl ein armer Teufel war, während er Ariassos als Leichenfledderer einschätzte, der diesen *thorax* wahrscheinlich im Kampfgewühl einem Gefallenen weggenommen hatte. Auf den Lamellen waren im übrigen Dekorationen von trojanischer Machart zu erkennen.

Der Lyker Telonis hingegen war der typische Opportunist, wie ihn jeder Krieg hervorbringt: er hatte am Rande des achäischen Lagers eine kleine Holzhütte errichtet und verkaufte praktisch alles an jedermann. Für ihn waren Troer und Achäer nichts anderes als potentielle Kunden, und er dankte Zeus dafür, daß er einen so langen und blutigen Krieg geschickt hatte. Seinen Wein schenkte er allen gleichermaßen aus. Es war ihm auch vollkommen gleichgültig, wer am Ende siegen würde.

Wein war ein Getränk für Reiche, daher ließ sich Gemonydes bei all seiner Begierde, genauere Informationen zu bekommen, zunächst einmal die Preise sagen. Dann bestellte er für Ariassos und Lystodemos je ein Glas mit Honig gesüßten Wein, für sich und Leontes eine Tasse Gerstenkaffee.

«Erklärt mir jetzt, o Freunde», bat Gemonydes, «wie es dazu kam, daß die Achäer sich nach so vielen Verlusten schließlich doch entschieden haben, den harten Kampf aufzugeben, und warum zwei so stolze Fürsten wie Menelaos und Agamemnon auf die schöne Helena verzichten, um sie diesem Gecken Paris zu überlassen.»

«Also die Dinge haben sich folgendermaßen abgespielt...», hob Lystodemos an, aber Ariassos fiel ihm sofort ins Wort.

«Schweig, Lokrer, und trink. Du hast es mir zu verdanken, daß du jetzt hier in Telonis' Taverne mit am Tisch sitzt. Im übrigen wüßte ich auch gar nicht, was du groß erzählen könntest, du warst doch bei der Versammlung überhaupt nicht dabei und kannst bestenfalls nachplappern, was du auf der Straße gehört hast, gerade so wie die Sklavinnen an Winterabenden in der *gynaikonitis*.»[9]

«Dann rede eben du, verdammter Kreter, du kannst ja auch nicht einen Augenblick lang deinen Mund halten», grollte Lystodemos. «Hoffentlich nimmt dir Hera bald die Stimme, wie sie es einst mit der geschwätzigen Echo getan hat!»

Nachdem er also nun seinen Rivalen kaltgestellt hatte, begann Ariassos zu erzählen. Andere Gäste versammelten sich um den Tisch, darunter war auch Telonis, der wohl als einziger darüber besorgt war, daß der Krieg tatsächlich bald aus sein könnte.

«Wir sind alle zum Schiff des gerenischen Nestors[10] gegangen, Schedios war dabei und Epistrophos und die kriegerischen Phokäer, Arkesilaos und Protenon mit den getreuen

Böotiern, Thoas mit den Ätolern und Leonteus und Menesteus...»

«Du willst doch wohl hoffentlich nicht alle Schiffe aufzählen?»[11] protestierte Lystodemos. «Da würden nicht einmal neun weitere Kriegsjahre ausreichen, um auch nur die Namen der Kapitäne zu nennen! Und außerdem wäre das unseren Gastgebern gegenüber nicht gerade besonders korrekt!»

Ariassos überhörte ihn oder gab zumindest vor, ihn zu überhören, und fuhr unerschütterlich fort:

«Wie gesagt waren alle versammelt, die etwas zu sagen haben. Jeder wollte seine Meinung äußern, und keiner wollte zuhören, wenn ein anderer etwas sagte, bis dann schließlich neun Herolde sich mit durchdringendem Geschrei einen Weg durch die Menge bahnten und die Störenfriede derb anpackten, um wenigstens soweit Ruhe herzustellen, daß Agamemnon auf die Hütte von Nestors Schiff klettern konnte. Der oberste Kriegsherr schwang sein Zepter, und die Menge verstummte. Es war eben jenes Zepter, das Hephästos so meisterlich für Zeus geschmiedet hatte. Zeus gab es Hermes, Hermes Pelops, Pelops Atreus, Atreus Thyestes und Thyestes Agamemnon...»

«O Kalliope, befreie mich doch von diesem Klatschmaul!» flehte Lystodemos mit zum Himmel erhobenen Augen und hielt sich die Ohren zu. «Du weißt doch, wie ich diese Scharlatane hasse, warum müssen mir immer solche über den Weg laufen!»

«Du mieser Lokrer!» schrie Ariassos. «Diesmal bist du wirklich zu weit gegangen!» Mit diesen Worten zog er sein ehernes Schwert und stürzte sich auf ihn, wild entschlossen, ihn damit zu durchbohren.

Leontes und Gemonydes warfen sich dazwischen und versuchten ihn mit aller Kraft von seinem Vorhaben abzubringen. In dem allgemeinen Durcheinander stürzten schließlich der Tisch mit den gerade aufgetragenen Weinbechern sowie alle *thrania*[12] um. Ariassos war außer sich, er wirkte wie von Sinnen. Er brüllte herum, daß er seinen Feind töten wolle, und war mit nichts zur Vernunft zu bringen. Eine Dirne, die neben ihnen gesessen hatte, bekam einen hysterischen Anfall und schrie wie am Spieß. Dann kamen zum Glück endlich die Knechte Telonis', die es irgendwie schafften, den Streit zu beenden: vier von ihnen beruhigten Ariassos, indem sie ihn in einer Ecke der Taverne festhielten, zwei andere jagten Lystodemos hinaus, nachdem sie ihm eingebleut hatten, sich hier nie mehr blicken zu lassen.

Als wieder Ruhe herrschte, bat Gemonydes Ariassos, mit seinen Erzählungen fortzufahren. Der Prahlhans ließ sich erst noch bitten. In dem Bewußtsein, daß jetzt alle Blicke auf ihn gerichtet waren, erhob er sich betont langsam, warf einen haßerfüllten Blick um sich und trat unschlüssig, ob er seinen persönlichen Feind weiter verfolgen oder lieber dem inzwischen zahlreichen Publikum einen Beweis seiner Redekunst liefern sollte, unter den Bogen am Eingang. Zur großen Erleichterung der Anwesenden entschloß er sich aber dann doch für letzteres.

«So also sprach Agamemnon, der König der Menschen: ‹O Achäer, viele Jahre sind mit vergeblichen Versuchen verstrichen, die Mauern Trojas niederzureißen. Viele der unseren sind dabei gestorben oder haben den Gebrauch ihrer Beine oder Arme eingebüßt. Die Balken unserer Schiffe beginnen schon zu faulen, die Taue spleißen mit jedem Tag mehr, und unsere Gemahlinnen im fernen Heimatland eilen in der Hoffnung, als erste die Segel jener Schiffe wiederzusehen, mit denen die Väter ihrer Kinder vor neun Jahren hinausgefahren sind, immer häufiger ans Ufer. Unsere Hoffnungen, Ilion mit den breiten Straßen zu erobern, sind nun alle geschwunden. So bleibt uns nur noch eine Wahl: entweder für die schönen Augen Helenas zu sterben oder uns einzuschiffen und in unsere Häuser zurückzukehren, in denen wir unsere Kindheit verbracht haben.›»

Die Zuhörer antworteten mit einem langanhaltenden Gemurmel.

«Glaubt mir, meine Gefährten», fuhr Ariassos fort, «Agamemnon hatte seine Rede noch nicht beendet, als die ganze Versammlung wie ein Mann zu den Schiffen stürzte. Es war nicht anders als bei jener legendären Monsterwelle aus Thera, von der unsere Sänger berichten.[13] Und alle schrien: ‹Wir kehren nach Hause zurück, wir kehren nach Hause zurück!› Und umarmten einander weinend. Auch ich habe mitgeschrien und mitgeweint. Im übrigen bin ich der Meinung, wenn es uns in neun Jahren nicht gelungen ist, Troja zu erobern, wie soll es uns dann jetzt, im zehnten Jahr, gelingen!»

Ein Schreien übertönte seinen letzten Satz. Jemand, der gerade hinzugekommen war, war offenbar ganz anderer Meinung als Ariassos und fing an, ihn zu beschimpfen:

«Was verstehst du elender Feigling denn vom Krieg?» schrie die Stimme. «Du hast doch in all den neun Jahren dem Feind immer nur deinen Hintern gezeigt!»

Ariassos versuchte, sich einen Weg durch die Menge zu bahnen, um den neuen Herausforderer zur Rechenschaft zu ziehen, sah aber keinen geringeren als Odysseus, den König von Ithaka, vor sich stehen. Der Held schwang Agamemnons Zepter in der Rechten, als wollte er damit zum Ausdruck bringen, daß nun er, Odysseus, der neue Anführer des achäischen Heeres war. Und für den Fall, daß ihm das Zepter noch nicht genügend Respekt verschaffte, hatte er auch noch eine Gruppe von Ithakern, darunter den Riesen Eurybates, um sich versammelt.

«Aber Agamemnon hat doch gesagt . . .», wagte sich Ariassos hervor.

«. . . Agamemnon wollte die Achäer nur auf die Probe stellen, und die größten Feiglinge, solche wie du, sind ja auch darauf hereingefallen. Wenn hier außer dir vielleicht noch einer ist, der seine Zweifel hat, soll er ruhig vortreten. Es wird mir ein Vergnügen sein, ihn mit eigner Hand umzubringen.»

«Ich glaube dir kein Wort, Odysseus, und ich werde dir auch niemals glauben, jetzt nicht und in alle Ewigkeit nicht!»

Ein neuer Störenfried hatte sich zu Wort gemeldet, ein kleiner, ziemlich komisch aussehender Krieger, dessen Kopf eher einer Birne glich. Er war bucklig und hinkte und hatte nur noch ein spärliches Haarbüschel mitten auf dem Schädel. Sein Name war Thersites, und er wurde mit allgemeinem Gelächter begrüßt: offenbar war er bei den Gästen dieses Lokals schon sattsam bekannt.

«Wer bist du?» fragte Odysseus.

«Einer, der dir nicht glaubt», erwiderte Thersites und deutete eine Verbeugung an, mit der er wiederum nur Gelächter auslöste, «aber nicht etwa, weil ich deinem diebischen Gefährten Agamemnon nicht zutraue, daß er lügt, sondern weil ich einem wie dir nicht glauben kann, denn du hast dir die Lüge zur Methode gemacht, ja, du hast schon gelogen, als du dich noch im Mutterbauch herumdrehtest. Wann hast du je auch nur eine einzige, bescheidene kleine Wahrheit von dir gegeben!»

«Du Schuft! Wie kannst du es wagen, unseren höchsten Herrn als Dieb zu beschimpfen?» donnerte Odysseus, um das Scheusal zurechtzuweisen. Andererseits wollte er aber nur zu gerne herausbekommen, welche Schuld Agamemnon wieder auf sich geladen hatte.

«Ich habe ihn Dieb genannt und müßte mich dafür bei den Dieben entschuldigen», versetzte Thersites prompt. «Der Atreide ist weit mehr als ein gewöhnlicher Dieb, er ist der Dieb schlechthin. Seine Buden sind bis unter die Decke mit Erz gefüllt, und er läßt mehr Frauen in sein Zelt bringen, als er je vernaschen kann. Und stellt auch noch Ansprüche, unser Herr! Er will nur schöne frische Mädchen. Und wer muß diese Mädchen für ihn auftreiben? Doch wir, bei Zeus, wir Achäer!

Und wer verschafft ihm das Gold? Natürlich auch wieder nur wir Achäer. Wir müssen Unschuldige überfallen und abschlachten, nur um für Agamemnon Gold aufzutreiben. Es wäre ja auch zu anstrengend für ihn, das selber zu machen. Und jetzt sollen wir Troja einnehmen, nur damit unser Herr auch das andere Gold und die anderen Mädchen bekommt, die er so unbedingt braucht!»

«Schweig, du Wurm! Schweig, wenn dir dein Leben lieb ist!» schrie Odysseus.

Aber weder Drohungen noch das Ansehen, das Odysseus allgemein genoß, hatten irgendeine Wirkung auf Thersites. Der Unhold, der inzwischen bis in die Mitte des Raumes vorgedrungen war, ließ seinen Blick ganz langsam über die Zuhörer gleiten, um sie möglichst gespannt zu machen. Dann hob er mit leiser Stimme an:

«Brüder, ich beschwöre euch: glaubt ihm nicht! Wenn Odysseus zu euch sagt, daß ihr lebt... glaubt ihm nicht. Wenn Odysseus zu euch sagt, daß ihr zwei Arme und zwei Beine habt... glaubt ihm nicht (auch wenn es euch scheinen mag, daß er recht hat). Wenn Odysseus zu euch sagt, daß die Sonne hoch am Himmel steht... glaubt ihm nicht. Vielleicht hat es gerade in dem Augenblick angefangen zu regnen. Und wenn ihr beim Hinausgehen zufällig seht, daß die Sonne doch scheint, glaubt ihm trotzdem nicht. Denn ihr könnt sicher sein, daß er es nur gesagt hat, um euch ganz hinterlistig zu täuschen!»

«O du Erzfeigling, du Natter, du Exkrement einer Kuh, du Auswurf eines alten Trunkenbolds», schrie Odysseus. «Telemachos soll mich nie mehr Vater nennen, wenn ich dich nicht, nachdem ich dir den Buckel weichgeklopft habe, an den Ohren hinausschleife und dich zu den Schiffen zurückschicke!»

Darauf packte er Thersites an der Tunika und schleuderte ihn zu Boden, und während er nun mit dem Zepter auf ihn einschlug, bildeten die Ithaker einen Halbkreis um die beiden, damit sich keiner in den Streit einmischen konnte. Aber trotz all der Schläge, die der Unglückselige auf seinen birnenförmigen Kopf bekam, hörte er mit seinen Flüchen und Verwünschungen keinen Augenblick auf.

«Und dies will Odysseus sein, ihr Achäer! Seht doch nur, wie stark er ist! Wirklich tüchtig, einen Krüppel zu verprügeln! Dies ist der Mann, der Palamedes verriet, den Sohn des Nauplios, seinen teuersten Freund, und ihn so zum Tode verurteilte!»

Auf diese Weise an Palamedes erinnert zu werden, steigerte Odysseus' Wut ins Unermeßliche. Ein Glück für Thersites, daß der König von Ithaka an jenem Morgen ganz andere Sorgen hatte und deshalb, nachdem er ihm eine gehörige Tracht Prügel verpaßt hatte, so schnell wie möglich zum Strand eilen wollte, um in einem letzten verzweifelten Versuch die Flucht der Achäer aufzuhalten. Agamemnons Aufruf hatte im Lager der Verbündeten eine regelrechte Friedensbewegung ins Leben gerufen: die Griechen waren sich schlagartig bewußt geworden, wie kriegsmüde sie waren, und hatten sich wie ein Mann zur Heimkehr entschlossen. Odysseus war der einzige, der sie mit seiner Redekunst vielleicht noch überzeugen konnte, doch hierzubleiben.

Nachdem der Held gegangen war, leistete Telonis Thersites erste Hilfe. Sorgfältig desinfizierte er seine Wunden mit einem selbstgebrannten Weinbrand und verband sein Haupt mit einer langen Leinenbinde, so daß Thersites jetzt noch komischer aussah als vorher: der kahle Schädel mit dem Haarbüschel in der Mitte ragte aus dem Verband hervor und erinnerte an ein *chalvas*[14], jenen süßen Kuchen, den die Frauen von Pylos gewöhnlich an Feiertagen zu Ehren Poseidons bereiteten.

Der Krüppel jammerte wohl ein wenig, weil seine so behandelten Wunden brannten, andererseits war er froh, endlich seinem Ärger gegen den Mann Luft gemacht zu haben, den er am meisten haßte. Leontes hingegen war tief beeindruckt von der Szene, die sich hier abgespielt hatte, und brannte darauf,

Genaueres zu erfahren. Sobald er merkte, daß Thersites wieder zu Antworten fähig war, bestürmte er ihn mit seinen Fragen:

«O Thersites, Sohn des Agrios, man hat mir von Kind auf die Großtaten unserer Helden erzählt, und heute hatte ich sogar das Glück, einen von ihnen ganz aus der Nähe zu sehen, so wie ich jetzt dich sehe. Ich habe keinen Geringeren als Odysseus gesehen, den König von Ithaka, den erfindungsreichsten von allen, die je diesen Boden betreten haben, um den erbärmlichen Paris zu bekämpfen. Und du warnst mich nun vor ihm und riskierst dein Leben, damit ich begreifen soll, daß er nicht die geringste Achtung verdient. Wem soll ich denn nun glauben, dir oder meinen Meistern?»

«Lieber Junge, ich beschwöre dich», erwiderte Thersites betrübt, «gebrauche deinen Verstand, so lange du ihn hast, und glaube den Meistern ebensowenig wie den Aöden oder all denen, die herumziehen und die Heldentaten besingen, nur um gratis an einen Teller Feigen zu kommen! Wenn du wirklich die Wahrheit erfahren willst, dann suche sie in deinem Kopf und niemals in deinem Herzen. Jene, die du Helden nennst, sind nichts anderes als Übeltäter mit berühmten Namen, die fremde Länder nur dazu überfallen, um sie auszurauben und ihre Frauen zu vergewaltigen. Von Nächstenliebe oder Achtung vor den Schwachen haben sie noch nie etwas gehört. Helenas Ehre ist ihnen ja auch vollkommen gleichgültig. Sie sind nur auf den Schatz des Priamos aus und scheuen vor nichts zurück, um ihn an sich zu reißen. Agamemnon ist ein grausamer Mörder, der seinen eigenen Bruder töten würde, wenn der ihm bei der Befriedigung irgendeines seiner Wünsche im Wege stünde. Auch Achilles ist ein grausamer Mörder, für den der Ruhm wichtiger ist als das Leben eines ganzen Volkes.»

«Aber er ist doch ein Held», protestierte Leontes.

«Was heißt das schon, er ist ein Held?» fragte Thersites zurück.

«Das heißt, daß er mutig ist», wagte der Junge zu sagen.

«Mutig?» erwiderte der Krüppel spöttisch. «Ist ein Krieger, der weiß, daß er unverletzbar ist, vielleicht mutig, wenn er einen anderen Krieger angreift, der aber im Unterschied zu ihm äußerst verletzbar ist?»

«Aber Achilles hat doch auch eine verletzbare Stelle ...», mischte sich Gemonydes ein.

«Gewiß, aber die kennt nur er, und es wäre schon ein großer Zufall, wenn ihn je einer tödlich verletzte. Wir können uns also ruhig darauf einigen, daß Achilles ein grausamer Mörder ist, da steht er dem hochverehrten Odysseus in nichts nach. Der einzige Unterschied besteht darin, daß Achilles wenigstens mit offenem Visier tötet, während Odysseus es im dunkeln tut, und zwar nicht mit dem Schwert, sondern durch Betrug. Und durch Betrug hat er eben auch Palamedes umgebracht.»

«Warum hat er ihn getötet?»

«Weil Palamedes ihn damals in Ithaka bloßgestellt hat, als er verrückt spielte, um nicht in den Krieg ziehen zu müssen.»

«Odysseus hat verrückt gespielt?» fragte Leontes erstaunt.

«Genau das: Palamedes, Agamemnon und Menelaos hatten sich nach Ithaka begeben, um ihn an sein bei der Hochzeit Helenas gegebenes Versprechen zu erinnern, wobei dieses Bündnis der achäischen Fürsten ja auf seinen eigenen Vorschlag zurückging. Die drei trafen ihn am Meeresstrand an, wo er gerade dabei war, den Sand zu pflügen. Er hatte einen eierförmigen Bauernhut auf dem Kopf, führte einen von einem Ochsen und einem Esel gezogenen Pflug und streute mit der rechten Hand Salz auf den Strand. ‹Ach der Ärmste›, rief Menelaos aus, ‹er ist wohl verrückt geworden!› Aber der schlaue Palamedes riß den kleinen Telemachos, den einzigen Sohn, den Penelope Odysseus geboren hatte, aus den Armen seiner Amme und stellte ihn genau vor den Pflug. So konnte der Betrüger nicht umhin, stehenzubleiben.»

«Und dann?»

«Nachdem der Betrug entdeckt war, blieb dem Sohn des

Laertes keine andere Wahl, als nach Troja aufzubrechen, aber er nahm sich vor, es diesem Palamedes bei der ersten Gelegenheit heimzuzahlen! Und wie er das dann gemacht hat! Es gibt ja keinen bösartigeren Menschen als diesen Odysseus. Auf den ersten Blick mag er ja ganz gutmütig wirken, als ein Mann, der sich nicht in die Angelegenheiten anderer einmischt, aber das sieht nur so aus, denn er ist einer, der abwarten kann. Anfangs macht er gar nichts, aber dann, wenn du am wenigsten darauf gefaßt bist, wenn du nichts Böses mehr erwartest, dann schafft er dich beiseite. Man nennt ihn nicht umsonst ‹Odysseus›[15], und er ergreift die Initiative immer nur, nachdem er sich alles hundertmal überlegt hat, impulsiv handelt er nie. Heute zum Beispiel hat er mich verprügelt, aber nicht etwa, weil ihn plötzlich die Wut gegen mich gepackt hat, sondern das war als Botschaft an alle Achäer gedacht, als eine Warnung an alle: ‹Wehe, hier wird noch weiter von der Rückkehr in die Heimat geredet, dann geht es euch allen so wie dieser Mißgeburt da!› Bei Achilles dagegen ist es genau umgekehrt: ihn hat man nur zu fürchten, wenn er in Wut gerät, danach ist alles wieder gut.»

«Und wie hat er Palamedes dann bestraft?» fragte Leontes weiter.

«Er vergrub genau unter dessen Zelt einen Sack mit Gold und befahl einem phrygischen Soldaten, einen Brief zu fälschen, in dem Priamos Palamedes ermahnte: ‹Der Augenblick zum Verrat an den Achäern ist gekommen, damit du dir das Gold verdienst, das ich dir geschickt habe.› Dann ließ er den phrygischen Boten nur wenige Meter vom achäischen Lager entfernt töten, als wäre dieser bei dem Versuch überrascht worden, sich ins Lager zu schleichen und mit Palamedes Kontakt aufzunehmen, und er richtete es auch so ein, daß man den falschen Brief des Königs von Troja bei dem Getöteten fand.»

«Gut, das war eine Falle», wandte Gemonydes ein. «Aber man hat Palamedes doch gewiß Gelegenheit gegeben, sich zu verteidigen, allen in Erinnerung zu rufen, wieviel er bisher für die achäische Sache getan hat. Er war doch in der ganzen Ägäis für seinen Mut und seinen eleganten Schreibstil bekannt. Und niemand war bei den Soldaten so beliebt wie er, seit er durch das Würfelspiel die Nachtwachen kurzweiliger gemacht hatte.»

«Gewiß hat er sich verteidigt, aber Odysseus verlangte, daß man in Palamedes' Zelt nachsuchte, und als man dann genau unter seinem Lager den Sack mit Gold fand, haben sie ihn an Ort und Stelle gesteinigt. Während sie die Steine auf ihn warfen, soll der Ärmste den Himmel angerufen haben: ‹Wahrheit, ich trauere um dich, die du vor mir zugrunde gingst.›»[16]

«Woher willst du denn all diese Einzelheiten so genau wissen?» fragte Gemonydes ein wenig mißtrauisch.

«Der phrygische Bote, der den Brief geschrieben hatte, konnte sich, bevor er sein Leben aushauchte, einem Böotier anvertrauen, und der hat es mir erzählt. Leider war der Sohn des Nauplios, als mir das zu Ohren kam, bereits gesteinigt worden. Aber die Richter hätten mir wohl ohnehin nicht geglaubt, da Odysseus in der Zwischenzeit auch den Böotier hatte umbringen lassen.»

«O Thersites, ich glaube dir», murmelte Leontes zutiefst beeindruckt, «aber da du so viele Geheimnisse kennst und mit so vielen Leuten redest, sage mir doch, ob du nicht auch weißt, wie der edle Neopulos gestorben ist?»

«Welchen Neopulos meinst du denn?» fragte Thersites. «Neopulos, den Ehrenhaften, König von Gaudos?»

«Ja, genau ihn.»

«Hier ist nur bekannt, daß er vermißt wird. Aber wer bist du denn, Junge? Gar sein Sohn?»

«Ja, mein Name ist Leontes.»

«Dann hör mir mal gut zu, Leontes», sagte der Bucklige und sah ihm fest in die Augen. «Ich kann dir nichts versprechen, aber ich kenne da einen Mann, der vielleicht die ganze Wahrheit über das Ende deines Vaters weiß.»

«Wer ist das?» schrie Leontes und fuhr hoch, um Thersites an den Händen zu packen.

«Beruhige dich, Junge, es handelt sich um einen phrygischen Händler, der nicht mehr im Lager ist. Er hat sich gestern ins ferne Ephesos aufgemacht, um sich dort mit Gerste und Weizen zu versorgen, und kommt bestimmt nicht eher nach Ilion zurück, als Selene ihr Gesicht zweimal in voller Pracht gezeigt hat.[17] Sobald ich ihn zu Gesicht bekomme, führe ich ihn zu dir, dann kann er dir in Ruhe alles erzählen, was er gehört und gesehen hat.»

V
Menelaos kontra Paris

Eine Schlacht zwischen Achäern und Troern sowie ein Zweikampf zwischen Menelaos und Paris. Die Flucht des letzteren und seine Begegnung mit Helena im Schlafgemach.

Gemonydes war besorgt, denn der junge Leontes hatte an jenem Morgen beschlossen, an der Schlacht in der Ebene von Troja teilzunehmen. Er war schon vor Morgengrauen aufgestanden, um die volle Montur anzulegen: einen erzgepanzerten Harnisch aus schwerem Leinen, zwei kupferne Schulterstücke, zwei Armschienen mit silbernen Spangen (ein Geschenk seiner Mutter), ein Paar thessalische Beinröhren und einen *korys*, nämlich einen gigantischen mykenischen Helm mit ledernen Backenstücken, der zwar einerseits sein Haupt schützte, andererseits aber so schwer war, daß er ihn alle zwei Minuten absetzen mußte, um seinen Kopf ausruhen zu lassen. Aber damit nicht genug: er rüstete sich auch noch mit einer Lanze, einem Schild und einem *xiphos*[1] aus, einem Dolch mit Elfenbeingriff. So gewappnet wirkte er durchaus eindrucksvoll, und wer ihn nicht kannte, hätte ihn für einen echten Krieger halten können.

Während Leontes sich auf diese Weise großtuerisch einkleidete, organisierte Gemonydes eine Gruppe von jungen Leuten aus Gaudos, die ihn im Kampf beschützen sollten.

«Bildet ständig einen Schutzwall um ihn», ermahnte sie der Meister. «Drei von euch müssen, egal, was geschieht, immer vor ihm sein, während die übrigen vier ihn an den Seiten und im Rücken decken. Er ist unser lebendes Symbol, und so müssen wir ihn auch wieder nach Hause bringen: gesund und munter.

Wie könnten wir seiner Mutter noch unter die Augen treten, wenn er getötet würde?»

Das kretische Grüppchen schloß sich den abmarschierenden Achäern an. Keiner sagte ein Sterbenswort; als einziges war das knarrende Geräusch der Kampfwagen und das Rasseln der Rüstungen zu hören. In der Ferne, vielleicht zwei Meilen entfernt, sah man bereits eine dicke Staubwolke, und der Wind trug Geschrei heran, das von den vorrückenden Troern kam.

Priamos' Soldaten machten, anders als ihre Feinde, stets einen Höllenlärm, schlugen mit den Schwertern auf die Schilde, stießen schrille Schreie aus und wedelten mit ihren Piken in der Luft herum, als wollten sie sie in den Himmel stoßen. Irgendwie erinnerten sie an Möwen, die gerade einen Schwarm Sardinen entdeckt hatten.

«Warum schreien sie nur so?» fragte Leontes.

«Um uns Angst einzujagen», erwiderte Gemonydes knapp.

«Und was sollen wir tun?»

«Uns keine Angst einjagen lassen.»

Leicht gesagt, denn die Troer hüpften bedrohlich und schrien unverständliche Sätze. Sie waren dunkle, vierschrötige und kräftige Gesellen, üble Gefährten jedenfalls, wenn es zum Nahkampf käme. Daneben wirkten Agamemnons Leute wie eine Kälberherde auf dem Weg zur Schlachtbank.

Sobald sie nahe genug herangekommen waren, ließen die lykischen Bogenschützen einen Pfeilhagel auf die Achäer niederprasseln und bombardierten sie gleich darauf mit Steinen, so daß den Griechen Hören und Sehen verging.

«Halte den Schild doch höher!» befahl Gemonydes seinem Prinzen. Als er merkte, daß der Junge weiterhin immer nur seine Brust schützte, schrie er ihn noch einmal an, diesmal direkt ins Ohr: «Höher, du Idiot! Höher, habe ich gesagt! Die Brust brauchst du nicht zu bedecken! Deinen Kopf mußt du retten!»

«Aber so kann ich doch nichts sehen», protestierte Leontes.

«Was willst du denn sehen?» brüllte Gemonydes weiter. «Da gibt es doch gar nichts zu sehen! Das einzige, was passiert, ist, daß du einen Stein mitten auf die Stirn abkriegst.»

Dabei gab es in Wirklichkeit eine ganze Menge zu sehen: an der Spitze der trojanischen Truppen erkannte man Paris, den Entführer Helenas, in eigener Person. Mit martialischen Posen und geblähter Brust versuchte er, seine neue Rüstung zur Geltung zu bringen. Über dem Harnisch trug er einen bodenlangen schwarzen Mantel aus Pantherfell, und seine Bewaffnung bestand aus einem Bogen, einem phrygischen *phasganon*[2], sowie nicht weniger als zwei Lanzen aus Eschenholz mit eherner Spitze.

«Sie sollen nur alle zu mir kommen, diese verfluchten Achäer!» schrie Paris. «Aber nicht einzeln, beim Zeus, sondern alle zugleich, alle auf einmal!» Und während er so schrie, fuchtelte er mit seinen beiden Lanzen herum.

Menelaos, der gerade in diesem Augenblick mit seinem Wagen ankam, hörte das Geschrei des Angebers, und als der Atride seinen Rivalen so vor sich sah, hätte er ihn am liebsten gleich umgebracht: das Blut stieg ihm zu Kopf, und seine Halsschlagader schwoll an. Dies also war sein Todfeind, der Mann, der ihn betrogen und ihm die Gemahlin geraubt hatte, der Unmensch, der das heilige Gebot der Gastfreundschaft verletzt hatte. Wenn man Menelaos so in seiner Wut, gleichzeitig aber so strahlend vor sich sah, war schwer zu sagen, ob jetzt der Zorn über die erlittene Schmach in ihm stärker war oder die Befriedigung, den verhaßten Rivalen endlich vor sich zu sehen. Er sprang von seinem Wagen, zog ein gewaltiges Schwert aus der Scheide und stürzte sich wie eine Furie auf ihn.

«Du Weiberverführer, elender Wurm, ruchloser Gefühlsdieb, verwestes Insekt, du bist doch nicht einmal würdig, in einem Zweikampf zwischen wahren Kriegern zu sterben. Wir werden ja sehen, ob du mit den Männern auch so gut zu Schlage kommst wie mit den Frauen!»

Er stürzte sich mit einem solchen Anfall von Haß auf Paris, daß dieser es vorzog, sich hinter den trojanischen Truppen zu verbergen.

«Wo bist du, du Feigling?» brüllte Menelaos, als er ihn im Gedränge der Feinde nicht mehr sah. «Du machst dich aus dem Staube, du Schuft! Du hast wohl Angst, dich mir offen zu stellen? Bist ein Held wohl nur im *thalamos*?»

Währenddessen fanden überall auf dem Schlachtfeld harte Kämpfe zwischen den feindlichen Fußtruppen statt. Gemonydes war gezwungen, zur Verteidigung Leontes' einen trojanischen Krieger niederzuschlagen, der es irgendwie geschafft hatte, den lebenden Schutzwall zu durchbrechen. Ungeachtet seines Alters schlug der Meister kräftig zu und streckte den Feind zu Boden. Als der Prinz von Gaudos sah, daß sich die Erde vom Blut des Troers rot färbte, wurde ihm übel, und er mußte sich erbrechen; Gemonydes nutzte diese Gelegenheit sofort, um seinen Vertrauten zu befehlen, Leontes an einen sicheren Ort zu führen.

Obwohl die Schlacht wütete, war Hektor das schandbare Verhalten Paris' nicht entgangen, und als er ihn dann prächtig und elegant in seinem Pantherfell vor sich stehen sah, verlor er jede Selbstbeherrschung und überschüttete ihn mit einem Schwall von Beschimpfungen.

«Verfluchter Paris, du mieser kleiner Geck, unrettbarer Hurenbock, unter welchem Unstern bist du nur geboren! Du wärest doch besser im Mutterleib gestorben, als die Schande deines ganzen Volkes zu werden! Sieh doch nur, wie uns die langhaarigen Achäer jetzt auslachen! Warum mißt du dich nicht wie ein Mann mit dem tapferen Menelaos, dann wird dir, bevor du deinen Atem aushauchst, vielleicht doch noch klar, wem du da die Gemahlin geraubt hast!»

Hektors Worte wirkten auf Paris verheerend. Er, der begehrteste Liebhaber der Welt, fühlte sich tief gedemütigt. Nie in seinem Leben war er so beleidigt worden, und da hatte ihm sein eigener Bruder diese Schmach angetan! Er fühlte sich im Innersten aufgewühlt, und für einen kurzen Augenblick erinnerte er wieder an jenen jungen Mann, der einst mit Feuereifer vom Berg Ida herabgestiegen war, um bei den dardanischen Spielen den Sieg davonzutragen. Er trat auf Hektor zu und sagte verbittert:

«Bruder, du bist ein herzloser Geselle. Ja, dein Herz ist starr wie die Axt des Holzfällers, der mit Geschick jene Bäume fällt, aus denen die Planken für unsere Schiffe gemacht werden. Du sprichst über meine Schönheit und meine Liebschaften, als wäre ich allein dafür verantwortlich. Das sind doch Geschenke der Götter, um die ich sie nicht einmal gebeten habe. Sie haben sie mir freiwillig gegeben, so wie sie dir Kraft und Mut verliehen haben. Was erwartest du jetzt von mir? Daß ich mich mit Menelaos messe? Daß ich noch heute sterbe? Gut, dann höre, daß dies auch mein Wunsch ist. Sag also den Troern und den Achäern, daß sie den Kampf einstellen und sich im Kreis um einen freien Platz herum setzen sollen. Dann werde ich dort mit dem Sohn des Atreus bis zum letzten Atemzug kämpfen. Der Überlebende soll Helena bekommen, und wer durchbohrt zu Boden sinkt, soll von seinem Volk würdig begraben werden. Alle übrigen können, nachdem sie dauerhaften Frieden geschlossen haben, in ihre angestammten Häuser zurückkehren und ihre Kinder und Frauen in die Arme schließen.»

Gut, ich weiß, es ist ziemlich unwahrscheinlich, daß ein Krieger, und sei es auch ein mythischer, mitten in einer Schlacht, wo es von allen Seiten Pfeile, Steine und Prügel hagelt, eine so ausführliche Rede gehalten hat. Aber genauso erzählt es uns Homer in der *Ilias*: ich habe davon nur mehr oder weniger abgeschrieben.

Hektor und Agamemnon setzten gleich alles daran, den Kampf abzublasen. Nach einem etwa halbstündigen Durcheinander von Befehlen und Gegenbefehlen, letzten Scharmützeln, die noch beigelegt, Vorposten, die noch benachrichtigt werden mußten, legten die Achäer und Troer schließlich die Waffen nieder und versammelten sich um einen freien Platz, auf dem nun Helenas beide Ehemänner mit Lanze und Schwert um ihre Frau kämpfen sollten.

«Was geschieht denn jetzt?» fragte Leontes ganz aufgeregt.

«Der König von Sparta und der Troer Paris werden sich mit gleichen Waffen bis aufs Blut schlagen», erklärte Gemonydes. «Der Sieger bekommt die Frau und alle Güter.»

«Und wir?»

«Wir kehren nach Gaudos zurück.»

«Schade!» rief der Junge naiv aus. «Gerade jetzt, wo ich so gern gekämpft hätte!»

Gemonydes schwieg zu der Erklärung seines Schülers. Er hätte ihn ja zu gern an das nicht gerade rühmliche Ende seiner ersten Feindberührung erinnert, aber verzichtete darauf, um nicht seinen Stolz zu verletzen.

«O Gemonydes, dann sag mir doch wenigstens», fuhr Leontes fort, «wer wird deiner Meinung nach siegen? Der Sohn des Atreus oder der treulose Paris?»

«Rein von der Körperkraft her», erwiderte Gemonydes, «kann es keinen Zweifel geben: Menelaos ist erheblich stärker, und auch wenn er nicht ganz so groß ist wie Agamemnon, überragt er seinen Gegner doch mindestens um Handbreit. Das eigentliche Problem aber ist die Frage, ob sich die Troer im Falle seines Sieges auch an die Absprache halten. Wie oft habe ich sie schon auf die Götter schwören hören und hinterher erlebt, wie sie ihren Schwur brachen.»

Daß man den Troern in Ehrendingen nicht trauen konnte, war schon sprichwörtlich, und natürlich machte sich auch Menelaos deshalb Gedanken. Bevor er sich dem Zweikampf stellte, verlangte der Atride, daß eine etwas vertrauenswürdigere Person als der junge Paris für die Einhaltung der Absprache bürgte.

«O Troer», erklärte der König von Sparta von seinem Wagen herab. «Auch ich meine, daß der Augenblick gekommen ist, das sinnlose Blutbad zu beenden. Bringt also zu Ehren der Sonne und der Erde zwei Lämmer her, ein männliches von schwarzer und ein weibliches von weißer Farbe; wir selber bringen noch ein drittes zu Ehren von Zeus. Dann ruft euren mächtigen König her, damit er für den Pakt bürgt, denn aus trauriger Erfahrung kann ich seinem überheblichen und unredlichen Sprößling leider nicht trauen. Das Herz der Jungen ist schwankend je nach Laune, während das der Alten fester ist als ein Fels. Ein Greis ist fähig, in die Zukunft zu blicken, und verstößt nicht gegen Verträge, die im Angesicht der Götter geschlossen sind.»

Priamos wurde benachrichtigt, und nach kurzer Zeit sah man ihn gemeinsam mit seinem Ältestenrat[3] auf einem der Türme der Skäischen Tore auftauchen. Der alte König verlangte, daß auch seine Schwiegertochter Helena dem Kampf beiwohnen sollte, und ließ sie rufen. Als sie eintraf, erhob sich lebhaftes Gemurmel, und die Meinungen gingen sehr auseinander: die einen begeisterten sich für ihren majestätischen Gang («wie eine Göttin!» rief einer aus), die anderen sahen in ihr die einzig Schuldige für all das Unheil, das Troja getroffen hatte.

«Komm her, meine Tochter, setz dich hier neben mich», sagte Priamos und rückte auf seiner Bank ein wenig beiseite. «Jetzt kannst du zusehen, wie dein erster Ehemann den Kampf mit deinem gegenwärtigen Gemahl aufnimmt, einen Kampf auf Gedeih und Verderb, Lanze gegen Lanze, Schwert gegen Schwert, Schild gegen Schild, und ich glaube, du wirst dabei für alle beide zittern.»

«O ich elende Hündin!» rief Helena und brach plötzlich in Tränen aus. «Wäre ich doch an jenem Tag tot umgefallen, als ich deinem verführerischen Sohn folgte und den sicheren *thala-*

mos, das zarte Töchterchen und die lieben Freundinnen verließ! O ich Unglückliche, wie soll ich mich da nicht in Tränen verzehren!»

Helenas Worte hatten unterschiedliche Wirkung auf die Leute am Hofe: wer sie liebte, war fast zu Tränen gerührt, wer sie nicht leiden konnte, beschuldigte sie sogar der Heuchelei.

«Achte nicht auf die Neider, die hinter deinem Rücken reden, süße Helena», flüsterte ihr Priamos zärtlich zu, legte einen Arm um sie und streichelte ihr Haar. «In meinen Augen trifft dich nicht die geringste Schuld an all dem, was geschehen ist. Nur die Götter sind für unsere Not verantwortlich. Sie haben die Achäer auf uns gehetzt, sie haben dich als Vorwand für einen Krieg benutzt.»

Dem dritten Buch der *Ilias* entnehmen wir eine sehr interessante Information, die von den Historikern nie gebührend beachtet worden ist: Priamos war bis über beide Ohren in Helena verliebt! Der alte Weiberheld, der daran gewöhnt war, daß ihm Hunderte von Gespielinnen zur Verfügung standen, hatte seinen Sohn Paris gewiß vom ersten Tag an beneidet, als er ihn mit einer so wunderschönen Frau ankommen sah. Ich möchte also in der Reihe der Schuldigen an diesem Krieg nicht zuletzt auch ihn nennen, denn wenn der König bei Verstand gewesen wäre, hätte er doch Menelaos, als dieser in Gesellschaft von Odysseus nach Troja kam, um seine Frau gütlich wieder heimzuholen, sofort nachgegeben.

Menelaos und Paris bereiteten sich unterdessen auf den großen Zweikampf vor.

Der Atride legte, um größere Bewegungsfreiheit zu haben, an Stelle des vier oder fünf Kilo schweren ehernen *thorax* ein mit Kupferlamellen verstärktes Wams an, rüstete sich zusätzlich aber mit einem massiven runden Schild aus, auf dem Szenen und Figuren zu Ehren von Ares abgebildet waren.

Paris, der auf sein Image als Star achten mußte, konnte sich diese Gelegenheit, Eindruck zu schinden, nicht entgehen lassen und trat mit einem majestätischen Helm auf, der mit einem bis zu seiner Taille reichenden schwarzen Pferdeschweif geschmückt war. Außerdem lieh er sich von seinem Bruder Lykaon einen doppelten *thorax*, der ihn von der Leiste bis zum Hals bedeckte: es handelte sich um einen mindestens einen Finger dicken ehernen Harnisch, der nach der Legende noch von Priamos' Vater, dem mythischen Laomedon, stammte und den Träger praktisch gegen alle Schwerthiebe feite. Er war wohl etwas schwer, aber so brauchte Paris Menelaos' Streiche wenigstens nicht zu fürchten. Und um das Ganze zu vervollkommnen, lieh er sich auch noch zwei mit Silberspangen verzierte eherne Armschienen.

«Zeus möge den Ehrlichen siegen lassen und den Wüstling zu Fall bringen», rief Leontes aus.

«Ich bin ja ganz deiner Meinung», pflichtete ihm Thersites bei. «Aber da stellt sich natürlich sofort die Frage, welcher von diesen beiden Übeltätern ehrlicher ist, und welcher der größere Wüstling? Es wäre vielleicht einfacher, du würdest sagen: ‹Möge Zeus Paris zu Fall bringen!› Sonst besteht noch die Gefahr, daß der Göttliche Vater in Verwirrung gerät.»

«Du abscheulicher Thersites, willst du damit vielleicht andeuten», fragte Leontes erbost, «daß die beiden Herausforderer sich in bezug auf ihre Lasterhaftigkeit die Hand reichen können?»

«Und wie! Was glaubst du, wo Menelaos an jenem Abend war, als Paris ihm sein Weib ausspannte?»

«Er war auf Kreta ... zur Jagd ... mit seinem Freund Idomeneus ...»

«Auf Kreta war er wohl, aber nicht bei Idomeneus, sondern im Bett mit einem anderen Weib, einer gewissen Knossia, die es nur für Geld getan hat.»

«O Thersites, ich hasse dich wirklich!» rief Leontes entrüstet aus. «Ich kann deine ewigen Beschimpfungen nicht mehr hören. Über alle sagst du immer nur Böses!»

«Dann willst du wohl auch nicht, daß ich dir helfe herauszubekommen, was mit deinem Vater passiert ist!»

«Doch, das schon. Aber ich bitte dich», flehte ihn der Junge den Tränen nahe an, «sprich nicht schlecht über ihn. Mach wenigstens bei meinem Vater eine Ausnahme.»

«Nicht ich werde gut oder schlecht über ihn reden, Junge, sondern mein Freund, der Händler, sobald er aus Ephesus zurück ist.»

Hektor und Odysseus maßen das Gelände mit großen Schritten ab und markierten mit der Schwertspitze das Kampffeld, auf dem die beiden Helden sich begegnen sollten. Dann nahmen sie die entsprechend bezeichneten Holzwürfel – der eine trug die Doppelaxt, der andere den Doppelturm von Ilion – und warfen sie in einen Helm, um auszulosen, wer von den beiden als erster die Lanze schleudern sollte. Sie zogen den Würfel mit dem Turm heraus, und so war es an Paris, dcn ersten Stoß zu tun.

Der Sohn des Priamos ergriff die lange Stange aus Eschenholz genau in der Mitte, hob sie in die Waagrechte, gab vor, sie in der Hand zu wägen, und schleuderte sie dann plötzlich, ohne auch nur den Blick zu heben, in einem Überraschungsangriff gegen Menelaos. Die Lanze traf zwar ins Ziel, konnte den Schild aber nicht durchbohren. Die Spitze verbog sich, und die Waffe war unbrauchbar geworden.

Jetzt war der Achäer mit seinem Gegenschlag an der Reihe. Bevor er den Stab hob, betete der König von Sparta mit lauter Stimme, damit auch alle es hören konnten, zu den Göttern.

«O Zeus, Herr des Olymp, o Themis, Hüterin der Gerechtigkeit, steht mir bei, damit ich mit eurer Hand jenen strafe, der mir als erster Unrecht getan hat, damit man auch in Zukunft weiß, welche Strafe den erwartet, der die Gastfreundschaft verletzt und das Vertrauen des Nächsten mißbraucht!»

Die von Menelaos geschleuderte Lanze durchbohrte den prächtigen Schild des Troers mit Leichtigkeit, traf dessen Besitzer aber nicht, da der mit einem Sprung, wie ihn kein großer Torero unserer Tage hätte eleganter machen können, zur Seite schnellte und ihr so um Haaresbreite auswich. Nach diesem mißglückten Wurf zog der Grieche nun sein Schwert und stürzte sich auf den verhaßten Feind. Er wollte ihn niedermetzeln, doch die Waffe zersplitterte nach dem ersten Hieb an dem berühmten Harnisch Laomedons.

«O Vater Zeus», klagte der Achäer weiter (der auch in einem solchen Duell auf Leben und Tod noch Zeit für lange Tiraden fand), «wie kein anderer wendest du dich unheilbringend gegen mich, dabei dachte ich, die Stunde sei gekommen, da ich mich an meinem Todfeind rächen kann, doch muß ich nun entmutigter denn je mein Schicksal verfluchen. Zu allem Übel habe ich nicht einmal mehr eine Waffe, um jenen zu töten, der mir durch Betrug die Gemahlin geraubt hat.»

Nach diesem Zornesausbruch gegen den Olymp packte Menelaos Paris an dem Pferdeschweif, der von seinem Helm herunterhing, und zerrte ihn wütend in Richtung des achäischen Lagers. Während er so an ihm zog und ihm den Hals verdrehte, hätte er ihn fast erwürgt, aber dann riß plötzlich der Kinnriemen, Menelaos stürzte zu Boden und streckte alle viere in die Luft. So lagen nun beide Helden da: auf der einen Seite Menelaos, der noch immer den Helm umklammerte, und auf der anderen Seite Paris, der, nachdem er fast erdrosselt worden war, versuchte, Atem zu schöpfen. Als erster erhob sich der Achäer, ergriff eine der Lanzen und richtete sie gegen die Brust seines Todfeindes, aber da senkte sich plötzlich dichter Nebel auf das Schlachtfeld herab, so daß er Paris nicht mehr erkennen konnte.

Der Nebel war natürlich eine Machenschaft Aphrodites, die

ihn gerade noch rechtzeitig herbeigezaubert hatte, um das Leben ihres Schützlings zu retten. Homer zufolge tauchte Paris gleich im nächsten Augenblick in Helenas Schlafzimmer auf, und zwar schon wieder in den Kleidern, die er als Liebhaber trug. Andere hingegen behaupten, der Sohn des Priamos sei angesichts seiner hoffnungslosen Lage einfach verduftet. Wir als romantische Seelen möchten lieber der ersten Version Glauben schenken.

Helena wurde von keiner Geringeren als Aphrodite in Gestalt einer alten Spinnerin verständigt, daß Paris im Schlafzimmer auf sie wartete. Aber Helena hatte vom Turm herab dem Duell zugesehen und war ehrlich gesagt nicht gerade stolz auf die Leistung ihres zweiten Gemahls (oder des dritten, wenn wir auch Theseus mitzählen).

«O Tochter des Zeus», sprach die Spinnerin sie augenzwinkernd an, «dein Paris erwartet dich im vergoldeten Bett. Keiner, der ihn so fein gewandet und nach allen Wohlgerüchen duftend sieht, kann glauben, daß er gerade noch einen harten Kampf mit einem der stärksten Helden ausgefochten hat. Er gleicht eher einem Mann, der zum Tanzen geht oder gerade vom Tanzen kommt.»

Als Helena die Greisin nun ein wenig genauer ansah, bemerkte sie, daß deren Hals glatt wie Seide war, und sie erkannte, wen sie da vor sich hatte.

«Willst du mich wieder verführen, du liederliche Göttin!» wehrte sich die Ärmste. «Müssen die Troer deinetwegen nicht schon zu viele Tote beweinen? Nun, da der Atride den Kampf gewonnen hat, wird er mich, obwohl er mich so haßt, nach Sparta zurückbringen. Mit Paris will ich nichts mehr zu tun haben. Schlaf doch selber mit ihm, wenn er dir so gefällt!»

«Du wagst es, so mit mir zu sprechen!» schrie die greise Spinnerin und richtete sich plötzlich zu voller Größe auf. «Soll ich dir vielleicht augenblicklich meinen Schutz entziehen, dich nicht mehr lieben, sondern tödlich hassen. Ist es das, was du willst? Oder doch nicht? Also dann halt den Mund und folge mir!»

Paris war voller Erwartung und schien sich dank Aphrodites Zauberkräften an seinen gerade ausgetragenen Zweikampf gar nicht mehr erinnern zu können.

«Was treibst du da im Hochzeitsbett?» schimpfte Helena mit kaum verhohlener Verachtung. «Ist dein Platz denn nicht auf dem Schlachtfeld, um das Land deiner Väter und damit auch meine Ehre zu verteidigen, diese Ehre, die du selber beschmutzt hast, als du mich Mann und Kindern abspenstig machtest?»

«Was redest du da, o Helena?» fragte Paris verwundert, als erwachte er gerade aus einem tiefen Traum. «Du sprichst von Schlachten, von Ehre und Vaterland. Was soll das alles? Komm, leg dich jetzt endlich her, damit wir uns lieben können.»

«Es wäre wirklich besser gewesen, wenn dein Gegner dich getötet hätte!» schluchzte die Ärmste verzweifelt. «Wenn ich denke, wie du immer herumgeprahlt hast, daß du der Beste seist! Weißt du denn nicht, daß dich der mutige Menelaos auf dem ganzen Schlachtfeld sucht? Geh doch hin und töte ihn, wenn du so sicher bist, daß du das schaffst.»

«Schweig, Frau. Vom Krieg verstehst du nichts. Kümmere du dich um das, wofür die Natur dich geschaffen hat, und leg dich hier neben mich. Menelaos hat doch im ersten Kampf nur gesiegt, weil Athene ihm geholfen hat. Aber auch ich habe eine Göttin, die mich beschützen kann, und beim nächsten Mal werde ich siegen. Doch lassen wir jetzt das Gerede. Frag nicht so viel, sondern liebe mich, wie es deine Pflicht ist.»

«O Paris, wie ungerecht du bist, mich so anzugreifen!» erwiderte Helena. «Versteh doch, Liebster, wie sehr ich hin und her gerissen bin. Ich liebe dich, spüre die Verachtung der Troerinnen für unsere Liebe aber ganz genau, und, was das schlimmste ist, ich teile sie sogar.»

«Geliebte Helena», sagte er jetzt ganz zärtlich. «Ich muß dir gestehen, daß auch ich mich ganz merkwürdig fühle. Ich glaube, so sehr wie in diesem Augenblick habe ich dich nie zuvor begehrt, nicht einmal in jener Nacht in Kranaë, als du zum erstenmal bei mir warst.»

«Ja, liebst du mich denn wirklich?» fragte Helena, die schon wieder schwach wurde.

«Ja, Helena, ich liebe dich!» schrie Paris. «Und ich vergehe vor Verlangen nach dir. Ich sterbe gleich, wenn ich deinen Atem nicht an meiner Wange spüre!»

Sie sanken einander in die Arme. Aphrodite hatte wieder einmal gesiegt!

VI
Die göttlichen Fans

Zeus erzürnt sich über Aphrodite, Athene und Hera, weil sie sich in den Trojanischen Krieg einmischen. Schließlich erhört er die Bitten seiner Gemahlin. Dabei erfahren wir auch, warum Achilles sich aus dem Kampfgeschehen zurückgezogen hat.

Zeus war an jenem Tag von allen guten Geistern verlassen. Schon vom frühen Morgen an wütete über der ganzen griechischen Welt, vom «Reich der sieben Inseln» [1] bis zu den letzten Buchten des Hellespont, ein furchtbarer Sturm; Blitz, Donner und Wolkenbrüche versetzten alle in Angst und Schrecken. Sturmböen rasten mit hundertfünfzig Stundenkilometern kreuz und quer durch ganz Griechenland und entwurzelten so gut wie alle Bäume. Bereits vor Morgengrauen war Hermes rastlos im ganzen Olymp unterwegs, um die Götter aus ihren vergoldeten Betten zu holen: Zeus wollte alle sprechen, und zwar sofort.

«Was ist denn los», fragte Dionysos noch ganz verschlafen (er war einer von jenen, die immer erst spät ins Bett kamen).

«Keine Ahnung», erwiderte der Götterbote. «Ich habe nur gesehen, daß er mindestens so zornig blickt wie damals, als Prometheus ihm die Ochsenhälfte mit den Knochen unterjubeln wollte. [2] Aber reg dich nicht auf, ich bin ziemlich sicher, daß er nur auf die Weiber böse ist, nicht auf die Männer.»

«Woher willst du das so genau wissen?»

«Weil ich beim Rausgehen gerade noch gehört habe, wie er in seinen Bart gemurmelt hat: ‹Na, der werde ich's zeigen!›»

«Wer ‹der›?» fragte Dionysos weiter.

«Das habe ich nicht mitgekriegt, aber es kann sich ja nur um eine Göttin oder eine Sterbliche handeln!» schloß Hermes durchaus logisch. «Laß mich jetzt gehen, denn ich muß noch Athene, Ares und Demeter rufen und will ja nicht, daß er am Ende seine ganze Wut an mir ausläßt!»

Zeus war an sich kein Despot, sondern einfach nur ein egoistischer Genießer, einer, der es sich immer wohlergehen lassen wollte. Mit seiner Macht als Göttervater war es ehrlich gesagt nicht besonders weit her, denn auch über ihn befahl, wie über alle anderen, das Schicksal, das als einzige unangefochtene Macht die ganze Welt beherrschte. Sein Lieblingsthema waren Frauen: ob ledig, verheiratet, sterblich oder unsterblich, da machte er keinen Unterschied, solange sie nur schön und üppig waren, und um ans Ziel zu kommen, scheute er auch nicht vor den übelsten Tricks zurück. Nicht umsonst war sein Beiname *Teleios*, «der Ganzheit Schenkende»; wo er sich herabließ, wurde neun Monate später mit Sicherheit ein Kind geboren. Wollte man all seine Vergewaltigungsakte auch nur aufzählen, könnte man ein dickeres Buch füllen als dieses hier. Die einzige legitime Begattung war die von Hera auf der Hochzeitsreise, die auf Samos stattfand und dreihundert Jahre dauerte (und zwar ununterbrochen, heißt es).

Wenn man die Mythen liest, springt einem sofort ins Auge, wie sehr die Griechen ihre Götter nach ihrem eigenen Bild schufen: alle waren neidisch, klatschsüchtig, unzuverlässig, egoistisch und rachsüchtig. Die Göttinnen stellten sie sich (wenn möglich) noch schlimmer vor: sie glichen eher jenen neapolitanischen *vaiasse*[3], den Frauen aus den Souterrainwohnungen gewisser Stadtviertel, als Inbildern menschlicher Tugenden. Zeus ertrug sie gewöhnlich mit Geduld, aber wenn eine von ihnen dann allzusehr über die Stränge schlug, wurde er fuchsteufelswild.

Die erste, die sich zu der Versammlung einfand, war Aphrodite. Die Göttin der Liebe hatte sich gerade erst erhoben und trug einen hauchzarten Leinenpeplos, der bis zu ihren Füßen reichte, dafür aber vorne offen war, so daß man außer ihrem Bauchnabel auch den Gürtel sehen konnte.

«Bedecke dich!» befahl Zeus, und Aphrodite merkte sofort, daß an diesem Tag wohl etwas Zurückhaltung angebracht war.

Auch die übrigen trafen bald ein. Sie kamen von allen Seiten angelaufen und waren teils noch nicht einmal richtig angekleidet oder so schlaftrunken, daß sie nicht begriffen, was hier eigentlich los war. Aber das Gerücht, daß ER auf eine Göttin böse war, hatte sich im Olymp schon herumgesprochen. Alle, insbesondere die Nymphen, setzten sich mit gesenktem Kopf auf die Stufen des Amphitheaters. Nicht einmal der Auftritt des Hephästos, der durch seine komische Art zu gehen sonst stets Gelächter auslöste, fand an jenem Morgen Beachtung. Jeder setzte sich im Tal der Versammlungen (einer Art Sattel zwischen den beiden Gipfeln des Olymp) auf seinen Platz und wartete schweigend, bis der Göttervater die Gründe seines Zorns erklärte.

«O Sprößlinge der Großen Mutter», hob Zeus an, «ich habe diese Generalversammlung einberufen, um euch noch einmal deutlich daran zu erinnern, daß außer mir hier oben im Olymp keiner irgendwelche Befehle zu erteilen hat. Niemand außer mir hat hier zu bestimmen, ob ein Sterblicher an einer Übeltat schuld ist oder nicht, und daher kann auch niemand außer mir darüber entscheiden, welche Strafe diesem Sterblichen auferlegt wird. Wenn einer von euch beleidigt worden ist, kann er mir das ja berichten, und auch in so einem Fall werde immer nur ich die Strafe bestimmen. Wer eigenmächtig irgendeine Initiative dieser Art ergreift, beleidigt mich persönlich und wird künftig mit äußerster Strenge bestraft.»

Ein Gemurmel folgte auf Zeus' Worte. Die Götter sahen sich gegenseitig an und fragten sich, wer von ihnen sich denn selbst Gerechtigkeit verschafft hatte? Wer hatte da dem *Nephelegeretes*, dem Wolkensammler, ins Handwerk gepfuscht?

«Gestern», fuhr Zeus fort, «hat sich Aphrodite in der Ebene von Troja auf unwürdige Weise in die Fehde zwischen den Griechen und den Troern eingemischt. Sie hat einen Zweikampf unterbrochen, mit dem ich diesem sinnlosen Krieg ein Ende setzen wollte, und hat alles versucht, um den tapferen Menelaos zu töten: seine Lanze abgebrochen, sein Schwert in tausend Stücke zerschellen lassen und dann am Schluß, als der Ärmste trotz all dieser Gewalttaten doch noch zu siegen schien, hat sie ihm den Feind mit dem alten Nebeltrick weggehext.»

«Ich hätte mir all dies nie erlaubt», fiel ihm Aphrodite ins Wort, «wenn ich nicht mit eigenen Augen gesehen hätte, wie Hera und Athene auf dem Schlachtfeld erschienen und sich zu beiden Seiten des Atriden aufpflanzten. Frag doch Athene, ob sie vielleicht nicht damit angefangen hat, Paris' Lanze aufzuhalten!»

«Hätte der Troer die Lanze selber geworfen, hätte ich mich bestimmt nicht eingemischt», versetzte Athene schlagfertig, «aber nachdem ja du sie geführt hast, fand ich es nur gerecht, mich da einzumischen!»

«Zeus hat gerade gesagt, daß er diesen Krieg sinnlos findet», erklärte Aphrodite, «aber du und die andere da, die jetzt so tut, als höre sie nichts, ihr wollt ihn unbedingt fortsetzen. Wenn ihr euch gestern nicht eingemischt hättet, wäre dieser Krieg jetzt schon vorbei. Menelaos hätte verloren, und Helena wäre froh und zufrieden in Troja geblieben!»

«Ich höre dich sehr wohl, du Schamloseste aller Göttinnen», wetterte Hera entrüstet. «Allerdings scheint mir nicht, daß du etwas besonders Hörenswertes geäußert hättest!»

«Ohren allein reichen eben nicht zum Hören», schrie Aphrodite, «sonst könnten sich ja auch die Kühe damit großtun, daß sie gehört haben!»

Dieser Vergleich mit den Kühen brachte Hera vollends in Rage, so daß sie jede Selbstbeherrschung verlor. Die Königin des Olymp stürzte sich wie ein Furie auf ihre Rivalin, und Herakles brauchte seine ganze Kraft, um sie zurückzuhalten.

«Weißt du was?» schrie Hera. «Du bist schlimmer als alle *pornai*[4] zusammen! Du bist eines von diesen Weibsbildern, die um die Lager herumstreichen und sich den Soldaten für ein Stück Fladen hingeben! Aber was sage ich da?! Oh, ich Unglückselige! Die *pornai* werden mich jetzt hassen, weil ich sie mit dir verglichen habe! Diese Ärmsten verkaufen sich ja aus Hunger, während du dich umsonst weggibst, oder vielmehr du gibst dich hin aus Lust daran, den anderen Frauen ihre Ehemänner wegzunehmen!»

«O edle Hera, verzeih mir, wenn ich dich beleidigt habe!» flehte Aphrodite mit gespielter Reue. «Aber eines dürfte doch wohl klar sein: wenn ein Gott die Liebe außerhalb seines ehelichen *thalamos* sucht, so ist das ja nur ein Zeichen dafür, daß ihm seine Frau keine Emotionen mehr verschaffen kann. Wenn du mir nicht glaubst, kannst du ja Zeus fragen.»

Ein greller Blitz fuhr zwischen die streitenden Göttinnen.

«Schweigt, ihr Weiber!» wetterte Zeus, der ganz und gar nicht als Beispiel eines Gottes herhalten wollte, der die Liebe außerhalb der eigenen vier Wände suchte. «Und du, Hephästos, schämst du dich denn nicht, daß deine Frau so über die Stränge schlägt?»

Hephästos schreckte hoch. Er fühlte sich überrumpelt, nutzte aber schnell die Gelegenheit, sich in aller Form zu beklagen.

«O Kronide[5], ich habe ja mehrfach alles versucht, aber du hast mir als erster die Hilfe versagt. Wie du dich vielleicht erinnern kannst, habe ich sie eines Nachts, während sie mit Ares im Bett lag, in einem ehernen Netz gefesselt! Und welche Strafe hast du, o Herr, ihr bei dieser Gelegenheit auferlegt? Überhaupt keine. Und wie haben die Götter meine Ehre verteidigt, als ich ihnen das in diesem Netz gefesselte nackte Liebespaar zeigte? Sie haben gelacht. Dabei hatte ich die beiden in meinem Hochzeitsbett überrascht! Ich kann also nach allem, was bisher geschehen ist, nur sagen: Dies, o Götter, ist Aphrodite. Sie ist eben so, wie ihr sie haben wollt!»

Olympisches Gelächter übertönte die letzten Worte Hephästos', denn die Geschichte mit dem ehernen Netz galt nämlich bei allen als das komischste Ereignis, das sich in diesen Breiten je abgespielt hatte. Die bösen Zungen des Olymp berichten sie so:

Eines Tages sprach Momos zu Hephästos: «Ich habe gehört, daß dich deine Frau mit Ares betrügt.»

«Das ist unmöglich», entgegnete Hephästos. «Aphrodite haßt den Krieg, und Ares ist der Gott des Krieges.»

«Sie haßt den Krieg, aber sie liebt den Krieger.»

«O Momos, das ist nichts als übles Gerede. Im übrigen weiß ja jeder, was für Lügen du dauernd erzählst.»

«Wenn du mir nicht glaubst, dann gib vor, irgendwohin zu reisen, überwache aber in Wirklichkeit dein Hochzeitsbett.»

«Selbst wenn ich dir glauben wollte», räumte Hephästos ein, «woher weißt du denn so genau, daß sie zusammen im Bett liegen, wenn ich nicht da bin?»

«Das hat mir Helios gesagt. Er fährt jeden Morgen mit dem Sonnenwagen durch den Himmel, und von oben kann er alles sehen.»

Wenn das Mißtrauen einmal zu nagen begonnen hat, gibt es bekanntlich kein Entrinnen mehr. Hephästos war zwar ein Unsterblicher, aber darin unterschied er sich kaum von einem Sterblichen. Nach Momos' Worten fand er keine Ruhe mehr, denn Aphrodite war sehr schön, und dieser Kraftprotz Ares trug zu allem Unglück auch noch den Beinamen «Gott mit dem erigierten Glied». Eines schönen Tages war Hephästos die Ungewißheit leid und knüpfte mit Hilfe seiner mechanischen Mägde[6] ein hauchfeines, aber unzerstörbares ehernes Netz, das er unter das Laken seines Bettes breitete.

«Geliebte Aphrodite», sprach er dann zu seiner Frau, «ich

reise nach Lemnos, um einen mechanischen Wagen für Zeus fertigzustellen. Vor morgen abend bin ich nicht zurück.»

Natürlich kehrte er mitten in der Nacht zurück und traf Aphrodite mit dem Kriegsgott im Bett an. Beide lagen nackt und gefangen in dem schrecklichen ehernen Netz: Aphrodite hatte einen hysterischen Anfall, und Ares drohte, alles zu zerstören, wenn er nicht sofort befreit werden würde. Bevor er sie freiließ, rief der arme Hephästos in seinem Schlafzimmer eine Generalversammlung der Götter ein, damit alle mit eigenen Augen sehen konnten, wie untreu seine Gemahlin war.

Nur die männlichen Götter nahmen die Einladung begeistert an; die Göttinnen weigerten sich, Ares in seiner Nacktheit anzusehen.

Bei dieser Versammlung ging es natürlich sehr lebhaft zu. Apollon zum Beispiel ließ sich die Gelegenheit nicht entgehen, den jungen Hermes ein wenig aufzuziehen:

«Ich wette, daß du, nur um neben Aphrodite lagern zu dürfen, es auf dich nehmen würdest, in diesem Netz zu enden.»

«Aber sicher würde ich das auf mich nehmen!» erwiderte Hermes errötend. «Und wenn der gute Hephästos nichts dagegen hätte, würde ich auf der Stelle mit dem wütenden Ares tauschen.»

«Auch ich würde gern in diese Falle gehen», gestand Poseidon. «Ich verstehe überhaupt nicht, warum Ares unbedingt daraus befreit werden will.»

«Ruhe!» schrie Hephästos, dem nicht zum Lachen war. «Ich lasse Ares erst frei, wenn er mir das ganze Gold gegeben hat, das ich seinerzeit an Zeus zahlte, um Aphrodite heiraten zu können. Und Zeus, der hier anwesend ist, möge dafür sorgen, daß die Absprache eingehalten wird.»

«Das Gold gebe ich dir!» rief Hermes in höchster Erregung. «Ich gebe es dir!»

«Nein, ich gebe es dir!» brüllte Poseidon, setzte aber vorsichtshalber hinzu: «Natürlich nur, wenn Zeus einverstanden ist.»

Zeus hingegen wollte sich nicht einmischen. In seinen Augen war Hephästos viel zu häßlich, um eine so schöne Frau wie Aphrodite zu verdienen. Es war also doch nur recht und billig, daß die Ärmste sich hin und wieder gewisse Freiheiten erlaubte. Im übrigen hätte gar nicht so viel gefehlt, und er selber wäre in dieses verfluchte Netz geraten.

Kurz, der Zwischenfall endete ohne Folgen für das Liebespaar, und Hephästos mußte sich wohl oder übel damit abfinden. Aphrodite gab sich aus Dankbarkeit für ihr freundliches Urteil später auch noch Hermes und Poseidon hin: von ersterem bekam sie ein Kind namens Hermaphroditos, das halb Mann und halb Frau war, von letzterem Herophilos und Rhodos.

Aber kehren wir jetzt zur Götterversammlung zurück: Der zweite, der Protest einlegte, war Apollon.

«O Kronide, Wolkensammler», rief er aus, «ich kann dich wirklich nicht verstehen! Heute nacht hat der emsige Hermes mich aus dem Schlaf gerüttelt und gesagt: ‹Los, steh auf, o Apollon. Zeus will mit dir reden›, und ich bin gleich hierhergestürzt, um zu sehen, womit ich dir dienen kann. Aber als ich mich dann in der Versammlung befand, habe ich gemerkt, daß du mich gar nicht brauchst, sondern Hera, Athene und Aphrodite, und zwar aus Gründen, die mich gar nichts angehen. Deshalb frage ich dich jetzt, warum du mich denn so früh am Morgen hast rufen lassen? Weißt du, daß der Sonnenwagen deinetwegen mit einer Stunde Verspätung losgefahren ist?»

«Aber ich behindere doch nicht Apollon», erwiderte Zeus zorniger denn je, «sondern Apollon behindert durch seine ständigen Einmischungen sowohl mich als auch den regulären Ablauf des Trojanischen Krieges. Du hast wohl schon vergessen, was du gegen die Achäer unternommen hast und wie ihre Truppen durch diese üble Pest Tag für Tag geschwächt worden sind?»

Auch wenn ich keine Muse zur Seite habe wie einst Homer, als er das Buch der *Ilias* schrieb, darf ich an dieser Stelle nicht schweigen über den Peliden Achilles und seine Wut, die den Griechen so «unnennbaren Jammer erregte»[7], selbst wenn ich dafür nun zum zweitenmal den Bericht über die Generalversammlung der Götter unterbrechen muß.

Im Laufe der ersten neun Jahre der Belagerung Trojas hatten die Achäer nahezu alle Dörfer in der ganzen Gegend gebrandschatzt. In zwei von diesen Dörfern, nämlich in Theben und Lyrnessos, wurden zwei wunderschöne Mädchen namens Chryseis und Briseis gefangengenommen, die Töchter von Chryses und von Briseus. Bei der Aufteilung der Beute ging erstere, die besonders schön war, an Agamemnon, während Achilles letztere erhielt (die auch an Schönheit nur die zweite Wahl war). Der arme Briseus beging vor Verzweiflung Selbstmord. Der Vater von Chryseis hingegen, ein sehr hartnäckiger Priester, suchte Agamemnon mit Geschenken in seinem Zelt auf, um ihn dazu zu bewegen, seine Tochter wieder herauszurücken. Aber leider war Agamemnon an jenem Morgen gerade besonders schlecht gelaunt.

«Verzieh dich, Alter», bedrohte ihn der Sohn des Atreus, «und laß dich bloß nicht mehr bei den Schiffen sehen. Wenn ich dich noch einmal hier erwische, dann nützt dir auch dein priesterliches Stirnband[8] nichts mehr. Deine Chryseis bekommst du jedenfalls nicht zurück; ich verjage sie höchstens, wenn sie alt ist und mir weder am Webstuhl noch im Bett dienen kann.»

Chryses zog eingeschüchtert ab und sank in der ersten geschützten Ecke auf die Knie, um zu Apollon zu beten:

«O Gott mit dem Silbernen Bogen, der du die Städte von

Chrysa, Killa und Tenedos zu schützen beliebst, erhöre mich eingedenk der fetten Schenkel all der Stiere und Ziegen, die ich dir immer geopfert habe, und laß die Achäer für meine Tränen büßen!»

Apollon ließ sich das nicht zweimal sagen. Er ergriff seinen berühmten Silbernen Bogen und schoß neun Tage und Nächte lang seine Pfeile in das achäische Lager: zuerst traf er die Maultiere, dann die Hunde, dann die Frauen und schließlich die Männer. Doch handelte es sich dabei nicht eigentlich um Pfeile, sondern um eine Pestilenz, die die Truppen und die Herden aufrieb.

Am zehnten Tag berief Achilles auf Heras Rat hin die Versammlung der Heerführer ein und verlangte von Agamemnon, einen Seher zu bestellen.

«O Atride», sagte er, «Krieg und Pest töten die Achäer! Wir müssen jemanden befragen, der es versteht, in den Eingeweiden von Tieren zu lesen und uns den Grund sagen kann, warum die Götter so gegen uns erzürnt sind.»

Sie riefen Kalchas, den offiziellen Seher des ganzen Feldzugs, eben jenen, der neun Jahre zuvor das Opfer Iphigenies gefordert hatte. Agamemnon sah ihn gleich schief an.

«Du wirst es doch nicht wieder auf mich abgesehen haben, o Kalchas, du Unheilsprophet?»[9]

«Es ist ja nicht meine Schuld, wenn du immer Fehler machst!» erwiderte der Seher und streckte seinen Zeigefinger anklagend gegen ihn aus. «Du hast den Gott mit dem Silbernen Bogen beleidigt. Du hast seinen Diener mit Beschimpfungen verjagt. Du hast seine Geschenke verschmäht und sein Flehen nicht erhört. Du wolltest die Tochter nicht dem Vater und den Vater nicht der Tochter zurückgeben. So höre also, daß Apollon so lange gegen die achäischen Heere wüten wird, bis die langhaarige Chryseis wieder in den Armen ihres Vaters liegt und in der Stadt Chrysa fette Opfer gebracht worden sind!»

«O verfluchter Verräter!» protestierte Agamemnon in rasender Wut. «Wann ist je aus deinem Munde ein Wort gekommen, das ich gern gehört hätte! Jetzt schwatzest du etwas von Beleidigungen, die ich dem Gott zugefügt haben soll, und verlangst von mir, daß ich die Sklavin mit dem zarten Busen zurückgebe. Ich gestehe ohne weiteres, daß Chryseis mir besser gefällt als Klytemnästra, meine rechtmäßige Ehefrau, die auf mich in Argos wartet. Nicht nur ihr glatter Körper gefällt mir, sondern auch die Art, wie sie die Arbeiten im Haus erledigt. Aber gut, ich kann auf das Mädchen verzichten, sofern die Achäer mich dafür mit einem gleichwertigen Preis entgelten. Sonst bin ich am Ende der einzige Argiver, der nichts von der Beute in Theben abbekommen hat, obwohl ich mein Leben dort eingesetzt habe wie kein zweiter.»

«Was heißt hier, du hast dein Leben eingesetzt, du schamloser Angeber», versetzte Achilles. «In Theben hast du es ganz gewiß nicht riskiert, ich habe genau gesehen, wie du den Angriff deiner Leute aus der Ferne beobachtet hast! Wie kannst du da verlangen, daß die Achäer dir jetzt einen Teil ihrer Beute abgeben? Weshalb eigentlich? Nur weil du zugesehen hast, wie sie gekämpft haben? Und wer von uns sollte dann deiner Meinung nach auf seinen gerechten Anteil verzichten? Gib also jetzt diese Tochter ihrem Vater zurück, dann wirst du deine Belohnung an dem Tag bekommen, an dem wir Troja mit den breiten Straßen einnehmen. Bei meiner Ehre, an jenem Tag bekommst du drei- oder viermal mehr als diese Sklavin hier wert ist.»

«O Sohn des Peleus», erwiderte Agamemnon gereizt, «glaube nur nicht, daß du mich mit irgendwelchen leeren Versprechungen abspeisen kannst. Wenn du tatsächlich willst, daß ich die schöne Chryseis ihrem Vater zurückgebe, dann werde ich mich eben ganz einfach an dir schadlos halten, in dein Zelt kommen und mir Briseis mit den schönen Wangen holen.»

Was Achilles darauf antwortete, können wir uns leicht ausmalen. Um das Niveau unserer Erzählung nicht zu sehr abgleiten zu lassen, wollen wir darauf verzichten, es im einzelnen niederzuschreiben; die freundlichsten Beschimpfungen waren jedenfalls noch diese: «Drecksack», «Hurensohn» und «Hundefresse».

Der Held zog sich entrüstet in sein Quartier zurück und wollte nicht mehr weiterkämpfen. Vergebens stieg Athene vom Olymp herab, um ihn umzustimmen.

Die Nachricht von seinem Rückzug löste die unterschiedlichsten Reaktionen aus: Freude bei den Troern und Panik bei den Achäern. Einzig Thersites nahm die Entscheidung des Peliden gelassen hin. In tiefer Nacht soll er aber dann Athene angerufen haben.

«O Göttin der Weisheit», soll er gesagt haben, «du mit den strahlenden blauen Augen, sag mir, welcher deiner Meinung nach der schlimmste Achäer ist: der Mörder Achilles, der Dieb Odysseus oder der Betrüger Agamemnon? Wie, du antwortest nicht? Nun, das bedeutet ja wohl, daß alle drei sich die Hand reichen können!»

Es war ungerecht, daß Zeus nur Aphrodite und Apollon zürnte, denn in Wahrheit hatten alle Götter mehr oder weniger entschieden Partei für die eine oder andere Seite ergriffen. Zugunsten der Troer setzten sich vor allem Aphrodite und Apollon ein, während Hera und Athene die Achäer unterstützten. Schließlich gab es noch solche Götter, die ein wenig hin und her schwankten, so etwa Poseidon, der Idomeneus und den großen wie den kleinen Ajax beschützte, aber sofort ins andere Lager wechselte, als Achilles einen seiner Söhne tötete, oder Hephästos, der an einem Tag (wenn er mit Aphrodite gut zurechtkam) Troja begünstigte und am nächsten Tag (wenn er gerade mit ihr gestritten hatte) es mit den Griechen hielt. Auch Thetys zeigte nicht gerade Beständigkeit: sie half den Achäern, solange Achilles unter ihnen kämpfte, aber als ihr Sohn sich dann wütend in sein Lager zurückzog, lief sie gleich zu den Troern über.

Die Generalversammlung wurde schließlich beendet, und alle zogen sich zurück – außer Hera und Athene, die keine Anstalten machten, sich von ihren Plätzen zu rühren.

«Warum geht ihr nicht?» fragte Zeus. «Ich habe euch nichts mehr zu sagen.»

«Gemahl und Bruder», hob Hera an. «Ich aber habe dir noch etwas mitzuteilen: du bist unerträglich rechthaberisch. Sollen denn alle Anstrengungen, die Athene und ich unter so großen Opfern gemacht haben, umsonst gewesen sein? Soll sich der feige Paris weiterhin an der argivischen Helena ergötzen und die heiligen Gebote der Gastfreundschaft verletzen dürfen?»

«Ach, ich kann diese Sache mit der Gastfreundschaft nicht mehr hören!» platzte Zeus heraus. «Gebt doch zu, ihr könnt es einfach nicht schlucken, daß er euch nicht mit dem Apfel ausgezeichnet hat.»

«Was soll denn das für ein Beispiel für die Sterblichen sein?» bedrängte ihn Athene, die die Provokation geflissentlich überhörte. «Werden die nicht auch weiterhin unbekümmert den Frauen der anderen nachstellen?»

«O unselige Hera, o unversöhnliche Athene», schimpfte Zeus, der ihre Moralpredigten satt hatte, «was hat euch Troja denn so Schlimmes angetan, daß ihr es unbedingt in Schutt und Asche sehen wollt? Ich glaube, wenn ihr die Möglichkeit hättet, euch durch die große Mauer in die Stadt einzuschleichen, um Priamos und seine Söhne bei lebendigem Leib aufzufressen, ihr würdet keinen Augenblick zaudern. Aber ihr müßt nun einmal zur Kenntnis nehmen, daß mir die Troer sehr ans Herz gewachsen sind. Sie haben es nie an Opfern mangeln lassen, da wurde nie mit Trankopfern geknausert oder mit dem Rauch von gebratenem Fleisch gespart. Was würdet ihr denn dazu sagen, wenn ich jetzt einfach eine der Städte zerstören lassen würde, die euch besonders lieb sind?»

«Argos, Sparta und Mykene sind mir die liebsten», erwiderte Hera unerschütterlich. «Du kannst sie ruhig zerstören, aber nur, wenn du auch Troja zerstörst!»

Sie waren zwei gegen einen, vor allem zwei rasende Frauen gegen einen Mann, der im Grunde nicht die geringste Lust zum Streiten hatte. Auf diese Weise gewannen Hera und Athene schließlich die Oberhand, und Zeus erklärte sich damit einverstanden, Troja zu zerstören.

Nun war aber die Frage, wie die Feindseligkeiten wieder angefacht werden konnten, und zwar heftiger als zuvor. Schließlich hatte Athene eine Idee: sie nahm die Gestalt des trojanischen Kriegers Laodokon an und suchte den lykischen Anführer Pandaros auf.

«O großer Pandaros», hob die verkleidete Göttin mit einschmeichelnder Stimme an. «Du stehst doch im Rufe, der tüchtigste aller lebenden Bogenschützen zu sein, warum schießt du dann nicht, nachdem du Apollon zwei erstgeborene Lämmer geweiht hast, einen deiner unfehlbaren Pfeile ab, um den ruhmsüchtigen Menelaos mitten ins Herz zu treffen? Paris, der Sohn des Priamos, wird dir für diesen Treffer ewig zu Dank verpflichtet sein!»

Pandaros fühlte sich so geschmeichelt, daß er nicht lange nachdachte. Er wählte einen ganz neuen Pfeil aus seinem Köcher, spannte den Bogen, legte die Ochsensehne an die Wange, zielte auf den Sohn des Atreus, der immer noch auf dem ganzen Schlachtfeld nach Paris suchte, und schoß ab. Aber schneller als der Pfeil war Athene; sie lenkte ihn so ab, daß Menelaos nicht ins Herz getroffen wurde, sondern nur eine leichte Verletzung an der Hüfte davontrug:

«Ewig an Macht, vor allem des Zeus siegprangende Tochter,
Welche vor dich hintretend das Todesgeschoß dir entfernte,
Gleich so wehrete sie's vom Leibe dir, wie wenn die Mutter
Wehrt vom Sohne die Fliege, indem süßschlummernd er daliegt.»[10]

VII
Das Orakel

Eine neue Schlacht zwischen Griechen und Troern. Erste Nachforschungen über den Tod des Neopulos. Leontes und Gemonydes begeben sich zum Orakel des thymbräischen Apollon und erfahren auf der Reise die dramatische Geschichte des Troilos.

Zeus hatte vor tauben Ohren gepredigt. Ja, man kann gut und gern behaupten, daß sich noch nie so viele Götter auf dem Schlachtfeld getummelt hatten wie zu jenem Zeitpunkt. Selbst ein Fachmann wie der Kriegsgott Ares, zu dessen Aufgaben es schließlich gehört hätte, unparteiisch zu bleiben, mischte sich in das Geschehen ein: er verkleidete sich als Troer und kämpfte wie der erstbeste Söldner auf der Seite von Priamos. Diese Nachricht sowie das beharrliche Fernbleiben Achilles' entmutigte die achäischen Truppen zutiefst. Ohne Achilles kämpfen zu müssen, dafür Ares bei den Gegnern zu wissen, war ja wohl auch keine Kleinigkeit.

Die Verletzung Menelaos' durch Pandaros belastete die Beziehungen zwischen den beiden Lagern zusätzlich. Die Griechen beschuldigten die Troer des Vertragsbruchs, und diese hielten ihnen entgegen, daß Leute, die in fremde Länder einfielen und diese plünderten, von den Geplünderten schließlich nicht korrektes Verhalten erwarten konnten.

Nach dem Verschwinden Achills wurde Diomedes, der Sohn des Tydeus und König von Argos (nicht zu verwechseln mit dem anderen Diomedes, jenem mit den fleischfressenden Pferden), Anführer der Achäer. Daß es den Griechen überhaupt gelang, der trojanischen Offensive zu widerstehen, war allein sein Verdienst. Er war praktisch allgegenwärtig: kaum sah er, daß irgendwo eine Gruppe von Troern die Oberhand gewann, sorgte er wieder für das richtige Gleichgewicht.

«Denn er durchtobte das Feld, dem geschwollenen Strome vergleichbar,
Voll vom Herbst, der in reißendem Sturz wegflutet die Brücken.»[1]

Bösartige Zungen behaupten, daß sein ganzer Feuereifer nur daher rührte, daß er schon vom ersten Augenblick an in Helena verliebt war und ihre Entführung als eine persönliche Beleidigung empfand.

Mit Athene an seiner Seite griff Diomedes gleichzeitig Pandaros und Äneas an. Ersteren tötete er auf schauderhafte Weise, indem er ihm eine Lanze so tief in den Mund hineintrieb, daß diese auf der anderen Seite wieder herauskam; letzteren verwundete er mit einem Felsbrocken, den er vom Boden aufgehoben hatte. Er wollte Äneas gerade mit einem Schwertstreich erledigen, als ihn Aphrodite vor seinen Blicken verschwinden ließ, indem sie ihn mit einem magischen Tuch bedeckte[2]. In dem ganzen Getümmel wurde die Göttin verletzt, und während (zum größten Vergnügen Athenes) ihr Blut in Strömen floß, nutzte Diomedes die Gelegenheit, sie heftig zu beschimpfen.

«Auch hier willst du noch Schaden anrichten, o Tochter des Zeus. Reicht es dir denn nicht, daß du die Herzen der Frauen verführst!»

Aphrodite hatte mehr als einen Grund, sich auf die Seite der Troer zu stellen, denn sie war nicht nur die zärtliche Beschützerin des Paris, sondern auch die Mutter des Äneas. Es wird berichtet, daß sie etwa dreißig Jahre vor den hier geschilderten Ereignissen von Zeus (aus Rache, weil sie seine Avancen ausschlug) dazu verurteilt worden war, sich in einen Sterblichen zu verlieben, und daß der dafür Ausersehene ein Troer war, ein gewisser Anchises, König der Dardaner, wenn auch von Beruf

Ochsenhirt. Sie lernten einander, um es einmal so auszudrükken, in einer abgelegenen Hütte in den Bergen der Troas kennen. Aphrodite trug einen roten Mantel und Anchises gar nichts, schon deshalb, weil er, als die Göttin seine Hütte betrat, nackt und nichtsahnend unter einem Ziegenfell schlief. Nach ihrer kurzen Begegnung entwischte die Schöne so leise, wie sie gekommen war, sagte aber, bevor sie verschwand, noch zu ihm:

«Ciao, Geliebter, es war wunderbar. Aber um eines bitte ich dich: erzähle keinem etwas davon.»

Anchises schwor feierlich, das Geheimnis zu wahren, aber am nächsten Tag hörte er dann in der Taverne einen Betrunkenen die Vorzüge eines einheimischen Mädchens über den grünen Klee loben.

«Hippasa ist das schönste Mädchen der Welt», behauptete der Mann, «und im Bett sogar erfahrener als Aphrodite!»

«Red keinen Blödsinn», fuhr ihm Anchises über den Mund. «Ich habe mit allen beiden geschlafen, und du darfst mir glauben, da liegen Welten dazwischen!»

Hätte er das bloß nie gesagt, denn als Zeus diese Prahlerei hörte, konnte er sich vor Wut (und vor Neid) nicht mehr halten und schoß einen seiner strafenden Blitze gegen Anchises ab. Er traf ihn nur deshalb nicht tödlich, weil Aphrodite, die Beschützerin ihrer Liebhaber, es wie immer schaffte, das Geschoß abzulenken. Doch trotz des Eingreifens der Göttin erlebte der Ärmste einen solchen Schock, daß er wie ein Zirkel zusammenklappte und für seine restlichen Tage tief gebeugt gehen mußte. Aus ihrer Verbindung ging Äneas hervor.

Aber kehren wir zum Kriegsgeschehen zurück. Götter wie Sterbliche legten sich an jenem Tag voll ins Zeug, selbst Zeus mußte eingreifen, als er einen seiner zahlreichen sterblichen Söhne, den Lyker Sarpedon, in Gefahr sah.

In der Zwischenzeit waren dem von Diomedes arg bedrängten Äneas auch noch Apollon und Ares zu Hilfe geeilt. Apollon, von Aphrodite in höchster Not herbeigerufen, lud sich den Helden einfach auf die Schulter und brachte ihn aus dem Gefahrenbereich; an seiner Stelle blieb nur ein Abbild aus Rauch zurück. Ares hingegen schleppte seine ganze Verwandtschaft an: seine Schwester Eris, genannt die Zwietracht, sowie seine Kinder Deimos, die Furcht, Phobos, der Schrecken, und Enyo, die Verheerung, letztere in einen blutgetränkten Mantel gehüllt. Ares selber, der «eherne Kleider» trug, war eine Art Mister Universum jener Zeit, ein brutaler Kraftprotz. Für Ares war Blut wie eine Droge, schon der reine Anblick faszinierte ihn. Es kam sogar vor, daß er seinem Feind beisprang, damit der Kampf weitergehen konnte: er hauchte ihm wieder Leben ein, richtete ihn auf und weckte seine Kampfeslust, nur um ihn dann aufs neue niederzustrecken.

Auf der gegnerischen Seite wetteiferten Athene und Hera in ihrem Einsatz zugunsten der achäischen Truppen. Vor allem Hera verschaffte sich einen Auftritt, der jeder Wagnerheldin würdig gewesen wäre: sie raste auf einem von zwei Rappen gezogenen silbernen Wagen im Galopp heran und schrie wie eine Besessene. Sie trieb die Pferde mit einer goldenen Peitsche an und schwang eine silberne Lanze, deren gewaltige Spitze mit Diamanten besetzt war. Die eher praktisch veranlagte Athene hatte sich von Hades den berühmten Tarnhelm ausgeliehen und verbreitete für den Feind unsichtbar Tod und Verwüstung.

Diomedes reichte es nicht, mit Aphrodite und Apollon die Waffen gekreuzt zu haben, sondern er legte sich jetzt auch noch mit Ares an. Und zur großen Verwunderung des Kriegsgottes gelang es dem Sterblichen nach einem kurzen Zweikampf sogar, ihn in Leistenhöhe zu verletzen. Homer erzählt, daß Ares einen lauten, also wirklich sehr lauten Schmerzensschrei ausstieß: nur neun- oder zehntausend Krieger, die alle gleichzeitig geschrien hätten, wären in der Lage gewesen, einen so lauten Schrei von sich zu geben.[3]

Mir gefällt an den griechischen Göttern ganz besonders, daß sie so «irdisch» sind. Nicht genug damit, daß sie keineswegs allmächtig und allwissend wie die Götter anderer Religionen sind: sie leiden, genießen, schreien und erregen sich, als wären sie auf einer Mieterversammlung. In gewisser Weise unterscheiden sich diese Götter der klassischen Mythologie kaum von den Heiligen meiner Kindheit, an die ich mich gewöhnlich wandte, als ich noch in Neapel lebte. Wenn sich San Gennaro am Tage des Wunders widerspenstig zeigte und dafür von den Gläubigen beschimpft wurde, oder wenn der heilige Antonius San Gennaro nur deshalb auspeitschte, weil er sein Wunder am falschen Tag vollbracht hatte[4], standen sie den homerischen Göttern in nichts nach; sie waren aufbrausend, aber auch wieder lieb, mächtig, aber auch menschlich. Von diesem naiven antropomorphen Erbe der griechischen Mythen ist selbst in das kanonische Christentum mit seiner Hölle, Vorhölle und dem Paradies eine Menge eingegangen. In Neapel werden die wichtigsten Heiligen noch heute nach Zuständigkeitsbereichen aufgeteilt, und wenn man sich eine bestimmte Gnade erbitten will, betet man zu jenem Heiligen, der sich auf diesem Gebiet besonders hervorgetan hat: zu Santa Lucia, wenn es die Augen betrifft, zum heiligen Antonius, wenn es um Tiere geht, zum heiligen Christopherus in Reiseangelegenheiten, zu San Pasquale Bailon bei gefährdeten Verlöbnissen und zu San Ciro in Fragen der inneren Medizin und bei Krankheiten im allgemeinen.

Der zweite Tag der Schlacht verlief für Leontes rühmlicher als der erste. Er hatte zwar niemanden getötet, war aber auch nicht verletzt worden. Vor allem aber hatte ihn der Anblick der Verwundeten nicht mehr zum Erbrechen gereizt. Abends am Feuer erzählte er mindestens zehnmal, wie es ihm gelungen war, dem Angriff eines mindestens einen Meter achtzig großen trojanischen Riesen standzuhalten.[5]

«Ich wollte ihn gerade mit meinem Schwert durchbohren,

das ich unter seinem Schild durchgesteckt hatte, als ein Pfeil, den irgend jemand abgeschossen hatte, ihn vor meinen Augen niederstreckte, bevor ich selber ihn töten konnte! Zu schade: wenn ich nur einen Augenblick schneller gewesen wäre, hätte ich meinen ersten Troer erledigt!»

«Er war wirklich sehr tüchtig!» bestätigte Gemonydes, der im übrigen für den geheimnisvollen Pfeil verantwortlich zeichnete.

«Agamemnon hat verkündet», fuhr Leontes fort, «daß nach Absprache mit dem Feind zwei Tage und zwei Nächte lang keine Gefechte stattfinden sollen, damit die Toten würdig begraben werden können. Da könnten wir doch die Zeit nutzen, das Orakel des thymbräischen Apollon aufzusuchen.»

Sie hatten ihren Entschluß, ein Orakel aufzusuchen, nach dem Gespräch mit einem gewissen Artineos gefaßt, der ihr Zeltnachbar war. Dieser Mann hatte ihnen irgendwie zu verstehen gegeben, daß er mehr Dinge wußte, als er sagen wollte.

«Als ich deinen Vater zum letztenmal gesehen habe», hob Artineos an, «brach er mit Euainios, dem König von Matala, zu einem Erkundungsgang auf. Sie nahmen kein Gefolge mit und hatten vor, den Gipfel des Phöteion-Vorgebirges zu besteigen, um von dort aus die Möglichkeiten für einen neuen Angriff auf Ilion zu prüfen. Normalerweise hätte ich dieser Sache überhaupt keine Beachtung geschenkt, wäre da nicht ein karischer Händler gewesen, an dessen Namen ich mich jetzt nicht mehr erinnern kann, der mir von der brüderlichen Freundschaft zwischen Euainios und deinem Onkel Antiphynios erzählte.»

«Worauf willst du damit hinaus?» fragte Gemonydes besorgt.

«Auf gar nichts: ich sage nur, daß Euainios mit Antiphynios befreundet ist.»

«Nun sag schon, o Artineos!» drängte Gemonydes. «Du willst doch wohl nicht behaupten, daß der ehrenhafte Neopulos gar nicht von trojanischer Hand fiel, sondern womöglich von einem getötet worden ist, den er für seinen Freund hielt?»

«Alles ist denkbar, o edler Gemonydes, aber glaube mir, ich weiß nichts Genaues!» antwortete Artineos ausweichend. «Du weißt doch, wie das ist, wenn man Wache schieben muß: man weiß nie, wie man die Zeit herumbringen soll, und dann redet man halt und redet, und so sagt man und hört man schließlich Dinge, die auch nicht immer die lautere Wahrheit sind ... aber du bist ja ein weiser Mann und glaubst auch nicht alles, was nachts auf Wache so erzählt wird.»

Wenn einer wirklich alles erfahren wollte, was so erzählt wurde und vielleicht auch noch darüber hinaus, so brauchte er nur Thersites zu fragen, das offizielle Lästermaul des achäischen Heeres. Leontes und Gemonydes suchten Telonis' Taverne auf und trafen Thersites dort wie gewöhnlich im Streit, diesmal mit ein paar Arkadiern, die sich über ihn lustig machten.

«O Freund Thersites», sprach Gemonydes ihn an, «du bist einer, dem Lügen fremd sind und der sein Herz stets auf der Zunge trägt, also sag mir, kennst du zufällig Euainios?»

«Welchen Euainios meinst du, Freund? Hier in Troja gibt es zwei», erwiderte Thersites wie immer bestens informiert. «Der eine stammt aus Phthia und ist Pferdedieb, der andere ist in Matala geboren und hat seinen Bruder Euaistos getötet, um König zu werden.»

«Ich fürchte, das ist der Mann, den wir suchen», bemerkte Gemonydes. «Aber sag mir, o Thersites: auf welche Weise hat Euainios seinen Bruder denn umgebracht?»

«Mit Gift. Er gab ihm Wasser aus einem Fluß zu trinken.»

«Wasser aus einem Fluß!» rief Leontes höchst erstaunt aus. «Wie konnte er denn einen ganzen Fluß vergiften?»

«Das Gift war ja nicht im Fluß», erklärte Thersites und kostete die Verwunderung des Jungen weidlich aus, «sondern in dem Napf, den sein Freund Antiphynios dem Euaistos reichte.»

«Also dann war der eigentliche Giftmörder doch Antiphynios und nicht Euainios», meinte Leontes verwirrt.

«Richtig, aber den Vorteil davon hatte Euainios.»

Von dem Tag an wurde Leontes von seinem Mißtrauen gegen das Paar Antiphynios–Euainios bis in den Schlaf verfolgt. Er mußte unbedingt in den kretischen Gemeinden genauere Untersuchungen anstellen. Aber wie? Wo sollte er anfangen? Wen fragen? Schließlich machte jemand Gemonydes den Vorschlag, doch ein Orakel zu befragen.

«Du kaufst ein erstgeborenes Lamm und opferst es Apollon. Wer weiß, vielleicht gibt dir der Gott durch Kalchas' Mund einen Hinweis!»

Ohne Orakel ist die homerische Welt überhaupt nicht vorstellbar: Geburten, Reisen, Kriege, Auswanderungen, Eheschließungen, Ortsbestimmungen für neue Kolonien, Stadtgründungen – nichts von alldem geschah ohne vorherige Befragung eines Orakels. In gewissen Gegenden, zum Beispiel in Böotien, gab es fast so viele Hellseher (*mantis*, wie man sie damals nannte) wie Bauern.

Das Wort «Mantik» vom griechischen *mainesthai* bezeichnet alles, was «außerhalb von uns» ist, weil es erst noch geschehen muß; genau wie umgekehrt die «Erinnerung» alles umfaßt, was «in uns» und bereits geschehen ist. So wie die Erinnerung das Bewußtsein des Vergangenen ist, ist die Mantik das Bewußtsein der Zukunft, wobei unter Zukunft etwas verstanden wird, das vom Schicksal bereits beschlossen ist und woran nicht einmal Zeus etwas ändern kann. Das Orakel kann darüber nur eine Auskunft geben.

Deuter des Orakels ist meist ein Mann, nur in Ausnahmefällen auch eine Frau wie etwa die Pythia in Delphi oder die Pleiaden, die Priesterinnen in Dodona. Ein Priester steht stets unparteiisch über allen. Er kennt kein Vaterland, keine Familie, keine Emotionen, und da er keinen Einfluß auf das Schicksal hat, begnügt er sich damit, die Beschlüsse eine bestimmte Zeit im voraus zu sagen. Obwohl Troer, arbeitete Kalchas im Dienste der Achäer, wurde aber deshalb nicht als Verräter angesehen. Man verlangte von ihm einzig, daß er mit seinen Prophezeiungen ins Schwarze traf. In diesem Zusammenhang ging die Rede, daß er an dem Tag sterben würde, an dem ein anderer Seher ihn in den Schatten stellte. Und so geschah es dann auch tatsächlich, als er eines Tages gegen seinen Konkurrenten Mopsos verlor. Die beiden sollten vorhersagen, wie viele Junge eine Sau werfen und wieviele Früchte ein Feigenbaum tragen würde. Mopsos von Kolophon sagte alles genau vorher, während Kalchas einen Frischling zu viel und eine Feige zu wenig berechnete. Ergebnis: er beging vor Scham Selbstmord.

Sie hatten das Orakel von Thymbra gewählt, einem Dorf, das etwas südlich von Troja auf einem Hügel im Landesinnern gelegen war. Um zu dem Apollontempel zu gelangen, mußte man dem Lauf des Skamandros mindestens zehn Meilen flußaufwärts folgen.

«Ich bin schon dort gewesen», sagte Thersites. «Und ich kenne auch Kalchas sehr gut. Wenn ihr wollt, begleite ich euch.»

In Anbetracht der Entfernung beschlossen die drei Männer, sich vom Lyker Telonis einen Eselskarren zu leihen.

«Esel sind besser geeignet als Pferde!» sagte Thersites. «Esel sind zwar langsamer, aber sie werden nicht so schnell müde, und am Ende sind sie immer als erste am Ziel. Man muß die Esel nur gleich von Anfang an peitschen, damit sie kapieren, mit wem sie es zu tun haben.»

Die mykenischen Pferde taugten tatsächlich nicht besonders viel; sie waren kaum größer als Ponys, und man brauchte für einen Wagen, selbst für einen ganz leichten zweirädrigen Kampfwagen, mindestens zwei davon.

Leontes und seine Freunde brachen schon am frühen Morgen

auf, um vor dem Abend oder spätestens am nächsten Morgen zurück zu sein. Sie hatten das erstgeborene Lämmchen sowie einen ausreichenden Vorrat an Feigen, Oliven, Honig und für jeden einen Brotfladen dabei.

«Stimmt es denn, daß wir in einer Entfernung von weniger als zwei Stadien am Wall von Troja vorbei müssen?» fragte Leontes zurecht besorgt.

«Nein», erwiderte Thersites, «wir nehmen die Straße südlich von Kalikolone. Zwar ein kleiner Umweg, aber viel sicherer.»

«Und stimmt es, daß auf den Hügeln von Thymbra die wilden Myser lagern?»[6] fragte Leontes weiter, der, unter uns gesagt, nicht gerade ein Held war.

«Ja, aber wir sind auf dem Weg zum Orakel, da kann uns praktisch keiner etwas anhaben.»

«Ach, du meinst, wir brauchen zu den Mysern nur zu sagen, daß wir zu Apollon gehen, dann lassen sie uns in Ruhe?» fragte Gemonydes hoch erstaunt. «Ich habe aber gar nicht den Eindruck, daß diese Leute sich bisher an irgendwelche Regeln gehalten haben!»

«Gewiß, an Absprachen halten sie sich nicht, und es wäre natürlich besser, wenn wir ihnen gar nicht erst begegneten», erwiderte Thersites. «Aber die Myser wissen auch, daß ihnen größte Schwierigkeiten drohen, wenn sie sich Apollon zum Feind machen.»

«Hoffentlich hast du recht», lenkte Gemonydes ein, obwohl er nicht sehr überzeugt war. «Wir werden jedenfalls zur Sicherheit die belebten Straßen meiden und einsame Wege suchen.»

Was Thersites gesagt hatte, stimmte. Wer sich zum Tempel begab, genoß von vornherein Geleitschutz, denn Apollon galt als der rachedurstigste aller Götter. Schließlich hatte er schon vier Tage nach seiner Geburt von Hephästos Pfeil und Bogen verlangt, um die Schlange Python zu töten, die seine Mutter beleidigt hatte.

«Gemonydes, weißt du eigentlich, warum der Gott mit dem Silbernen Bogen sich gegen die Achäer gestellt hat?» fuhr Thersites fort.

«Wahrscheinlich, weil Agamemnon seinen Lieblingspriester Chryses beleidigt hatte.»

«Nein, nicht deshalb. Er war schon vorher gegen sie.»

«Ja, warum denn?»

«Wegen diesem Mörder Achilles!»

«O Thersites», beschwor ihn Leontes, «jetzt wirst du doch nicht auch noch über den Peliden schlecht reden, den Besten aller Achäer?»

«Worin ist er denn der Beste?» fragte Thersites sarkastisch. «Im Morden, im Rauben oder im Vergewaltigen? Da mußt du dich schon deutlicher ausdrücken, Junge, wenn du willst, daß ich deine Fragen genau beantworte.»

Leontes verstummte. Mit Thersites konnte man nicht ernsthaft reden. Ständig behauptete er, alles besser zu wissen, und nie konnte er seinen Mund halten.

«Gut, o Thersites», mischte sich Gemonydes ein, um zu verhindern, daß die beiden einen Streit anfingen. «Erzähle uns ruhig, wie der Pelide den Gott beleidigt hat. Wir haben ja eine lange Reise vor uns, die könntest du uns mit deinen Geschichten verkürzen. Aber gib acht, daß du sie nicht allzusehr ausmalst.»

«Es war in den ersten Kriegsjahren», hob Thersites an, «da kreuzte der Pelide eines Tages mit einem jungen Troer von außergewöhnlicher Schönheit die Waffen: mit Troilos, dem jüngsten Sohn des Priamos. Die Glücklichen, die ihn je gesehen haben, sagen, daß er Adonis an Schönheit übertraf. Gut, während Troilos ihn also nach allen Regeln der Kunst angriff, parierte Achilles nicht etwa seine Hiebe, sondern strich lüstern um ihn herum und sagte: ‹Komm laß dich streicheln, süßer Junge. Andernfalls müßte ich dich noch heute unter den Mauern Trojas töten. Überleg doch mal, es wäre wirklich ein

Jammer, wenn dein Frätzchen einen Schwerthieb abbekäme.› Aber der Junge weigerte sich, auf die Lockungen des verliebten Myrmidonen einzugehen, und Hektor half ihm ein wenig, damit er dessen Mordlust trotzen konnte.»

An diesem Punkt seiner Erzählung hielt Thersites den Wagen an.

«Was ist denn?» fragte Leontes leicht verärgert über die Unterbrechung.

«Mein lieber Junge, jetzt trinken wir erst mal», erwiderte Thersites und stieg ab. «Wenn ich mich richtig erinnere, gibt es hinter diesen Pappeln eine klare kühle Quelle. Da können wir trinken und gleich auch Vorrat für den Rückweg mitnehmen.»

«Gut, aber dann schnell», drängte ihn Leontes.

Nachdem sie getrunken und die Schläuche gefüllt hatten, sprach Thersites weiter.

«Troilos liebte ein Mädchen namens Briseis[7], mit dem er sich in jeder Vollmondnacht in einem Wäldchen bei Thymbra, also ganz in der Nähe des Apollontempels, traf. Aber dann wollte das unerbittliche Schicksal, daß sich der Weg des jungen Liebhabers mit jenem des Peliden kreuzte. Und da gab es für den armen Troilos kein Entrinnen: allein, ohne Hektors Hilfe, war er einem Recken vom Schlage Achills vollkommen ausgeliefert.»

«Und dann?» fragte Leontes ungeduldig, da er merkte, daß Thersites seine Erzählung aufs neue unterbrach.

«Nur die Ruhe, Junge. Jetzt habe ich Durst.»

«Du hast doch gerade erst getrunken!»

«Richtig. Aber ich habe auch geredet.»

«Also gut, dann trink. Aber beeil dich ein wenig.»

Thersites hob seelenruhig den kleinen Schlauch und ließ, während Leontes vor Ungeduld fast verging, das Wasser über sein Gesicht laufen, so daß ein Teil in seine Kehle rann und der Rest an seinem Körper herunterlief, dann wischte er sich die Lippen mit dem Arm ab und sagte:

«Das Wasser im Landesinnern hat einen ganz anderen Geschmack. Manchmal habe ich den Verdacht, daß die Troer es vergiften, bevor es zu uns kommt.»

«Zeus soll dich mit dem Blitz treffen, o Thersites», schimpfte Leontes wieder. «Wann erzählst du nun endlich die Geschichte weiter?»

«Warum hast du es bloß so eilig, Junge? Überleg doch mal, wie weit unser Weg noch ist. Dein Held hat zwar eine Menge Verbrechen begangen, aber wenn wir in dem Tempo weiterziehen, habe ich dann am Schluß doch nichts mehr zu erzählen.»

«Jetzt bring erst mal die Geschichte mit Troilos zu Ende», antwortete Leontes bissig. «Danach werde ich dir schon den Mund stopfen!»

Thersites lachte über die Äußerung des jungen Prinzen und fuhr dann mit seiner Erzählung fort:

«Achilles versuchte, Troilos auf die verschiedenste Art und Weise zu verführen: er raunte ihm Liebesworte zu, bot ihm ein Paar weiße Tauben an. Als er aber merkte, daß der Junge seinem Werben nicht nachgab, stürzte er sich wie ein Falke auf ihn. Troilos konnte gerade noch beiseite springen: dreimal lief er um den ganzen Tempel herum, und dreimal spürte er den Atem des Peliden im Nacken. Im letzten Augenblick konnte er in den Tempel entwischen ... Übrigens, da fällt mir gerade ein ... jemand hat mir erzählt, Troilos könnte ein unehelicher Sohn Apollons gewesen sein ... und zwar von Hecuba ... wißt ihr etwas darüber?»

«O Thersites, ich könnte dich wirklich hassen!» stieß Leontes mit feuerrotem Gesicht hervor. «Du kannst doch keine Geschichte richtig erzählen! Kaum interessiert mich eine Sache, hörst du mitten im Satz auf und redest über etwas ganz anderes! Nun sag doch endlich, was Achilles im Tempel gemacht hat? Hat er Troilos erwischt?»

«Na sicher hat er ihn erwischt. Schließlich gilt er doch als der schnellste Sterbliche! Er hat ihn genau unter dem Apollonbildnis gepackt und ihn ohne Rücksicht auf den heiligen Ort mit solcher Glut an sich gepreßt, daß er ihm bei dieser stürmischen Umarmung den Brustkorb eindrückte. Am nächsten Morgen fand Kalchas die Leiche des Jungen, und von dem Tag an war der Gott auf der Seite der Troer.»

«Soweit ich weiß», warf Gemonydes ein, «hat das Orakel von Delphi geweissagt, daß Troja erst dann dem Erdboden gleichgemacht werden kann, wenn drei Bedingungen erfüllt sind: der Tod des Troilos, das Tränken der Pferde Rhesos' im Skamandros und der Raub des Palladiums.[8] Hast du auch etwas von dieser Prophezeiung gehört?»

«Ja, das stimmt, die gibt es! Und zwei Bedingungen sind ja auch schon erfüllt. Jetzt muß nur noch das Palladium geraubt werden.»

Die drei Männer hatten den Fuß des Hügels erreicht, auf dem sich einsam zwischen stufenförmig angelegten Weingärten das Orakel erhob. Auf einer der obersten Tempelstufen sahen sie einen regungslosen Greis sitzen, der noch weißer wirkte als der weiße Marmor rings um ihn: weiß war seine Tunika, weiß der Bart und weiß das Haar, das ihm auf die Schulter fiel.

«Sei gegrüßt, o ehrwürdiger Kalchas», sprach ihn Thersites an. «Ich habe hier zwei Freunde mitgebracht, die die Vergangenheit erfahren möchten.»

«Was wollen sie mit der Vergangenheit, die sie doch nicht mehr ändern können?» fragte der Greis. «Es ist besser, sich der Zukunft zuzuwenden, an der sich zwar auch nichts ändern läßt, aber es bleibt einem wenigstens die Illusion, dies zu können.»

«So läßt sich denn an der Zukunft wirklich gar nichts ändern?» fragte Gemonydes.

«Bestimmt läßt sich nichts daran ändern, o Kreter, denn sie ist ja im Geiste der Notwendigkeit bereits geschehen, auch wenn wir den Eindruck haben, daß sie noch vor uns liegt.»

Obwohl er von den Worten des Priesters so gut wie nichts

verstanden hatte, trat Leontes vor und erklärte ihm den Grund seines Besuches.

«Hier, o göttlicher Kalchas, habe ich dir ein erstgeborenes Lamm als Opfer für den Gott mit dem Silbernen Bogen mitgebracht. Mein Name ist Leontes, ich stamme aus Gaudos und möchte erfahren, was aus meinem Vater, dem ehrenhaften Neopulos, geworden ist. Viele behaupten, er sei gestorben, aber seine Leiche wurde nie gefunden. Doch, auch wenn er tot sein sollte, frage ich dich: wer hat ihn getötet. War es ein Feind im offenen Kampf oder vielleicht gar ein Freund, der ihn hinterrücks feig ermordet hat?»

«Hast du vielleicht irgendeinen Gegenstand bei dir, der Neopulos gehört hat und den du entbehren kannst?»

Leontes warf Gemonydes einen verzweifelten Blick zu. Dann erinnerte er sich plötzlich, daß er an seiner Halskette zwei Dionysos-Medaillons trug, zwei kleine Silbermünzen, die ihm sein Vater als Kind geschenkt hatte. Auf beiden war der Gott der Ausschweifungen dargestellt: ein Gesicht lachte unmäßig, das andere weinte heftig.

«Diese hier vielleicht?» fragte Leontes und streckte dem Priester die Medaillons entgegen.

«Bist du sicher, daß dein Vater sie in der Hand gehabt hat?»

«Ganz sicher.»

«Eines reicht mir. Entscheide selber, welches du mir geben willst, und bedenke, daß ich es dir nicht mehr zurückgeben kann.»

Der Junge war ganz verwirrt, denn vielleicht hing die Antwort ja von seiner Wahl ab.

«Hat es irgendeine Bedeutung, ob ich dir das eine oder das andere Medaillon gebe?» fragte er unsicher.

«Nein, und zwar aus zwei Gründen», erwiderte der Priester. «Erstens verändert deine Entscheidung die Vergangenheit nicht, und zweitens entscheidest ja gar nicht du, sondern das Schicksal lenkt deine Hand.»

Leontes verstand immer noch nicht, um was es ging, hatte aber das Gefühl, daß er dem Seher das Medaillon mit dem lachenden Gesicht geben sollte.

«Folgt mir», sagte Kalchas, und gemeinsam betraten sie den Tempel.

Genau in der Mitte des Raumes befand sich eine Marmorplatte, die eine Art Brunnenschacht bedeckte. Nachdem er die Platte beiseite geschoben hatte, begann Kalchas einen unterirdischen Gang hinabzusteigen, der kaum breiter war als er selber. Ein an den Wänden befestigtes Seil diente beim Abstieg als Halt. Der Priester glitt schnell hinab, ganz im Unterschied zu den anderen, denn nach etwa zehn Stufen herrschte vollkommene Dunkelheit. Schließlich gelangten sie in eine große und sehr feuchte Höhle. Daß sie groß war, schlossen sie aus der starken Echowirkung, die es hier gab. Kalchas befahl ihnen, stehenzubleiben, dann warf er das Medaillon, das Leontes ihm gegeben hatte, ins Leere. An einem Plätschern erkannten sie, daß sie sich am Ufer eines unterirdischen Sees befanden. Ein Schritt weiter, und sie wären hineingefallen. Der Priester murmelte einige unverständliche Worte, und gleich darauf war im Wasser des Sees ein zartes Aufleuchten zu erkennen, als stiege etwas vom Grunde langsam an die Oberfläche empor. Eine Meduse? Nein, es war ein Gesicht. Neopulos? Dies vermuteten alle, obwohl das Bild zu schwach war, um es genau erkennen zu können. Dann hallte, nach wie vor in vollkommener Dunkelheit, Kalchas' Stimme vom vermutlichen Gewölbe der Höhle wider: es war eine hohle, ferne Stimme, als wäre der Greis plötzlich weit weg.

«Er trank das Wasser und wurde ins Herz getroffen!»

VIII
Der Giftmörder Euainios

Die Argonautensage und die Geschichte der Frauen von Lemnos. Immer neue Verdachtsmomente gegen Euainios. Eine achäische Abordnung versucht, Achilles zum Weiterkämpfen zu bewegen.

Das Schicksal der Achäer hatte sich gewendet: die Belagerer wurden nun selber belagert. Sie hatten ihre Schiffe im Rücken und vor sich zu ihrer Verteidigung kaum mehr als einen zwei Kilometer breiten Strand. Mit wiederholten Angriffen hatten die Troer sie in ihre Lager zurückgedrängt und drohten sie jetzt ins Meer zu treiben. Einzig und allein dem Einsatz Nestors, der Nacht für Nacht entlang der ganzen Front einen Wall erbauen ließ, war zu verdanken, daß den Troern dies nicht gelang.

Das Schöne an den homerischen Kriegen ist, daß sie immer auch als sportlicher Wettkampf gesehen wurden: kam aus dem einen Lager eine Herausforderung, verwandelte die Gegenseite das ganze Schlachtfeld gleich in einen Sportplatz. Da Odysseus jetzt ein wenig Zeit brauchte, um den Wall fertigzustellen, hielt er es für das beste, einen der üblichen Zweikämpfe vorzuschlagen. Hektor ging begeistert darauf ein und erklärte sich selber zum Verteidiger der trojanischen Farben. Im achäischen Lager hingegen warf man Lose mit den Namen der hervorragendsten Kämpfer[1] in einen Helm: zum größten Leidwesen Diomedes' (und zur ebenso großen Erleichterung von Odysseus) begünstigte das Schicksal Ajax, den Sohn des Oileus, der von kleinerer Statur war.

Der «Tanz des schrecklichen Ares»[2] (um es mit den Worten

der *Ilias* zu sagen) dauerte alles in allem mit den Opfern für die Götter, den Vorbereitungen, der Abmessung des Kampffeldes, dem Verlesen der Kampfordnung und dem eigentlichen Wettkampf den ganzen Tag (vierundzwanzig Stunden, die für den Bau des Walls gewonnen waren), ohne daß einer der beiden Helden den anderen besiegen konnte. Als es dunkel wurde, kehrten alle in ihre Zelte zurück und besprachen den unentschiedenen Zweikampf.

In der Zwischenzeit dachte Leontes unentwegt über die Worte des Orakels nach: «Er hat das Wasser getrunken und wurde ins Herz getroffen.»

«Dann wurde mein Vater also nicht von einem feindlichen Pfeil getötet», schloß der Junge, «sondern von dem vergifteten Wasser in einem Napf!»

«So scheint es», antwortete Gemonydes vorsichtig.

«O Meister, warum mußt du mich so enttäuschen?» fuhr ihn Leontes an. «Manchmal antwortest du sogar noch ausweichender als das Orakel. Du sagst etwas und sprichst dich doch nicht deutlich aus! Dabei kann es doch überhaupt keinen Zweifel mehr geben: mein Vater ist vergiftet worden, und sein Mörder hat einen Namen, den wir alle kennen: Euainios!»

«Also, um genau zu sein, wissen wir bis jetzt nur, daß Neopulos gestorben ist, weil er vergiftetes Wasser getrunken hat», berichtigte ihn Gemonydes, «und keiner hat behauptet, daß sein Giftmörder Euainios heißt. Das muß noch genau untersucht werden.»

«Untersucht, untersucht», schrie Leontes den Tränen nahe. «Was soll denn da noch viel untersucht werden? Alle wissen doch, daß der König von Matala ein Mörder ist. Hat er vielleicht nicht seinen Bruder getötet? Sein eigenes Fleisch und Blut? Auch Thersites hat das gesagt!»

«Gewiß, aber er ist nicht der einzige Giftmörder hier in Troja, und deshalb müssen wir die Sache genau untersuchen.»

«Dann laß uns zu ihm gehen!»

«Und was sollen wir sagen?» fragte Gemonydes spöttisch. «Entschuldige vielmals, o Euainios, daß wir dich so direkt fragen, aber hast du vielleicht Neopulos umgebracht?»

Leontes erwiderte nichts. Sein Ausdruck verfinsterte sich, und er malte sich die schrecklichste Rache an dem Kreter aus. Wenn es nach ihm gegangen wäre, hätte er nicht lange nach weiteren Beweisen für Euainios' Schuld gesucht, sondern ihn kurzerhand noch an diesem Tag umgebracht. In jedem Fall ging es ja hier um einen Mann, der seinen eigenen Bruder getötet hatte.

«Nein, nein, mein Lieber», dämpfte Gemonydes den Feuereifer seines Schützlings. «Wir dürfen uns hier keinen Irrtum erlauben. Wir brauchen Beweise, und um diese zu bekommen, müssen wir Euainios wie ein Schatten verfolgen, mit anderen Kretern reden, jemanden suchen, der ihn haßt und uns seine Schandtaten berichtet. Nur auf diese Weise können wir ihn vor die Ältesten bringen.»

«Aber wie sollen wir denn an die Kreter herankommen?»

«Wir gehen in ihre Tavernen, hören ihren Sängern zu und befragen die Sklaven, die Seeleute, die Würfelspieler und die Hetären. Ich habe zum Beispiel gehört, daß heute abend viele von ihnen zur Versammlung der Argonauten gehen.»

Der Feldzug der Argonauten[3] hatte schon eine oder vielleicht sogar zwei Generationen vor dem Trojanischen Krieg stattgefunden. An ihm hatten die Väter zahlreicher Helden teilgenommen: Peleus, Nauplios, Telamon, Tydeus und Laertes, um hier nur einige Namen zu nennen, die jeweiligen Väter von Achilles, Palamedes, dem kleinen und dem großen Ajax sowie Diomedes und Odysseus. In Troja kämpften unter den Achäern noch vier Überlebende des sagenhaften Feldzugs mit, nämlich Askalaphos, Ialmenos, Euryalos und Peneleos, die jetzt allesamt schon sehr alt waren und hohes Ansehen genossen.

Einmal im Monat bei Vollmond trafen sich die vier Greise auf einem Platz und erzählten die Heldentaten Jasons.

Das Schiff *Argo*, auf dem fünfzig Helden mitfuhren, war von Iolkos nach Kolchis[4] mit dem einzigen Ziel unterwegs gewesen, das Goldene Vlies zurückzuerobern, ein Widderfell, das in einem dem Ares geweihten Hain an einem Baum hing. Vielleicht aber handelte es sich dabei gar nicht um ein Tierfell, sondern vielmehr um Tausende von Goldklumpen, versteckt in den Bergwerken des Kaukasus oder verstreut auf dem Kiesbett des Flusses Phasis.[5]

Die Legende berichtet, daß beim Tod König Kreteus' von Iolkos der Thron an seinen einzigen legitimen Sohn Aison hätte übergehen sollen, doch dessen Halbbruder Pelias sperrte den Erben, wie das bei königlichen Familien häufig vorkommt, in eine Zelle und riß die Macht an sich. Jahre vergingen, der Gefangene starb, und ein Orakel riet Pelias, sich vor allen zu hüten, die nur eine Sandale trugen. Und wenn es nun etwas gibt, worauf in den griechischen Mythen immer Verlaß ist, dann die Tatsache, daß sich Orakel nie irren. Und wirklich tauchte nach etwa zehn Jahren ein junger Mann mit nur einer Sandale auf: Jason, der Sohn des verstorbenen Aison, der sein Königreich zurückforderte. Pelias begegnete ihm zufällig am Strand, sah ihn da mit nur einer Sandale stehen und versuchte, ihn einzuwickeln.

«Jason, mein lieber kleiner Neffe, du weißt, wie gewogen ich dir bin. Ich habe mich ja damals nur deshalb auf den Thron deines Vaters gesetzt, weil er selber gesundheitlich nicht dazu in der Lage war. Aber da du jetzt zurückgekommen bist, gebe ich ihn dir natürlich sofort zurück. Allerdings möchte ich dich um einen kleinen Gefallen bitten: wir werden hier in Iolkos vom Hirngespinst eines gewissen Phrixos gequält. Wie wir von den Priestern hören, möchte dieser sich ein Widderpelzchen zurückholen, das er vor vielen Jahren an einem Baum in einem Wäldchen bei Kolchis hat hängenlassen. Hol mir das doch hierher, dann gebe ich dir mit Freuden dein Königreich zurück.»

Der alte Schlaukopf wußte natürlich genau, daß dieses «Pelzchen», wie er es nannte, in Wirklichkeit das berühmte Goldene Vlies war, eine Kostbarkeit, die schon deshalb unerreichbar war, weil sie Tag und Nacht von einem Drachen gehütet wurde, der nie schlief. Aber Jason ließ sich nicht so leicht abschrekken: er versammelte alle Helden, die er finden konnte, und machte sich auf die Reise ins Schwarze Meer.[6]

Genau wie im Theseus-Mythos gab es auch bei den Argonauten am Ort des Geschehens eine Frau, die dem Helden half, nämlich Medea, Tochter des Aiëtes, welcher wiederum König des Ortes war, an dem das Goldene Vlies gehütet wurde. Medea war eine furchterregende Zauberin, die im Schutze Heras stand und überdies Unsterblichkeit genoß. Diese Hexe verliebte sich nun in Jason und schläferte, nachdem Jason ihr in aller Form die Ehe versprochen hatte, den Drachen mit einem Schlafmittel ein, das so stark war, daß es die sagenhafte Schlaflosigkeit des Ungeheuers besiegte. Aber genau wie Ariadne wird auch die Zauberin am Ende von unserem Helden betrogen, mit dem Unterschied, daß Medea es nicht anders verdient hatte. Dazu muß man nur wissen, daß sie nach dem Raub des Goldenen Vlieses zu Jason, der ihr vorgeschlagen hatte, das Brüderchen Apsyrtos zu töten und ins Meer zu werfen, damit Vater Aiëtes, der sie mit einem Schiff verfolgte, aufgehalten würde, sagte:

«Gut, aber schneiden wir ihn in Stücke, damit Papa gezwungen ist, mehrmals anzuhalten.»

Nun könnte man hier natürlich einwenden: «In diesem Fall ist nicht sie schuld, sondern Eros, der sie verliebt gemacht hat!» Mag ja sein, aber für alles gibt es Grenzen, auch für die Verliebtheit!

Als er dann das Goldene Vlies wieder hatte, wollte Pelias das Königreich trotzdem nicht zurückgeben. Also schaffte ihn

Medea mit einem Zaubertrick aus dem Weg: sie erklärte, jedes Lebewesen verjüngen zu können, und tauchte zum Beweis einen Ziegenbock in einen Topf mit siedendem Öl, aus dem sie gleich danach ein neugeborenes Zicklein herauszog. Überzeugt von dieser Darbietung warfen Pelias' Töchter trotz allen Protestgeschreis des Unglückseligen, der sich zu Recht wehrte, auch ihren Papa in den Topf und warteten vertrauensvoll darauf, daß er munterer und rüstiger denn je wieder auftauchte.

Nachdem Jason aber seinen Thron zurückbekommen hatte, vergaß er Medea und heiratete eine schöne Korintherin namens Glauke (oder Kreusa). In ihrer rasenden Wut schickte ihr die Zauberin als Hochzeitsgeschenk ein reizendes Brautkleidchen, das sich selber entzündete.[7] Jason bekam die Leichname ihrer gemeinsamen Kinderchen.[8]

Die Versammlung der Argonauten fand neben der Hütte des Askalaphos statt. Die Veteranen nahmen in der Mitte eines Platzes auf vier Holzthronen Platz, so daß sie von allen gesehen werden konnten. Sie wurden umringt von einem überwiegend jugendlichen Publikum, alles Leute, die erst in den letzten drei Jahren nach Troja gekommen waren. Die in den beiden vordersten Reihen hockten auf dem Boden, alle übrigen standen dahinter im Kreis. Unter letzteren befanden sich auch Leontes und Gemonydes, beide gegen die Feuchtigkeit in einen Schafspelz gehüllt. Rechts von den Argonauten hingegen drängte sich in der ersten Reihe eine Gruppe von Kretern, darunter Meriones, Idomeneus und vor allem Euainios.

«Stimmt es», fragte ein Böotier den Argonauten Ialmenos, «daß einer von euch auf dem Wasser gegangen ist?»

«Ja, er hieß Euphemos», erwiderte dieser. «Die Fähigkeit dazu hatte ihm sein Vater Poseidon verliehen. Euphemos war einer von denen, die auf der Insel Lemnos die meisten Kinder gezeugt haben.»

«O ehrwürdiger Ialmenos, du beherrschst die Kunst des

Erzählens ebenso gut wie den Gebrauch der Lanze, erzähle uns doch die Geschichte der Frauen von Lemnos, aber gib acht, daß du nicht aus Scham irgendwelche Einzelheiten ausläßt, denn du würdest sofort von einem, der die Geschichte schon kennt, beim Lügen ertappt.»

«Es wäre mir lieber, wenn mein Bruder Askalaphos sie euch erzählte», erwiderte Ialmenos. «Er hat zusammen mit Echion, dem Sohn des Hermes, als erster den Vertrag mit Hypsipyle unterzeichnet. Ihm steht das Vergnügen und auch die Mühe des Erzählens zu.»

Askalaphos erhob sich, und nachdem er sich zweimal geräuspert hatte, begann er in schleppendem Tonfall zu sprechen. Die hohle Stimme, die weißen Haare, sein von zahllosen Falten durchfurchtes Gesicht und der Widerschein des Kohlenbeckens schufen eine Friedhofsatmosphäre. Mit ein wenig Phantasie konnte man sich durchaus vorstellen, daß diese Seele geradewegs aus dem Hades kam.

«Wir waren schon lange auf See und hatten unsere Wasser- und Essensvorräte erschöpft. Zephyr schaffte es an jenem Tag nicht allein, unser Schiff voranzutreiben, so waren wir gezwungen, uns an den Bänken abzuwechseln.[9] Herakles trieb die Schwächsten von uns an, mit dem Ruder so weit auszuholen, bis wir mit dem Kopf die Knie des hinter uns Sitzenden berührten. Nauplios, der große Nauplios, Sohn des Nauplios, gab mit dröhnender Stimme den Takt an, und die Jungfrau Atalanta, die von Artemis mit dem Adlerblick belohnt worden war, suchte vom Bug aus den weiten Horizont ab. Plötzlich hörten wir sie ‹Land› schreien, und zu unserer Rechten tauchten die bläulichen Umrisse einer fernen Insel auf. Es war Lemnos, jene Insel, auf der sich Hephästos beide Beine brach, als Zeus ihn in seinem Zorn aus dem Olymp warf.»

«Und war Lemnos schön?» fragte jemand.

Askalaphos antwortete nicht gleich, sondern schloß die Augen, als versuchte er, die Insel hinter seinen geschlossenen Lidern zu sehen.

«Sie war grüner als die Wiesen von Knossos und hatte mehr Apfelbäume[10] als der Garten der Hesperiden. Dennoch war dort gerade ein Jahr zuvor etwas sehr Bedauerliches geschehen: die Männer hatten Hunderte von thrakischen Mädchen geraubt, alle blond und blauäugig, damit diese den Platz ihrer rechtmäßigen Ehefrauen einnehmen sollten, die sie beschuldigten, unerträglich zu stinken.»

«Und stimmte das?»

«Ehrlich gesagt, gestunken haben sie schon... und zwar sehr!» erwiderte Askalaphos ohne Zögern. Dann wandte er sich an einen seiner Gefährten: «Ich übertreibe doch nicht, o Peneleos?»

Peneleos, ein anderer Veterane, nickte ernst. Aus seinem angeekelten Gesichtsausdruck schlossen die Anwesenden, daß der üble Geruch der Frauen von Lemnos wirklich unerträglich gewesen sein mußte.

«Es hieß, daß das vom Färberwaid[11] kam», fuhr Askalaphos fort, «eine Pflanze mit Übelkeit erregendem Gestank, aus der die Frauen von Lemnos ihre Schminke herstellten. Das Ganze schien eine Rache Aphrodites zu sein. Es wird erzählt, daß einige Frauen von Lemnos sich längere Zeit vor unserer Ankunft gegen die körperliche Liebe gewehrt hatten und Aphrodite sich dafür rächte, indem sie ihnen allen einen nicht gerade aphrodisierenden Eigengeruch verlieh.»

«Und was ist dann geschehen?»

«Die Männer von Lemnos sperrten ihre Frauen in einen dem Wind abgekehrten Pferch und verboten ihnen, die Stadt Myrine[12] zu betreten. Eines Nachts aber wurden die verstoßenen Frauen von einer solchen amazonischen Wut erfaßt, daß sie sämtliche thrakischen Konkubinen und alle Männer auf der Insel, einschließlich ihrer Väter, Söhne und Ehemänner, umbrachten.»

«Kein einziger ist davongekommen?»

«Keiner außer Thoas, der Vater der Königin. Es heißt, daß Hypsipyle ihn aus Mitleid gerettet hat und ihn einen Tag vor dem Massaker mit einem ruderlosen Boot hat entkommen lassen.»

«Und wie haben sie euch aufgenommen?»

«Wir näherten uns der Insel sehr vorsichtig. Als wir noch etwa zehn Stadien entfernt waren, sahen wir plötzlich, wie sich der ganze Strand mit Bewaffneten füllte. Zu Hunderten krochen sie wie Ameisen aus dem Gehölz: das waren die lemnischen Weiber, die zu den Waffen ihrer Männer gegriffen hatten, um uns am Landen zu hindern. Aber wie gesagt, unsere Laderäume waren leer, unsere Wasserschläuche zusammengeschrumpft, wir mußten uns unbedingt versorgen. Nur zwei von uns gingen an Land: ich und Echion, ein gewitzter Sohn des Hermes mit besonderer Redebegabung. Während wir den Fuß an Land setzten, hielten wir die Friedenszeichen hoch über unsere Köpfe.»[13]

«Auf die Gefahr hin, daß ihr in Stücke zerrissen wurdet», rief ein junger Mann voller Bewunderung aus.

«Anfangs sagte die Königin, daß sie uns alle Lebensmittel und das benötigte Wasser unter der Bedingung geben würde, daß kein weiterer Mann von Bord ging. Dann ergriff eine Frau das Wort, die aussah wie eine alte Amme oder etwas dieser Art. ‹O meine Königin›, sagte sie, ‹welche Zukunft ist unserem Volk beschieden, nachdem wir jetzt keine Männer mehr zum Kinderzeugen haben? Bald schon werden wir alt und runzlig sein, und wenn unsere Rasse ausstirbt, wird Lemnos Beute der karischen Seeräuber. Es wäre sehr klug von dir, wenn du uns allen, jeder einzelnen befehlen würdest, uns mit diesen Fremden der Liebe hinzugeben. Aus ihrem Samen könnte ein neues, kräftigeres und mutigeres Geschlecht als das vergangene hervorgehen.› Der Vorschlag wurde angenommen. Die schönsten und jüngsten Frauen schliefen mit uns, während die älteren

Weizen, Dinkel, Honig, Oliven, Gerste, Mehl, Wein und mit Quellwasser gefüllte Schläuche am Strand aufhäuften.»

Erregtes Stimmengewirr erhob sich unter den Zuhörern. Von allen Seiten kamen Fragen: «Waren sie schön?» «Und wie habt ihr den Gestank des Färberwaids ertragen?» «Wie viele waren es denn?»

«Es waren ungefähr tausend», erwiderte Askalaphos, «und wir gerade nur achtundvierzig, denn die Jungfrau Atalanta konnten wir ja nicht mitzählen, und Herakles hatte sich geweigert, von Bord zu gehen. Wenn man die Alten abzog, die keine Kinder mehr bekommen konnten, kamen auf jeden von uns vierzehn Weiber. Und um das zu schaffen, haben wir tatsächlich sieben Tage und sieben Nächte lang voll zu tun gehabt.»

«Und der Gestank des Färberwaids?» fragte ein anderer.

«Daran haben wir uns schnell gewöhnt», räumte Askalaphos ein. «Keiner hat mehr darauf geachtet. Die Königin verliebte sich in Jason und wollte ihn auf der Insel halten, und auch wir wären, ehrlich gesagt, in einem so gastfreundlichen Land ganz gern noch geblieben. Aber eines Nachts kam Herakles, der am Ende seiner Geduld war, an Land, rüttelte lange an den Toren von Myrine und trieb alle an Bord, wobei er hier einen Helden aus den Armen einer Frau riß, dort einen anderen aus einem fröhlichen Trinkgelage holte. Aus der Verbindung von Hypsipyle und Jason ging übrigens das Zwillingspaar Euneus und Nebrophonos hervor; ersterer ist heute noch König der Insel.»

«O Achäer!» erschallte eine Stimme aus dem Dunkel.

Alle drehten sich um. Ein gewisser Talthybios mit den Insignien des Hermes trat vor und verlangte das Wort.

«O Achäer, der große Agamemnon, der Hirte der Völker, braucht eure Hilfe: ihr müßt alle zusammen Achilles in seiner Hütte aufsuchen!»

Mitten in der Nacht in Achilles' Hütte gehen? Wozu denn das?

«Der Pelide», fuhr Talthybios fort, «läßt sich schon seit langem nicht mehr auf dem Schlachtfeld blicken; höchste Zeit, ihn an seine Pflichten und seine Versprechen zu erinnern. Unser Held muß endlich seinen persönlichen Groll begraben und sich den hochmütigen Söhnen des Priamos stellen. Als Überbringer der Botschaft sind der große Ajax, der ehrwürdige Phönix und der listenreiche Odysseus vorgesehen. Und auch ihr, o edle Freunde aus Kreta, aus Theben, aus Pylos und Korinth und aus den anderen hundert schönen Städten Thessaliens, Elis', Arkadiens und Ätolias, folgt diesen Botschaftern, denn es ist wichtig, daß unser schnellfüßiger Held genau erfährt, wie sehr die Achäer seine Rückkehr wünschen.»

Alle erhoben sich und strömten zu Achilles' Hütte. Am Strand wartete Thersites schon auf sie.

Beim Eintreffen der Achäer übte Achilles sich gerade im epischen Gesang: er lag halb ausgestreckt auf einem Feldbett und hielt eine silberne Kithara in den Händen. Der getreue Patroklos saß ihm gegenüber und hörte schweigend zu.

Als er Odysseus und Ajax, den Telamonier, vor allem aber den greisen Phönix hereinkommen sah, dem er besonders zugeneigt war, sprang Achilles auf und eilte ihnen entgegen.

«O mein guter Phönix, o edle Gefährten, wie ich den Göttern danke, daß sie eure Schritte in meine Hütte gelenkt haben! Laßt euch hier am Kohlenbecken nieder und ergötzt mich mit euren Gesprächen.» Und an Patroklos gewandt fuhr er fort: «Und du, Sohn des Menoitios, fülle mehr Wein als Wasser in den Mischkrug und gib meinen Freunden jenen Wein zu kosten, den wir aus Festos erhalten haben.»

Die Begegnung glich anfangs einem Wiedersehensfest alter Freunde: es gab Umarmungen, Schulterklopfen, Trinksprüche. Patroklos mischte den Wein, und Achilles legte Fleischspießchen aufs Feuer.

Alle anderen, darunter auch Thersites, hielten sich in gebührendem Abstand, spitzten aber die Ohren, damit ihnen kein Wort der Unterhaltung entging. Von ihrem Rang her hätte einigen von ihnen (Idomeneus zum Beispiel und sogar Euainios, die beide Könige waren, der eine von Knossos, der andere von Matala) ein Platz am Feuer neben den Botschaftern gebührt, aber keiner wollte sich in die heiklen Verhandlungen einmischen. Niemand wollte durch vielleicht unbedacht geäußerte Worte den als sehr wichtig angesehenen Einsatz Achilles' für den endgültigen Sieg gefährden. Alle wußten ja, daß der Held außerordentlich empfindlich war und sich leicht zu Zornesausbrüchen hinreißen ließ. Nicht umsonst hatte man als Botschafter drei Personen ausgewählt, die besonderes Verhandlungsgeschick besaßen – Odysseus, den großen Ajax und Phönix: einen listigen Kopf, einen tapferen Soldaten und einen Mann, den der Pelide mehr liebte als seinen eigenen Vater.

Als erster ergriff Odysseus das Wort.

«Dank, o Achilles, für deine Gastfreundschaft, aber nicht deines Weines wegen sind wir zur Mündung des Skamandros herabgestiegen. Der Krieg hat für uns eine heikle Wende genommen, und keiner von uns kann sich heute nacht in Morpheus' Arme begeben[14] und sicher sein, Helios mit seiner Feuerscheibe noch einmal ins Meer versinken zu sehen[15]. Die Dardaner bedrohen uns und stehen schon dicht vor den schwarzen Schiffen: sie schwenken bereits die brennenden Holzscheite, um die Planken anzuzünden. Hektor galoppiert auf dem ganzen Schlachtfeld umher und ruft sich selber zum Stärksten unter den Sterblichen aus. Er übertreibt mit seinen Prahlereien schon so sehr, daß nicht einmal du ihn noch zur Vernunft bringen könntest!»

«O Sohn des Laertes», fiel ihm Achilles ins Wort, «du kannst dir deine Mühe sparen. Warum erzählst du mir, wie es um das Kriegsgeschehen steht, sag es doch deinem Anführer, dem mächtigen Agamemnon, dem Hirten der Völker, er befiehlt doch über die Heere.»

«Aber gerade Agamemnon schickt mich ja zu dir, o Sohn des Peleus», erwiderte Odysseus lächelnd. «Der Atride läßt dir ausrichten, daß er dir, wenn du deinen berechtigten Groll vergessen könntest und wieder an seiner Seite zu kämpfen bereit wärest, sieben Dreifüße zu schenken bereit ist, die noch keine Flamme beleckt hat, dazu zehn Goldtalente, zwanzig Kupferbecken und zwölf schnelle Pferde, die schon zahlreiche Preise gewonnen haben. Außerdem würde er dir sieben Frauen geben, alle von ausgesuchter Schönheit und sehr tüchtig bei der Hausarbeit. Und schließlich wäre da noch das Geschenk, das dein Herz wohl am meisten erfreute ...»

Hier machte Odysseus als gewiefter Taktiker eine lange Pause.

«... Briseis mit den schönen Fesseln, die Sklavin, um die ihr so lange gestritten habt, würde unberührt zu dir zurückkehren, da Agamemnon schwört, nie ihr Lager geteilt und sie auch an keinem anderen Ort besessen zu haben, wie es ja bei einer schönen Frau und ihrem Herrn normal gewesen wäre.»

Achilles sagte kein Wort, sondern starrte mit hartem Gesichtsausdruck regungslos ins Leere, und die Zuschauer waren ratlos: Hat er nun die Geschenke angenommen? Holt er sich Briseis zurück? Kämpft er wieder mit?

Als Odysseus sah, daß Achilles nicht anbiß, zählte er gleich noch eine weitere Liste von Geschenken auf.

«Und damit nicht genug: sobald wir Troja mit den breiten Straßen zerstört haben, kannst du noch am selben Tag dein Schiff mit soviel Gold und Silber beladen, daß die Schiffswände gerade noch trocken bleiben.[16] Unter den Frauen Ilions darfst du dir die nach der argivischen Helena zwanzig schönsten Frauen auswählen, und schließlich gibt dir Agamemnon eine seiner drei Töchter zur Frau und schenkt dir als Mitgift sieben Städte Messenias, nämlich Hire, Pherai, Aipeia, Antheia, Enepe, Oichalia und Pedasos, alle reich an Herden und üppigen Weinhängen.»

Achilles wurde sich bewußt, daß er sich nicht länger einer Antwort entziehen konnte. Schließlich würden alle Anwesenden später einmal die Großzügigkeit Agamemnons und seine eigene Undankbarkeit bezeugen können.

«O Sohn des Laertes, o Abkömmling des Zeus, o listiger und wendiger Odysseus! Da mir alle, die mit anderer Zunge reden, als sie im Herzen fühlen, verhaßt wie die Pforten des Hades sind, will ich hier klar und deutlich sprechen: was soll es für einen Anreiz bieten, für die Achäer zu kämpfen, wenn der Preis für jenen, der in vorderster Linie kämpft, gleich ist wie für einen, der dem Kampf von einem Hügel herab zusieht? Zwölf Städte habe ich hier in der Troas geplündert, und zwölfmal habe ich die gesamte Beute dem Atriden ausgeliefert. Er, der die ganze Zeit in der Etappe geblieben ist, hat das Wenige verteilt und das Viele behalten. Dabei war es doch mein Schwert gewesen, das die Troer eingeschüchtert hat. Solange ich auf dem Schlachtfeld war, traute sich Hektor nicht so weit vor die Mauern Ilions.»

Zustimmendes Gemurmel folgte seinen Worten.

«Was der Pelide sagt, stimmt genau», sagten die Veteranen. «Nie zuvor hat man Hektor so nahe bei den Schiffen gesehen!»

«Also dann, du geschickter Botschafter», fuhr Achilles fort, «kehr jetzt zu deinem Agamemnon zurück und fordere ihn auf, sich aufs Schlachtfeld herabzubemühen. Er soll gefälligst selber die Waffen in die Hand nehmen und sich dem rasenden Sohn des Priamos stellen, bis einer von beiden fällt, denn in einem gerechten Kampf erntet der kämpfend Sterbende ebensoviel Ruhm wie der Sieger. Was ist denn Agamemnon für ein Heerführer? Einer, der seine Rolle nur spielt, wenn es ums Aufteilen der Beute geht! Weißt du, was du ihm bestellen kannst? Er soll zum Hades fahren, der Sohn des Atreus! Auch wenn er mir zehn- oder zwanzigmal mehr böte als heute, würde ich immer nur sagen, er soll doch zum Hades fahren!»

Als Phönix diese herben Worte hörte, ergriff er die Hand des

Helden und sagte: «O Achilles, großherzige Seele mit rauhen Sitten, als du damals, ein halbes Kind noch[17], nach Troja aufgebrochen bist, hat dein Vater zu mir gesagt: ‹Phönix, behalte ihn im Auge, hilf ihm mit deinen Worten›, und Zeus allein weiß, wie sehr ich noch immer in Peleus' Schuld stehe. Ich habe dich schon als Kind gekannt, und wolltest du nicht essen, so habe ich dich geduldig gefüttert. Jetzt aber flehe ich dich an: bezähme dein wildes Herz und schicke diese Botschafter nicht einfach weg, ohne ihnen wenigstens zuzuhören. Allein dafür werden dich die Achäer eines Tages wie einen Gott verehren.»

Achilles änderte nun zwar den Ton, blieb aber in der Sache hart.

«O mein guter Phönix, liebster Pa[18], verlange doch nicht von mir, daß ich Agamemnon helfe. Wie sehr hat er mich vor allen Argivern beleidigt! Aber du, wenn du mich wirklich liebst, mußt mir jetzt ein Geschenk machen: bleib heute nacht hier und schlafe neben mir wie damals, als du mir die Heldentaten unserer Großen erzählt hast. Morgen überlegen wir gemeinsam, was besser ist: die Niederlage der Achäer mitzuerleben oder diese trostlose Gegend zu verlassen und nach Phthia zurückzukehren, was in einer dreitägigen Seereise zu schaffen wäre.»

In dem Augenblick löste sich Thersites aus der Gruppe der Zuhörer. Er war schon mehrmals drauf und dran gewesen, sich in das Gespräch einzumischen, hatte dann aber teils aus Vorsicht, teils, um den Botschaftern Gelegenheit zu geben, ihre Mission zu erfüllen, doch darauf verzichtet. Aber diese letzten Worte des Peliden hatten ihn zu sehr entrüstet: unvorstellbar, daß sich ein Grieche so wenig um das Schicksal seiner Landsleute scherte!

«O mächtiger Sohn des Peleus!» hob der Krüppel an und warf sich ihm zu Füßen, «vergib deinem Sklaven Thersites diesen letzten Versuch, dich davon zu überzeugen, daß du wieder zu den Waffen greifen sollst. Zu all den schon von

Agamemnon versprochenen Geschenken möchte auch ich noch eine bescheidene Gabe hinzufügen: einen Kupferobolus. Denn manchmal habe ich mich schon gefragt, ob nicht ein einziger Obolus bewirken kann, daß sich die Waage zu einer bestimmten Seite neigt? Ich weiß, ich könnte ihn auch in Telonis' Taverne ausgeben und in Wein umsetzen, aber ich gebe ihn lieber dir, um den Sieg der achäischen Truppen zu gewährleisten! Aber nicht genug damit: ich bin auch bereit, mich als Geliebte zur Verfügung zu stellen, falls Agamemnon dir Briseis doch noch verweigert.»

Schallendes Gelächter folgte auf diese abgefeimte Bemerkung Thersites', aber der Krüppel sprang auf, streckte seinen Zeigefinger gegen den Peliden aus und fing an, ihn wüst zu beschimpfen.

«Du, der du im Tempel Kinder mordest[19], der du wehrlose Jungfrauen vergewaltigst, wie kannst du es wagen, von gerechten Kämpfen zu reden? Du hast doch keine Ahnung von Gerechtigkeit! Dein Arm ist stark, aber dein Blick reicht nicht weit; er geht nie über die Grenzen deines Egoismus hinaus. Du redest von nichts anderem als von Preisen, von aufgeteilter Beute, von geplünderten Städten, von jungen Frauen, auf die du Anspruch erhebst, als wäre der Krieg ein Geschäft zwischen habgierigen Händlern und nicht zur Verteidigung des Vaterlandes und zur Wiedergutmachung erlittenen Unrechts da. O du Ungeheuer mit menschlichem Antlitz . . .»

Weiter kam der Bucklige nicht, da Achilles sich wie ein wildes Tier auf ihn stürzte, um ihn zu töten. Zu Thersites' Glück mischten sich fast alle Anwesenden ein; so konnte der Krüppel Achilles entwischen. In dem allgemeinen Durcheinander sprang Euainios' Mantel auf, der ihn vor der Kälte schützte, und Leontes entdeckte um den Hals des Königs jenes Band mit den Eberhauern, das seinem Vater gehört hatte.

IX
Die Eberhauer

Euainios wird von Nestor verhört. Die Kalydonische Eberjagd. Auf einer Versammlung nach einem trojanischen Überfall bittet Nestor Patroklos, die Waffen des Achill zu ergreifen.

Leontes hätte sich am liebsten noch am selben Abend gerächt. Daß Euainios die Kette besaß, die einst seinem Vater gehört hatte, war für ihn Beweis genug und hätte ihm ausgereicht, den Kreter zum Tode zu verurteilen. Man hätte ihn doch nur ergreifen und notfalls mit Gewalt zu zwingen brauchen, sein Verbrechen zu gestehen. Der stets vorsichtige Gemonydes forderte seinen Schützling jedoch auf, alles gut zu überlegen und keine falschen Schritte zu unternehmen.

«Es geht doch hier nicht um Rache, o Leontes, sondern darum, die Wahrheit herauszufinden. Und ich habe da meine großen Zweifel, was die angebliche Vergiftung des Neopulos betrifft. Zum Beispiel frage ich mich, ob der Auftraggeber dein Onkel Antiphynios ist? Und warum trägt Euainios ganz furchtlos Gegenstände, die ihn doch belasten könnten? Und aus welchem Grund hat man die Leiche deines Vaters nie gefunden?»

«Auch ich möchte all dies gern wissen, o Gemonydes», erwiderte der Junge, «aber ich sehe keinen anderen Weg, die Wahrheit herauszubekommen, als sie notfalls demjenigen mit Gewalt abzuringen, der sie kennt. Du hingegen bist überzeugt, daß man von dem Mörder ein ausführliches Geständnis bekommt, wenn man ihn nur höflich darum bittet.»

«Das stimmt, wenn derjenige, der ihn verhört, eine anerkannte Autorität ist. Eine Persönlichkeit, die er nicht anzulügen wagt.»

«Und wer soll das sein?»

«Nestor zum Beispiel oder Agamemnon oder Phönix, oder alle drei zusammen. Ein öffentliches Geständnis eines von vielen verehrten Königs würde deinen Onkel Antiphynios moralisch verurteilen, und das brächte dir größere politische Vorteile als eine überstürzte Reaktion, die ja doch zu nichts führt.»

«Du redest hier von politischen Vorteilen», erwiderte Leontes entrüstet, «und ich rede von meinem Vater. Du sprichst von Machtkämpfen, und ich spreche von einem Kind, das sich jedesmal, wenn sein Vater es auf den Arm nahm, an zwei Elfenbeinanhängern festklammerte, dem einzigen Halt, den es fand. Glaube du nur ruhig weiter, daß der Mörder sich vom weißen Haar eines Königs beeindrucken lassen wird, ich weiß nur eines: einzig und allein ein scharfes Schwert, das man ihm schön an die Kehle setzt, kann ihn zum Reden bringen!»

Nestors Wohnstätte war die größte und reichste des gesamten achäischen Lagers, einer der ganz wenigen Steinbauten. Der Gerenier hatte sie sich nach dem Vorbild der mykenischen Häuser errichten lassen: sechs kleine Zimmer um einen rechteckigen *megaron* und in der Mitte eine Feuerstelle. Darüber erhob sich ein abfallendes Dach aus Rohr, Stroh und Lehm mit einer quadratischen Öffnung in der Mitte als Rauchabzug.

Der greise König hörte Leontes und Gemonydes sehr aufmerksam zu. Während sie den Fall darlegten, enthielt er sich jeden Kommentars, selbst dann, als Gemonydes ihm berichtete, was das Orakel geantwortet hatte. Als sie fertig waren, schickte er einen Boten in das kretische Lager, um Euainios zu sich zu rufen und ihn zu bitten, auch das Halsband mit den Eberhauern mitzubringen. In der Zwischenzeit stellte eine junge Thrakerin einen großen Kupferkelch, den zwei goldene, aufeinander einhackende Taubenpaare zierten, auf den Tisch. Das junge Mädchen goß pramnischen Wein hinein und mischte dann goldenen Honig, eine Handvoll Weißmehl und geriebenen Ziegenkäse dazu.[1] Nestor goß seinen Gästen das Gebräu persönlich ein und forderte sie auf, es zu kosten.

«So bist du also der einzige männliche Nachkomme des ehrenhaften Neopulos?» schloß der gerenische Nestor, als Leontes seinen Ausbruch beendet hatte.

«Ja, ich habe noch eine Schwester, Lanyzia, die nur ein Jahr älter ist.»

«Ich habe deinen Vater vor vielen Jahren kennengelernt, als du noch gar nicht geboren warst. Neopulos hatte damals etwa dein Alter oder war vielleicht sogar noch jünger, und du ähnelst ihm so sehr, daß ich im ersten Augenblick, als du unter dem Portikus standest, gedacht habe, sein Geist sei aus dem Hades zurückgekehrt.»

«O edler Nestor», rief Leontes von den liebevollen Worten des Königs ermuntert aus, «da ich noch ein kleines Kind war, als mein Vater von Gaudos aufbrach, kann ich mich natürlich nicht mehr gut an ihn erinnern. Aber ich wäre dir sehr dankbar, wenn du mir von ihm erzählen könntest. Wie war sein Äußeres? Wie war sein Wesen? War er tatsächlich so weise, wie alle sagen? Wenn alle ihn auch heute noch als ehrenhaft in Erinnerung haben, muß es dafür doch einen Grund geben.»

«Das darfst du wohl glauben, mein Sohn», bestätigte Nestor und strich ihm über den Kopf. «So weit mir zu Ohren gekommen ist, hat dein Vater niemals das Vertrauen eines anderen mißbraucht, keiner hat sich je über ihn beschwert. Ich habe ihn bei der Kalydonischen Eberjagd kennengelernt. Er war der Jüngste von allen, aber an Mut hat es ihm ganz gewiß nicht gefehlt.»

«Nicht mein Vater, sondern andere haben mir von dieser Jagd erzählt. Doch jeder Erzähler hat sie wieder anders dargestellt und von anderen Helden berichtet. O edler Herr, der du das Glück gehabt hast, sie selber mitzuerleben, schildere mir doch alle Einzelheiten, vor allem auch, welche Rolle Neopulos dabei gespielt hat!»

«Nachdem Zeus mir die Ehre erwiesen hat, an der Seite so edler und mutiger Helden zu jagen, von denen einige sogar Göttersöhne waren, will ich, solange wir auf den Kreter warten, versuchen, mich an diese Heldentat zu erinnern. Ich hoffe, daß mich mein Gedächtnis nicht im Stich läßt.»

Wie stets, wenn Nestor mit einer Geschichte begann, versammelten sich auch jetzt aufmerksame Zuhörer um ihn. Aus den Nebenzimmern strömten Familienmitglieder herbei, seine Konkubinen, betagte Diener und Krieger. Alle setzten sich schweigend zu Füßen des Erzählers. Die Geschichte des Ebers wurde bei allen Gastmählern immer wieder gern zum besten gegeben; sie jetzt aber aus dem Mund eines Augenzeugen zu vernehmen, der selbst daran teilgenommen hatte, war etwas nicht Alltägliches.

«Alles fing damit an, daß Artemis bei einem Opfer zu kurz gekommen war. Öneus, der König von Kalydon und einer meiner besten Freunde, hatte bei den jährlichen Opfern vergessen, auch dieser Göttin zu gedenken, und die empfindliche Tochter der Latona beschloß wie gewöhnlich, sich dafür zu rächen und schickte ein Ungeheuer von einem Eber, der so groß wie ein Pferd und so schwer wie ein Ochse war, ins Land der Ätoler. Die Bauern von Kalydon beschwerten sich unablässig bei ihrem König, denn auf Schritt und Tritt hinterließ das Ungeheuer eine blutige Spur von getöteten Tieren, verwüsteten Feldern, entwurzelten Sträuchern. Also beschloß Meleagros, der Sohn des Öneus, zur Jagd aufzurufen, und schickte seine Boten an die achäischen Höfe, um alle Helden, die besonders geschickt im Umgang mit der Lanze waren, zu Hilfe nach Kalydon zu rufen. Von Sparta kamen die Dioskuren, aus Messene die Zwillinge Idas und Lynkeus, außerdem Theseus, Jason, Admetos, Telamon, Peirithoos, Peleus und noch viele andere, die ich hier gar nicht alle aufzählen kann.»

«Und mein Vater?»

«Dein Vater kam im Gefolge des Amphiaraos aus Argos. Ein

munterer, unternehmungslustiger Junge, aber keinesfalls leichtsinnig. Ja, ich kann wohl sagen, daß er schon damals eine gewisse Besonnenheit besaß, die ihm ja dann auch später den Ruf eines weisen und ehrenhaften Mannes eintrug. Er kam in einer kurzen Tunika und besaß weder ein Schwert noch einen Bogen oder eine Lanze, sondern nahm an der Jagd nur mit einem Spieß bewaffnet teil.»

«Mit einem Spieß?»

«Gewiß, mein Junge. Zu jener Zeit gab es noch nicht so viele echte Waffen, und man wappnete sich mehr mit seinem Mut als mit ehernen Harnischen.»

«Und was geschah dann?»

«Eine ganze Menge, aber so manches lief schief, denn wir hatten Artemis gegen uns und mußten zuerst eine ganze Reihe von Schwierigkeiten überwinden. Das erste Hindernis war die Jungfrau Atalanta; sie erhob nämlich den Anspruch, mit gleichen Rechten wie ein Mann an der Jagd teilzunehmen. Atalanta war ehrlich gesagt eine unsympathische Frau, soweit man sie überhaupt als Frau bezeichnen darf. Nicht, daß sie häßlich gewesen wäre, im Gegenteil: viele haben sich ja in sie verliebt und dafür mit dem Leben bezahlt. Aber sie benahm sich so männlich wie der blutrünstigste Held, darin stand sie Ares weit näher als Aphrodite. Es wird erzählt, daß ihr Vater Jasos, der sich immer einen Sohn gewünscht hatte, sie gleich nach ihrer Geburt im Partheniongebirge aussetzte, wo sie dann von einer Bärin gesäugt wurde.»

«Aber was für ein Hindernis konnte Atalanta schon für euch sein?»

«Nach Meinung gewisser Leute – darunter Kaineus, Ankaios und Kepheus – galt es als unschicklich, eine Frau auf die Jagd mitzunehmen.»

«Aber war denn Kaineus nicht selber eine Frau?» warf Gemonydes ein, der wie immer etwas besser informiert war als die anderen.

«Doch, doch, ganz richtig, als Kind hieß er ja auch Kainis», bestätigte Nestor. «Als Erwachsener verwandelte er sich dann aber nach einer Liebesbegegnung mit Poseidon in einen unbezwingbaren Krieger, und als solcher nahm er auch an der Kalydonischen Eberjagd teil. Die Lapithen erzählen, daß er nach seinem Tod plötzlich wieder sein weibliches Aussehen erlangte.»

«Warum widersetzte dann gerade er sich der Mitwirkung Atalantas so heftig?» beharrte Gemonydes.

«Oft ist es ja so, daß gerade diejenigen am lautesten schreien, die allen Grund zum Schweigen hätten. Noch unnachgiebiger als Kaineus verlangten aber Ankaios und Kepheus, daß die Frau nur für sich alleine jagen und sich nie der Gruppe anschließen durfte, selbst dann nicht, wenn sie Hilfe brauchte. Und prompt kam es zu einem unerfreulichen Zwischenfall: Hylaios und Rhoikos, zwei umherschweifende Kentauren, entdeckten Atalanta in einem abgelegenen Hain und versuchten, ihr Gewalt anzutun, so daß sie gezwungen war, die beiden zu töten. Zuerst entmannte sie sie mit einer Axt, dann ...»

«Wie hat denn der Eber ausgesehen?» unterbrach ihn Leontes, der blutige Details verabscheute.

«Schrecklich», erklärte Nestor. «Aus seinem Maul triefte gelblicher Geifer, seine Augen waren ständig blutunterlaufen. Als es uns nach einer langen Treibjagd endlich gelang, ihn in einem Weidengehölz aufzustöbern, stürzte er sich mit solcher Wut auf uns, daß Ankaios, der Sohn Aktors, gleich sein Leben lassen mußte: die Bestie schleuderte ihn mit einem einzigen Kopfstoß in die Luft, entmannte ihn sofort und ging dann mit den Hauern auf ihn los. Ich selber konnte mich auch nur mit Mühe und Not auf einen Baum retten, wobei mir übrigens dein Vater half. Schließlich versuchten wir, den Eber einzukreisen und ihn alle gleichzeitig anzugreifen, dabei entstand aber eine solche Aufregung, daß einige von uns ungewollt auf die eigenen Gefährten einschlugen. Peleus warf eine Lanze und tötete

Eurytion, und im gleichen Augenblick, in dem Peirithoos Lynkeus verletzte, verletzte auch Lynkeus Peirithoos.»

«Und mein Vater?»

«Dein Vater schleuderte von dem Baum aus, auf den er sich geflüchtet hatte, als erster den Spieß und verletzte den Eber an der Schulter. Gleich darauf verwundeten ihn Iphikles und Atalanta auf der anderen Seite, und Amphiaraos konnte ihn mit zwei wohlgezielten Pfeilen blenden. Dann begann aber auch schon gleich der Streit um die Beute: wer sollte das Fell, wer die Hufe, wer die Hauer bekommen? Meleager, der heimlich in Atalanta verliebt war, machte den Vorschlag, daß sie alle Trophäen bekommen sollte. ‹Atalanta hat ihn als erste getroffen›, sagte er zu allen, ‹und wenn wir nicht dazugekommen wären, hätte sie ihn ganz gewiß alleine getötet.›»

«Und stimmte das?» fragte Leontes.

«Das stimmte natürlich nicht. Erstens einmal hat dein Vater die Bestie als erster getroffen, und zweitens steht das Fell traditionsgemäß demjenigen zu, der das Tier tötet, und nicht einem, der es nur verletzt. Richtig schwierig wurde der Fall aber erst, als sich auch noch die Onkel von Meleager einmischten: der älteste, Plexippos, riß Atalanta das gerade abgezogene Fell aus der Hand und beanspruchte es für sich, weil er der Älteste war. Darauf durchbohrte ihn Meleager ohne lange zu zaudern mit dem Schwert. Kurz, es geschah sehr viel an jenem Tag, und ich kann gar nicht alle aufzählen, die bei der Tötung des Ungeheuers ums Leben gekommen sind.[2] Wir bekamen jedenfalls den Fluch der Artemis sehr zu spüren!»

«Aber warum hat dann bei so vielen bedeutenden Anwärtern, die sich zum Teil durch ihr Vermögen, zum Teil durch ihre Tapferkeit hervorgetan hatten, ausgerechnet mein Vater die Hauer bekommen?» fragte Leontes.

«Weil es allen noch lieber war, die Trophäe einem nahezu unbekannten Jungen zu geben, als sie einem Rivalen zu überlassen. Der einzige, der sich dagegen aussprach, war . . .»

Leontes sollte nie den Namen des einzigen Widersachers erfahren, weil ausgerechnet in diesem Augenblick Euainios mit einigen Inselbewohnern, die ihm in einigen Metern Abstand folgten, auftauchte. Mit beleidigter Miene trat der Kreter, auf dessen Brust das Halsband mit den Eberhauern klimperte, in die Mitte des *megaron*.

«O Euainios, Sohn des Kosynides, o mutiger Wagenlenker», sprach ihn Nestor an, «du kennst doch gewiß den ehrenhaften Neopulos, König von Gaudos und einer meiner besten Freunde. Leider ist er spurlos verschwunden: man fand weder seinen Leichnam auf dem Schlachtfeld, noch hat man je seine Waffen bei einem Troer gesehen. Einige behaupten, er sei auf Erkundung entlang der Mauern von Troja von einem dardanischen Pfeil getroffen worden, andere hingegen schwören, er sei von einem Dieb getötet worden, der ein Auge auf seine Rüstung geworfen hatte. Nun ist hier sein einziger Sohn Leontes, der aussagt, ein Halsband, das seinem Vater gehört hat, an dir gesehen zu haben. Im übrigen kann ich selber bezeugen, daß die Eberhauer, die in diesem Augenblick deine Brust schmücken, eben jene sind, die damals, als wir den Eber Kalydonios erschlugen, auf gemeinsamen Beschluß aller Beteiligten dem ehrenhaften Neopulos überreicht worden sind.»

«O ehrwürdiger Nestor», fiel ihm Euainios ins Wort. «Ich verstehe mich nicht wie Odysseus auf geheime Unterstellungen und Anspielungen und ziehe es vor, ganz offen beschuldigt zu werden, denn wenn die Beschuldigung lauten sollte, daß ich Neopulos getötet habe, weil ich seine Waffen begehrte, dann kann ich darauf nur mit dem Schwert antworten.»

«Was für eine heftige Antwort auf eine einfache Frage, o Euainios», erwiderte Nestor gelassen. «Du solltest deine Wut lieber an den Troern auslassen. Dann sag uns jetzt nur eines: wie bist du denn in den Besitz von Neopulos' Halsband gekommen?»

«Am liebsten würde ich dir überhaupt nicht antworten, o

Nestor, denn allzu deutlich verbirgt sich hinter deinen Worten eine Beleidigung», versetzte Euainios wütend, «aber da ich deinem ergrauten Haupt die Achtung nicht versagen kann, antworte ich dir geduldig und fügsam, wie ich dem Vater meines Vaters antworten würde. Ich erwarb das Halsband im Tausch gegen zwei eherne Beinschienen und einen bemalten Schild an den Zwei Brunnen, einem Waschplatz, der nicht weit von Troja entfernt am Zusammenfluß zweier Flüsse liegt. Beschafft hat es mir eine Frau von ungewöhnlicher Schönheit: sie hatte langes blondes Haar und vielleicht blaue Augen. Ich sage vielleicht, weil sich die Farbe ihrer Augen immer wieder veränderte; einmal erschienen sie mir grün, dann wieder blau. Diese Frau hatte eine so weiße und samtweiche Haut, daß ich schwören möchte, sie war argivischer Herkunft. Wenn aber der Sohn des Neopulos dieses Halsband jetzt aus Anhänglichkeit zurückhaben will, muß er es mir, da ich es schließlich nicht einem Leichnam gestohlen, sondern rechtmäßig gekauft habe, zu einem gerechten Preis abkaufen, das heißt, er muß mir dafür das wieder zurückgeben, was ich der Fremden mit den schimmernden Augen gegeben habe: den bemalten Schild und die ehernen Beinschienen.»

Zu jener Zeit galt ein unbedachter Kauf natürlich nicht als Straftat, also konnte auch keiner Euainios eine größere Schuld zuschreiben, als es Nestor mit seinen Unterstellungen bereits getan hatte. Jedenfalls ließen Gemonydes und bis zu einem gewissen Grad auch Leontes die Rechtfertigungen des Kreters gelten und baten nur um eine genaue Beschreibung des Ortes, an dem er die geheimnisvolle Frau angeblich getroffen hatte. Offenbar gab es im Süden der Stadt Troja tatsächlich einen Ort, der Zwei Brunnen genannt wurde und wo es zwei Quellen gab, eine mit eiskaltem und eine mit heißem Wasser.[3] Dorthin begaben sich anscheinend ausschließlich trojanische Frauen, um unter bewaffnetem Begleitschutz in Grüppchen die Wäsche ihrer Männer zu waschen.

Euainios riet Leontes und Gemonydes, sich den Zwei Brunnen nur mit größter Vorsicht und am besten als lykische Händler verkleidet zu nähern. Sie sprachen noch immer über die Frau mit den schimmernden Augen, als ein von der Straße hereinkommender Lärm ihr Gespräch unterbrach. Ein junger Bote stürzte ins *megaron*.

«O pferdebezähmender Nestor!» rief der Bote keuchend aus. «Die Achäer brauchen dringend deine Hilfe: Hektor hat den Wall an der äußersten Linken des Lagers durchbrochen, und viele mit Stangen bewehrte Troer haben den Schutzgraben schon überwunden. Diomedes ist an der Ferse verletzt, Agamemnon, dem Hirten der Völker, wurde der Arm durchbohrt, Odysseus blutet aus einer Wunde, die ihm der grimmige Sokos beigefügt hat. Auch der strahlende Eurypylos, der Lieblingssohn Euaimons, liegt von Thessalern gestützt am Boden. Dein Freund Machaon, Sohn des Asklepios, schickt mich zu dir, o Nestor. Er läßt dir sagen, daß der langhaarige Paris ihn an einer Schulter schwer verletzt hat und es bis jetzt keinem gelungen ist, den Pfeil, der von der dreispitzigen Art ist, herauszuziehen. Machaon läßt dich bitten, ihn mit einem Wagen abzuholen und gleichzeitig einen Wundarzt zu rufen, der sich mit dreispitzigen Pfeilen auskennt, da sein Bruder Podaleirios, auch er ein Sohn des Asklepios, im Kampf mit den Dardanern steht. Beeile dich, Sohn des Neleus, beeile dich, denn die Zeit ist kostbar.»

Wenn sie so kostbar ist, hätte Nestor am liebsten gesagt, was redest du dann so viel, aber um weitere Verzögerungen zu vermeiden, gab er nur den Befehl, einen Arzt zu rufen, der diesen Anforderungen gewachsen war: Machaon war nicht nur sein engster Freund, sondern selber auch einer der erfahrensten Ärzte. Denn er hatte genau wie sein Bruder Podaleirios die ärztliche Kunst bei seinem Vater Asklepios gelernt, der sie seinerseits vom Kentauren Cheiron erworben hatte. Ersterer hatte sich auf die Chirurgie spezialisiert, letzterer auf die innere Medizin.

Als Nestor am Schauplatz eintraf, erkannte er sofort, daß die Lage sehr ernst war: der Feind rückte von allen Seiten vor und drohte die vorderste achäische Linie jeden Augenblick zu durchbrechen. An einigen Stellen war es trojanischen Wagen trotz Wall und Graben gelungen, in das Lager einzudringen, und jetzt liefen schreiende, halbnackte und nur mit zugespitzten Rohrstöcken bewehrte Fußsoldaten scharenweise durch die Breschen und strömten wie ein Sturzbach in Richtung der Zelte. Ajax, der Telamonier, und Odysseus schlugen sich mit aller Kraft gegen Dutzende entfesselter Troer; sie glichen, um es mit Homer zu sagen, von gierigen Schakalen angegriffenen Hirschen mit vielendigem Geweih[4], aber trotz ihrer Tüchtigkeit gewann der Feind immer mehr an Boden.

In den trojanischen Reihen versuchte unterdessen Paris in seiner Verzückung, weil er Diomedes niedergeschlagen hatte, sein Opfer in jeder nur erdenklichen Weise zu reizen.

«Du aufgeblasener Kerl», brüllte er, «habe ich dich endlich verwundet! Der Pfeil, den ich auf dich abzielte, ist wahrlich nicht vergeudet. Ah, hätte ich dich doch nur in den Unterleib getroffen, dann wärest du jetzt mit deinem ganzen Hochmut schon auf dem Weg in den Hades!»

«O Sohn des Priamos», versetzte Diomedes, «du bist doch nur ein Bogenschütze. Bildest dir etwas auf deinen Haarschopf ein und kannst nur den Mädchen nachsteigen. Aber wenn du auch nur ein bißchen Mumm in deinen schlaffen Knochen hättest, du Geck, würdest du den Bogen wegwerfen, der doch nur eine Waffe für Feiglinge ist, und dich mit mir von Mann zu Mann mit dem Schwert in der Hand messen! Du prahlst hier groß herum, daß du mich getroffen hast, dabei hast du gerade ein bißchen meine Ferse geritzt! Auf diese Art verletzen einen vielleicht eifersüchtige Frauen oder eine unachtsame Sklavin.»

Nestor verlor unterdessen keine Zeit: unter Mithilfe des

Wagenlenkers Eurymedon hob er seinen verwundeten Freund Machaon auf und brachte ihn eilends nach Hause. Dort gelang es diesem trotz seiner Schmerzen, dem wartenden jungen Chirurgen die notwendigen Anweisungen zu geben, wie er den Pfeil herausziehen sollte. Der Sohn des Asklepios stöhnte nicht: mit einer Hand drückte er Nestors Arm, und mit der anderen steckte er sich ein Zauberkraut in den Mund, das schmerzlindernde Wirkung besaß.

Nach etwa zehn Minuten traf auch Patroklos ein, der brüderliche Freund des Achill. Nestor forderte ihn gleich auf, sich zu den anderen Gästen im *megaron* zu gesellen.

«Setz dich, o Sohn des Menoitios», sagte er, «und leere auch du einen Becher Pramneier Wein.»

«Ich danke dir, o Abkömmling des Zeus», erwiderte Patroklos, «aber ich kann mich nicht lange aufhalten. Der mich hierhergeschickt hat, läßt sich, wie du weißt, leicht zu einem Zornesausbruch hinreißen, und dabei richtet er manchmal seine Wut auch gegen einen Unschuldigen wie mich. Ich bin nur gekommen, um den Namen jenes Helden zu erfahren, den du vor kurzem in deinem Wagen hierhergebracht hast. Und dank deiner Freundlichkeit sehe ich ja jetzt mit eigenen Augen, um wen es sich handelt: um Machaon, unseren besten Wundarzt. Ehrlich gesagt hatten wir ihn schon von weitem erkannt, aber Achilles war so beunruhigt, daß er es unbedingt genau wissen wollte. Ich laufe jetzt schnell zu ihm, um ihm die Nachricht zu überbringen.»

«Warum interessiert sich Achilles denn erst jetzt für das Schicksal der Achäer?» brummte Nestor herausfordernd. «Merkt er denn nicht, daß die tüchtigsten Helden schon übel zugerichtet sind und daß wir alle bald hier an der trojanischen Küste unsere Tage beenden werden? Allzu nahe schon stehen die Feinde an den schwarzen Schiffen, und wir müssen jeden Augenblick ein trauriges Ende dieses Krieges befürchten. Leider bin ich selber nicht mehr so stark wie einst. Ach, wenn ich noch so jung wäre wie damals, als ich die Eleer einfach nur wegen einer Geschichte mit Kühen angegriffen habe![5] Jetzt bleibt uns nur noch die einzige Hoffnung, daß du, o Sohn des Menoitios, dich an die Spitze der Myrmidonen setzt und uns zu Hilfe kommst. Wenn sich der schnellfüßige Achilles weiterhin weigert, das Schlachtfeld zu betreten, ergreife wenigstens du seine Waffen, damit der Feind glaubt, der Sohn des Peleus habe den Kampf wieder aufgenommen.»

X
An den Zwei Brunnen

Um den Achäern zu helfen, verführt Hera Zeus und läßt ihn in Schlaf versenken. Leontes begibt sich zu den Zwei Brunnen und begegnet dank einer Wäscherin der Frau mit den schimmernden Augen.

Verkleidet euch als lykische Händler», hatte Euainios geraten, gerade so, als genügte es, sich das Gesicht zu schwärzen und einen schmutzigen *chiton* anzulegen, um wie ein Lyker auszusehen. Gemonydes mit seinem schwarzen Vollbart hätte einen unaufmerksamen Troer vielleicht noch täuschen können, Leontes aber nicht. Leontes war als Anatolier wirklich eine totale Fehlbesetzung: er hatte rotes Haar, grüne Augen und ein ganz sommersprossiges Gesicht. Und abgesehen vom Äußeren gab es ja auch noch das Sprachproblem, denn der Junge konnte kein Wort lykisch.

Schließlich fand der Schankwirt Telonis eine Lösung. Gegen entsprechende Bezahlung bot er sich als Dolmetscher, Führer und Maskenbildner an; er beschaffte geeignete Kleidungsstücke und bedeckte mit einer selbst zusammengerührten Salbe (mit der er vermutlich die Räder seiner Ölmühle schmierte) jede einzelne Sommersprosse in Leontes' Gesicht.

Unterdessen hatte das Schicksal im Kriegsverlauf durch zwei Ereignisse, von denen das eine göttlichen Ursprungs und das andere strategischer Art war, wieder für einen gewissen Ausgleich gesorgt. Hera und Patroklos hatten die Karten neu gemischt, indem erstere Poseidon schickte, um den Achäern Mut zu machen, und letzterer sich damit einverstanden erklärte, die Waffen seines Freundes Achilles zu tragen.

Zeus war bekanntlich dagegen, daß sich die Götter in die Kämpfe einmischten, und dafür gab es auch einen sehr einfachen Grund: er wollte, daß der Krieg seinen natürlichen Verlauf nahm und nicht etwa durch göttliche Eingriffe aus dem Gleichgewicht geriet. Für ihn war der Kampf zwischen Griechenland und Troja ein spannendes Spiel, das er in vollen Zügen genoß. Abends vor dem Schlafengehen fragte er sich: «Wer weiß, ob es die Troer schaffen, die Achäer aus dem Feld zu schlagen?» Oder: «Ob es Agamemnon am Ende doch gelingt, Troja zu plündern?» Und trotz aller Orakel, die ihm zur Verfügung standen, wollte Zeus aus Prinzip nicht vorher wissen, wie der Krieg schließlich enden würde. Schon am frühen Morgen begab er sich auf die Aussichtsplatte des Berges Ida und paßte von dort aus genau auf, daß kein Gott oder Halbgott zugunsten der einen oder der anderen Seite eingriff.

«Irgend jemand muß Zeus in Schlaf versetzen», überlegte Hera ganz richtig. «Sonst kann ich nie hinunter, um den Achäern wieder auf die Füße zu helfen.»

Die Lage der Griechen war nämlich äußerst desolat: sie mußten befürchten, von den Troern innerhalb der nächsten vierundzwanzig Stunden ins Meer zurückgetrieben zu werden. Die Herrin des Olymp wußte also ganz genau, daß sie, um ihre Schützlinge zu retten, unbedingt Zeus von seiner Aussichtsplatte weglocken mußte.

«Es gibt keinen anderen Ausweg, Aphrodite muß mir ihren Gürtel leihen!» rief die weißarmige Göttin aus und machte sich auf, um ihrer Rivalin einen Besuch abzustatten.

Aphrodite davon zu überzeugen, wenigstens für ein halbes Stündchen auf ihre beste Waffe zu verzichten, war gewiß keine leichte Aufgabe, aber Hera versuchte es trotzdem.

«O schaumgeborene Aphrodite, ich weiß, daß du mich haßt, weil ich den Achäern helfe, während du die Troer beschützt, aber es gibt Dinge, die sind wichtiger als unser Zank, und die kannst gerade du, die Göttin der Sinnlichkeit, mir nicht verweigern: mein Vater Kronos und meine Mutter Rhea müssen schon seit langer Zeit auf das Vergnügen einer ehelichen Umarmung verzichten. Sie leben in einem fernen Land jenseits des Ozeans, wohin Zeus sie eines Tages verbannt hat, und sind sehr traurig. Wenn du mir nun wenigstens für eine Nacht deinen Zaubergürtel leihen könntest, würde ich ihn meiner Mutter anlegen in der Hoffnung, daß sie so ausgerüstet bei Kronos die alte Liebesglut wieder anfachen könnte.»

Nun läßt sich über Aphrodite so manches sagen, aber gewiß nicht, daß sie für ein Problem dieser Art kein offenes Ohr gehabt hätte; ihr einziger Lebenszweck war ja, Männer und Frauen sexuell glücklich zu machen. Jedesmal, wenn sie hörte, daß irgendwo auf der Welt ein Paar einen gelungenen Liebesakt vollzogen hatte, geriet sie in höchste Verzückung und erzählte es überall herum, auch wenn keiner es hören wollte. Daher hatte sie auch für Heras Bitte volles Verständnis.

Sobald Hera im Besitz des Gürtels war, legte sie ihn selber an, eilte zu Zeus auf den Berg Ida und stolzierte nun so lange und sich in den Hüften wiegend auf der Aussichtsplatte herum, bis der Göttervater ihr hinterherlief. Zeus konnte bekanntlich bei gewissen Herausforderungen nicht nein sagen: er packte seine Gemahlin am Arm und machte einen tolpatschigen Versuch, sie gleich und vor aller Augen auf den Boden zu legen. Die Göttin spielte natürlich die Entsetzte.

«Was machst du denn da, göttlicher Gemahl? Du willst dich doch wohl nicht im Ernst hier vor allen anderen Göttern hinlegen? Wenn dein Begehren tatsächlich so heftig ist, daß du nicht die komplizenhafte Nacht abwarten kannst, dann ziehen wir uns wenigstens in unser Schlafzimmer zurück, in jenes mit den Geheimtüren, das uns einst Hephästos schenkte, und lieben wir uns dort so lange, bis wir beide vor Erschöpfung in Schlaf versinken.»

«Ich weiß auch nicht, was heute mit mir los ist», räumte Zeus in höchster Erregung ein, «aber glaub mir, Liebste, eine solche wahnsinnige Lust hatte ich nicht einmal damals, als ich es mit der Ixion trieb.[1] Aber keine Angst, ich sorge schon dafür, daß uns keiner sieht.»

Auf seinen Wink glitt eine goldene Wolke vom Himmel und bedeckte sie beide, während unter ihren Körpern ein zarter Grasteppich zu sprießen begann, auf dem Krokusse, kühler Klee und Hyazinthen blühten.

Aber die Göttin hatte zuvor schon eine Absprache mit Morpheus, dem Gott des Schlafes, getroffen.[2]

«Heute werde ich mein Lager mit dem göttlichen Zeus teilen», hatte sie zu ihm gesagt. «Wenn du dafür sorgst, daß er nach der Umarmung einschläft, gebe ich dir zum Dank dafür Pasithea zur Frau, die du schon lange begehrst.»

Alles lief wie am Schnürchen: Zeus schnarchte bald, und Hera nutzte sofort die Gelegenheit, um Poseidon aufs Schlachtfeld zu schicken.

Das Eingreifen des Gottes brachte die Wende im Kriegsverlauf; die Achäer gingen mit Macht zum Gegenangriff über. Ajax, der Telamonier, schleuderte einen Felsbrocken auf Hektor und verletzte ihn an der Brust. Diomedes, Odysseus und der kleine Ajax schlugen die Feinde zu Dutzenden nieder, und Patroklos, der die Waffen des Peliden schwang, schlug die Teukrer endgültig in die Flucht. Außer den Waffen spielten auch die fürchterlichen Myrmidonen, aus Phthia stammende, von Achilles ausgewählte Truppen, eine besondere Rolle. Homer vergleicht sie in der *Ilias* mit einem Wespenschwarm, in den ein unachtsamer Wanderer versehentlich hineintritt.[3]

Als Zeus erwachte, traute er seinen Augen nicht: zuletzt hatten sich die Troer im Angriff befunden und schon die Fackeln geschwungen, um die feindlichen Schiffe anzuzünden, und jetzt mußte er mit ansehen, wie sie sich, von den Achäern bedrängt, auf dem Rückzug befanden. Doch damit nicht genug: unter den zuletzt Gefallenen befand sich auch einer seiner Lieblingssöhne, der Lyker Sarpedon. Der Göttervater durchschaute sofort, daß da irgend etwas nicht stimmte und seine Gemahlin dabei die Hände im Spiel hatte.

«O du unseliges Weibsstück», donnerte er los, «du hast mich nur verführt, um mich hintergehen zu können! Dafür hast du die schlimmste Strafe verdient! Ich werde auch nicht die geringste Gnade walten lassen und allen anderen, Sterblichen wie Unsterblichen, verbieten, dir zu Hilfe zu kommen, genau wie damals, als ich dich an den Himmel gehängt habe!»[4]

Damit spielte er auf einen Zwischenfall an, der sich vor vielen Jahren zugetragen hatte. Die Herrin des Olymp war Zeus' fortgesetzten Ehebruch leid und zettelte eine Verschwörung gegen ihn an: gemeinsam mit ein paar anderen Göttern band sie den Treulosen mit hundert Lederriemen und hundert von Hephästos erfundenen Zauberknoten am Ehebett fest. Diese Knoten waren so geartet, daß jedesmal, wenn man versuchte, einen von ihnen zu lösen, sich alle anderen automatisch wieder neu knüpften. Der arme Zeus fluchte und schimpfte lange auf seine Verfolger, fand aber kein Gehör, denn keiner hatte Zeit für ihn; alle waren zu sehr mit dem Streit darüber beschäftigt, wer ihm denn nun auf dem Thron des Olymp nachfolgen sollte. Endlich kam ihm die Göttin Tethys zu Hilfe, die aus Angst, daß der Kampf um die Nachfolge zu einem kosmischen Chaos führte, den Riesen Briareus bat, mit seinen hundert Händen alle Knoten gleichzeitig zu lösen.

Sobald Zeus befreit war, schnappte er sich Hera und hängte sie an den Armen am Himmel auf, wobei er an ihre Fesseln zwei sehr schwere goldene Ambosse band. Die Unglückliche heulte und schrie und flehte um Mitleid, aber keiner wagte, ihr zu Hilfe zu kommen, nicht einmal die mächtigsten Götter (Apollon, Poseidon, Hades usw.). So hing die Ärmste tagelang wie eine Lampe mitten am Himmel. Der einzige, der dagegen protestierte, war ihr verkrüppelter Sohn Hephästos, eben jener, den die Mutter bei seiner Geburt weggeworfen hatte. Als Zeus ihn mit anklagend ausgestrecktem Zeigefinger auf sich zukommen sah, würdigte er ihn keines Blickes, packte ihn nur an einem Fuß und schleuderte ihn wieder einmal aus dem Olymp, so daß er sich auf der Insel Lemnos, wo er landete, beide Beine brach.

Da fast Vollmond war, nutzten Leontes, Gemonydes und Telonis die Gelegenheit und brachen mitten in der Nacht zu den Zwei Brunnen auf. Die Entfernung betrug nur etwa fünf oder sechs Kilometer, aber der Weg führte nahe an den Mauern von Troja vorbei, was nicht ungefährlich war. Die drei Männer folgten dem Lauf des Skamandros bis zum Zusammenfluß mit dem Simoeis und bogen dann nach links ab, wobei sie stets auf dem der Mauer gegenüberliegenden Ufer blieben.

Ein üppiger Saum von Weiden, Lotosblumen, Zypergras, Tamarisken und Binsen schützte sie vor den Blicken der trojanischen Wachen auf den Türmen. Die Zwei Brunnen lagen nämlich nicht, wie Euainios gesagt hatte, am Zusammenfluß der beiden Flüsse, sondern mindestens zwei Kilometer weiter östlich, und das letzte Wegstück war sehr mühsam, denn es führte durch ein Sumpfgebiet, das mit äußerst gefräßigen Wasserflöhen verseucht war. Etwas erschöpft erreichten unsere Helden aber dennoch eine Stunde vor Morgengrauen ihr Ziel. Der Ort war ruhig und menschenleer.

Homer erzählt:

«Dort sind nahe den Quellen geräumige Gruben der Wäsche,
Steinerne, schöngehaun, wo die stattlichen Feiergewande
Trojas Weiber vordem und liebliche Töchter sich wuschen.»[5]

Und genau hier, neben diesen Waschtrögen, warteten unsere Helden nun auf die Troerinnen. Telonis baute auf einem Mäuerchen einige Ziegenkäse auf, die er aus seiner Taverne mitgebracht hatte, und sobald die ersten Wäscherinnen erschienen, begann er den Käse anzupreisen.

«Oh, Telonis' Köstlichkeiten!» schrie er. «Gute Frauen, versucht diese Köstlichkeiten, wenn ihr wissen wollt, wie die Götter speisen!»

Der brave Mann verfolgte natürlich die Absicht, gleich zwei Fliegen mit einer Klappe zu schlagen: während er einerseits die Verkleidung seiner Freunde glaubwürdiger erscheinen ließ, spekulierte er andererseits auf gute Geschäfte.

Die Wäscherinnen trugen ihre Wäsche in Körben auf dem Kopf, genauso wie es die Frauen bei uns auf dem Lande auch heute noch machen; bestimmte Gebräuche hat es merkwürdigerweise zu allen Zeiten und in allen Breiten gegeben. Jeder eintreffenden Gruppe folgten in gebührendem Abstand zwei lanzenbewehrte Soldaten. Die eine oder andere der Frauen war gewiß hübscher als die übrigen, doch besaß keine jene schimmernden Augen, wie sie Euainios beschrieben hatte. Die drei warteten noch weitere zwei Stunden ab, dann sank ihr Mut, und sie begannen herumzufragen.

«Gute Frau», fragte Telonis eine dickliche Wäscherin, die sich nach dem Preis seiner Käse erkundigte, «kennst du vielleicht eine Troerin mit schimmernden Augen, die bald blau wie der Himmel und bald grün wie das Gras der Wiesen leuchten?»

«Ich bin ehrlich gesagt nicht so sicher, daß das eine Troerin ist», erwiderte die Wäscherin, «aber ich kenne sie gut, und du darfst mir glauben, daß man eine so schöne Frau unter Uranos' Zelt selten zu Gesicht bekommt. Du meinst gewiß Hekta, die Freundin Polyxenas.»

«Richtig, Hekta, jetzt fällt mir auch ihr Name wieder ein», schwindelte Telonis. «Warum kommt sie denn heute nicht zu den Quellen?»

«Sie kommt nicht immer», erwiderte die Wäscherin bissig. «Sie ist nicht Witwe wie ich und muß nicht einen alten Vater und vier Kinder durchbringen. Mein Mann ist letztes Jahr umgekommen, als er vom Wall stürzte, und jetzt bin ich gezwungen, auch die Wäsche der andern zu waschen. Sie hingegen wäscht nicht einmal ihre eigene: sie schickt ihre Sklavinnen zu den Zwei Brunnen und begleitet sie manchmal nur deshalb, weil sie nicht weiß, wie sie ihre Zeit totschlagen soll. Aber wenn du ihr unbedingt eine Nachricht zukommen lassen willst, Händler, dann schenke mir den Ziegenkäse, und ich vermittle die Sache gern.»

«Mein Freund da möchte sie kennenlernen», erklärte Telonis und raunte ihr halblaut ins Ohr: «Er ist verliebt!»

Die Wäscherin seufzte resigniert.

«Immer die gleiche Geschichte! Das einzige, was für die Männer zählt, ist die Schönheit! Keiner interessiert sich für die häuslichen Tugenden! Dabei müßte eine Ehefrau zuerst am Tag und dann erst in der Nacht erprobt werden.»

«Gute Frau», fuhr Telonis fort, ohne auf ihre kleine Moralpredigt einzugehen. «Ich gebe dir jetzt die Hälfte des Ziegenkäses, den du von mir verlangt hast. Wenn du mich morgen mit Hekta bekannt machst, schenke ich dir gern einen ganzen Laib.»

Auch am folgenden Tag tauchte die geheimnisvolle Frau nicht auf; statt dessen kehrte die Wäscherin wieder.

«Hekta läßt dir ausrichten», hob sie an und riß den Ziegenkäse an sich, bevor Telonis ihn ihr abschlagen konnte, «daß sie auf Befehl des Priamos nicht zu den Zwei Brunnen kommen darf. Wenn dein Freund sie kennenlernen möchte, dann muß er mir allein bis zur Abzweigung an den drei Hügelgräbern folgen.»

«Allein auf keinen Fall!» rief Gemonydes in reinstem lykischen Dialekt aus.

«Da täuschst du dich, ich gehe!» erwiderte Leontes, der nun jede Vorsichtsmaßnahme vergaß und griechisch oder vielmehr gaudisch redete. Und an die Wäscherin gewandt fuhr er fort: «Ich bin bereit. Geh du nur voraus, gute Frau, ich folge dir.»

Unterwegs malte sich Leontes in den lebhaftesten Farben all die Gefahren aus, denen er sich nun aussetzte. Wie oft hatten ihn die Älteren im achäischen Lager vor den Empusen gewarnt.

«Geh bloß nie zu der Abzweigung an den drei Hügelgräbern, Junge!» hatten sie gesagt, «dort treiben sich die Empusen herum.» Und jetzt ging er ausgerechnet dorthin!

Gut, es waren alles nur Legenden, aber wenn man sie jeden Tag immer wieder hörte, nahm man sie am Ende für bare Münze. Die Empusen, Töchter der Hekate, waren ziemlich unflätige Dämonen in Frauengestalt. Gewöhnlich lauerten sie an Abzweigungen und Kreuzungen und entblößten dort, um die Männer anzulocken, plötzlich ihre Brust. Ihre Rückfront glich angeblich der eines Esels, auch trugen sie eherne Hufeisen, und um Schwanz und Hufe zu verstecken, sollen sie stets bodenlange Röcke getragen haben. Wenn sie sich dann so einen armen Kerl schnappen konnten, bissen sie ihm die Halsschlagader auf und saugten ihm alles Blut aus, bis er tot war.

Bei den Griechen hatte der Schrecken stets ein weibliches Gesicht, alle Ungeheuer trugen weibliche Gewänder. Man denke nur an all die Harpyien, Graiai, Moiren, Erinnyen, Telchinen, Empusen, Gorgonen und auch an Lamia, Chimaira, Echidne und wie sie alle heißen: Weiber mit Fledermausflügeln, Hundestimme, Schlangenhaaren, blutunterlaufenen Augen und anderen Scheußlichkeiten.

Noch immer erinnerte sich Leontes mit Entsetzen an die Drohungen seiner Amme: «Wenn du nicht brav bist», sagte sie, «rufe ich Lamia, dann frißt sie dich auf!»

Lamia hatte Zeus zahlreiche Kinder geschenkt, aber Hera brachte sie aus Eifersucht der Reihe nach um.[6] Um sich zu rächen, spukte Lamia nun Nacht für Nacht umher und tötete die Kinder der andern, wobei sie sich immer die ungezogensten aussuchte. Um den Schrecken voll zu machen, hatte Zeus ihr die Fähigkeit verliehen, ihre Augäpfel aus den Augenhöhlen herauszuholen und nach Belieben wieder hineinzusetzen. Das war an und für sich ein schönes Privileg, vor allem, wenn man ihren Fall mit jenem der drei Graiai vergleicht: Diese hatten nämlich zu dritt nur ein einziges Auge und einen einzigen Zahn und mußten sich jedesmal, wenn sie etwas sehen oder etwas essen wollten, gegenseitig das Auge oder den Zahn reichen.

Gemonydes hatte für all diese Legenden nicht viel übrig; er empfand nur vor Menschen aus Fleisch und Blut Angst, und zwar inbesondere vor den lanzenbewehrten Troern. Leontes wiederum war allzu begierig, etwas über das Ende seines Vaters herauszubekommen, um den Vorschlag der Frau abzuweisen.

«Ich weiß genau, daß du kein Lyker bist», sagte die Wäscherin, sobald sie alleine waren. «Aber ob Lyker, Troer oder Achäer, für mich ist das alles eins. Verschaffe du mir nur noch mehr Käse, dann verschaffe ich dir deine Schäferstündchen.»

Als Leontes Hekta schließlich zu Gesicht bekam, verschlug es ihm den Atem, denn eine so schöne Frau hatte er in seinem ganzen Leben noch nie gesehen. Es war aber nicht nur die äußere Schönheit, die ihn beeindruckte; vielmehr ging von Hekta ein ganz geheimnisvoller Reiz aus, und er konnte seinen Blick nicht von ihrem Gesicht abwenden. Im ersten Augenblick vermutete er, daß er Helena persönlich vor sich hätte. Alle Beschreibungen der Königin von Sparta, die er in durchwachten Nächten gehört hatte, stimmten genau mit dem Äußeren dieser Frau überein, die jetzt vor ihm stand.

«Aber ...», stammelte Leontes, «du bist doch ...»

«Helena?» fiel sie ihm lächelnd ins Wort. «Nein, ich bin nicht Helena, ich bin Hekta; mit Helena verbindet mich nur eine gewisse Ähnlichkeit. In Troja sprechen mich viele mit diesem Namen an, aber nur, um mir zu schmeicheln, denn sie ist viel schöner als ich.»

«Und wie soll ich dich nennen: Hekta oder Helena?»

«Nenne mich, wie du willst, mein schöner Achäer. Wenn es dir eine gewisse Erregung verschafft, mich Helena zu nennen, so kannst du das ruhig tun. Dann spiele ich für dich eben Helena, jene Frau, die zuerst Theseus, dann Menelaos und schließlich Paris gehört hat. Aber dann mußt auch du die Rolle meines Liebhabers spielen, mein Haar streicheln und mir verliebte Worte zuflüstern!»

Leontes fühlte einen doppelten Schauder über seinen Rücken rieseln: vor Freude, weil er eine so faszinierende Frau beeindruckt hatte, und vor Schrecken, weil er sofort als Achäer erkannt worden war.

«Warum wolltest du mich treffen?» fragte Hekta weiter.

«Weil ich dich etwas fragen wollte ...»

«Also nicht, weil du mich liebst ...», erwiderte sie enttäuscht und zog einen Schmollmund.

«Doch ... das heißt nein ...», stammelte Leontes nun völlig verwirrt. «Ich wollte dich nur fragen, ob du vielleicht Euainios, dem König von Matala, eine wertvolle Kette mit zwei Eberhauern als Anhänger verkauft hast. Das war nämlich eine Trophäe, die früher meinem Vater gehört hat, dem ehrenhaften Neopulos, der vor jetzt neun Jahren von Gaudos aufgebrochen ist, um gegen die Troer zu kämpfen. Seit über fünf Jahren ist er spurlos verschwunden: kein Mensch kann mir sagen, ob er von einem Pfeil der Teukrer oder von der Hand eines gemeinen Verräters getötet worden ist, ob er heute in Ketten liegt oder tot ist, und wenn letzteres zutrifft, ob sein Leichnam unter der dürren Erde oder auf dem Kiesbett eines Flusses liegt. O Hekta, die du dich an Schönheit mit den Göttinnen messen kannst, hab Mitleid mit mir und sag mir, wer dir dieses Halsband geschenkt hat. Ich heiße Leontes und bin fast siebzehn Jahre alt. Hilf mir bei der Suche nach dem Leichnam meines Vaters, so daß ich meiner Mutter eine Antwort bringen und ihm ein würdiges Grab geben kann.»

Schon merkwürdig, dachte er dann, auf dem Weg hierher habe ich mir sehr viel geschicktere Wort zurechtgelegt, um möglichst viele Informationen herauszubekommen, ohne jemandem auf die Nase zu binden, wer ich bin. Sobald ich dann vor dieser Frau stand, habe ich alle meine Gedanken ausgesprochen, auch diejenigen, die mir schaden könnten, mit einem Wort, ich konnte einfach nicht lügen.

Hekta schien von seinen Erklärungen betroffen.

«Dann bist du also Leontes?» fragte sie den Jungen, gerade so, als hätte sie schon einmal etwas von ihm gehört.

«Ja, ich heiße Leontes und suche den Leichnam meines Vaters. Und wenn du nicht nur schön bist, sondern auch ein gutes Herz hast, dann sagst du mir jetzt bitte, von wem du dieses Halsband mit den Hauern des Kalydonischen Ebers hattest.»

«Ich bekam es von Polyxena, der jüngsten Tochter des Priamos; sie ist die einzige, die das Geheimnis um den Tod deines Vaters kennt. Wenn du morgen noch einmal alleine hierherkommst, richte ich es so ein, daß du selber mit ihr sprechen kannst. Bis dahin mußt du selbstverständlich vollkommenes Stillschweigen bewahren; weder die Achäer noch die Troer dürfen je erfahren, daß wir uns getroffen haben.»

Aber kaum war Leontes in Telonis' Taverne zurück, erzählte er jedem, der es nur hören wollte, alles bis in die kleinsten Einzelheiten, und als er dann Hekta beschrieb (die seiner Meinung nach keine andere als Helena war), wurde er rot bis unter die Haarwurzeln. Nicht einmal Aphrodite hielt dem Vergleich mit dieser Hekta stand; so wie er sich ausdrückte, war es unmöglich, daß die Göttin, wie schön auch immer man sie sich vorstellte, der Troerin überlegen war.

«Mit anderen Worten», warf Gemonydes ein, «deine Kalymnia hast du schon vergessen?»

«Kalymnia?» wiederholte Leontes mechanisch. «Ach ja, Kalymnia!» Schon an der Art, wie er den Namen seiner kleinen Braut aus Gaudos aussprach, war zu erkennen, daß sie in seinem Herzen keinen Platz mehr hatte: Hekta hatte die Erinnerung an sie ausgelöscht.

«Wie soll denn diese Frau heißen, die Helena so ähnelt?» fragte Thersites.

«Hekta, sie heißt Hekta, aber ich nenne sie lieber Helena.»

«Ihr Name erstaunt mich nicht», erklärte Thersites, «im Gegenteil; er bestätigt nur, was ich den Achäern schon immer gesagt habe. Wir kämpfen hier um eine Frau, die es gar nicht gibt: Helena ist keine Frau, Helena ist ein Trugbild. Und *ektos*[7], was heißt denn das? Das heißt außen, äußerlich. Schein, Wolke, Rauch. Helena ist ein Trugbild!»

«Und Paris merkt nachts wohl nicht, daß er eine Wolke liebt?» fragte Telonis mit höhnischem Gelächter.

«Er merkt es nicht, und ich kann euch auch erklären, woran das liegt», fuhr Thersites fort. «Diese Geschichte hat mir ein gewisser Thon erzählt, ein ägyptischer Steuermann, der Paris und Helena wenige Tage nach ihrer Flucht aus Sparta begegnet ist. Das Schiff der Liebenden war wegen eines von Hera verursachten Sturms in Kanopika auf einer Sandbank in der Nähe des Nildeltas gestrandet. Paris ging als erster von Bord und mußte, nachdem er sich die Schäden am Schiffsrumpf angesehen hatte, notgedrungen die *zygitoi*[8] von ihren Ketten befreien, damit sie das Schiff wieder ins Meer stießen. Nun aber erhob sich gerade an jenem Strandstück ein dem Herakles geweihter Tempel, und einer alten Tradition zufolge wurde jeder Sklave automatisch frei, der sich in diesem Tempel vor dem Gott verneigt hatte. Die Gelegenheit nutzend, stürzten die losgebundenen *zygitoi* zuhauf in den Tempel und klagten, nachdem sie nun frei waren, ihren früheren Herrn wegen seiner Übeltaten bei den Priestern an.»

«Und was ist dann geschehen?» fragte Leontes, wahrscheinlich der einzige, der Thersites' Märchen Glauben schenkte.[9]

«Sie wurden schließlich alle vor Proteus geladen, den König von Memphis. Dort erzählten die Sklaven bis ins kleinste, was der treulose Paris gegen Menelaos ausgeheckt hatte.»

«Und was tat Proteus?»

«Er wurde schrecklich wütend und ließ den Verräter sofort in Ketten legen», erwiderte Thersites und wiederholte dann in emphatischem Ton die Ansprache, die der König von Memphis seiner Meinung nach an Paris gehalten hatte: «‹O du schlechtester aller Menschen, du hast die Frau deines Gastgebers verführt, und damit nicht genug. Du hast sie mit Schmeicheleien und Versprechungen bezaubert und sie überredet, ihre Kinder, ihren Gemahl und ihr Haus zu verlassen, und damit auch nicht genug. Du hast sie sogar überredet, das im Apollontempel gehütete Gold und Silber mitzunehmen. Ich könnte dich jetzt bestrafen, wie du es verdient hast, nämlich mit dem Tode. Aber ich habe ein Versprechen vor den Göttern abgelegt, nie mehr einen Fremden zu töten. Also begnüge ich mich damit, dich aus dem Reich zu verbannen und dir sowohl deine Geliebte als auch den Schatz wegzunehmen, damit dem tapferen Menelaos alles zurückgegeben werden kann.›»

«Was faselst du da zusammen, o Thersites!» höhnte Telonis. «Helena kam glücklich Arm in Arm mit Paris nach Troja. Ich habe mit eigenen Augen gesehen, wie sie in einem himmelblauen *peplos* vom Schiff stieg, der von den Frauen in Sidon reich bestickt worden war, und ich sah auch, wie sie von allen Troern, Priamos an der Spitze, mit Ausrufen der Bewunderung empfangen worden ist!»

«Kein Zweifel, daß du sie gesehen hast, o Telonis», räumte Thersites ein, «aber meine Geschichte ist ja noch nicht zu Ende. Als Hera sich bewußt wurde, daß Troja ohne Helena niemals zerstört werden würde, nahm sie eine Wolke und fabrizierte daraus das Trugbild einer Frau, die der begehrten Geliebten aufs Haar glich. Und gleichzeitig weckte sie in Paris die Illusion, gemeinsam mit seiner Geliebten davongekommen zu sein.»

«Und warum hat dann Proteus Helena nicht an Menelaos zurückgegeben?» wandte Gemonydes ganz richtig ein.

«Weil auch Menelaos ein abscheuliches Verbrechen beging.

Als er bei der Verfolgung des Paris Ägypten erreicht hatte, opferte er dort, um sich die Götter gewogen zu machen, zwei kleine ägyptische Kinder. Über so viel Grausamkeit entrüstet, wollte Proteus ihm weder Helena noch den Schatz des Apollon zurückgeben.»

«Und Helena hat nichts unternommen, um Paris wiederzufinden?»

«Nein, sie hat es vorgezogen, sowohl Paris als auch Menelaos zu vergessen. Heute heißt sie die fremde Aphrodite und wird von allen wie eine Göttin verehrt.»

«Aber wer ist dann die Helena von Troja», fragte Leontes weiter, «jene Frau, die in Priamos' Palast mit Paris lebt?»

«Ein Trugbild, eine bloße Erscheinung, und es ist ganz natürlich, daß ihr zweiter Name Hekta ist.»

Leontes war sprachlos: für ihn war Hekta menschlich, ja fast schon allzu menschlich.

«Deiner Meinung nach», versetzte Gemonydes, «kämpfen wir also alle, Achäer wie Troer, seit neun Jahren nur um eine Wolke?»

«So ist es!» erwiderte Thersites triumphierend. «Und das ist im übrigen auch gar nicht so verwunderlich. Wenn wir uns in eine Frau verlieben, ist die Geliebte doch nie ein wirkliches Wesen aus Fleisch und Blut! Sie ist immer nur eine Erscheinung, ein Trugbild, eine Idee! Dies ist auch der Grund, weshalb ich die Frauen hasse, und mit ihnen all die Dichter, die Loblieder auf sie singen!»

«Vielleicht hast du recht», mischte sich Telonis ein, «aber alles, was du da sagst, gilt nur für die Verliebten. Und im übrigen, o Thersites, wirst du ja wohl nicht bestreiten, daß die Frauen noch immer die angenehmste Unterhaltung bieten.»

«Noch nicht einmal das ist richtig!» wandte der Krüppel ein. «Der große Teiresias hat gesagt, wenn wir die Lust bei der Liebe in zehn Teile teilen, gehen neun Teile zugunsten der Frau und nur einer bleibt dem Manne.» [10]

«Und wenn die Frau nur eine Wolke ist, bleibt ihm ja noch weniger», schloß Gemonydes ironisch.

Als Leontes Hekta zum zweitenmal begegnete, wollte er sie gleich am Arm berühren, und als er dabei merkte, daß sie aus Fleisch und Blut war wie alle anderen Lebewesen auch, seufzte er vor Erleichterung auf.

«Helena, geliebte Helena», sagte er, «du kannst dir gar nicht vorstellen, wie groß meine Angst war, du könntest nur eine Vision sein!»

«Wenn ich nur eine Vision wäre, hätte ich dir ja auch heute nacht im Traum erscheinen können, Liebster, und du bräuchtest dich nicht auf diese heimliche Weise mit mir zu treffen.»

«Wo ist Polyxena?»

«Wir gehen jetzt zu ihr. Zuvor aber muß ich dir die Augen verbinden. Nicht weit von hier beginnt in einem Wäldchen ein unterirdischer Gang, der nach Troja führt. Ich werde dich bei der Hand nehmen und dich selber hinbegleiten, aber du mußt mir fest versprechen, daß du die Binde unter keinen Umständen abnimmst. Wenn du das auch nur einen Augenblick lang tust, verschwinde ich für immer. Vergiß nicht, wie es Orpheus ergangen ist.»

Nun begann eine lange Wanderung durch dichte Vegetation. Leontes wurde mehrfach von Dornen an den Beinen gekratzt oder von Blättern im Gesicht gestreift. Schließlich spürte er eine gewisse Feuchtigkeit auf seiner Haut und erkannte daran, daß sie einen unterirdischen Gang betreten hatten: hin und wieder fiel ein Wassertropfen auf ihn nieder. Hekta hielt ihn immer noch an der Hand und murmelte ihm zärtliche Worte zu. «Du bist der erste Achäer, der seinen Fuß in die Stadt Troja setzt, aber ich werde dich beschützen.»

Vielleicht hätte er ja bei dem Gedanken, womöglich gleich inmitten des feindlichen Heeres zu landen, vor Angst erzittern müssen, aber ihre Hand war so zärtlich, daß er diese Wanderung schon allein deshalb am liebsten bis in alle Ewigkeit fortgesetzt hätte. Die Augenbinde war sehr fest, der Knoten schmerzte ihn im Nacken, aber er unternahm nichts, um ihn zu lockern: allein die Vorstellung, daß sie sich in nichts auflösen könnte, ließ ihn vor Schrecken erstarren. Er drückte die Hand seiner Begleiterin noch fester und führte sie an seine Lippen.

«Helena, geliebte Helena», sagte er, «wenn meine Augen verbunden sein müssen, damit du bei mir bist, dann verbinde sie mir ruhig fürs ganze Leben.»

XI

Polyxena

Leontes kommt nach Troja und lernt Polyxena kennen. Die Troer bejubeln den Tod des Patroklos. Der Raub des Palladiums durch Odysseus und Diomedes. Die frevlerische Liebe Polyxenas zum Peliden Achilles.

Als Hekta ihm die Augenbinde abnahm, fand sich Leontes in einer kleinen Grotte wieder, die als Holzlager diente. «Da sind wir», sagte sie aufseufzend, nahm ihn bei der Hand und bahnte sich einen Weg zwischen aufgestapelten Brettern hindurch. «Dies ist Troja. Aber ich rate dir im guten: wenn du nicht entdeckt werden willst, darfst du keinen Schritt von meiner Seite weichen und mit niemandem reden.»

Nach der langen Dunkelheit hatte Leontes anfangs Schwierigkeiten, seine Umgebung deutlich zu erkennen, aber dann gewöhnte er sich wieder ans Sonnenlicht und konnte das «Troja mit den breiten Straßen» bewundern. Ehrlich gesagt erschienen ihm diese Straßen gar nicht so breit, oder zumindest waren sie auch nicht breiter als die Straßen, die er in Phästos gesehen hatte, als er einmal seinen Onkel Antiphynios dorthin begleitete. Offenbar neigten die Dichter, wenn sie die Heldentaten besangen, stets zu Übertreibungen.

Gleich nachdem er die Grotte verlassen hatte, sah er zwei bis an die Zähne bewaffnete Wachsoldaten, die ihn zwar neugierig beobachteten, ihn aber nicht ansprachen. Offenbar hatte sich Hekta mit ihnen bereits geeinigt.

«Siehst du das Haus dort?» fragte Hekta und deutete auf die schmale Tür. «Dort wohne ich.»

«Welches?» fragte Leontes. «Das mit der abgebrochenen Stufe?»

«Ja, und genauso nennen es auch alle in Troja: das Haus mit der abgebrochenen Stufe.»

«Wäre dein Platz denn nicht im Palast an der Seite von Paris?»

«Im Palast lebt Helena, nicht Hekta», erwiderte die Frau mit den schimmernden Augen lächelnd. «Die arme Hekta aber lebt in einem kleinen Haus und hat einen hilfsbedürftigen alten Mann.»

Leontes antwortete nicht: ob sie nun Helena oder Hekta hieß, spielte für ihn keine Rolle; für ihn war nur wichtig, daß er sie liebte.

«Und wo wohnt Polyxena?»

«Sie lebt tatsächlich im Palast, aber wir treffen uns mit ihr im Tempel der Athene.»

«Dann laß uns hingehen!» drängte Leontes.

«Willst du nicht zuerst mit mir nach Hause kommen?» fragte Hekta. «Vielleicht hast du Lust, ihn kennenzulernen.»

«Wen?»

«Meinen Mann. Er ist Invalide. Er hat im Krieg eine Hand verloren.»

«Nein! Ich will ihn nicht sehen. Ich möchte lieber in dem Glauben bleiben, daß du keinen Mann hast», erwiderte der Junge entschieden und beschleunigte seinen Schritt.

«Du bist genau wie alle Achäer: zuerst malst du dir etwas aus, und dann glaubst du auch noch, daß es die Wahrheit ist!»

Leontes beobachtete voller Neugier das Treiben auf den Straßen Trojas. Am meisten verwunderte ihn, daß diese Feinde eigentlich genauso aussahen wie die Griechen und daß die Ehefrauen und schwitzenden Mütter mit genau den gleichen Dingen beschäftigt waren wie die Frauen in seinem Dorf: sie holten Wasser am Brunnen, schalten die Kinder, schleppten Mehlsäcke und verrichteten ihre Hausarbeit. Sogar der Trottel von Troja ähnelte dem Trottel von Gaudos. Die trojanischen

Soldaten sahen hier, fern des Schlachtfelds, genauso aus wie die Achäer, mit dem einzigen Unterschied, daß sie andere Rüstungen trugen; sie waren in seinem Alter, laut und ausgelassen wie die jungen Leute überall auf der Welt. Die meisten von ihnen hatten noch nicht einmal einen Flaum auf den Wangen. «Wenn die Leute sich gegenseitig sehen könnten», dachte Leontes, «wie sie zu Hause sind, beim Essen, mit ihren Kindern, mit ihren Frauen und Eltern, dann würden sie vielleicht nie einen Krieg miteinander anfangen!»

Sie gingen eine ganze Weile an der Festungsmauer entlang und gelangten nach etwa zehn Minuten an die Skäischen Tore. In dem lauten Durcheinander von Kriegern, Sklaven, Frauen und Straßenhändlern wurde der junge Achäer von keinem beachtet. Er warf einen Blick durch die Tore und konnte kaum zwei Kilometer entfernt starke achäische Truppenbewegungen erkennen; die Kampfwagen fuhren in voller Geschwindigkeit Richtung Norden. Daraus schloß er, daß an den Ufern des Simoeis eine Schlacht zwischen Griechen und Troern im Gange war. Um Genaueres zu erfahren, hätte er entweder vor die Tore treten oder einen der Türme besteigen müssen. Unterdessen sah er auch ganze Züge von Bewaffneten sowie Kampfwagen die Stadt Troja verlassen und sich auf den Zusammenlauf der Flüsse zubewegen. Aus dem erregten Geschrei der Anführer schloß Leontes, daß ein sehr heftiger Kampf entbrannt war, und er konnte seine Schuldgefühle nicht unterdrücken. Seine Gefährten kämpften in diesem Augenblick unter Lebensgefahr, und er raspelte hier Süßholz mit einer verheirateten Frau! «Aber nein», redete er sich dann gut zu, «ich bin hier, um etwas über den Tod meines Vaters zu erfahren.» Das stimmte natürlich nicht: in Wirklichkeit hatte er sich doch nur bis hierher ins Herz der Stadt Troja vorgewagt, weil er vor Verlangen verging, *sie* wiederzusehen: Helena oder Hekta oder wie zum Hades sie auch immer hieß.

«Polyxena wartet auf uns!» drängte ihn nun seine Angebetete und zog ihn an der Tunika.

Genau in der Mitte des Tempels prangte das Palladium, ein hölzernes Standbild Athenes. Bei seinem Anblick erinnerte sich Leontes an das, was Gemonydes an jenem Tag in Thymbra gesagt hatte: «Troja kann nicht zerstört werden, solange das Palladium im Tempel steht. Da müßte doch einer von uns endlich soviel Mumm aufbringen, es zu rauben.» Ja, und nun hätte sich ihm doch in diesem Augenblick die Gelegenheit dazu geboten: er hätte die Statue einfach nur ergreifen und damit so schnell wie möglich zu den achäischen Truppen laufen müssen. Wenn man den Überraschungseffekt und die Tatsache bedachte, daß die Tore gerade offenstanden, hätte er es vielleicht sogar geschafft. Dann hätten später die Dichter seine Heldentat an den Lagerfeuern besungen, und alle hätten sich danach gedrängt, die Sage von Leontes aus Gaudos zu hören, jenes jungen Kreters, der ganz allein das Palladium geraubt hatte! Allerdings holten ihn die zwei bewaffneten Krieger, die an dem Standbild Wache hielten, schnell wieder aus seinen Ruhmesträumen zurück.

Die Legende erzählt, daß diese Statue während der Erbauung Trojas vom Himmel fiel und sich selbst ihren Platz mitten im Tempel wählte. Angeblich befand sich in ihrem Innern ein Mechanismus, dank dessen die Göttin hin und wieder ihre Lanze emporreckte. Leontes starrte sie lange an, konnte aber nicht die leiseste Bewegung erkennen. Kaum vorstellbar, daß das Palladium nur wenige Tage später dann tatsächlich geraubt wurde, und zwar zur Abwechslung wieder einmal von den beiden größten Dieben: Odysseus und Diomedes, oder besser gesagt, von einem der beiden.

Die Heldentat geschah in der Nacht nach einem besonders blutigen Gefechtstag, als man davon ausgehen konnte, daß die Troer zu Tode erschöpft schlafen würden. Die beiden verwegenen Recken machten sich kurz vor Mitternacht auf den Weg zur Ostseite des Walls, die weniger stark bewacht war, weil sie als sehr schwer erklimmbar galt. Sie führten eine von ithakischen Zimmerleuten nach den von Odysseus geschätzten Maßen eigens hergestellte überlange Leiter mit sich.[1] Doch erwies diese sich trotz aller Berechnungen als zu kurz, und einer von beiden war gezwungen, auf die Schultern des anderen zu steigen. Aber welcher von beiden ist über die Mauer geklettert, und welcher hat in der Zwischenzeit auf der Leiter gewartet? Wer hat das Palladium entwendet? Am nächsten Tag behaupteten alle beide, die Heldentat vollbracht zu haben. Odysseus verkündete, er habe alles alleine gemacht und Diomedes habe ihm die Statue nach vollendetem Diebstahl aus der Hand gerissen. Diomedes wiederum erzählte, daß er, während er das Palladium wegtrug, von Odysseus im Rücken angegriffen worden sei und sich nur deshalb habe retten können, weil er im Mondschein am Boden den Schatten einer Hand gesehen habe, die ihn gerade erdolchen wollte. Sicher ist nur, daß die beiden Edelmänner bei ihrer Rückkehr in dieser Reihenfolge beobachtet wurden: Odysseus vorneweg und Diomedes hinterher, der ihm Fußtritte in den Hintern gab. Diese Art des Antreibens ging dann als «Diomedes-Tritt» in die Geschichte ein.

Endlich erschien Polyxena, die jüngste Tochter des Priamos. Leontes begrüßte sie mit einem leichten Neigen des Kopfes. Sein erster Eindruck war positiv: Polyxena war ein zartes junges Mädchen mit feinen Gesichtszügen, das ihn ein wenig an seine Schwester Lanyzia erinnerte.

«Dies ist Leontes», sagte Hekta, «der Junge, von dem ich dir erzählt habe.»

«Der Sohn des Neopulos?» fragte Polyxena, vielleicht, um Zeit zu gewinnen.

«Ja, genau der.»

Polyxena beobachtete Leontes mißtrauisch; offenkundig

traute sie ihm nicht. Schließlich war ja der junge Mann, der hier vor ihr stand, doch ein Feind. Das Mädchen warf Hekta einen hilfesuchenden Blick zu.

«Nur Mut, Polyxena!» forderte Hekta sie auf. «Schlage du ihm selbst den Tausch vor, den wir gestern nacht besprochen haben. Du kennst Leontes nicht, aber glaube mir, er ist sehr feinfühlig und hat für deinen Kummer bestimmt mehr Verständnis als jeder andere.»

«Ich habe Neopulos vor vier Jahren kennengelernt», hob Polyxena an und senkte den Blick. «Ich könnte dir sehr viel über ihn erzählen, aber zuerst mußt du mir helfen.»

«Ich mache alles, was du willst», erwiderte Leontes, wobei er wie gewöhnlich mehr versprach, als er halten konnte.

«Ich möchte...», murmelte Polyxena und verstummte plötzlich.

«Kurz», mischte sich Hekta ein, «Polyxena möchte dich mit einer Botschaft für Achilles betrauen.»

«Eine Botschaft für Achilles!» wiederholte Leontes ungläubig und fuhr dann, weil er fürchtete, nicht richtig verstanden zu haben, fort: «Aber welchen Achilles meinst du denn? Doch wohl nicht den Peliden?»

«Doch, doch, genau den», bestätigte Hekta. «Ob du es nun glaubst oder nicht, o Leontes, die Wahrheit ist die: als Achilles Troilos im Apollontempel so zusetzte, stand Polyxena zitternd wie Espenlaub hinter dem Götterbildnis. Die Ärmste war gezwungen, die bestialische Gewalttat des Helden mitanzusehen, aber sie sah auch seine entfesselte Begierde, und die hat sie zutiefst beeindruckt. Nun wäre es ja normal, daß sie den Mann haßte, der ihren Bruder getötet hat, aber aus unerfindlichen Gründen ist genau das Gegenteil geschehen: Eros muß sie ins Herz getroffen haben.»

«Aber das ist ja entsetzlich!» konnte sich Leontes nicht enthalten auszurufen. «Und was hat mein Vater damit zu tun?»

«Dein Vater ist mein Tauschobjekt», versetzte Polyxena

eiskalt. «Überbringe du nur Achilles meine Botschaft, dann sage ich dir alles über Neopulos. Und ob meine Liebe entsetzlich ist oder nicht, darüber laß ruhig die Götter entscheiden.»

«Ja meinst du denn wirklich, daß ein Held wie Achilles sich mit einer so verruchten Person wie dir einläßt?» fuhr Leontes, der jetzt aus seiner Verachtung keinen Hehl mehr machte, das Mädchen an.

«O Achäer», erwiderte Polyxena ganz ruhig, «bewahr dir deine Predigten für die Frauen deines Dorfes auf und hör mir jetzt gut zu: wenn du tatsächlich erfahren willst, welches Ende dein Vater genommen hat, dann überbring Achilles folgende Botschaft: ‹Polyxena ist mit Tag und Stunde einverstanden›.»

«Du willst mir doch wohl nicht weismachen, daß der Pelide dich schon kennt, daß er dir schon ein Treffen vorgeschlagen hat?» versetzte Leontes.

«Natürlich kennt er mich», erwiderte Polyxena mit einem spöttischen Lächeln. «Und er kennt mich nicht nur, er begehrt mich sogar! Wir haben uns schon dreimal im Apollontempel getroffen.»

«Im Apollontempel!» rief Leontes mit ständig wachsendem Entsetzen aus. «Am gleichen Ort, wo er den jungen Troilos getötet hat?»

Polyxena erwiderte nichts, aber Leontes hätte sie sowieso nicht mehr gehört, denn ein großes Geschrei, das sich plötzlich erhoben hatte, machte jedes Wort unverständlich. Hunderte von Troern strömten jetzt durch die Straßen der Stadt und sangen Hymnen auf den unbesiegbaren Hektor. Da draußen mußte etwas sehr Bedeutendes geschehen sein, überlegte Leontes. Am liebsten hätte er die Vorüberziehenden gefragt, aber er hielt sich zurück, um Hekta nicht in Schwierigkeiten zu bringen.

Unterdessen kehrten durch die Skäischen Tore die ersten Krieger zurück. Auch wenn viele von ihnen verwundet waren, wirkten alle fröhlich und selbstsicher: ganz offenbar hatten sie einen bedeutenden Sieg errungen und brannten jetzt darauf, den Zuhausegebliebenen davon zu erzählen. Viele Frauen kletterten auf die Mauer, um den Einzug der Sieger mitzuerleben.

Hekta sah Asteropaios hereinkommen, einen Anführer der Päonen, der für seine Redegewandtheit berühmt war. Sein Gesicht war schlammverschmiert, das Schwert blutig, aber seine Miene glänzte heiter, als hätte er eine wichtige Schlacht gewonnen.

«O Sohn des Pelagon, was ist denn geschehen, daß alle jubeln, als wäre der Krieg zu Ende?»

«Das Volk ist nicht nur dumm, sondern auch noch ungerecht», erwiderte Asteropaios. «Es singt Hymnen auf Hektor, weil er Patroklos getötet hat, aber es vergißt, auch Euphorbos zu ehren, der ihn als erster getroffen hat.»

Als er auf diese Weise erfuhr, daß Patroklos tot war, entfuhr Leontes ein bestürztes «Oh!» Blitzschnell überlegte er, was das bedeutete: unsäglichen Schmerz für Achilles, Entmutigung der achäischen Truppen, Verlust eines der mutigsten und fähigsten Krieger ... Der Junge hätte gern noch nähere Einzelheiten erfahren, wiederholte dann aber aus Angst, sich zu verraten, nur den Namen des gefallenen Helden:

«Patroklos?»

«Ja, Patroklos, der Sohn des Menoitios», bestätigte Asteropaios. «Und ich kann euch sogar sagen, daß er als ein Held gestorben ist. Ich habe ihn selber drei Angriffe führen sehen, und jedesmal streckte er neun Dardaner zu Boden. Er wollte gerade unsere Front durchbrechen, als er sich einem unbekannten Helden gegenübersah, einem waffenstarrenden Krieger, den keiner bisher unter den Mauern hatte kämpfen sehen. Der Fremde wehrte Patroklos' Angriff ab und riß ihm Lanze und Schwert aus den Händen. Da fingen einige an zu schreien: ‹Das ist Apollon, das ist Apollon, der Gott mit dem Silbernen Bogen!› Und ich muß gestehen, daß auch ich schließlich im Chor mit den anderen geschrien habe: ‹Natürlich, das ist

Apollon, der Gott mit dem Silbernen Bogen, der den Troern zu Hilfe kommt!› Und daß er wirklich ein Gott war, sah man schon an seinem goldenen Schild und seinen makellosen Gesichtszügen.»

Allmählich versammelten sich immer mehr Leute um ihn, die Genaueres erfahren wollten.

«Weißt du, wie es Atymnios ergangen ist, dem Sohn des Amisodaros?» fragte eine einfache Frau den Tränen nahe. «Und seinem Bruder Maris?»

«Hast du zufällig meinen Mann Erymas gesehen?»

«Nein, ich habe keinen gesehen. Der einzige, den ich gesehen habe, war Hektor auf einem von seinem Halbbruder Kebriones geführten Wagen», erwiderte Asteropaios. «Patroklos hob einen großen Stein vom Boden auf, der ganz glatt und auf beiden Seiten scharf war, und schleuderte ihn mit voller Kraft auf den unglücklichen Wagenlenker. Der Steinbrocken traf diesen mitten auf der Stirn und spaltete seinen Kopf in zwei Teile wie einen reifen Kürbis, den der Gemüsehändler zerteilt, um zwei keifende Weiber zufriedenzustellen. Kebriones stürzte aus dem Wagen, und während der Tod schon seine Augen umschattete, sprang Hektor herunter, um sich zwischen ihn und den Achäer zu werfen. Es begann ein blutiger Kampf um den Leichnam. Da Patroklos keine Waffe mehr hatte, versuchte er, das Schwert an sich zu reißen, während Hektor den Leichnam wollte, um ihn der weinenden Mutter zu bringen.»

Wenn man ihn so hörte, klang es fast, als wollte er für Patroklos Partei ergreifen. In Wirklichkeit war er nur neidisch auf Hektor, gegen den er wegen eines Jahre zurückliegenden Faustkampfs, der für Asteropaios übel ausgegangen war, einen alten Groll hegte.

«Und was haben die anderen gemacht?» fragte Polyxena bekümmert. Schließlich war nicht nur Hektor, sondern auch Kebriones ihr Bruder. «Warum hat keiner meinem Bruder geholfen, den Leichnam des unglücklichen Wagenlenkers zu bergen?»

«Weil jeder von uns damit beschäftigt war, gegen einen oder gar mehrere Feinde zu kämpfen. Ich hatte Peisandros, den Myrmidonen, vor mir, einen geschickten Rosselenker, und außerdem bedrohte mich auch noch Menesthios.»

«Und wie ging es weiter?» fragten die Anwesenden im Chor.

«Versucht euch nur einmal die Szene vorzustellen», ging Asteropaios glücklich, seine Fähigkeiten als Erzähler endlich einmal unter Beweis stellen zu können, bereitwillig auf die Fragenden ein. «Denkt euch Hektor und Patroklos als einen Löwen und einen Eber, die gleichzeitig an eine Quelle kommen und daraus trinken wollen. Sie wissen beide, daß sie, um dies tun zu können, zuerst den Rivalen töten müssen. Sie sehen sich tief in die Augen. Sie belauern einander lange, kommen ganz langsam aufeinander zu. Sie sind stolz und hochmütig ...»

«Gut und schön», rief einer der Zuhörer aus, der bei all seinem Sinn für die Beredsamkeit des Erzählers langsam die Geduld verlor. «Aber wie ist der Zweikampf dann ausgegangen?»

«Patroklos kniete nieder, um Kebriones' Schwert an sich zu nehmen», fuhr Asteropaios unerschütterlich fort, «aber gerade in dem Augenblick, da er die Waffe ergreifen wollte, traf ihn ein Pfeil des Euphorbos mitten in den Rücken: der Sohn des Menoitios brach zusammen, und Hektor nutzte den Augenblick, um ihn in Leistenhöhe mit der Lanze zu durchbohren.»

«Und dann, und dann ...», fragte Polyxena mit gerötetem Gesicht.

Das Mädchen schien an Asteropaios' Lippen zu hängen; es interessierte sich geradezu krankhaft für blutige Geschichten. «Jetzt verstehe ich auch», dachte Leontes, «warum sie sich in Achilles verliebt hat. Dabei könnte man sie, wenn man sie so ansieht, für eine der Chariten halten!»

«Hektor stieß die Lanze noch tiefer bis in den Boden, so daß

Patroklos regelrecht festgenagelt war», fuhr Asteropaios fort. «Dann setzte er einen Fuß auf die Brust seines Feindes und sagte: ‹O Patroklos, du armer Träumer, hast dir eingebildet, unsere Städte plündern und unsere Frauen versklaven zu können. Aber du hast eben nicht damit gerechnet, du Elender, daß du Hektor, dem meisterhaften Lanzenwerfer, begegnen würdest. Da hat dir auch dein Freund, der aufgeblasene Achilles, nichts mehr genützt!› Doch Patroklos blieb ihm nichts schuldig und antwortete: ‹Gib ruhig groß an, o Sohn des Priamos, wenn du meinst, daß du dir das leisten kannst, aber eines mußt du zur Kenntnis nehmen: Apollon hat mich entwaffnet, und Euphorbos hat mich in den Rücken getroffen. Du bist erst als dritter gekommen, als ich bereits eine eherne Pfeilspitze im Fleisch hatte, sonst hätten auch zwanzig von deiner Sorte mich nicht niederschlagen können. Und wisse, daß auch dein Ende nahe ist: Klotho hat kein Garn mehr auf ihrer Spindel, Lachesis hat den Faden bemessen, und Atropos hält die geschärfte Schere bereit. Und gerade jener Achilles wird dich töten, den du aufgeblasen nennst, den ich aber hinter deinem Rücken schon in der Gestalt des unausweichlichen Schicksals sehe.›»

Bei dieser letzten Prophezeiung brach Polyxena in Tränen aus und lief weg. Leontes wollte ihr schon folgen, aber Hekta hielt ihn am Arm zurück.

«Leontes, es hat keinen Sinn, daß du weiter auf Polyxena einredest. Ich kenne sie ganz genau: bevor sie den schnellfüßigen Achilles nicht getroffen hat, sagt sie dir kein Wort.»

In der Zwischenzeit erzählte Asteropaios immer weiter, und je mehr er redete, desto mehr verlor er sich in Einzelheiten. Es war ja ganz klar, daß der von einer Lanze durchbohrte Patroklos nicht eine so lange Rede hatte halten können, wie sie ihm hier in den Mund gelegt wurde. Aber nachdem er nun einmal in Schwung gekommen war, nutzte Asteropaios die Gelegenheit, sich seine ganze Wut auf Hektor von der Seele zu reden.

«Sobald Patroklos tot war, fingen Hektor und Euphorbos

sofort zu streiten an. Beide behaupteten, ein Anrecht auf die Waffen zu haben, die einst dem Peliden gehört hatten. In dem Augenblick trat der blonde Menelaos hinzu. ‹O Euphorbos›, schrie der Atride, ‹einst habe ich deinen Bruder Hyperenor getötet, und jetzt kommst du an die Reihe. Das Schicksal will es, daß alle Söhne des Panthoos von meiner Hand in den Hades befördert werden.› Worauf Euphorbos erwiderte: ‹Heute zahlst du mir für alles, was du mir angetan hast, o Menelaos. Du hast die Gemahlin meines Bruders zur Witwe gemacht, bevor sie noch in das Hochzeitshaus gezogen ist, und meine Eltern mußten Tränen vergießen. Ich habe jetzt keinen anderen Wunsch mehr, als ihnen deinen Kopf in einem hübschen kleinen Weidenkorb zu überreichen!› Nach diesen Worten schwang er die Lanze gegen Menelaos, aber es gelang ihm nicht, ihn zu verwunden: die Waffe krümmte sich am Schild des Achäers wie ein Strohhalm. Hingegen durchbohrte Menelaos Euphorbos' Kehle und befleckte mit dessen reichlich fließendem Blut seine reine Tunika und die mit Gold- und Silberspangen gerafften Locken.»

«Und warum ist ihm Hektor nicht zu Hilfe gekommen?»

«Weil er zu sehr damit beschäftigt war, Patroklos auszukleiden!» erwiderte Asteropaios boshaft.

«Hast du ihn denn tatsächlich mit seinen Waffen gesehen?»

«Stimmt es, daß Achills Rüstung an den Hüften goldene Spangen hat?»

«Und wie hat dann der Pelide reagiert?»

«Und was ist aus Patroklos' Leichnam geworden? Konnte ihn Hektor schließlich an seinen Wagen binden?»

«Stimmt es, daß noch immer gekämpft wird?»

Allzu viele Fragen, die Asteropaios nicht alle ausführlich beantworten konnte. Aber je mehr die Leute sich um ihn drängten, desto zufriedener fühlte er sich. Schließlich kletterte er auf ein Mäuerchen, damit man ihn besser hören konnte.

«Mitbürger, hört mir gut zu! So wie an einem stürmischen

Tag die Meereswellen in der Nähe einer Mündung mit den Flußwellen zusammenschlagen, so stürzten sich heute die Troer und die langhaarigen Achäer aufeinander. Jeder riß sich um den Leichnam des Patroklos und war bereit, auch sein Leben dafür zu opfern, daß er nicht in die Hände des Feindes fiel. Viele mußten dabei sterben. Und gerade, als das Glück schon den unseren zu winken schien, senkte sich dichter Nebel über das Schlachtfeld, und der Feind nutzte diese Gelegenheit, um uns den begehrten Leichnam zu entreißen. Ich habe mit eignen Augen sterben sehen: Apisaon, Erylaos, Laogonos, Atymnios, Podes, Amphilochos und die Brüder Phorkys und Hippothoos. Aber ich habe auch Dutzende von Achäern in ihrem eigenen Blut ausgleiten sehen, darunter Bathykles, Schedios, Lykophron, Periphetes, Otos von Kyllene und Koiranos . . .»

Hekta und Leontes hatten genug von Asteropaios, der noch immer von seinem Mäuerchen herab all die Toten und Verwundeten aufzählte. Es hatte keinen Sinn mehr, ja, es war geradezu gefährlich geworden, noch länger in Troja zu bleiben. Auch sagte Hekta, daß jetzt bald, nämlich bei Sonnenuntergang, die Wachen am unterirdischen Gang, mit denen sie sich abgesprochen hatte, abgelöst würden.

Der Rückweg wurde für Leontes angenehmer als der Hinweg: Hekta legte ihm, als sie wieder ins Freie kamen, zwar die Augenbinde an, aber gerade nur so lange wie unbedingt nötig war, damit er nicht erkennen konnte, wo der unterirdische Gang mündete. Er ließ es auch brav wie ein Kind und ohne den geringsten Widerstand geschehen. Zur Belohnung legte die schöne Hekta (oder Helena, wem das lieber ist) unterwegs den Arm um seine Taille und lehnte ihren Kopf an seine Schulter, als wären sie ein richtiges Liebespaar. Sie war so zärtlich, daß der Junge den Kopf verlor und sie zu küssen versuchte.

«Laß mich, o Leontes», tadelte ihn Hekta. «Vergiß nicht, daß ich einen Mann habe und eine treue Frau bin!»

«Das stimmt doch gar nicht, Helena, du lügst. Du hast keinen Mann, oder vielleicht hast du viele, dann kannst du Leontes von Gaudos ja auch noch in die Reihe aufnehmen! Und glaub mir: der Verliebteste von allen werde ich sein, und zwar bis zu meinem Tode! Ach, was sage ich, auch noch nach meinem Tode . . . Wie Orpheus!»

Helena, das heißt Hekta, lächelte; sie streichelte sein Haar und sagte: «Zu den Ehemännern möchte ich dich gewiß nicht zählen, o Leontes, eher schon zu den Söhnen. Aber jetzt geh, Junge, und sobald du Achilles überredet hast, komm zu den Zwei Brunnen und sage es mir. Unterdessen versuche ich, aus Polyxena alles herauszubekommen, was sie über Neopulos weiß.»

XII

Der Schrei des Achill

Thetis verlangt von Hephästos neue Waffen für ihren Sohn. Achilles trauert um Patroklos. Am Schluß des Kapitels findet unter den Mauern Trojas eine gewaltige Götterschlacht statt.

Thetis betrat den ehernen Palast des Hephästos und wurde von dem Zwerg Kedalion empfangen, der sie in die riesige, als Schmiede eingerichtete Halle geleitete. Der hinkende Hochberühmte war im Schweiße seines Angesichts gerade dabei, inmitten von Rauchwolken und Feuerzungen Stifte aus wertvollem Metall zu hämmern. Die Schattenbilder an der Wand ließen ihn größer als Herakles und schöner als Apollon erscheinen, aber in Wirklichkeit war er klein, häßlich und hinkend. Funken sprühten um ihn, die Blasebälge schnaubten, und gegossenes Gold und Silber floß in Strömen.

In einer Ecke der Schmiede warteten zwanzig dreibeinige Tischchen darauf, den letzten Schliff zu erhalten, bevor sie dem Göttervater übergeben werden sollten. Mit goldenen Rädern versehen, konnten sie ganz alleine in den Festsaal rollen und, wenn das Bankett beendet war, auch genauso wieder an ihren Platz zurückrollen. Ein weiteres technisches Wunder waren die goldenen Mägde, zwölf mechanische Frauen: «Diese haben Verstand in der Brust und redende Stimme» [1] – richtige Roboter also, die denken und reden konnten.

«Das beste an ihnen ist, daß ich sie jederzeit abschalten kann», erklärte Hephästos kichernd. «Schade, daß das nicht auch bei meiner Gemahlin Aphrodite geht, sonst würde ich sie nachts in Gang setzen und am nächsten Morgen, wenn sie zu reden anfängt, einfach abstellen.»

Mit einer Fackel in der Hand erschien der Zwerg an der Türschwelle. «Meister», sagte er, «da kommt ein Gast, der dich erfreuen wird.» Damit trat er beiseite, um Thetis einzulassen.

Ihr bloßer Anblick versetzte Hephästos in Entzücken: er ergriff seinen Elfenbeinstock und humpelte ihr freudig entgegen.

«O Thetis, mein Augenlicht, was für eine Freude, dich hier zu sehen! Du weißt, daß ich dir und Eurynome ewig dafür dankbar bin, daß ihr mich an jenem Tag in den Tiefen des Meeres aufgefangen habt, als meine Mutter, diese Hündin, mich aus dem Olymp warf!»

«O lieber Hephästos», klagte Thetis und umarmte ihn zärtlich. «Du mußt dir unbedingt etwas einfallen lassen, um mir zu helfen . . .»

«Du brauchst mir nur zu befehlen, o Thetis, ich bin immer glücklich, wenn ich dir einen Dienst erweisen kann», erwiderte der Gott ehrerbietig.

«Du kannst dir wohl vorstellen», hob Thetis errötend an, «welchen Abscheu ich damals empfand, als Peleus mich mit Gewalt nahm. Aber Zeus hatte es so bestimmt, und ich konnte mich gegen diese Kränkung nicht wehren.»

«Ich weiß genau, meine Liebe, wie sehr du darunter gelitten hast, und seit jenem Tag hasse ich Peleus aus tiefster Seele, auch wenn ich dir gestehen muß, daß ich ihn auch ein bißchen beneidete», versicherte Hephästos, der ein unverbesserlicher Schürzenjäger war.

«Aus dieser Verbindung wurde ein wunderschöner Junge geboren, den ich Achilles nannte», holte Thetis nun weit aus. «Als der Kleine kaum gehen konnte, nahm ich ihn mit ins Peliongebirge und vertraute ihn Cheiron an, damit er ihn in allen Künsten unterwies. Der gute Kentaur nährte ihn mit Löwenmark und Bärenfett, und der Junge wurde in kürzester Zeit so stark, daß er schon mit sechs Jahren seinen ersten Eber tötete. Kalchas aber weissagte mir, daß er im Krieg getötet würde; da habe ich ihn, um zu verhindern, daß er gegen die Troer kämpfte, als Frau verkleidet und unter anderem Namen bei den Töchtern des Königs Lykomedes versteckt.»

«Ich kenne die Geschichte», unterbrach sie Hephästos, «aber so weit ich weiß, wollte Achilles dann doch selber nach Troja ziehen.»

«Ehrlich gesagt war es so, daß das Schicksal ihn fragte, ob er lieber ein langes Leben als Unbekannter oder ein kurzes, ruhmreiches Dasein wolle ...»

«Und er wählte den Ruhm», schloß Hephästos.

«Genau. Und jetzt ist er in Troja, wo er sich zu Tode grämt, weil Hektor, der Sohn des Priamos, seinen liebsten Freund getötet hat. Außerdem sind ihm seine Waffen gestohlen worden, eben jene, die sein Vater von den Göttern geschenkt bekommen hatte.»

«Deshalb brauchst du dir keine Sorgen zu machen, liebste Thetis», tröstete sie der erfinderische Gott. «Ich werde jetzt für deinen Sohn eine neue Rüstung schmieden, die noch widerstandsfähiger und schöner ist als jene, die die Götter Peleus an seinem Hochzeitstag schenkten. Gern würde ich auch die Todesgefahr von seinem Haupt ablenken, aber diese Kraft besitze ich leider nicht; doch soll er wenigstens mit Waffen kämpfen, die seiner wert sind.»

Der hinkende Gott ergriff, bevor er sich ans Werk machte, einen Schwamm von Lemnos und wischte sich den Schweiß vom Gesicht und von der behaarten Brust. Die Mägde brachten ihm einen silbernen Kasten, dem er einen Hammer und eine Zange aus Gold entnahm. Seine Schläge hallten vom ehernen Gewölbe wider wie Glocken, und je heftiger der Hammer auf den Amboß schlug, desto mehr strahlte sein Gesicht vor Freude. Unterdessen liefen die Mägde in der Schmiede umher und befahlen den Blasebälgen zu blasen, den Brennöfen zu brennen, dem Erz und dem Zinn, in den Tiegeln zu schmelzen, dem Gold und dem Silber, in die Formen zu fließen.

Als erstes widmete sich der Feuergott der Herstellung eines Schildes: er bildete ihn aus fünf Scheiben, wovon zwei aus Erz, zwei aus Kupfer und eine aus Gold war. Die Figuren in der Mitte stellten eine Verherrlichung des Universums dar; hier konnte man die Sonne, den Mond, das Meer, den Himmel, die Erde und die Sternbilder bewundern. Der Große Bär war um einen Stern angeordnet (den Polarstern?), der «niemals in Okeanos' Bad sich hinabtaucht»[2], also nie untergeht. Dann stellte Hephästos noch zwei Städte dar, eine im Frieden und eine im Krieg. In der ersten sah man einige Bürger bei einem Hochzeitsmahl und andere als Zeugen bei einem Prozeß. In der zweiten sah man hingegen eine Belagerung wie jene von Troja, mit Ares und Pallas Athene (ganz in Gold) in der ersten Reihe der Belagerer. Auf dem nächsten Streifen hingegen stellte er eine Lobpreisung des Landlebens dar, wobei er das Pflügen der Felder, die Schnitter und die Weinernte beschrieb. Dann folgte eine Schilderung des Hirtendaseins: er hämmerte eine Rinderherde ein, die von zwei Löwen angegriffen wurde, sowie eine Gruppe von Jungen und Mädchen, die vor einem Bauernhaus tanzten. Ein großer silberner Rahmen am äußersten Rand war schließlich die Versinnbildlichung der «mächtigen Fluten des Ozeanes».

Als ich damals in der Sexta die Beschreibung von Achilles' Schild las, begeisterte ich mich so dafür, daß ich eine riesige Zeichnung auf Karton anfertigte, die ich dann meiner Lehrerin übergab. Sie zeigte sie dem Schulleiter, und darauf wurde beschlossen, daß die Zeichnung im Festsaal aufgehängt werden sollte, worauf ich natürlich sehr stolz war. Wer weiß, vielleicht hängt sie immer noch da!

Leontes begriff sofort, daß dieser Tag denkbar ungeeignet für ein Gespräch mit Achilles war; ja es konnte sogar sehr sehr lange dauern, bis der Held überhaupt wieder ansprechbar sein würde.

Der Pelide lag zu Füßen von Patroklos' Leichnam bäuchlings auf dem Boden, vergrub sein Gesicht im Staub und gab sich ganz seiner Verzweiflung hin. Sein Haupt war mit Asche bedeckt, seine Tunika mit Ruß verschmiert. Wenige Meter von ihm entfernt weinten in einer Ecke seine Freunde Antilochos, Eudoros und Peisandros. Hinten im *megaron* kreischten die Sklavinnen, schlugen sich vor die Brust und zerkratzten sich das Gesicht, bis es blutete.

«O Weiber», schluchzte Achilles, «rauft nicht sinnlos eure Haare, sondern wascht lieber den Leichnam meines armen Freundes, reibt sein gemartertes Fleisch mit Öl ein, wascht die Blutgerinnsel ab und gießt in die vom trojanischen Erz geschlagenen klaffenden Wunden das Fett eines mehr als neunjährigen Tieres. Nur auf diese Weise gelingt es euch vielleicht, die Fliegen von den Wunden fernzuhalten; nur so könnt ihr verhindern, daß sich Würmer bilden.»

«Patroklos' Körper ist so vollkommen, als lebte er noch», beruhigte ihn gleich darauf eine der Frauen. «Als wäre heute nacht eine unsichtbare Göttin gekommen, um Nektar und Ambrosia in seine Nasenlöcher zu gießen.»

Achilles hob das Gesicht gerade nur so weit, daß er sehen konnte, ob die Sklavin die Wahrheit gesagt hatte, aber sofort danach verfluchte er sich selber aufs neue:

«O Achilles, Sohn des Peleus, schämst du dich nicht, noch immer am Leben zu sein, nachdem du nicht fähig warst, auf das Leben deines liebsten Freundes zu achten? Wo warst du denn, als Patroklos gleichzeitig gegen einen Gott und zwei Sterbliche kämpfte? Da hast du deine Zeit am sonnigen Strand vertrödelt und das Meer betrachtet. Dabei hast du doch, wenn ich nicht irre, seinem Vater Menoitios geschworen, daß du ihn immer verteidigen und ihn gesund und munter nach Opunt zurückbringen würdest, zusammen mit seinem Anteil an der Beute:

Frauen, Gold und Silber! O Achilles, du Lügner, o Achilles, du Eidbrecher!»

Die Stimme des Helden wurde immer dumpfer, bis sich ihm ein furchtbarer Schrei entrang, ein so gewaltiger Schrei, den sowohl Zeus auf dem Gipfel des Olymp als auch Thetis am Grunde des Meeres vernahm:

«Patroooklos!»

Viele kamen aus ihren Zelten und liefen erschreckt an dem Ort zusammen, von wo der Schrei gekommen war.

«Patroooklos!!»

«Das war kein Mensch!» meinten die Leute.

Die Krieger umkreisten Achilles' Quartier, aber keiner traute sich hinein. Schließlich fiel die Tür mit einem ungeheuren Krach zu Boden, und Achilles stürzte wie ein Rasender heraus: er war nackt und hatte blutunterlaufene Augen. Er blieb einen Augenblick lang unter der Laube stehen, sah sich verzweifelt um und lief dann wie ein Verrückter zum Strand, nicht anders als ein dem Wagenlenker gerade entflohenes Pferd.

«Patroooklos!» schrie der Held aufs neue und spritzte, während er am Ufer entlanglief, gewaltige Wassermengen hoch.

«Achilles ist verrückt geworden!» schrien die entsetzten Achäer. «In dem Zustand bringt er jeden um, der ihm in die Quere kommt.»

«Aber er ist doch nackt und unbewaffnet», wandte eine Frau ein. «Versucht ihn doch wenigstens aufzuhalten, bevor er sich an einer Klippe verletzt.»

«Er ist unbewaffnet, aber er kann trotzdem töten», meinten die Feigsten und hielten sich in gebührendem Abstand. «Dazu braucht er nicht mehr als seine zwei Hände.»

Nach einer Weile kamen auch die angesehensten Heerführer herbei: als erster traf Ajax, der Sohn des Telamon, mit seinem treuen Begleiter Teukros ein; dann kamen der Reihe nach Odysseus, Diomedes, Menelaos, Nestor und schließlich, auf einem von vier Schimmeln gezogenen Wagen, der große Agamemnon, der oberste Befehlshaber der griechischen Heere. Man hatte ihm die Nachricht zukommen lassen, daß der Sohn des Peleus den Verstand verloren habe, und das wollte er jetzt persönlich überprüfen. Innerhalb weniger Minuten war der angeblich Verrückte von hundert Bewaffneten eingekreist, alle fest entschlossen, ihn aufzuhalten. Aber Achilles blieb plötzlich wie angewurzelt stehen, sein Gesicht gewann den gewohnten Ausdruck zurück: hart, aber gelassen. Er blickte sich erstaunt um, als sei er plötzlich aus einem bösen Traum erwacht, dann fing er leise und ruhig zu reden an.

«O meine Waffengefährten, Freunde, mit denen ich so viele Schlachten geschlagen habe: vor einiger Zeit gab es zwischen mir und Agamemnon Streit wegen einem reizenden Mädchen mit rosigen Wangen. Glaubt mir, das war ein wirklich unglückseliger Tag, aber nicht für uns, sondern für Hektor und die ganze Sippe des Priamos. Ach, wenn Briseis doch damals, als ich sie in Kirnessos zur Sklavin machte, von einem Pfeil der Artemis getroffen worden wäre! Aber heute setze ich meinem Zorn ein Ende, und ich verspreche euch, Brüder, daß die Frauen von Troja mit einem lockeren Gürtel um die Hüften über diesen meinen Entschluß noch lange weinen werden!»

«O Diener des Ares», erwiderte Agamemnon, «es ist mir ein Bedürfnis, einmal klarzustellen, daß an unserem Streit damals weder ich noch der Pelide schuld waren, sondern einzig und allein Zeus, das Schicksal und die Erinnyen; sie alle haben Ate, die Göttin des Irrtums, auf mich gehetzt. Ate nämlich hat meinen Geist getrübt. Diese Unheilbringerin tanzt den Menschen auf dem Kopf herum und verführt sie dazu, Fehler zu machen, ohne daß sie selber es bemerken. Der Göttervater hat wirklich recht daran getan, sie an ihren langen Zöpfen zu packen und sie vom Olymp herunterzuschleudern!»

«Und ich wiederum», pflichtete ihm Achilles bei, «wurde

leichte Beute des Zorns, der, wie ihr wißt, manchmal süßer als Honig sein kann!»

Die Götter waren ja vor allem dazu da, daß einer sein Gewissen erleichtern konnte, wenn er merkte, daß er eine Dummheit gemacht hatte: Ate, Apollon, Zeus, der Zorn – alle mußten herhalten, nur damit man nie einen eigenen Fehler zuzugeben brauchte.

«Begraben wir das Vergangene, o Pelide», schlug Agamemnon vor und streckte ihm beide Hände entgegen. «Wer von uns ein paar Vorteile gehabt hat, hat sie schon gehabt, und wer bittere Tränen geweint hat, hat sie schon geweint. Wir sind alle Achäer, das ist das einzige, was zählt!»

Nachdem also nun der Streit mit Agamemnon aufs freundlichste geschlichtet war, brauchte Achilles nur noch auf die Rückkehr seiner Mutter mit der neuen Ausrüstung zu warten. Unnötig zu sagen, daß der Held, als er die von Hephästos für ihn geschmiedeten Waffen zu Gesicht bekam, in helles Entzükken geriet und von wilder Begierde erfaßt wurde, sie noch am selben Tag an den Troern auszuprobieren.

Als erstes verlangte er von Automedon, ihm seinen Kampfwagen zu holen, aber der Wagenlenker hatte alles schon vorbereitet, und die drei Pferde Balios, Xanthos und Pegasos stampften schon seit einer Stunde ungeduldig.

«O Balios und Xanthos», wandte sich Achilles an die beiden ersteren (womit er das dritte Pferd gewiß schwer demütigte), «ihr habt heute nur eine einzige Pflicht: mich gesund und munter wieder nach Hause zu tragen, was ihr bei meinem Freund Patroklos versäumt habt. Nur mit Mühe und nach langen Kämpfen gelang es den Achäern, seinen Leichnam zu bergen.»

Worauf Xanthos, das einzige der drei Streitrosse, das auch der Sprache mächtig war, leicht beleidigt erwiderte:

«Du kannst sicher sein, o Pelide, daß wir dich auch diesmal

unversehrt zu deinem Zelt zurückbringen. Aber eines mußt du wissen: der Tod lauert schon auf dich. Und dafür darfst du nicht uns arme Pferde verantwortlich machen, sondern einen Gott, der noch mächtiger ist als der Wolkensammler Zeus.»

«O Xanthos», protestierte Achilles etwas enttäuscht über diese banale Antwort, «auch du willst mir ein frühes Ende weissagen? Das wissen doch alle, daß mir vom Schicksal ein baldiger Tod, fern von meinem Vater, auferlegt ist. Ich habe mich ja selber dafür entschieden, nachdem ich lange über die zwei verschiedenen Lebenswege nachgedacht habe. Wer als Held geboren wurde, muß seine von den Moiren bemessene Zeit lustvoll verleben; und ich kann mir keine andere Lust vorstellen, als die, Feinde zu töten ... zu töten ... und immer nur zu töten ...»

«Ich habe dich gewarnt», erwiderte Xanthos (oder vielleicht Thetis durch seine Stimme), «wenn du die Waffen wieder aufnimmst, wirst du bald sterben.»

Dies war der Augenblick, da Leontes sich vorwagte: er wollte Achilles von dem Wunsch Polyxenas unterrichten, sich mit ihm zu treffen. Vielleicht konnte ja die Liebe eines so schönen Mädchens bewirken, daß er noch einmal über die zwei verschiedenen Lebenswege nachdachte. Aber als Leontes gerade den Mund aufmachen wollte, kamen ihm der alte Phönix und die weinende Briseis zuvor.

«Gib mir nichts zu essen, guter Phönix», wehrte sich Achilles, als er den Alten mit einem Tablett voller Speisen auf sich zukommen sah. «In meinem Leib ist nur für die Rache Platz. Und du, Briseis mit den rosigen Wangen, hör auf zu weinen und finde dich damit ab, daß das Schicksal sich erfüllen muß.»

Die Sklavin, die sich aus Kummer um Patroklos das Gesicht schon beträchtlich zerkratzt hatte, begriff, daß es keinen Sinn hatte, weiter auf ihn einzureden. Achilles war ein Dickkopf und ließ sich durch nichts von seinem Vorhaben abbringen.

Nachdem sich der Held mit den Waffen Hephästos' gerüstet

hatte, schwang er die Lanze aus Eschenholz, die ihm der gute Cheiron auf dem Berg Pelion geschenkt hatte[3], und setzte trotz der schweren Rüstung mit einem geschickten Sprung auf den Wagen. Leontes sah ihn, gefolgt von schreienden Myrmidonenhorden, im Galopp auf die Mauern von Troja zufahren.

Daß Achilles nun wieder auf dem Schlachtfeld aufkreuzte, veränderte auch Zeus' Haltung, was die Einmischung von Göttern betraf. Das Gleichgewicht war jetzt in jedem Fall gestört, da kam es gewiß nicht mehr darauf an, daß sich auch die Götter zugunsten ihrer Schützlinge einmischten. Artemis, Apollon, Ares, Aphrodite, Latona und der Fluß Skamandros eilten den Troern zu Hilfe. Pallas Athene, Hera, Hermes, Poseidon und Hephästos schlugen sich auf die Seite der Achäer. Die einzige, die nicht Stellung bezog, war Eris, die Göttin der Zwietracht. Sie interessierte sich nur für die Anzahl der Toten: je mehr Leute starben, desto zufriedener war sie.

Achilles wollte sich gleich zu Beginn der Schlacht mit Hektor messen und suchte daher in allen Himmelsrichtungen nach ihm – beim Zusammenfluß der beiden Flüsse, unter den Mauern Trojas –, konnte aber seine eindrucksvolle Gestalt nirgends entdecken. Die einzige bedeutende Person, die er zu Gesicht bekam, war Äneas, aber der Gott Poseidon, obwohl er selber die Achäer unterstützte, entzog ihn mit dem üblichen Nebeltrick Achilles' Blicken. Darüber geriet der Pelide in solche Wut, daß er blindlings alle tötete, die ihm in die Quere kamen. Unter anderen mußte dabei auch jener Päonenführer Asteropaios sein Leben lassen, den wir in Troja kennengelernt haben. Dieser Unglückselige suchte nicht etwa, wie es jeder vernünftige Mensch getan hätte, möglichst schnell das Weite, als er des Helden ansichtig wurde, sondern wollte ihm in seiner Geschwätzigkeit unbedingt seinen ganzen Stammbaum erklären.

«Ich komme aus Päonien mit den breiten Schollen», hatte er voll Begeisterung erzählt, «und führe eine Truppe tapferer, mit langen Lanzen bewehrter Krieger an. Mein Stamm geht auf keinen Geringeren als auf Asopos zurück, jenen Fluß, der sein kristallklares Wasser aus den Bergen über das Land der Päonen ergießt, denn mein Vater ist der ehrwürdige Pelagon, der berühmt dafür war, wie er die Stange schwang, und der Vater meines Vaters ist eben jener Asopos, der Flußgott. Dies also, großherziger Pelide, ist der Stamm des Mannes, der hier vor dir steht!»

Der Pelide aber, der alles andere als großherzig war, metzelte ihn einfach nieder, bevor er noch mit der Darstellung seines Stammbaums so richtig am Ende war.

Aber nicht bei allen Kämpfen gab es gleich auch Tote: bei einer Gelegenheit nahm der Schnellfuß zwölf Gefangene auf einen Schlag. Wie er das geschafft hat, sie ganz allein zu einem einzigen Bündel zusammenzuschnüren, weiß ich auch nicht. Irgendwie hat er es aber geschafft und dann die an Händen und Füßen Zusammengebundenen einem seiner Untergebenen übergeben:

«Hier, tue die beiseite», soll er gesagt haben. «Die will ich später in aller Ruhe auf Patroklos' Grab töten.»

Seine Mördernatur zeigte sich bei sehr vielen Gelegenheiten. Erinnern wir hier nur an die Ermordung des noch nicht einmal fünfzehnjährigen Lykaon, der ebenfalls ein Sohn des Priamos war. Es war für Achilles ein leichtes, den Jungen zu entwaffnen und ihm die Lanze auf die Brust zu setzen. Der Ärmste berührte mit der einen Hand seine Knie und versuchte mit der anderen die Waffe fernzuhalten, die sein Herz zu durchbohren drohte.

«Sei doch großherzig, o edler Achilles, und töte mich nicht!» flehte er ihn weinend an. «Bedenke, wie jung ich noch bin. Es kann doch nicht gerecht sein, daß meine Mutter Laothoe mich nur dafür geboren hat, daß ich gleich wieder sterben muß. Du hast schon meinen Bruder Polydoros getötet, hast ihn mit deiner Lanze unbarmherzig durchbohrt. Zeus muß einen großen Haß auf unsere Familie haben, wenn er uns alle beide hat deinen Weg kreuzen lassen. Aber du mußt wissen, daß Hektor nur mein Halbbruder ist, denn wir haben verschiedene Mütter. Nimm mich also gefangen, großherziger Held, und du wirst sehen, mein Vater zahlt dir ein üppiges Lösegeld.»

Aber es war nichts zu machen: Achill erstach ihn, packte ihn dann an einer Fessel und schleuderte ihn in die Wasser des Skamandros. Hätte er dies nur nie getan: der Flußgott entrüstete sich so sehr über die entsetzliche Untat, daß er kräftig anschwoll und mehr als zehn Meter Hochwasser bildete, über die Ufer trat und mit tödlicher Gewalt auf den Peliden zurollte. Das konnte Hera natürlich nicht zulassen. Was erlaubte sich dieses drittrangige Flüßchen, dieser unbedeutende kleine Gott, ihre Pläne zu durchkreuzen? Also rief Hera ihren Sohn Hephästos zu Hilfe.

«Los, schnell, Krüppelchen, mein Junge», sagte sie, «ich war schon immer der Meinung, daß dieser Skamandros ein für allemal in seine Schranken gewiesen werden muß. Strafe ihn jetzt mit einem Höllenfeuer, das du so lange brennen läßt, bis auch der letzte Tropfen ausgetrocknet ist! Ich werde auch noch Notos und Zephyr bitten, kräftig ins Feuer zu blasen.»

Hephästos gehorchte sofort, beide Flußufer begannen zu brennen. Das Hochwasser zog sich zurück, das ganze umliegende Land trocknete aus, und bald schon war von dem völlig versiegten Fluß nur noch das steinige Bett zu sehen.

All dies geschah vor dem zornigen Auge Achilles' und vor den erschreckten Blicken Leontes'. Der Junge war dem Peliden gefolgt, seit dieser neben Automedon den Kampfwagen bestiegen hatte. Er hatte beobachtet, wie der Held getötet und Gefangene gemacht, wie er sich allein gegen Dutzende von Feinden geschlagen und stets gesiegt hatte. Achill kämpfen zu sehen, war gewiß ein eindrucksvolles Schauspiel: wie Homer erzählt, konnte ihm kein Krieger der Welt länger als eine Minute Widerstand bieten. Aber damit waren für den jungen

Leontes die staunenswerten Ereignisse an diesem Tag noch nicht zu Ende, denn kurz darauf wurde er Zeuge der unglaublichsten Szenen.

Er wollte gerade wieder ins Lager zurückkehren, als er plötzlich eine erhebliche Anzahl mindestens zwei Meter großer Krieger wie verliebte Ziegenböcke miteinander raufen sah. Ihre Rüstungen glänzten so sehr, daß er eine Hand vor die Augen legen mußte, um nicht geblendet zu werden. Er sah Artemis silberne Pfeile auf Hermes abschießen und Hermes mit eleganten Hüpfern den Geschossen der Bogenschützin ausweichen und sich schließlich mit gezücktem Schwert auf sie stürzen. Er sah Ares in seinen bluttriefenden Kleidern mit erhobener Lanze auf Pallas Athene losrennen, um ihren Schild zu durchbohren.

«O du Schmeißfliege», brüllte der Gott, «du kannst dich wohl nicht mehr erinnern, wie du Diomedes gegen mich aufgehetzt hast? Das habe ich dir nie vergessen! Du selber hast die Lanze von Tydeus' Sohn so geführt, daß ihre Spitze mein schönes Fleisch aufriß. Jetzt sollst du einmal am eigenen Leib spüren, wie schmerzhaft es ist, wenn die eherne Lanzenspitze deinen Bauch durchbohrt!»

Athene ließ sich davon nicht schrecken, kämpfen war ja ihr ganzer Lebensinhalt. Sie wehrte Ares' Lanze mit dem Schild ab und hob einen sehr spitzen Stein vom Boden auf, den sie mit voller Wucht auf den Nacken des Muskelprotzes niedersausen ließ. Sie traf den Kriegsgott so hart, daß er vor Schmerz ohnmächtig zusammensank.

«O du hirnloser Fleischkloß», beschimpfte ihn Athene und lachte ihm ins Gesicht. «Wann kapierst du endlich, daß ich dir in allem überlegen bin: an Kraft und Intelligenz, im Gebrauch der Waffe wie an Listen?»

Sie wollte gerade noch einmal auf ihn einschlagen, als Aphrodite ihn an den Fesseln faßte und ihn ihren Blicken geschickt entzog. Aber dieses Eingreifen der Göttin entging

Heras wachsamen Blicken nicht: sie überschüttete Aphrodite sogleich mit Beleidigungen.

«Da haben wir ja die untreue Hündin, wie sie ihren Geliebten beschützt. Aber du, Athene mit den strahlenden Augen, laß dir diese schmutzige Dirne nicht entwischen. Durchbohre ihr parfümiertes Fleisch mit deinem ehernen Schwert!»

In der Zwischenzeit hatte Apollon Poseidon zum Zweikampf herausgefordert. Aber dieser ließ sich nicht so ohne weiteres auf einen Waffengang ein, sondern forderte seinen Gegner auf, es sich genau zu überlegen, ob er dem auch gewachsen sei.

«Du bist jünger als ich, o Phöbus Apollon, aber vergiß nicht, daß ich viel mehr Erfahrung in solchen Kämpfen habe. Wenn du unbedingt willst, können wir uns auch schlagen, aber erinnere dich, wie uns der geizige Laomedon damals behandelt hat, nachdem wir ihm die Mauern von Troja erbaut hatten; meinst du denn wirklich, daß wir seine Nachkommen verteidigen sollen?»

«Du hast ganz recht, o mächtiger Enosichthon»[4], räumte Apollon ein. «Die Sterblichen haben die Hilfe der Götter nicht verdient. Sollen sie sich doch ruhig gegenseitig abschlachten!»

«Was treibst du da, feiger Bruder?» wies ihn Artemis zurecht, als sie sah, daß er sein Schwert wieder in die Scheide steckte. «Willst du dich davonmachen? Hast du Angst? Zittern dir die Knie? Dann will ich aber künftig nie mehr hören, wie groß du angibst, stärker als Poseidon zu sein!»

Ganz offensichtlich waren die Göttinnen, wenn es um Streitereien ging, erheblich kampflustiger als die männlichen Wesen, und dies galt insbesondere für Athene und Hera, die beim Urteil des Paris das große Nachsehen gehabt hatten.

Allerdings waren mit Ausnahme von Poseidon sämtliche Götter, ob männlichen oder weiblichen Geschlechts, nur allzugern bereit, sich in den Krieg einzumischen. Hephästos setzte seinen Kampf mit Skamandros fort, was eine Reihe von Naturkatastrophen zur Folge hatte: sie bekämpften sich mit Feuer und Hochwasser, Eruptionen und Überschwemmungen, Funkenflug und Schlamm. Die heftige Artemis unternahm, von ihrer Mutter Latona entsprechend angestachelt, alles, um diejenigen zu treffen, die sich auf irgendeine Weise für die Achäer einsetzten. Hermes versuchte, Apollon von hinten zu erdolchen, aber der glitzernde Gott bemerkte es gerade noch rechtzeitig und verfolgte ihn mit seinem gewaltigen silbernen Schwert übers ganze Schlachtfeld. Gegenseitig töten konnten sie sich natürlich nicht, denn sie waren ja unsterblich, aber sie fügten einander erhebliche Verletzungen bei. Man hörte nur noch Schmerzensschreie, klirrende Schwerter und Schilde, wüste Beschimpfungen und Vorwürfe wegen irgendwelchen, vor Urzeiten erlittenen Beleidigungen.

Zeus aber weidete sich vom Gipfel des Berges Ida herab am Anblick seiner zanksüchtigen Götter und lachte herzlich. Sollten sie sich doch ruhig ihre goldenen und silbernen Rüstungen verbeulen und ihre schönen blonden Locken zerraufen, er hatte jedenfalls seinen Spaß daran!

Während die Götter sich auf diese Weise austobten, nutzte Achill die Gelegenheit, weiterhin blindwütig jeden abzuschlachten, der das Pech hatte, in seine Reichweite zu geraten. Die entsetzten Troer wären gern hinter ihre Mauern geflüchtet, aber er hatte unbarmherzig zwischen ihnen und den Skäischen Toren Stellung bezogen, und wer immer es wagte, in die Stadt zu laufen, mußte damit rechnen, in seine Fänge zu geraten.

Als Apollon die kritische Lage der Troer erkannte, überlegte er, daß es wohl besser war, Hermes entwischen zu lassen und seinen Schützlingen zu Hilfe zu eilen. Er nahm die Gestalt eines trojanischen Kriegers, eines gewissen Agenor, an und fing gleich an, den Helden zu provozieren.

«O Sohn des Peleus, du machst dir vielleicht Illusionen», sagte er, «bildest du dir tatsächlich ein, Ilion ganz allein bezwingen zu können? Dann will ich dir sagen, daß wir dort drinnen sehr viele sind und jeder von uns, wenn es darum geht, sein Haus, seine Frau und seine Kinder zu verteidigen, stärker ist als der stärkste Krieger. Das einzige also, was du mit diesem Krieg erreichst, ist dein eigener Tod.»

Der Pelide, der, wie wir bereits wissen, nicht lange fackelte, stürzte auf ihn los, und Agenor (oder vielmehr Apollon in Gestalt Agenors) spielte den Entsetzten und versuchte zu fliehen. Achill rannte ihm hinterher, und so konnten die Troer sich alle ins Innere der Stadt retten.

Nachdem sie in ein dichtes Gehölz geraten waren, drehte sich Apollon plötzlich um und grinste Achilles spöttisch an. Und als er dann wieder sein gewohntes Aussehen angenommen hatte, fing er an, ihn zu hänseln: «Was bildest du dir eigentlich ein, du elender Sterblicher, verfolgst mich hier und glaubst, daß du mich töten kannst? Weißt du denn nicht, daß meinesgleichen nicht den Moiren unterworfen ist? Nun haben sich die Troer inzwischen hinter ihren Mauern in Sicherheit gebracht, während du in deinem Leichtsinn mir so lange nachgelaufen bist, bis du dich im Wald verirrt hast.»

Achilles merkte jetzt, welchen Streich man ihm gespielt hatte, und war er vorher schon wütend, so glich er jetzt einem wildgewordenen Stier. Er verfluchte Apollon in jeder nur denkbaren Weise und stürzte dann wutschäumend in Richtung der Skäischen Tore davon. Und dort sah er zu seinem großen Erstaunen, daß da doch noch ein Mann außerhalb der Mauern war, an dem er seine Wut auslassen konnte. Dieser stand bewegungslos auf seinen Schild gestützt da und schien ihn zu erwarten: es war Hektor, sein Todfeind.

XIII
Hektors Tod

Der Zweikampf zwischen Achill und Hektor aus Zeus' Sicht. Hektors Tod. Die Trauerfeierlichkeiten für Patroklos. Priamos sucht Achill in seinem Zelt auf, um den Leichnam Hektors zurückzufordern.

Bekanntlich hatte nicht einmal Zeus Macht über die Moiren. Ihre Mutter Ananke («die Notwendigkeit») hatte ihnen einen Platz mitten im Himmel in einer Grotte am Ufer eines weißen Sees zugewiesen. Klotho, «die Spinnerin», spann Tag und Nacht den Lebensfaden jedes Sterblichen, Lachesis, «die Ausloserin», bestimmte dessen Länge, und Atropos, «die Unabwendbare», schnitt ihn mit ihrer Schere unerbittlich ab. Wenn Zeus etwas über die Zukunft der Menschen erfahren wollte, besaß er nur das Mittel der Psychostasie, ein «Abwägen der Seele»: er legte etwa die Seelen zweier gegeneinander kämpfender Krieger auf eine Waage und wog ihr Schicksal ab. Wenn eine der beiden Waagschalen plötzlich nach unten sank, bedeutete dies, daß die Seele, die hier gewogen wurde, schon auf dem Weg zum Hades war und keiner, nicht einmal der Göttervater, sie mehr zurückhalten konnte, denn Ananke hatte es so beschlossen.

Anders als seine Landsleute hatte Hektor also vor den Skäischen Toren auf Achilles gewartet. Offenbar war er der Meinung, daß einzig und allein ein Zweikampf zwischen ihm und dem achäischen Meisterkämpfer diesem so blutigen Krieg ein Ende setzen konnte: einer von beiden mußte an jenem Tag sterben! Vergebens beschworen ihn sein Vater und seine Mutter von den hohen Mauern herab, endlich in die Stadt zu kommen: «Was hat es für einen Sinn», riefen sie ihm zu, «daß du dich mit einem Verrückten mißt, der außerdem auch noch unverletzlich ist... Denk an deine junge Frau, denk an deinen Sohn Astyanax, der noch nicht einmal zwei Jahre alt ist, und denk an uns arme Alte, die dich so sehr lieben.» Aber Hektor hörte nicht auf sie, denn er hielt es für seine Pflicht, den Kampf mit Achilles aufzunehmen. Aber als er ihn dann mit blutunterlaufenen Augen auftauchen sah, erzitterte er «und floh, die Tore hinter sich lassend. Hinter ihm stürmte mit eilenden Füßen der Peleione.» [1]

Die beiden Helden liefen zweimal rings um die Stadt. Mehrfach schien Achilles nahe daran, den verhaßten Feind zu schnappen, doch dieser entwand sich ihm jedesmal im letzten Augenblick. Homer erzählte, daß sich den Zuschauern von den Mauern herab ein Anblick bot:

«Wie man im Traum umsonst den Fliehenden strebt zu verfolgen
Also ergriff nicht dieser im Lauf, noch enteilete jener.» [2]

Als Zeus sah, daß der Troer dem Zweikampf zu entrinnen versuchte, nahm er die Goldwaage und hob sie, nachdem er die Seelen der beiden Helden hineingelegt hatte, gerade so hoch, daß er ihr Gewicht abwiegen konnte: die Waagschale mit Hektors Schicksal sackte tief hinunter. Da blickte der Göttervater Pallas Athene an und nickte ihr leicht zu. Die Göttin hatte ja nur darauf gewartet, daß Zeus ihr erlaubte, sich in den Zweikampf einzumischen: so nahm sie also die Gestalt des Deiphobos an und lief dem Helden nach.

«Bleib stehen, o Bruder», sagte sie, «und stelle dich Achilles furchtlos. Sieh her: ich bin hier an deiner Seite und helfe dir.»

«Danke, o Deiphobos», erwiderte Hektor lächelnd. «Du warst schon immer mein Lieblingsbruder, aber heute bist du mir ganz besonders lieb, nachdem du als einziger Troer den Mut gehabt hast, hinter dem Wall hervorzukommen.» Dann wandte er sich herausfordernd an Achill: «Jetzt laufe ich dir nicht mehr davon, o Sohn des Peleus: bereite dich also auf den Kampf und auf deinen Tod vor!»

«Bereite dich lieber selber darauf vor!» verhöhnte ihn Achilles. «Ich bin schon seit meiner Geburt zum Kampf bereit. Und laß dir auch etwas einfallen, um dein Leben noch ein wenig zu verlängern, damit unser Zweikampf nicht schon zu Ende ist, bevor er überhaupt angefangen hat.»

«Bilde dir bloß nicht ein, daß du mich besiegen kannst, Pelide: du wirst dich ganz schön anstrengen müssen, wenn du mich in die Knie zwingen willst. Ich kann dir aber versichern, daß ich deine Leiche nicht zerfleischen werde, falls Zeus mir den Sieg gewährt, sondern sie den Achäern unberührt übergeben werde, damit sie dich ehren können, wie du es verdient hast. Versprich mir, daß du es umgekehrt ebenso halten wirst.»

«Verfluchter Hund, was für Absprachen willst du hier mit mir treffen», versetzte der Pelide rasend vor Zorn. «Bist du dir denn nicht darüber im klaren, daß du nicht die geringste Chance hast, davonzukommen? So wenig wie ein Mensch mit einem Löwen oder ein Wolf mit Lämmern einen Pakt schließt, kann Achill mit Hektor eine Absprache treffen! Also verlieren wir jetzt keine weitere Zeit und kämpfen wir. Ares hat schon zu lange gewartet und will endlich Blut fließen sehen!»

Mit diesen Worten schleuderte er seine Lanze aus Eschenholz, die von Cheiron stammte, gegen den Troer, doch dieser konnte sich gerade noch bücken, so daß sie um Haaresbreite daneben traf. Aber Athene hob sie, noch immer in Gestalt von Deiphobos, vom Boden auf und gab sie dem Peliden zurück.

Nun war Hektor an der Reihe, seinen Wurf zu tun. Seine Lanze traf den von Hephästos geschmiedeten Schild genau in der Mitte, konnte ihn aber, obwohl mit aller Kraft geschleudert, nicht einmal ritzen. Vergebens verlangte Hektor nun laut schreiend eine zweite Lanze: er drehte sich um und sah, daß er allein war. Offenbar war also gar nicht Deiphobos an seiner Seite gewesen, sondern ein Gott, der versucht hatte, ihn hereinzulegen: Ihm blieb daher keine andere Wahl, als das Schwert zu ziehen. Aber Achilles war schneller und schleuderte seine Lanze aus Eschenholz zum zweitenmal gegen ihn: er traf ihn in den Nacken, allerdings ohne seine Kehle ganz zu durchbohren.

«O Hektor, du armer Idiot», schrie Achilles, «wie konntest du nur annehmen, mit dem Leben davonzukommen, nachdem du Patroklos getötet hast? Wegen dieser Untat werde ich deinen Leichnam von Hunden und Geiern zerfleischen lassen!»

«Sei nicht so grausam, o Sohn des Peleus», flehte ihn Hektor an und berührte seine Knie. «Wirf meinen Leichnam nicht den Hunden vor, gib ihn meinen Eltern zurück. Sie werden dir soviel Gold und Erz dafür geben, wie du nur willst.»

«Deine Leiche zurückgeben? Niemals!» versetzte Achilles grimmig. «Und nur weil du mich anekelst, du Rohling, fresse ich dein zerhacktes Fleisch nicht selber auf und sauge dein Blut nicht selber aus. Auch wenn dein Vater dich zehnmal in Gold aufwiegen will, wird er mich damit nicht hindern, dich meinen Hunden zum Fraß vorzuwerfen.»

Als Hektor tot war, nahm Achilles ihm die Waffen ab. Dann bohrte er ihm zwei Löcher in die Fesseln und zog zwei kräftige Riemen aus Stierfell durch. Und nachdem er den Leichnam damit an seinen Wagen gebunden hatte, «schleifte er ihn in vollem Galopp über das ganze Feld, um allen zu zeigen, wie erbarmungswürdig er seinen Feind zurichtete».[3] Vom Wall her hörte man das markerschütternde Schreien der Troerinnen, die den Frevel an dem meistgeliebten Sohn des Priamos ohnmächtig mitansehen mußten.

Die Leichenfeier für Patroklos dauerte zehn Tage. Achilles verlangte von den Achäern, daß sie zu Ehren des Verstorbenen einen hundert Fuß hohen Scheiterhaufen errichteten, und enthauptete dann, nachdem er den riesigen Holzstoß bestiegen hatte, eigenhändig die zwölf jungen Troer, die er tags zuvor gefangengenommen hatte. Da er fürchtete, daß auch dieses

Opfer dem verlorenen Freund noch immer nicht gerecht würde, ließ er gleichzeitig scharenweise Schafe, Ziegen, Ochsen, Schweine, Hunde und sogar Pferde töten und auf dem Scheiterhaufen rösten. Homer erzählt, daß das Blut um den Toten in Strömen floß[4], so reichlich, daß man es mit Schüsseln auffangen konnte.

Die Myrmidonen rasierten sich, wie das in Thessalien üblich war, den Kopf kahl und legten ihr Haar auf Patroklos' Leichnam, so daß dieser schließlich ganz bedeckt war. Achilles entledigte sich dieser frommen Pflicht als letzter, und während der Held seinen langen blonden Haarschopf abschnitt, weinten seine Gefährten so bitterlich und so lange, daß, wie Homer sagt, der ganze Strand von Tränen durchtränkt war.[5]

Wie bei Trauerfeiern gar nicht einmal selten, endete auch hier das Weinen in Jubelgeschrei: teils wegen der Spiele zu Ehren des Patroklos, teils aber auch wegen der Freudenfeiern aus Anlaß von Hektors Tod. Nie zuvor war Telonis' Taverne so gerammelt voll von Trinkern und Dirnen gewesen. Trinksprüche und lärmender Gesang ertönten, und es gab pausenlos Streit und Raufereien: die einen priesen Achilles für seine Heldentat, die anderen tadelten seine gnadenlose Grausamkeit. Und wo immer ein Streit aufkam, war Thersites nicht weit.

«Nur ein Geisteskranker konnte einen solchen Frevel an einem Leichnam begehen!» schrie der Krüppel. «Wollt ihr hören, was er jetzt noch getan hat? Wollt ihr hören, was unser Held heute früh getan hat?»

Alle verstummten, um zu erfahren, was der Pelide noch getan haben sollte.

«Er hat Hektors Leichnam an seinen Karren gebunden und ihn dreimal um den Scheiterhaufen geschleift.»

«Na und?» sagte Ariassos. «Ist das vielleicht nicht sein gutes Recht? Schließlich hat er ihn doch in einem Zweikampf nach allen Regeln der Kunst getötet?»

«Gut und schön, aber an seiner Stelle hätte ich nicht immer

noch weiter an dem Leichnam gefrevelt», versetzte einer der Zuhörer. «Ich bin derselben Meinung wie Thersites: solche Maßlosigkeiten erzürnen schließlich die Götter.»

«Und die Achtung? Gibt es denn keine Achtung mehr?» schimpfte Thersites weiter. «Gut, Hektor war sein Feind, aber hat er denn deshalb keine Achtung verdient? Schließlich hat der Troer immer ganz offen in der ersten Reihe, von Mann zu Mann, gekämpft und nie den Bogen, die Waffe der Feiglinge, gebraucht. Von unserem Achilles hingegen heißt es doch, daß er mit Ausnahme einer winzigen Stelle, die aber nur er kennt, unverletzlich ist, und daß ihn Hera, Thetis, Pallas Athene und wer weiß wie viele andere Götter beschützen. Nun, bei so viel göttlichem Schutz könnte auch ich leicht den Helden spielen!»

Leontes hatte seine Meinung über Achilles in letzter Zeit geändert: er bewunderte zwar noch immer die Kraft des Peliden, fand sein Verhalten aber nicht richtig. Im übrigen hatte der Junge sich mehr und mehr mit Thersites angefreundet. Er hatte begriffen, daß der Krüppel nicht in erster Linie die andern provozieren wollte, auch wenn er manchmal einen sehr unangenehmen Ton anschlug, sondern daß seine eigentliche Absicht war, gewisse moralische Vorstellungen durchzusetzen. Und schließlich war Leontes auch klargeworden, daß es jeden Tag schwieriger wurde, an Achilles heranzukommen: zuerst wegen Patroklos' Tod, dann wegen des Zweikampfs mit Hektor, schließlich wegen der Leichenfeiern ... Wer weiß, wann er ihm Polyxenas Botschaft endlich überbringen konnte.

«Als Achäer habe ich gehofft, daß Achilles siegen würde», gestand Thersites, «aber als Mensch konnte ich gar nicht anders, als Hektors Partei zu ergreifen: der trojanische Held hatte Frau und Kind in nächster Nähe, er hätte sich doch auch hinter den Wall retten können, aber nein, er hat auf den Peliden und damit auf seinen sicheren Tod gewartet.»

«Achilles hat doch auch einen Sohn ...», wandte Ariassos ein.

«...gewiß, aber Achills Sohn ist nicht ein zartes kleines Kind wie Astyanax», versetzte Thersites, «Neoptolemos ist ein noch grausamerer Mörder als sein Vater!»

Kurz, der Krüppel wollte das Gesetz des Stärkeren nicht gelten lassen. Für ihn war wichtiger, sich für die Schwachen einzusetzen und Nächstenliebe zu üben, als Siege in den Schlachten zu erringen.

«Thersites will sich einfach nicht klarmachen», schloß Gemonydes, als sie später die Taverne verließen, «daß jede Spezies auf Kosten einer anderen Spezies lebt: der Löwe greift den Leoparden an, der seinerseits den Fuchs zerfleischt, welcher wiederum die Mäuse verschlingt. Aber der Löwe kann ja andererseits nichts dafür, daß die Götter ihn als Löwen geschaffen haben, ebensowenig wie es die Schuld der Maus ist, als Maus geboren zu werden. Und genauso hat auch Achilles keine Schuld, wenn er sich wie Achilles verhält.»

«Aber wer von den beiden ist der größere Held?» fragte Leontes. «Der mit dem Löwenkörper, der sich in den Kampf stürzt, oder jener, der immer die Wahrheit sagt, auch wenn er nur eine Maus ist?»

«Was willst du denn damit andeuten?» fragte Gemonydes. «Vielleicht, daß Thersites ein Mausgesicht hat?»

«Na ja, das hat er schon, der Ärmste. Aber er hat ganz gewiß auch das Herz eines Löwen.»

Meister und Schüler diskutierten auf diese Weise, sprachen über Gut und Böse, Zufall und Notwendigkeit, Mitleid und Mut sowie darüber, daß es manchmal mutiger war zu verzeihen, als Rache zu üben. In der Dunkelheit kamen sie nur langsam voran. Die Straße war holprig, außerdem war Leontes' Fackel fast aufgezehrt und würde gewiß bald erlöschen.

«Beeil' dich, Junge», ermahnte ihn Gemonydes, «wir können bald nichts mehr sehen.»

Plötzlich hörten sie genau aus der Richtung, wo es am dunkelsten war, Räder quietschen. Leontes und Gemonydes drehten sich um und sahen einen merkwürdigen, von einer flackernden Fackel flankierten Karren, den zwei ziemlich heruntergekommene Maulesel nur mühsam voranbrachten. Auf dem Gefährt saßen zwei zerlumpte alte Männer, von denen der eine die Zügel in der Hand hielt und immer wieder rauhe Schreie ausstieß, um die Maulesel anzutreiben. Der andere hingegen thronte bewegungslos wie eine Marmorstatue auf einem großen Weidenkorb und gab kein Lebenszeichen von sich. Aber obwohl er nur Lumpen am Leib trug und ins Leere starrte, strahlte er etwas Majestätisches aus: er hatte einen weißen Bart und wallendes, bis auf die Schultern herabhängendes Haar.

«O junger Mann», sprach der Wagenlenker Leontes an. «Wir sind unterwegs zu den Zelten des tapferen Peliden, um ihm reiche Geschenke zu bringen. Leider hat uns nun die Nacht überrascht, und unser Blick ist nicht mehr scharf wie einst. Kannst du uns nicht den Weg weisen?»

«Auch wir sind auf dem Weg zum achäischen Lager», erwiderte Leontes zuvorkommend wie immer. «Folge uns nur, Alter, dann verirrst du dich bestimmt nicht. Den halben Weg haben wir ja auch schon hinter uns.»

Nachdem der Junge gehört hatte, daß die beiden zu Achilles wollten, überlegte er, ob es nicht das beste wäre, sich hinter den beiden Alten in Achills Behausung zu schleichen. Wer weiß, vielleicht hatte er Glück und konnte endlich ein paar Worte mit dem störrischen Helden wechseln.

Als die Gruppe das Lager des Myrmidonen erreicht hatte, wurde sie von den Wachen aufgehalten. Leontes, der sich zum offiziellen Führer des Wagens ernannt fühlte, ergriff als erster das Wort.

«O Leute aus Phthia», hob er an und versuchte, die Sprechweise der Herolde nachzuahmen, «dieses sind zwei alte Männer, die unsere Achtung verdienen. Sie haben die schwierige

Aufgabe, dem tüchtigsten unter den Achäern einen Korb mit den wertvollsten Geschenken zu überbringen. Wer aber mag dieser sein? Vielleicht Odysseus? Oder Ajax, der Sohn des Telamon? Oder Menelaos? Oder Diomedes, der Sohn des Tydeus?»

Er hatte seine Aufzählung der denkbaren Empfänger noch nicht beendet, als hinter der Gruppe Achilles auftauchte.

«Wer bist du, Alter?» wandte der Held sich kurz angebunden an den Greis mit dem weißen Bart. «Was willst du mitten in der Nacht von mir?»

«Ich bin Priamos, der König von Troja.»

Bei dieser Erklärung verschlug es allen den Atem, selbst Achilles zuckte zusammen.

«Ich bin gekommen, um den Leichnam meines Sohnes zurückzuholen», fuhr der alte König fort, während er vom Wagen stieg. «Und ich möchte dir, nur damit du ihn mir zurückgibst, sogar die Hände küssen, eben jene Hände, die ihm das Leben geraubt haben.»

Darauf kniete er zu Füßen Achills nieder und versuchte vergebens, dessen Hände zu küssen. Achilles war schneller; er schob Priamos' Kopf beiseite und forderte den König auf, sein Zelt zu betreten. Hinter Priamos traten auch der Greis, der den Wagen gelenkt hatte, sowie Leontes und Gemonydes ein.

Am Feuer saßen bereits zwei Freunde des Peliden beim Trunk: Alkimos und Automedon. Achill lud seine Gäste mit ausholender Gebärde ein, auf den Kissen Platz zu nehmen und ein Glas kretischen Wein zu trinken, aber der alte König lehnte entsetzt ab.

«O Sohn des Peleus, ich flehe dich an, biete mir keinen Platz an und keinen Trunk für meine Lippen, denn während wir hier im schützenden Zelt ruhig reden, liegt Hektor draußen auf der nackten Erde, und keiner kümmert sich um ihn. Erlaube mir, daß ich noch heute nacht seine sterbliche Hülle aufnehme und nach Troja zurückbringe!»

«Reize mich nicht, Greis», erwiderte der Pelide hart, «auch Patroklos lag einen ganzen Tag im Schlamm, und daran war kein anderer schuld als dein Sohn Hektor, der ihm seine Lanze in den Bauch gebohrt hat.»

«Denk an deinen Vater, o Nachkomme des Zeus, denk an Peleus!» flehte Priamos weiter. «Er ist in meinem Alter und der finsteren Schwelle zum Hades so nahe wie ich. Aber er darf noch hoffen, dich lebend wiederzusehen, während ich nicht mehr weiß, warum ich aufwachen soll, wenn Eos aus dem fernen Kolchis uns die Morgenröte ankündigt! Gib mir also meinen geliebten Sohn zurück, und ich schwöre, daß ich deine Geste mit allem Gold belohne, das ich auftreiben kann.»

Vielleicht, weil Priamos von Peleus gesprochen hatte, vielleicht aber auch, weil Achilles in diesem Augenblick doch menschliches Mitgefühl empfand, auf jeden Fall willigte der Pelide erstaunlicherweise in den Tausch ein. Sie vereinbarten, daß der getötete Hektor in Gold aufgewogen werden sollte. Außerdem wurde ein Waffenstillstand von elf Tagen abgesprochen, damit die Troer ihren Helden gebührend betrauern konnten. Verschiedenen Überlieferungen zufolge hat Priamos das Lösegeld noch am selben Abend bezahlt, oder aber, was wahrscheinlicher klingt, erst am folgenden Tag zu Füßen der Mauern von Troja.

Dabei legten die Achäer Hektors Leichnam auf eine riesige Waagschale. In die andere Waagschale warfen sämtliche trojanischen Frauen der Reihe nach all ihren Schmuck. Als letzte kam Polyxena: ihre Schönheit war so groß, daß die Achäer bei ihrem Erscheinen verstummten. Als das Mädchen sah, daß die Troer die vereinbarte Menge niemals zusammentragen konnten, entkleidete es sich in raffinierter Langsamkeit und legte sich dann nackt in die Waagschale. Andere Quellen berichten allerdings, daß Polyxena die Skäischen Tore gar nicht durchquert, sondern nur ein paar goldene Armbänder von der Mauer herabgeworfen habe. Dabei habe sich Achilles auf den ersten Blick in sie verliebt.

Hektors Leichenfeierlichkeiten waren ebenso eindrucksvoll (und dramatisch) wie diejenigen für Patroklos. Sie dauerten elf Tage: neun, an denen geweint wurde, einen für die Trauerfeier, einen für das Festmahl. Das Schreien und Klagen der Troer war so laut und verzweifelt, daß allein durch diesen Lärm Tausende von Vögeln starben.

Aber kehren wir zu jenem Abend zurück: nachdem Priamos gegangen war, spürte Leontes, daß er Achilles wohl nie mehr so ruhig und gelassen vor sich sehen würde wie gerade in diesem Augenblick. Also faßte er Mut und hob an:

«Verzeih mir, o Sohn des Peleus, daß ich dich anspreche, obwohl ich noch so jung bin: mein Name ist Leontes, ich bin der Sohn des ehrenhaften Neopulos, des Königs von Gaudos. Durch eine Reihe von Mißgeschicken habe ich Polyxena kennengelernt, Priamos' jüngste Tochter. Sie läßt dir durch mich ausrichten, daß sie dich gern wiedersehen möchte. Mehr weiß ich nicht.»

«Ich danke dir für diese Nachricht, o Sohn des Neopulos», erwiderte der Pelide, «aber dies sind keine Zeiten für die Liebe. Die Achäer beweinen den tapferen Patroklos, die Troer den allzu beliebten Hektor. Soll auch Polyxena ihren toten Bruder beweinen! Vielleicht werden wir eines Tages gemeinsam das Wasser des Lethe trinken[6] und uns dann auch wieder begegnen.»

XIV
Die Amazonen

Der tödliche Zweikampf zwischen Achilles und der Amazonenkönigin Penthesilea sowie zwischen Achilles und Menon. Wiederbegegnung mit Hekta im achäischen Lager. Abschied von dem unglücklichen Thersites.

Amazonen[1] gibt es in zahlreichen Volkslegenden. Diese kriegerischen Frauen spielen in der Mythologie eine wichtige Rolle, bei den Griechen ebenso wie bei den Indianern, den Chinesen oder den Kelten; wir treffen sie in der Gestalt der Wagnerschen Walküren oder als Minnehaha, die Skalpnehmerin. Um zu verstehen, ob wir es hier mit legendären Gestalten oder mit Personen aus Fleisch und Blut zu tun haben, müssen wir zunächst einmal zwischen Amazonen unterscheiden, die aus Notwendigkeit so geworden sind, und jenen, die tatsächlich die kriegerische Veranlagung im Blut hatten. Von der ersten Sorte gab es nämlich mehr, als man denkt: wenn in der Antike ein Dorf geplündert wurde, töteten die Invasoren gewöhnlich aus Angst vor Vergeltungsschlägen sämtliche Männer, auch Greise und Kinder. Also blieb den Witwen gar keine andere Wahl, als sich mit den Waffen ihrer getöteten Männer gegen weitere Überfälle zu wappnen. Dagegen scheinen jene Frauen mit echtem kriegerischem Instinkt eher ein Überbleibsel aus einer matriarchalischen Epoche, über die eine Menge Legenden verbreitet worden sind, für die es aber in Wirklichkeit nicht den geringsten Beweis gibt, oder aber sie sind Projektionen eines stets gehätschelten, aber nie erfüllten alten feministischen Traums.

Die klassischen Amazonen hatten zwei Königinnen, die beiden Schwestern Hippolyte und Penthesilea.[2] Ihr Reich erstreckte sich von den Küsten des Schwarzen Meeres bis ins heutige Kappadokien. Einmal im Jahr besuchten sie ihre Nachbarvölker mit dem einzigen Ziel, sich von den dortigen Männern schwängern zu lassen, wobei sie dann die Neugeborenen, wenn sie männlichen Geschlechts waren, töteten oder bestenfalls an den Absender zurückschickten. Es gab aber auch da Ausnahmen, beispielsweise die Königin Lysippe, die ihren Sohn Tanais glühend liebte. Die Legende erzählt, daß die Amazonen sämtliche Hausarbeit von männlichen Sklaven verrichten ließen, und zwar insbesondere von Hinkenden. Diese Geschichte mit den Hinkenden soll auf eine sonst nicht näher beschriebene Königin Antianeira zurückgehen, die die Theorie vertrat, daß ein Hinkender für die «Liebesspiele» besser geeignet sei.

In Friedenszeiten kleideten sich die Amazonen schwarz, im Krieg hingegen legten sie schwere Rüstungen aus Schlangenleder an. Auch ihre Schilde waren aus Schlangenleder und hatten die Form von Efeublättern. Jedes Jahr wurden durch Handzeichen zwei Königinnen gewählt, eine für Friedenszeiten und eine für Kriegszeiten. Erstere, die eine Art Innenministerin war, verwaltete die Rechtsprechung und alle Fragen der öffentlichen Ordnung, letztere hingegen übte ihr Amt immer dann aus, wenn die Gemeinschaft von außen bedroht wurde.

Aber was hatten die Amazonen in Troja zu suchen? Allem Anschein nach hatte ein Zufall sie dorthin geführt. Wie wir in den Mythen nachlesen können, hatte Königin Penthesilea auf einer Jagdpartie versehentlich ihre Schwester Hippolyte getötet und war danach, um den Erinnyen (oder, was schlimmer war, den ihrer Schwester getreuen Amazonen) zu entkommen, an den Hof König Priamos' geflüchtet, um sich dort einer Läuterung zu unterziehen.[3] Dabei geriet sie mitten in die Trauerfeierlichkeiten für Hektor, der ganze Hof war in Tränen aufgelöst, vor allem aber brauchten die Troer dringend militärische Hilfe. Paris gewährte Penthesilea nicht nur die ersehnte

Läuterung, sondern machte ihr auch zahlreiche Gold- und Silbergeschenke, verlangte allerdings als Gegenleistung, daß sie die so gefürchtete Reiterei der Amazonen vom Schwarzen Meer herbeirief.[4]

Als die Achäer die Amazonen auf sich zustürmen sahen, stoben sie in alle Richtungen davon. Diese merkwürdigen, in Schlangenleder steckenden langhaarigen Geschöpfe mit einer einzigen unbedeckten Brust jagten ihnen Angst ein; sie hatten ja auch noch nie zuvor erlebt, daß menschliche Wesen auf dem Rücken von Pferden saßen. Daher erschienen ihnen diese Amazonen wie wilde Kentaurinnen. Der einzige, der nicht die Flucht ergriff, war wie immer Achilles: er ließ Penthesilea seelenruhig heranstürmen.

Über den Ausgang ihres Zweikampfs gibt es die verschiedensten Versionen. Nach der einen gewann die Amazonin, nach der anderen Achilles.[5] Auch wird Penthesilea einmal als unbesiegbare Jungfrau, an anderer Stelle hingegen als Opfer eines merkwürdigen Fluches beschrieben: daß sie nämlich immer wieder vergewaltigt werden mußte. Die Amazone soll so schön und verführerisch gewesen sein, daß jeder Mann, der sie ansah, unweigerlich von wilder sexueller Begierde erfaßt wurde. Dies war eine so lästige Sache, daß die Ärmste sich gezwungen sah, selbst im Sommer eine eherne Rüstung zu tragen, um sich vor den Männerblicken zu schützen.

Der Zweikampf mit Achilles verlief äußerst blutig. Schließlich flüchtete Penthesilea, nachdem sie merkte, daß sie niemals siegen konnte, in ein Wäldchen, aber der Held holte sie schnell ein und durchbohrte sie mit seiner berühmten Lanze aus Eschenholz, die ihm der Kentaur Cheiron einst geschenkt hatte.

Als Achilles die Gegnerin tot am Boden liegen sah, nahm er ihr die ganze Rüstung ab und bemerkte erst jetzt, daß er gegen eine Frau gekämpft hatte; gleichzeitig aber wurde er Opfer des alten Fluchs, der auf ihr lastete. Sein Verlangen nach ihr wurde so groß, daß er sich an ihr verging. Danach lud er sie auf seine Schultern, denn er war entschlossen, sie mit allen Ehren begraben zu lassen. Aber die Achäer, die von diesem seltsamen Heer verunsichert worden waren, verlangten, daß der Pelide die Königin der Amazonen den Hunden zum Fraß vorwerfen sollte, da sie nach einhelligem Urteil «die Grenzen überschritten hatte, die der weiblichen Natur gesetzt sind».[6]

Während der langen Kriegsjahre war an den Rändern des achäischen Lagers eine Art Lebensmittelmarkt entstanden. Diese Handelszone hatte sich immer weiter ausgedehnt, und man konnte dort praktisch alles kaufen: äthiopische Sklavinnen ebenso wie gebrauchte Waffen, Stickereien der phrygischen Frauen ebenso wie Heilkräuter zur Behandlung der Wunden. Es gab sogar auch einen Stand für Kriegssouvenirs: durchbohrte Helme, Schwerter lykischer Machart und trojanische Schilde.

Leontes und Gemonydes hatten sich an jenem Morgen auf den Markt begeben, um Vorräte für den Winter einzukaufen. Während sie zwischen den bunten Ständen hin und her gingen, an denen die Verkäufer ihre Ware ausriefen, unterhielten sie sich über die neuesten Heldentaten des Peliden.

«Schon ein merkwürdiger Kerl, dieser Achilles», sagte Gemonydes. «An einem Tag tötet er gnadenlos Dutzende von Feinden wie Mücken, und am nächsten Tag verliebt er sich wie ein kleiner Junge in die erste Frau, der er begegnet!»

«Ja», bestätigte Leontes, «aber er ist in seinen Gefühlen kein bißchen beständig. Zuerst verknallt er sich in Briseis und führt sich auf, als müßte er vor Kummer sterben, wenn sie ihm jemand wegnimmt, dann verliebt er sich ganz selbstverständlich in Polyxena und jetzt auch noch in Penthesilea, eine Königin, die er selber im Zweikampf getötet hat. Jetzt sag mir nur, Meister: ist das denn möglich, daß ein Mann beim Anblick einer Frauenleiche den Kopf verliert?»

«Das ist nur deshalb geschehen», erwiderte Gemonydes, «weil ohnehin alles, was den Peliden betrifft, mit dem Tod zu tun hat. Seine Liebe hat immer etwas Tragisches, weil das Schicksal will, daß seine Geliebten gleichzeitig auch seine Opfer werden!»

Der junge Kreter wollte gerade etwas darauf antworten, als ihn eine Bettlerin anrief.

«O Leontes, Sohn des Neopulos, sei großherzig: schenk mir einen Obolus[7], ich habe so großen Hunger.»

Es war eine Leprakranke: ihr ganzer Körper war von Kopf bis Fuß in ein schwarzes Tuch gehüllt, ein untrügliches Zeichen für die furchtbare Krankheit. Leontes ging unwillkürlich schneller, denn die schwarzen Gewänder der Aussätzigen hatten ihn schon als Kind in Schrecken versetzt. In Gaudos hatte es einen Alten gegeben, der von der Gemeinschaft versorgt wurde, und die Inselbewohner hatten ihm jeden Tag eine reichliche Mahlzeit in einen hohlen Baum gelegt, unter der Bedingung, daß er das Dorf nie betrat.

«Lauf nicht weg, o Leontes», beharrte die Bettlerin und eilte ihm nach. «Lauf nicht weg, wenn du Hekta noch einmal wiedersehen willst.»

Als er den Namen Hekta hörte, blieb der Junge wie angenagelt stehen und merkte erst jetzt, daß die vermeintliche Aussätzige keine andere als seine heißgeliebte Freundin war.

«Du hier!» rief Leontes überrascht aus. «Ja weißt du denn nicht, welchen Gefahren du dich damit aussetzt?»

«Sicher weiß ich das, deshalb habe ich ja auch das Gewand der Aussätzigen angelegt.»

«Und das hast du nur deshalb getan, um mich wiedersehen zu können?» fragte Leontes von seinen Gefühlen übermannt. «O Geliebte, wie sehr ich dich liebe!»

Er hätte sie am liebsten in die Arme genommen, sie geküßt und gestreichelt, aber er beherrschte sich, um keinen Verdacht wegen der Verkleidung aufkommen zu lassen.

«Deshalb und für Polyxena!» erklärte Hekta. «Meine Freundin will dich an das Versprechen erinnern, das du ihr seinerzeit gegeben hast.»

«Geliebte Hekta, ich habe schon mit Achilles gesprochen, aber er sagt, daß er einen günstigeren Moment für eine solche Begegnung abwarten müsse.»

«Der Augenblick ist jetzt gekommen», versicherte ihm Hekta. «Außerdem mußt du wissen, daß Achilles und Polyxena sich schon vor sieben Nächten getroffen und zu beidseitigem Vergnügen das Lager geteilt haben.»

«Aber warum werde ich dann noch als Bote gebraucht, wenn sie sich schon treffen, wann und wo es ihnen paßt?» wandte Leontes leicht verärgert ein.

Hekta überhörte diesen Vorwurf und fuhr unbeirrt fort:

«Polyxena will Achilles wissen lassen, daß sie seinen Vorschlag annimmt, daß sie bereit ist, ihn zu heiraten. Alles ist schon für die Feier bereit. Du selbst wirst den Peliden beim nächsten Mond zum Orakel im thymbräischen Apollontempel begleiten.»

«Ihn heiraten? Und der Krieg?»

«Der Krieg könnte gerade dank dieser Heirat ein Ende nehmen», beruhigte ihn Hekta. «Jetzt muß ich aber zurück nach Troja, mein junger Freund: es ist zu gefährlich für mich hier bei den Achäern.»

«Helena, geliebte Helena!» schrie Leontes, aber er konnte sie nicht zurückhalten. Die Frau verschwand blitzschnell in der großen Menschenmenge, die sich auf dem Markt drängte.

Der Junge lief ihr verzweifelt nach, warf dabei einen mit Wassermelonen vollbeladenen Karren um, rempelte eine Menge zerlumpter Leute an und rief nach ihr, so laut er nur konnte, aber er fand sie nicht mehr. Hekta hatte sich in der Menschenmenge aufgelöst wie ein Trugbild in der Wüste.

Erschöpft vom vielen Laufen blieb Leontes keuchend stehen; er hoffte, daß die Geliebte plötzlich wieder auftauchen würde, aber dann holte ihn die Stimme Thersites' auf den Boden der Wirklichkeit zurück.

«O Leontes, was stehst du hier starr wie eine Marmorsäule in einem Meer von Wassermelonen?»

«He?» fragte der Junge wie betäubt.

«Ich habe wichtige Neuigkeiten für dich», hob der Krüppel an.

«Wichtige Neuigkeiten?» wiederholte Leontes mechanisch.

«Kannst du dich noch an den phrygischen Händler erinnern, von dem ich dir erzählt habe? Der damals nach Ephesus gegangen war? Nun, ich bin ihm heute wiederbegegnet, und er hat mir ganz genau erzählt, was mit deinem Vater passiert ist.»

«Mit meinem Vater?!» schrie der Junge, der jetzt endlich wieder zu sich gekommen schien. «O Thersites, ich flehe dich an, rede! Sag mir den Namen des Mörders!»

«Die Dinge haben sich nicht so abgespielt, wie du glaubst», bremste ihn Thersites. «Ich will dir aber heute abend in Telonis' Taverne gleich nach Sonnenuntergang alles in Ruhe erzählen. Warte dort auf mich. Ich bringe auch den Phrygier mit, dann können wir einen Becher honiggesüßten Wein zusammen leeren.»

«Aber irgend etwas wirst du mir doch auch jetzt schon sagen können ...», flehte Leontes weiter.

«Jetzt kann ich nicht, ich habe noch etwas anderes zu erledigen», fiel ihm Thersites ins Wort und verschwand in der Menschenmenge, genauso wie wenige Minuten zuvor Hekta.

Achilles hatte sich in der Zwischenzeit aufs neue mit Ruhm bedeckt: er hatte den Äthiopier Memnon getötet, der nach dem Tod Hektors gerade erst den Troern zu Hilfe geeilt war.

In den Mythen ist nachzulesen, daß dieser Memnon mit Abstand der schönste Mensch war, den es überhaupt gab. Aufgrund seiner Ähnlichkeit mit dem Peliden und seiner Kampffähigkeit nannte man ihn übrigens auch «schwarzer Achilles».

Er befehligte eine Truppe von tausend Äthiopiern und tausend Susianern sowie zweihundert Kampfwagen. Kaum in Troja gelandet, richtete er ein solches Blutbad unter den Feinden an, daß Priamos' Leute schon nahe daran waren, die achäischen Schiffe anzuzünden. Nur beging er dann den Fehler, Antilochos zu töten, den Sohn Nestors, den letzten Freund Achills in den achäischen Reihen. Wie zuvor schon bei Patroklos' Tod stürzte sich der rachsüchtige Sohn des Peleus, sobald er davon erfahren hatte, wutschäumend auf die feindlichen Linien und suchte den Äthiopier.

Es kam zu einem heroischen Zweikampf, schließlich hatten beide eine unsterbliche Mutter, die an ihrer Seite kämpfte: Thetis half Achilles, und Eos, die Göttin der Morgenröte, unterstützte Memnon. Als Zeus die beiden Helden in voller Montur sah, nahm er wieder seine Goldwaage, um ihre Schicksale zu wiegen. Das Urteil fiel eindeutig aus: der Schwarze mußte sterben.

Memnon trat mit einer Lanze an, die zwei Spitzen hatte; dies erlaubte ihm, sie immer dann in den Boden zu stecken, wenn sie ihm gerade hinderlich war. Auf diese Weise besaß er mehr Bewegungsfreiheit, konnte aber bei Bedarf auf seine Lanze zurückgreifen. Achilles war nicht so schlau, dafür aber erheblich angriffslustiger im Nahkampf. Er raste voll Rachedurst auf seinen Doppelgänger zu, riß ihn von seinem Kampfwagen herunter und trennte ihm mit einem einzigen Hieb den Kopf vom Leib.

Eos verlangte zur Entschädigung besonders prachtvolle Trauerfeierlichkeiten für ihren Sohn, die den Sterblichen für alle Zeiten im Gedächtnis bleiben sollten, und Zeus gewährte alles, um sie zufriedenzustellen. Wie Ovid erzählt, verdichtete sich der Rauch, während der Leichnam des Helden auf einem Scheiterhaufen verbrannte, so sehr, daß er schließlich das Aussehen von Raubvögeln annahm.[8] Diese Vögel, auch Memnoniden genannt, teilten sich in zwei Schwärme und stoben dann aufeinander zu, zerfleischten sich und stürzten in die Flammen. Anderen Quellen zufolge haben die in Memnon verliebten Frauen ihr Idol so lange beweint, bis Zeus sie aus Mitleid in Perlhühner verwandelte.

Leontes und Gemonydes, die auf der Suche nach Thersites waren, überlegten ganz richtig, daß sie ihn wohl am ehesten bei den Zelten der Myrmidonen finden würden: ein Sieg wie jener des Achill über Memnon würde doch ganz gewiß von seinen Soldaten gefeiert, und da konnte sich auch ein so streitbarer Geist wie Thersites die Gelegenheit nicht entgehen lassen, seine Verachtung für den Triumph des Helden auszudrücken. Und tatsächlich war der Pelide kaum in seine Laube getreten, um die Huldigungen entgegenzunehmen, als man den Kahlkopf auch schon nach vorne drängen sah.

«Wirklich sehr tapfer von dir, o Sohn des Peleus!» höhnte Thersites, als er in der ersten Reihe stand. «Du platzt ja förmlich vor Eitelkeit, da solltest du dir die Rüstung weiter machen lassen, die Hephästos dir geschmiedet hat, damit deine stolzgeschwellte Brust noch hineinpaßt!»

«Was willst du eigentlich von mir, du Kröte?» fragte Achilles weiß vor Wut und kam auf ihn zu. «Ich habe gekämpft und gesiegt wie du nie im Leben kämpfen und siegen kannst. Du bringst sowieso nichts anderes fertig, als Helden mit deinen Beschimpfungen zu belästigen.»

«Ich will gar nichts anderes, o Pelide», fuhr Thersites beharrlich fort, «als die Achäer daran zu erinnern, so daß sie es an langen Winterabenden auch noch ihren Kindern erzählen können, daß du nicht nur den tapferen Memnon, den Stolz der Äthiopier, auf dem Feld geschlagen, sondern auch noch eine arme tote Frau vergewaltigt hast: Penthesilea, die Königin der Amazonen. Und wenn du nun glaubst, daß das eine Heldentat war, dann brüste dich ruhig damit. Aber ich würde dir raten, mit dieser Geschichte nicht überall hausieren zu gehen!»

Hätte er bloß nie den Namen Penthesileas erwähnt: mit einem Satz war Achilles bei ihm und versetzte ihm einen solchen Faustschlag, daß der Ärmste wie vom Blitz getroffen zusammensackte. Vergebens versuchten Gemonydes und andere eifrige Helfer, ihn wiederzubeleben; der Schlag war tödlich gewesen, und mit Thersites war nun auch jede Hoffnung geschwunden, endlich die Wahrheit über das Verschwinden Neopulos' zu erfahren.

«Jetzt bleibt mir nur noch Polyxena!» überlegte Leontes unter Tränen.

XV
Die Achillesferse

Die Hochzeit von Polyxena und Achilles. Die Ermordung des Peliden durch Paris. Beim Streit um seine Waffen verliert Ajax den Verstand. Paris stirbt im Zweikampf mit Philoktet.

Wenn man damals im zwölften vorchristlichen Jahrhundert in Gesellschaft Achills reiste, konnte man sich ganz sicher fühlen: Feinde, Wegelagerer und sonstige Übeltäter wagten sich nicht in die Nähe, solange er dabei war. Dennoch hätte der junge Leontes lieber auf seine Begleitung verzichtet, denn seit der Pelide Thersites umgebracht hatte, war er für ihn zum Inbegriff des Bösen geworden.

«Ich bin nur deshalb mitgekommen, weil ich etwas über meinen Vater in Erfahrung bringen will», erklärte er Gemonydes. «Ich hoffe, daß ich in Zukunft nie mehr etwas mit Achilles und all den Leuten seiner Art zu tun haben werde!»

«Bist du denn so sicher, daß Polyxena dir gleich nach den Feierlichkeiten alles über Neopulos erzählen wird?»

«So hat es mir Hekta gesagt, aber ich muß dir gestehen, o Gemonydes, daß ich Polyxena nicht recht traue; wie sollte ich auch einer Frau trauen können, die sich ausgerechnet in den Mann verliebt, der ihren Bruder getötet hat! Glaub mir, Meister, die beiden sind aus dem gleichen Holz geschnitzt, und falls sie je Kinder haben, können wir uns darauf gefaßt machen, daß die Söhne grausamer als die Kentauren und die Töchter furchtbarer als die Harpyien werden!»

«Kommt auch Hekta nach Thymbra?» fragte Gemonydes.

«Sie hat es mir versprochen.»

«Sehr gut, dann kann ich sie ja endlich kennenlernen ...»

«. . . und dich davon überzeugen, daß es sie tatsächlich gibt und daß sie nicht etwa eine Ausgeburt meiner Phantasie ist», schloß Leontes.

Der Geleitzug, der teils aus Wagen und teils aus Fußsoldaten bestand, kam auf der schmalen Straße, die am Ufer des Skamandros entlangführte, nur langsam voran. An der Spitze fuhr Achilles' Wagen mit den getreuen Alkimos und Automedon; dahinter folgte der Wagen des Phönix, den Peisandros lenkte; an dritter Stelle kamen Leontes und Gemonydes in einem Wagen, den ihnen Idomeneus freundlicherweise geliehen hatte. Schließlich folgte in einem Abstand von fünf Stadien eine große Schar von lanzenbewehrten Myrmidonen.

Polyxena hätte es lieber gesehen, wenn Achill allein und unbewaffnet nach Thymbra gekommen wäre, um ihrer Begegnung einen romantischeren Charakter zu verleihen, aber der weise Phönix hatte sich nicht beirren lassen: entweder ein Gefolge von hundert Bewaffneten oder eben keine Hochzeit. Während nun also Phönix Polyxena nicht traute, gab es umgekehrt andere, die Phönix, vor allem aber Achilles nicht trauten. Diomedes hatte eine regelrechte Verleumdungskampagne gegen den Peliden eröffnet: er beschuldigte ihn ganz offen der geheimen Absprache mit dem Feind und nannte als Beweise für seinen Verdacht dessen nächtliche Begegnung mit Priamos sowie die versteckte Liebesbeziehung mit der jungen Polyxena. Daher hatte er sich schon vor Morgengrauen gemeinsam mit Odysseus und dem Telamonier Ajax in der Nähe des Apollon-Orakels eingefunden, um dort Beweise für den Verrat zu suchen. Sein ganzer Groll auf Achill kam vor allem daher, daß dieser, wie wir wissen, gerade seinen Vetter Thersites getötet hatte.

Polyxena stand allein und regungslos auf der obersten Stufe der Tempeltreppe. Genau besehen entsprach sie eigentlich kaum dem Schönheitsideal jener Zeit: sie war weder üppig noch hatte sie die breiten Hüften der trojanischen Frauen oder gar die kräftigen Handgelenke, die für die Hausarbeit erforderlich gewesen wären. Sie war klein und schlank, aber von außergewöhnlicher Schönheit: ihre Brust war unter der Tunika kaum zu erahnen, und hätte sie nicht das lange glatte Haar gehabt, das ihr bis zur Taille herabfiel, hätte man sie auch für einen Jungen halten können. Wenn man sie so im Gegenlicht stehen sah, unterschied sie sich kaum von den vielen Statuen, die das Orakel schmückten. Achilles ging, unmittelbar gefolgt von Phönix, Alkimos und Automedon, mit ausgebreiteten Armen auf sie zu, aber Polyxena hielt sie alle mit gebieterischer Geste zurück.

«O Sohn des Peleus, bitte deine Freunde, vor dem Tempel zu warten. So allein, wie wir bei unseren Liebesbegegnungen waren, so allein sollen wir auch vor den Gott treten!»

«Phönix ist wie ein Vater für mich», wandte Achilles ein. «Er ist als Vertreter der Achäer hierher nach Thymbra gekommen. Laß auch einen deiner Verwandten kommen, der uns die Zustimmung der Troer zu unserer Hochzeit überbringt. Am meisten willkommen wäre mir der greise Priamos, den ich bereits kenne. Aber wenn er als König die Festung nicht verlassen kann, ist mir einer deiner Brüder ebenso lieb und vertrauenswürdig.»

«An einem Tag wie heute darf man die Menschen nicht in Achäer und Troer einteilen», versetzte Polyxena prompt. «Heute ist das Fest des Gottes, und wir müssen allein vor seinen Altar treten. Durch unsere Eheschließung zeigen wir den Völkern der Erde, wie man Haß und Groll überwindet.»

Der Pelide beugte sich dem Willen des jungen Mädchens und bat seine Freunde, am Fußende der Treppe auf ihn zu warten. Unterdessen suchte Leontes verzweifelt nach seiner geliebten Hekta. Da er sie nirgends entdecken konnte, wollte er auch noch in einem Wäldchen gleich links vom Tempel nachsehen, aber da tauchte zu seiner großen Überraschung Odysseus hinter einer Hecke auf.

«Wohin des Weges, Junge?» fragte ihn der König von Ithaka und richtete die Schwertspitze auf ihn. «Was treibst du hier so weit von den achäischen Lagern entfernt?»

«Ich gehöre zum Gefolge des großen Peliden», erwiderte Leontes zu Tode erschreckt, «und ich habe dies Wäldchen betreten, weil ich glaubte, hier eine Frau gesehen zu haben ...»

«Wie kommt es denn, daß du als Kreter zum Gefolge eines Myrmidonen gehörst?» fragte Odysseus weiter.

«Also ich ...», stammelte der Junge jetzt noch mehr verängstigt, da er hinter dem Rücken des Königs von Ithaka auch Diomedes und Ajax den Telamonier hatte auftauchen sehen. Aber es blieb ihm keine Zeit, seinen Satz zu vollenden: ein gellender Schrei zerriß die Luft. Leontes drehte sich erschreckt um und sah Achilles unter dem Säulengang des Tempels auftauchen: er preßte beide Hände auf seinen Magen, ein Pfeil steckte in seinem Bauch, ein anderer ragte aus seiner Ferse. Ein paar Sekunden lang wankte der Sohn des Peleus wie ein Betrunkener am Rand der obersten Stufe hin und her, dann stürzte er und kullerte unter furchterregendem Klappern seiner Rüstung die ganze Treppe hinab. Phönix und alle übrigen scharten sich entsetzt um Achilles und konnten gerade noch seine letzten Worte vernehmen:

«Polyxena ... Polyxena ... auf den Scheiterhaufen ...»

Was war geschehen? Polyxena hatte Achilles im Innern des Tempels bei der Hand genommen und ihn vor den Apollonaltar geführt. Sobald sie unter dem Götterbildnis standen, gab sie vor, ihn küssen zu wollen, so daß er sich halb umdrehen mußte. Als der Held schon genießerisch die Augen geschlossen hatte, war Polyxenas Bruder Paris mit seinem bereits gespannten Bogen hinter der Statue hervorgekommen.[1]

Sein erster Pfeil hatte Achilles an der Ferse getroffen. Der Sohn des Peleus hatte sich fassungslos über diesen Überraschungsangriff blitzartig umgewandt, aber er konnte seinem

Feind nicht einmal mehr ins Gesicht sehen, so schnell traf ihn der zweite Pfeil nur wenige Zentimeter unterhalb seines Brustharnischs in den Magen. Und als er sich dann an einen Vorsprung des Altars klammerte, um nicht umzufallen, hatte Polyxena ihm ihren ganzen Haß, den sie bis jetzt in tiefster Seele verborgen hatte, ins Gesicht geschrien:

«Hast du dir tatsächlich eingebildet, du Sohn des Peleus, daß ich mich in dich verlieben könnte? Wenn ich mit dir ins Bett gegangen bin, dann doch nur, um das Geheimnis deiner Unverletzlichkeit herauszubekommen, und das hast du mir in deiner Eitelkeit ja auch gleich erzählt. Jetzt stirb, du Unhold! Und hauche deinen Atem genau da aus, wo du meinen Bruder Troilos getötet hast!»

Bekanntlich war Achilles nur an einer einzigen Stelle seines Leibes verletzlich: an seiner Ferse. Seine Mama Thetis hatte ihn nämlich gleich nach der Geburt in den Fluß Styx getaucht, um ihn unverletzlich zu machen, doch dabei hatte sie ihn an der rechten Ferse schön festgehalten. Hätte die gute Frau ihn nur zweimal hineingetaucht und ihn das eine Mal an der Ferse, das andere Mal an der Hand festgehalten, keiner hätte ihn je töten können!

Am Fuß der Tempeltreppe brach ein heftiger Kampf um den Leichnam aus. Alle Freunde des Achill, einschließlich Leontes und Gemonydes, sahen sich plötzlich von einem Haufen Troer angegriffen, die wer weiß woher aufgetaucht waren und von Deiphobos und Paris angeführt wurden.

Diomedes, der große Ajax und Odysseus kämpften wie die Besessenen und hofften, durchhalten zu können, bis die Myrmidonen eintrafen. Heißer umkämpft noch als der Leichnam des Peliden aber waren seine berühmten Waffen, um die Griechen wie Troer bis zum letzten Blutstropfen zu kämpfen bereit waren. Ajax tötete Asios, einen Bruder Hecubas. Diomedes stand ihm nicht nach und streckte Nastes und Amphimachos nieder, die beide aus Karien stammten. Als Odysseus sah, daß immer neue Troer zur Verstärkung anrückten und sie nicht mehr lange durchhalten konnten, schickte er Peisandros mit einem Wagen los, um die Achäer zu benachrichtigen; auf diese Weise kam es bald zu einer regelrechten Schlacht um Achilles.

Schließlich gelang es Ajax, sich den (samt Rüstung) an die hundertzwanzig Kilo schweren Peliden auf die Schultern zu laden, und während ihm Odysseus mit gezogenem Schwert den Rücken deckte, zog er seelenruhig in Richtung achäisches Lager davon.

Der auf diese Weise in Sicherheit gebrachte Leichnam Achills löste dann aber noch den schlimmsten Zwist aus, denn jetzt ging es um die Frage, wer die berühmten, von Hephästos geschmiedeten Waffen bekommen sollte. Ajax, der den Leichnam von Thymbra ins Lager getragen hatte, oder Odysseus, der Ajax' Rückzug mit seinem Schwert gedeckt hatte?

Agamemnon kam auf die Idee, die trojanischen Gefangenen um ihre Meinung zu fragen: «Welcher Achäer hat Troja mehr geschadet, Ajax oder Odysseus?»

Und alle antworteten zu Recht: «Odysseus.»

Denn die Listen des einfallsreichen Königs von Ithaka hatten sie viel mehr geschädigt als die rohe Kraft des Telamoniers.

Diese Form der Prämienaufteilung gefiel Ajax natürlich überhaupt nicht.

«Wie soll das denn gerecht sein?» entrüstete sich der Riese. «Jedesmal, wenn die Achäer einen brauchen, der sich ins Getümmel zu stürzen wagt, ruft man mich, und ich habe mich ganz bestimmt nie geschont, und jetzt ... jetzt, wo es darum geht, die Waffen meines Vetters Achilles an einen Würdigen weiterzugeben, eben jene Waffen, die ich höchstpersönlich den Troern entrissen habe, was machen diese Undankbaren? Sie geben sie Odysseus, der sich wahrlich nur selten einmal in der vordersten Linie hat blicken lassen!»

Die Enttäuschung des armen Mannes war so groß, daß er

darüber den Verstand verlor und eines Tages, als er sich gerade im Viehpferch befand, der Reihe nach alle Schafböcke mit Namen ansprach, da er sie für achäische Heerführer hielt. Dabei soll er dann in einer einzigen Nacht über hundert Tiere getötet und schließlich zwei weißbeinige Widder an einen Pfahl gebunden haben, um sie auspeitschen zu können. Die armen Tiere schlugen verängstigt nach allen Seiten aus, während er sie mit Beschimpfungen überschüttete.

«Hier, Agamemnon, das ist für dich ... und auch das ... und das: einen Schlag für jede Feigheit, die du in deinem Leben begangen hast, und für jeden Menschen, den du betrogen hast! Und du, Odysseus, du Meister der Hinterlist, dir werde ich den Rücken schön striegeln und dir dann deine lügnerische Zunge herausschneiden und sie den Schweinen zum Fraß vorwerfen!»

Zu Tode erschöpft flehte er im Morgengrauen Hermes an, seinen Schatten zur Affodill-Wiese[2] zu geleiten und beschwor die Erinnyen, ihn zu rächen. Dann pflanzte er sein Schwert mit dem Griff nach unten in die Erde und stürzte sich hinein. Dabei achtete er sorgfältig darauf, daß sich ihm die Waffe in die einzige Stelle bohrte, an der er verletzlich war: seine Achsel.[3]

Einer alten Seemannsgeschichte zufolge erlebte Odysseus auf der Rückreise einen Schiffbruch, bei dem er alle Waffen des Achill verlor. Diese schwammen dann nach dem Willen der Thetis so lange auf den Wellen, bis sie das Grab des Ajax am Rhöteion-Kap erreichten und dort für immer liegenblieben.

Die Trauerfeierlichkeiten für Achilles wurden natürlich so prachtvoll ausgerichtet, wie es der Bedeutung des Helden angemessen war, auch wenn dieser, ehrlich gesagt, bei den Truppen nicht besonders beliebt war, da er sich so lange vom Schlachtfeld ferngehalten hatte. Eine von Thetis angeführte Gruppe von Nereiden setzte sich, nachdem sie ihn mit wunderwirkenden Salben eingerieben hatten, im Halbkreis um den Leichnam und beweinten ihn lange. Die neun Musen stimmten einen Trauergesang an, der siebzehn Tage und siebzehn Nächte währte. Zu diesem Anlaß kam auch Neoptolemos nach Troja, der fünfzehnjährige Sohn des Peliden, der in Skyros geboren war[4], als Achilles sich dort in Frauenkleidern unter den Geliebten des Königs Lykomedes versteckt hatte.

Am achtzehnten Tag wurde Achills Leichnam auf dem Scheiterhaufen verbrannt; seine Asche wurde mit der Asche des Patroklos vermischt, in einer von Hephästos geschmiedeten goldenen Urne verwahrt und schließlich im Vorgebirge von Sigeion mit Blickrichtung nach Phthia beigesetzt. Seefahrer, die durch diese Meerenge kommen, haben in Sturmnächten auch heute noch den Eindruck, die vom göttlichen Homer dem Achilles gewidmeten Verse deklamiert zu hören, während aus der Ebene von Troja dumpfes Getrappel von galoppierenden Pferden, Quietschen von Kampfwagen und Waffengeklirr zu vernehmen ist. Neoptolemos (der auch Pyrrho genannt wurde) schwor, nicht eher zu ruhen, bis er Polyxena auf dem Grabe seines Vaters geopfert hätte, und dieses Vorhaben wäre von ihm gewiß auch ohne Zögern durchgeführt worden, wenn der Ältestenrat mit Agamemnon an der Spitze das junge Mädchen aufgrund seines zarten Alters nicht ganz unerwartet freigesprochen hätte. In Wirklichkeit wollte Agamemnon aber nur Kassandra wohlwollend stimmen, die seine neue Geliebte und eine Schwester Polyxenas war. Die Achäer begannen allerdings gegen diese Entscheidung zu murren: «Ist denn nun Achills Schwert wichtiger oder Agamemnons Bett?» fragten sie. Die Antwort gab schließlich der Pelide selber, oder vielmehr sein Schatten: man sah ihn eines Nachts oben auf dem Kap Sigeion erscheinen und stöhnen: «Auch ich will meinen Anteil an der Beute!» Darauf wurde das junge Mädchen aus dem Pferch geholt, wo es eingesperrt war, und an den Haaren bis zu Achills Grabhügel gezerrt; dort öffnete sie selbst die Tunika über der weißen Brust, um Neoptolemos Gelegenheit zu bieten, sein rächendes Schwert hineinzustoßen.

Nachdem nun Achilles und Ajax tot waren, wurde die Lage für die Griechen bedrohlich, denn sie hatten außer Diomedes keinen einzigen Helden mehr, mit dem sie die Troer schrecken konnten. Auch mußten sie die bittere Wahrheit erkennen, daß in den nunmehr neun Kriegsjahren sich der Bogen als die tödlichste Waffe erwiesen hatte und nicht das Schwert, und die Troer verfügten über hervorragende Bogenschützen (auf die sie auch stolz waren), während die Achäer sich geradezu schämten, diese Waffe zu benutzen, die in ihren Augen nur für Feiglinge, nicht aber für Helden taugte. Der Geograph Strabon berichtet, daß er einmal auf einer antiken Säule ein Edikt gelesen habe, demzufolge im Krieg jede Form von Wurfgeschossen, Steine eingeschlossen, verboten war. Plutarch spricht in seinen *Moralia* von einem Soldaten, der im Augenblick seines Todes ausgerufen haben soll: «Nicht daß ich sterben muß, bekümmert mich, sondern daß mich ein feiger Bogenschütze getötet hat.»[5]

Aber von all dem abgesehen hatte Agamemnon nun auch wirklich genug vom Krieg. Seit Beginn der Streitigkeiten waren nun fast zehn Jahre vergangen, und er verspürte einfach großes Heimweh. Seine Frau, die schöne Klytämnestra, erwartete ihn sehnlichst, und seine drei Kinder waren inzwischen schon so groß geworden, daß er sie bei seiner Rückkehr vielleicht nicht einmal mehr wiedererkennen würde. Außerdem – wozu das Ganze eigentlich? Für eine Kriegsbeute, die sich womöglich inzwischen in Luft aufgelöst hatte, nachdem Priamos ja schon tief in seine Schatztruhen gegriffen hatte, um das Lösegeld für Hektor zahlen zu können? Im Grunde hatte es keinen Sinn mehr, noch länger in Troja zu bleiben. Andererseits konnte Agamemnon aber auch nicht mit leeren Händen heimkehren: wie hätte er das vor der achäischen Welt rechtfertigen können? Wenigstens Paris mußte noch getötet werden, schon, um die durch seinen Bruder erlittene Schmach zu rächen. Aber wie sollte man diesen trojanischen Angsthasen hinter der Mauer hervorlocken?

Paris war zweifellos der vorsichtigste unter den Söhnen des Priamos: er stellte sich nie dem Zweikampf, und wenn er sich überhaupt einmal aufs Schlachtfeld bequemte, blieb er stets in sicherer Deckung und schoß seine verfluchten Pfeile aus der Ferne ab. Als alleinige Möglichkeit blieb nur die Herausforderung zu einem Zweikampf mit Pfeil und Bogen, denn er war so eingebildet, daß er sich vielleicht darauf einließ. Aber wen sollte man gegen ihn antreten lassen? Der einzige vorstellbare Rivale war Teukros, der Stiefbruder von Ajax, aber nachdem dieser Selbstmord begangen hatte, war nicht mehr daran zu denken: Teukros haßte Agamemnon aus tiefster Seele und hätte nie für die Ehre eines Atriden gekämpft! Dann aber fiel der Name Philoktets, jenes vergessenen Helden, den die Griechen einst vor neun Jahren auf einer Insel im Ägäischen Meer ausgesetzt hatten.

Philoktet war zweifellos der tüchtigste achäische Bogenschütze, schließlich hatte er auch die Pfeile und den persönlichen Bogen Herakles' geerbt.[6] Allerdings war er auf der Reise nach Troja auf der kleinen Insel Nea[7], wo er an Land gegangen war, um die Wasservorräte aufzufüllen, von einer giftigen Schlange gebissen worden, und da die eiternde Wunde einen furchtbaren Gestank verbreitete, beschlossen seine Reisegefährten, ihn einfach auf der erstbesten Insel auszusetzen.

Als nun wegen der Trauerfeierlichkeiten für Achilles Waffenstillstand herrschte, hielt Odysseus den Augenblick für gekommen, um loszufahren und Philoktet von seiner Insel zu holen. Er traf ihn an einem einsamen Strand, wo er wie ein wildes Tier auf und ab wanderte.

«Salve, o Philoktet, wie geht's dir so?» begrüßte ihn Odysseus ganz selbstverständlich. «Hältst du dich immer noch für den besten achäischen Bogenschützen?»

«Wenn mir die vor Augen kommen, die mich hier auf dieser verfluchten Insel ausgesetzt haben, wirst du ja sehen, was mein Arm noch kann!» erwiderte der Bogenschütze.

Mit vielen guten Worten und dem Versprechen, seine Wunde von Podaleirios oder vielleicht sogar von Machaon kurieren zu lassen, konnte Odysseus ihn schließlich bewegen, nach Troja mitzukommen und sich den Achäern anzuschließen.

Der Zweikampf zwischen Paris und Philoktet zählt zu den großen Heldentaten des Trojanischen Krieges.

Wie gewöhnlich warfen die beiden Recken sich zunächst einmal eine halbe Stunde lang gegenseitig sämtliche Beleidigungen an den Kopf, die ihnen so einfielen.

«O Philoktet, du Sohn des Poias», schrie Paris, «du wirst mich ja eher mit dem Gestank deiner Füße töten als mit den Pfeilen aus deinem Bogen.»

«Auch du, o Nachkömmling des Priamos, hast einen furchtbaren Gestank an dir: den Gestank des Verrats», schrie Philoktet zurück. «Mit dem Unterschied, daß ich von den Söhnen Asklepios' von meinem Gestank geheilt werden kann, während der deine bis in alle Ewigkeit als ein Zeichen deiner Schändlichkeit unerträglich an dir haften bleibt.»

«Sei wenigstens so anständig, du stinkender Held, und stell dich nicht gerade in Windrichtung!» flehte ihn nun Paris an. «Wie soll ich da meinen Bogen spannen können, wenn ich meine Hände dazu brauche, mir die Nase zuzuhalten?»

«Und an meine Pfeile denkst du wohl gar nicht?» erwiderte Philoktet und deutete auf seinen Köcher. «Die Ärmsten würden ja lieber in einem Misthaufen landen als in deinem verwesten Bauch!»

Je beleidigender diese Schmähungen waren, desto lauter war die begeisterte Zustimmung in dem einen Lager und das Hohngeschrei in dem anderen. Nach diesem Wortgeplänkel begann aber dann der eigentliche Kampf, und da wurde sehr schnell klar, daß Philoktet tatsächlich ein Meister war, und zwar nicht nur, was das Abschießen seiner Pfeile betraf, sondern auch im Ausweichen der auf ihn abgezielten Geschosse. Paris traf also kein einziges Mal ins Ziel, während der Achäer ihm umgekehrt drei Pfeile ins Fleisch bohrte: der eine traf seine Hand, der zweite das rechte Auge und der dritte eine Fessel.

Trotz seiner schweren Verletzungen starb Paris nicht sofort; die Troer schleppten ihn in der Hoffnung, daß seine ehemalige Geliebte Oinone ihn durch Zauberkraft heilen könnte, noch bis auf den Berg Ida hinauf. Aber die Nymphe war nach wie vor beleidigt, weil sie wegen Helena verlassen worden war, und weigerte sich jetzt, Paris zu Hilfe zu kommen. Als sie dies dann später bereute und doch noch mit einer Zaubersalbe nach Troja eilte, um ihn im letzten Augenblick zu retten, machte man ihr die Skäischen Tore nicht einmal mehr auf, denn der Held hatte inzwischen in den Armen seiner Frau sein Leben ausgehaucht.

Nach Paris' Tod hatte der alte Priamos ein heikles Problem zu lösen: welchem seiner Söhne sollte er nun Helena zur Frau geben? Es gab zwei Anwärter: Deiphobos und Helenos. Die Wahl fiel schließlich auf ersteren, was seinen Bruder aufs höchste erzürnte und ihn veranlaßte, die belagerte Stadt heimlich zu verlassen und sich ins achäische Lager zu flüchten, wo er von Odysseus, wie man sich denken kann, mit offenen Armen aufgenommen wurde. Der König von Ithaka nutzte sofort die Gelegenheit, dem Überläufer alle Geheimnisse Trojas zu entlocken: wie dick die Wallmauern waren, wie viele Wachen es gab, wann die Wachablösung war und so weiter.

Helenos, ein Fachmann für Orakel, behauptete, Troja könne nicht fallen, bevor die Achäer sich nicht ein Schulterblatt von Pelops beschafft hätten. Agamemnon, der wie alle Leute zur damaligen Zeit abergläubisch war, schickte sofort einen Herold nach Pisa in Elis, damit er die kostbare Reliquie nach Troja holte.

Aber wie stellte sich nun Helena dazu, daß sie so von einem Ehebett ins nächste überwechseln mußte? Die Ärmste sah sich jetzt schon dem vierten Ehemann angetraut: nach Theseus, Menelaos und Paris hatte man sie Deiphobos abgetreten. Das Schicksal hielt dann auch noch einen fünften Mann für sie bereit, nämlich Achilles, aber dies geschah allerdings erst nach ihrem Tod.

Nachdem Paris von der Bildfläche verschwunden war, hatte sich Helenas Einstellung gegenüber den Troern möglicherweise geändert, denn es ist ja keineswegs gesagt, daß sie alles sklavisch erduldete. Ebensogut ist vorstellbar, daß sie alles versucht hat, sich zu wehren. Es gibt die widerstreitendsten Berichte darüber, genauso wie auch Helena selber in unterschiedlichstem Licht erscheint: für die einen war sie die geborene Ehebrecherin, für die anderen ein Opfer von Ereignissen, auf die sie selber keinen Einfluß hatte. Stesichoros sprach in seinem Gesang *Die Plünderung Trojas* so schlecht über sie, daß Helena vom Hades aus die Götter anflehte, ihm das Augenlicht zu rauben. Allerdings verschaffte sie es ihm wieder zurück, als sie sah, daß der Dichter sein voreiliges Urteil später berichtigte.

Jedenfalls sehen die Mythologen Helena nach wie vor als eine widersprüchliche, zumindest nicht eindeutig charakterisierbare Gestalt. Schon der Name *Elene* erinnert auf geheimnisvolle Weise an «Selene», die Mondgöttin.

Für Aischylos war sie nichts anderes als «das Verderben der Schiffe, das Verderben der Helden, das Verderben der Städte»[8]. Zu all dem angeblich von ihr gestifteten Unheil gehört auch noch, daß sie die Drogen erfunden haben soll, und zwar das Morphium. Als Odysseus' Sohn Telemachos sie nach dem Trojanischen Krieg in Sparta besucht und verzweifelt weint, weil er keine Nachricht von seinem Vater hat, reicht sie ihm den aus ihren eigenen Tränen zubereiteten Beruhigungstrank *elenion*, der ihn alle Qualen vergessen läßt.[9]

Am menschlichsten stellt sie uns Ovid in seinen Metamorphosen dar: der Dichter beschreibt Helena als alte gebrechliche Frau vor ihrem Spiegel. Sie betrachtet schweigend ihre Falten, das graue Haar, den runzligen Hals und fragt sich dann verwundert, warum sie zweimal geraubt worden ist.[10]

XVI
Das hölzerne Pferd

Der Bau des hölzernen Pferdes. Die Zerstörung Trojas. Leontes sucht in der von Tod, Plünderung, Bränden und schlimmsten Gewalttaten heimgesuchten Stadt nach Hekta und erfährt endlich die Wahrheit über seinen Vater.

Troja ist uneinnehmbar!» behauptete Helenos vor dem Großen Rat der Achäer. «Allzu geschickt sind die Bogenschützen, die auf dem Wall Wache halten, und allzu dick die Mauern, die die Stadt ringsum einschließen. O Achäer, vergeßt nicht, daß diese Mauern in einer einzigen Nacht von Apollon und Poseidon errichtet worden sind und daß die Werke der Götter von Sterblichen nicht zerstört werden können.»

Helenos, der Verräter, der von Odysseus geradezu übertrieben gehätschelte Gast, hatte keine Zweifel: selbst wenn der Krieg hundert Jahre dauerte, würden die Griechen Trojas Mauern niemals schleifen können. Also mußten sie sich eine List ausdenken, um in die Stadt einzudringen, und mit Schlauheit versuchen, was durch Gewalt nicht gelang.

«Ich hätte da eine Idee», hob Odysseus an, während sich die kleine Gruppe der Anführer um ihn versammelte. «Errichten wir doch am Strand ein hölzernes Pferd zu Ehren Athenes, stoßen dann unsere Schiffe ins Meer und geben vor, nach Hause zurückzukehren.»

«Ein Pferd? Aus Holz?» fragte Agamemnon verwundert. «Glaubst du denn, ein hölzernes Pferd kann Troja zerstören?»

«Ziemlich sicher, wenn wir in seinem Innern eine Schar tapferer Helden verstecken, die zum Sterben bereit sind», erwiderte der Meisterbetrüger Odysseus.

«O Sohn des Laertes, glaubst du tatsächlich, daß die Troer so töricht sein werden, dieses Pferd voller Bewaffneter eigenhändig hinter ihren Wall zu holen?»

«Das glaube ich schon, wenn wir es noch höher machen, als die schon sehr hohen Skäischen Tore!»

Nun verstand Agamemnon vollends nicht mehr: es kam ihm schon sehr unwahrscheinlich vor, daß die Feinde das Pferd freiwillig in ihre Stadt holen würden; aber wenn der Koloß auch noch höher als ihr Eingangstor werden sollte, konnte Odysseus' Plan doch unmöglich gelingen. Aber der listige König von Ithaka wollte die Troer ja gerade auf diese Weise hereinlegen.

«Die Idee ist gut», räumte Diomedes ein, «aber nicht sehr männlich.»

Diese Vorstellung von Männlichkeit, *andreia* bei den Griechen, war Diomedes sehr wichtig. Als ein wahrer Held ließ der Sohn des Tydeus keine andere Form des Kampfes gelten als den Zweikampf Mann gegen Mann mit gleichen Waffen, bei dem der jeweils Stärkere siegt. Odysseus hingegen war alles andere als sportlich: er hatte von Autolykos, seinem Großvater mütterlicherseits, die Kunst geerbt, seine Mitmenschen zu hintergehen, und war nicht zufrieden, wenn er bei einem Unternehmen nicht mindestens zwei Leute hereinlegte.

Der Auftrag, das hölzerne Pferd zu bauen, wurde Epeios erteilt, dem größten Feigling unter den Achäern: so berühmt er für seine Geschicklichkeit als Zimmermann war, so berüchtigt war auch seine Abneigung, sein Leben auf dem Schlachtfeld zu riskieren. Dabei wirkte er auf den ersten Blick eigentlich nicht wie ein Drückeberger: die Natur hatte ihn mit sehr breiten Schultern ausgestattet, vor allem aber mit einer Rechten von kolossaler Schlagkraft. Er wurde so stark, daß es ihm trotz all seiner Feigheit gelungen war, bei den Trauerfeierlichkeiten zu Ehren Patroklos' sämtliche Konkurrenten im Faustkampf zu schlagen.

Epeios baute das Pferd so, daß in seinem Innern dreiundzwanzig vollbewaffnete Männer Platz fanden. Der Einstieg war raffiniert getarnt, und auf einer Flanke des Holzpferdes prangte die Aufschrift: VON DEN GRIECHEN DER ATHENE ZUM DANK.[1]

Über die Zahl der Bewaffneten im Innern des Pferdes wurden von Anfang an die unterschiedlichsten Angaben gemacht: die einen bezifferten sie auf zwölf, die anderen auf dreiundzwanzig oder dreißig, einige sogar auf dreitausend, was mir, ehrlich gesagt, leicht übertrieben erscheint. Wie es ihrem Rang entsprach, wurden als erste Menelaos, Odysseus, Diomedes und Neoptolemos ausgewählt; die übrigen wurden unter den Kriegern königlichen Geblüts ausgelost: jeder in Troja vertretene Stamm hatte eine Person zu stellen. Da es achtzehn Verbündete gab, wurden dementsprechend achtzehn Vertreter bestimmt; als Dreiundzwanzigster mußte Epeios mit hinein. Der Ärmste wehrte sich verzweifelt: er teilte Fußtritte aus, während sie ihn mit Gewalt abschleppten, um ihn in den Pferdebauch zu stecken. Er drohte, die Flanken mit einem Faustschlag zu zerstören, flehte Agamemnon an, ihn zu verschonen, aber keiner ließ sich erweichen: schließlich kannte Epeios als einziger den Mechanismus des geheimen Ausstiegs und war damit als einziger auch wirklich unentbehrlich.

Der Vertreter Kretas wurde unter Idomeneus, Meriones, Euainios und Leontes ausgelost. Das Schicksal begünstigte den jungen Leontes, aber Gemonydes sprang sofort auf, um Einspruch zu erheben.

«O Agamemnon, Hirte der Völker, für eine solche Heldentat braucht man doch starke Nerven und große Kampferfahrung. Warum also soll einer der wenigen Auserwählten ein gerade erst sechzehnjähriger Junge sein?»

«O greiser Gemonydes», erwiderte Agamemnon, «sieh dir Neoptolemos an, wie er vor Kampfbegierde geradezu bebt. Dabei ist er noch jünger als der junge Leontes und doch, wie du selber siehst, ganz begeistert, daß er in den Pferdebauch darf.»

«Auch ich will kämpfen ...», versuchte Leontes einzuwenden, aber Gemonydes hielt ihm mit Gewalt den Mund zu.

«Es wird die Seele Achills sein, die den mutigen Neoptolemos zur Rache antreibt», beharrte der Meister. «O Sohn des Atreus, erlaube mir doch, an Stelle dieses Bübleins in das Pferd zu steigen. Meine guten Ratschläge könnten bestimmt all diesen Helden nützen.»

«Hier ist ja nicht deine Weisheit gefragt, mein Alter, sondern wir müssen dem Willen der Götter folgen», erwiderte Agamemnon. «Wenn das Schicksal so entschieden hat, sollten wir armen Sterblichen daran nicht zu rütteln versuchen.»

Die Achäer legten mit ihren schwarzen Schiffen ab und richteten die Segel gen Griechenland, oder vielmehr, sie gaben vor, Richtung Griechenland zu segeln, versteckten sich aber in Wirklichkeit schon nach wenigen Seemeilen hinter der Insel Tenedos. Um ihren Aufbruch glaubwürdiger zu machen, zündeten sie alles an, was sie im Laufe dieses zehnjährigen Krieges aufgebaut und eingerichtet hatten: Steinhäuser, Lehmhütten mit Strohdächern, Viehpferche, Kornfelder, Befestigungsanlagen und so weiter. Am Strand ließen sie einzig und allein das hölzerne Pferd sowie einen Vetter von Odysseus zurück, einen gewissen Sinon, der sich in dem Sumpfgebiet nördlich des Lagers versteckte.

Als die auf den Türmen aufgestellten Wachen Priamos davon unterrichteten, daß die Achäer aufgebrochen und ihre Schiffe am Horizont verschwunden seien, liefen alle Einwohner Trojas, auch die Frauen und Kinder, ungläubig zum Strand. Dort erhob sich auf einem Podest das hölzerne Pferd in voller Pracht. Die Troer staunten mit offenem Mund: etwas so Majestätisches hatten sie noch nie gesehen.

«Was fangen wir jetzt mit diesem Wunderwerk an?» fragten sie sich verblüfft. «Sollen wir es zerstören oder nach Troja schleppen?»

Die Meinungen gingen sehr auseinander.

«Seht nur!» rief Thyometes aus, einer der wenigen Troer, die lesen konnten, und deutete auf die Inschrift an der einen Seite. «Ein Geschenk für Athene, das sie hier hinterlassen haben! Schleppen wir es doch in unsere Stadt, dann ist uns die Göttin auf ewig zu Dank verpflichtet.»

«Niemals!» rief Kapys, der König der Dardaner aus. «Athene war schon immer auf der Seite der Achäer und hat es gar nicht verdient, daß wir ihr dieses Geschenk überbringen. Verbrennen wir es lieber hier am Strand, und verstreuen wir die Asche!»

«Da bin ich anderer Meinung, o tapferer Kapys», versetzte Priamos. «Thyometes hat recht: wenn wir das Pferd zerstören, beleidigen wir die Ehre der Göttin. Es wäre gewiß klüger, es vielleicht mit Hilfe von Rollen ins Innere der Umfassungsmauer zu schleppen und es dann der Göttin an Stelle des gestohlenen Palladiums zu weihen.»

Bei einem solchen Meinungszwist konnte natürlich auch Kassandra nicht schweigen. Die wahnsinnige Tochter des Priamos kam zerzauster denn je angelaufen und schrie wie besessen.

«Ich sehe im Bauch dieses schrecklichen Ungeheuers Tausende von bewaffneten Männern! Zerstöre es, Vater, bevor es die Feinde ausspeit! Da sind sie schon: sie tragen Fackeln in der Hand, und aus ihren Zähnen spritzt Viperngift. Das sind blutrünstige wilde Tiere: sie töten die Männer, vergewaltigen die Frauen und schlachten die Kinder ab. Ich sehe, wie der Skamandros sich bis zum Meer hin blutrot färbt!»

Wie immer hatte Kassandra, obwohl sie im Grunde die Wahrheit sagte, in den Details gewaltig übertrieben, so daß keiner ihrer Prophezeiung Glauben schenkte. Hätte sie, anstatt von Tausenden von Bewaffneten, Vipern und ausgespienen Feinden zu reden, einfach nur gesagt: «O weh, dort drin sind dreiundzwanzig Krieger!», so hätte ihr vielleicht manch einer geglaubt, und Priamos hätte seinen Leibwachen zumindest aus

Neugier befohlen, den Bauch des hölzernen Pferdes zu zertrümmern, um zu überprüfen, ob sie vielleicht doch recht hatte. Aber so war sie eben: entweder sie übertrieb mit ihren Prophezeiungen gewaltig, oder sie sagte überhaupt nichts.

Immerhin kam dann auch noch Laokoon, ein Priester Apollons, angelaufen und stieß ins gleiche Horn.

«O Troer, wie naiv ihr seid und wie wenig ihr Odysseus kennt! Glaubt ihr denn im Ernst, daß die Achäer abgefahren sind?»

«Was sollen wir denn tun?»

«Das Pferd zerstören!» erwiderte Laokoon im Brustton der Überzeugung.

«Aber es ist doch ein Geschenk!»

«Ich traue den Griechen nicht einmal dann, wenn sie Geschenke bringen!»[2]

Nach diesen Worten schleuderte er mit voller Wucht eine Lanze auf das hölzerne Pferd. Die Waffe blieb im Rücken des Kolosses stecken und drang ein paar Zentimeter ins Innere, was unter den Insassen Panik auslöste. Hätten die Troer die Geste des Priesters nicht mit so betäubendem Geschrei begleitet, hätten sie ganz gewiß dumpfes Waffengeklirr und den Angstschrei Epeios' gehört. Auch Leontes hätte fast aufgeschrien, und darüber sollten wir uns auch nicht wundern: schließlich war er erst sechzehn Jahre alt und saß in einem finsteren Holzsarg, wo er und seine zweiundzwanzig Gefährten jeden Augenblick entdeckt und bei lebendigem Leib geröstet werden konnten. Er hatte mit Entsetzen gehört, welche Vorschläge die Troer bis jetzt gemacht hatten: «Verbrennen wir es», «Kippen wir es ins Meer», Thyometes wollte das Pferd in die befestigte Stadt schleppen lassen, dann hatte Kassandra ihre warnende Klage angestimmt und Laokoon die Lanze geschleudert, deren Spitze sich nur zwei Zentimeter von Neoptolemos' Kopf entfernt durch die Holzwand bohrte. Wie sollte einem da nicht das Herz stocken! Der Sohn Achills hielt sich im Unterschied zu

Leontes allerdings tapfer: er bat nur den neben ihm auf der Bank sitzenden Thoas, ein wenig beiseite zu rutschen, damit er der ehernen Lanzenspitze neben seinem Kopf ausweichen konnte.

Ein Troer, der befürchtete, daß die Göttin nun beleidigt sein könnte, zog die Lanze wieder aus dem hölzernen Pferd heraus, und das wirkte sich für die ganze Besatzung im Innern sehr vorteilhaft aus: während die Ärmsten nämlich bis jetzt in völliger Dunkelheit ausgeharrt hatten, konnten sie nun durch den Spalt, den die Waffe geschlagen hatte, wenigstens etwas erkennen: Leontes sah zum Beispiel Epeios, der ihm gegenübersaß, still vor sich hinweinen.

Plötzlich erhob sich draußen ein Geschrei: einige Troer hatten Sinon gefangengenommen, den Odysseus zum «Schmiere stehen» im Sumpf zurückgelassen hatte, und schleppte ihn jetzt mit gefesselten Händen und Füßen vor Priamos. Der Achäer weinte verzweifelt, geizte aber nicht mit Schimpftiraden auf seinen Vetter.

«O großer Priamos, diesseits und jenseits des Meeres preist dich alle Welt für deine Weisheit, so hab jetzt Erbarmen mit mir!» hob er schluchzend an. «Nur Odysseus ist schuld, daß ich hier bin, dieser Treuloseste unter den Sterblichen.»

«Ich kenne Odysseus nur allzu gut, vielleicht sogar besser als du, und ich fürchte ihn», räumte der greise Herrscher ein. «Allerdings fürchte ich ihn mehr wegen seiner Listen als wegen seiner Tapferkeit auf dem Schlachtfeld. Also erzähle uns jetzt, warum du dich so über ihn beklagst.»

«O Nachkomme des Zeus», fuhr Sinon von diesen herzlichen Worten Priamos' ermutigt fort. «Obwohl ich sein Vetter bin, wählte Odysseus mich als Opfer für Poseidon, und zwar nicht etwa, um den Gott für die lange Heimreise milde zu stimmen, was ja noch verständlich wäre, sondern um mit mir einen gefährlichen Zeugen aus der Welt zu schaffen, der ihn bei der Rückkehr in die Heimat eines Mordes beschuldigen könnte.

Ich hatte nämlich zu meinem Unglück eines Tages das Geständnis eines Sklaven angehört und auf diese Weise von einem verbrecherischen Plan erfahren, den der Hinterlistige ausgeheckt hatte, um den unglückseligen Palamedes aus der Welt zu schaffen.»

«Wenn du tatsächlich die Wahrheit sprichst», wandte der König ein, «wie kommt es dann, daß du selbst noch am Leben bist? Soweit ich weiß, hat Odysseus keinem seiner Feinde je vergeben.»

«Weil genau in dem Augenblick, als der Priester schon das Opferschwert über mir schwang, Boreas eine frische Brise aus dem fernen Kolchis herüberwehte und alle schnell davonliefen, um die Schiffe ins Wasser zu stoßen. So konnte ich, wenn auch noch gefesselt, vom Altar herunterrollen und mich in dem allgemeinen Durcheinander in den Sumpf flüchten.»

«Nun sag mir aber noch, o Sinon», beharrte Priamos, «warum haben die Achäer bloß ein so gewaltiges Standbild am Strand zurückgelassen, und weshalb eigentlich gerade ein Pferd?»

«Weil wir Griechen Athene als Beschützerin der Pferde verehren und sie deshalb oft sogar Hippia nennen. Seit einiger Zeit zürnt die Göttin uns aber sehr, weil das Palladium geraubt worden ist, daher hat uns Kalchas geraten, ein Pferd zu bauen, um sie zu besänftigen.»

«Aber warum mußte es denn ein so riesiges sein?»

«Um zu verhindern, daß die Troer es ins Innere ihrer befestigten Stadt schleppen und sich die Göttin auf diese Weise gewogen machen. Odysseus und Epeios haben sich unter die Skäischen Tore vorgewagt, um die Höhe der Bogen zu schätzen. Dann bauten sie das Pferd so groß, daß es nicht durch diese Tore paßt.»

«Diese Worte hat dir doch Odysseus in den Mund gelegt!» schrie darauf Laokoon und stürzte sich mit gezogenem

Schwert auf Sinon. Zwei von Priamos' Wachen konnten ihn gerade noch zurückhalten.

«Aber ich hasse doch keinen Menschen auf der Welt so sehr wie Odysseus!» wehrte sich der Achäer.

«Das ist nicht wahr! Das stimmt nicht!» schrie Laokoon auf die Troer ein. «Odysseus hat ihm all diese Antworten eingetrichtert. Er lügt und weiß genau, daß er lügt!»

«Athene soll mich sofort mit dem Tod strafen, wenn ich nicht die Wahrheit gesagt habe!» schwor Sinon unverfroren.

«Also gut», sagte Laokoon, «da es hier um ein Pferd geht, soll nun Poseidon zu erkennen geben, ob du lügst. Ich werde dem Erfinder des Pferdes jetzt einen Stier opfern und ihn dann um ein Zeichen bitten.»[3]

Hätte er dies nur nie gesagt: im gleichen Augenblick tauchten von dem nahen Tenedos her zwei gewaltige Meeresschlangen aus der See empor: Porkes und Chariboia. Sie erreichten das Ufer und umschlangen zwei am Strand spielende Kinder – die kleinen Söhne Laokoons. Vergebens versuchte der Priester, sie den Ungeheuern zu entwinden; nach kurzem Kampf wurde auch er zermalmt.

Im Stadtpark von Neapel steht eine Marmorkopie der «Laokoongruppe», deren Original sich noch heute in den Vatikanischen Museen befindet.[4] Als Junge habe ich sie immer wieder bestaunt und mich dabei gefragt, ob sich mein Vater in einer ähnlichen Situation wohl auch auf die Schlangen gestürzt hätte, um mich zu retten. Ich kann mich noch erinnern, daß ich, um mich besser in die Szenen hineinzufühlen, auf den Sockel kletterte und auswendig Virgil zitierte: «Aber alsbald auf Laokoon zielen die Würmer, greifen die Söhne zunächst, die zween, in grauser Umschlingung beiden mit giftigem Biß die kindlichen Glieder zerrüttend.»[5]

Nachdem die beiden Seeungeheuer ihre Mahlzeit verzehrt hatten, krochen sie in die Stadt und ringelten sich zu Füßen

Athenes zusammen. Ein deutlicheres Zeichen war kaum vorstellbar: «Die Schlangen haben Laokoon bestraft, weil er Athene das für sie bestimmte Geschenk verweigern wollte, und haben sich zu Füßen des Standbildes zusammengekauert, um zu bezeugen, daß sie der Göttin angehören.»

Selbstverständlich hätte man die Zeichen auch sehr viel einfacher und vor allem nützlicher deuten können: «Achtung, von Tenedos her droht Gefahr!»

Die Troer hatten nach diesem Zwischenfall keine Zweifel mehr: sie mußten das Pferd in die befestigte Stadt schleppen und es entsprechend den Wünschen der Göttin, die mit dem Schlangenwunder ein deutliches Zeichen gesetzt hatte, an deren höchster Erhebung aufstellen. Dies war natürlich kein einfaches Unterfangen, schließlich mußte man außer dem Eigengewicht des Holzes auch noch die dreiundzwanzig Krieger fortbewegen. Aber schon die Ägypter hatten beim Bau ihrer Pyramiden bewiesen, daß mit gutem Willen alles möglich ist, da wollten auch die Troer nicht nachstehen: mit einem sinnreichen System von Seilen und Rollen gelang es ihnen, das Ungetüm bis unter die Skäischen Tore zu schleppen. Dann brachen sie das Eingangstor genau in der Mitte auf, so daß der Pferdekopf durchpaßte.[6] Schließlich schafften sie auch noch die schwierigste Strecke, die vom Wall zum Athenetempel hinaufführte. Es war eine steile schmale Straße ohne jede Randbefestigung. Mehr als einmal drohte das Pferd der Kontrolle seiner Beförderer zu entgleiten und auf die tieferliegenden Häuser hinabzustürzen.

In jener Nacht tranken und sangen die Troer lange. Sie konnten es kaum fassen, sich endlich einmal ohne den Alptraum schlafen legen zu dürfen, plötzlich aus dem Bett aufspringen zu müssen, um einen feindlichen Angriff abzuwehren. Die Achäer waren abgezogen, und in Zeus' Namen war der Krieg damit beendet: nachdem zehn Jahre lang so viel Blut und Tränen geflossen waren, freuten sich die Troer auf eine ruhige Nacht!

Die Frauen hatten auf den Straßen Hunderte von Tafeln gedeckt und sie mit Blumen und Lorbeerblättern geschmückt. Priamos ließ zwölf Rinder schlachten, damit sich in dieser Nacht alle satt essen konnten, und ließ aus seinen Kellern zwölf mannshohe Weinkrüge holen.

Eine Person nahm an dem Fest allerdings nicht teil, denn sie glaubte nicht an den Abzug der Achäer. Diese Frau war Helena, eine Griechin, die Odysseus und seine Listen allzugut kannte. Während alle mit Essen und Trinken beschäftigt waren, begab sie sich zur Festung hinauf und setzte sich vor das hölzerne Pferd. Sie blieb stumm sitzen und betrachtete es stundenlang, dann umkreiste sie es dreimal und streichelte seine Beine, als wollte sie seine Vibrationen erspüren. Schließlich merkte sie, daß die Helden darin saßen, und fing an, der Reihe nach die Stimmen ihrer Frauen nachzuahmen: «Diomedes, hörst du mich? Ich bin Aigialea, deine zarte Gemahlin. Ach wie gern würde ich dich an meinen weißen Busen drükken ... Und du Sthenelos, erkennst du mich? Weißt du, wie lange es her ist, seit ich dich von Tiryns habe scheiden sehen? O liebster Gemahl, komm aus dem Bauch dieses Pferdes heraus und küsse mich mit all deiner Leidenschaft ... Und du Antiklos, treuer Gemahl, hast du denn unsere heißen Liebesumarmungen vergessen? Ich bin hier eine Gefangene der Dardaner, und du weigerst dich, mich zu befreien ...» [7]

Als er diese Worte vernahm, verlor Antiklos den Kopf: er versuchte verzweifelt, die Falltür zu öffnen, um hinauszukönnen. Aber Odysseus war schneller und hinderte ihn daran. Tryphiodoros zufolge, einem griechischen Dichter des 5. Jahrhunderts n. Chr., hat er ihn sogar erwürgt[8], bei Homer hingegen hat sich Odysseus damit begnügt, Antiklos den Mund zuzuhalten, solange Helena die Stimme seiner Frau nachahmte.[9]

Nachdem die Verführerin weggegangen war, begann Odysseus mit dem Countdown. Der erste, der seinen Fuß hinaussetzte, war Echion, oder vielmehr war es nicht der Fuß, sondern sein Kopf, denn er glitt auf der Strickleiter aus und brach sich das Genick. Sobald alle Helden draußen waren, teilten sie sich in drei Gruppen auf. Der erste Trupp mit Diomedes an der Spitze übernahm es, die Wachen zu töten, der zweite zog zum Palast, um Menelaos und Neoptolemos Gelegenheit für ihre Racheakte zu geben, und der dritte, den Odysseus anführte, begab sich zu den Skäischen Toren, um die zwanzigtausend Achäer hereinzulassen, die sich in der Zwischenzeit unter dem Wall versammelt hatten.

Die Frage ist natürlich, wer das Signalfeuer angezündet hat, an dem die Achäer erkannten, daß die Aktion mit dem Pferd gelungen war. Die einen behaupteten, daß es Odysseus gewesen sei, andere sprachen sich für Sinon aus, aber manche meinten auch, Helena habe das Feuer entzündet: eine völlig überraschende Helena, die ihre Liebe bereut und sich entschlossen auf die Seite ihrer ehemaligen Landsleute stellt.

Leontes war der Gruppe der Rächer zugeteilt worden, die Priamos und die ganze königliche Familie töten sollten, aber der Junge hatte ganz anderes im Sinn. Er wollte Hekta retten, sie mit nach Hause nehmen und heiraten und bis an sein Lebensende glücklich mit ihr sein. Wenn Hekta und Helena tatsächlich ein und dieselbe waren, durfte er natürlich nicht über sie verfügen, das stand nur Menelaos zu. Aber wenn Hekta eben einfach nur Hekta war, dann konnte er sie als einer der Krieger, die sich im hölzernen Pferd versteckt hatten, als seinen Anteil an der Kriegsbeute fordern. Solchen Gedanken hing Leontes nach, als er schweigend durch die Gassen von Troja hinabstieg.

Der Junge blieb ein wenig hinter den anderen zurück und stahl sich bei der ersten Gelegenheit über eine schmale Seitentreppe davon: er mußte Hektas Haus unbedingt vor allen anderen erreichen. Es war warm, und in der Stadt wimmelte es von betrunkenen Troern. Einer von ihnen, der in einer Ecke lungerte, sah ihn und glaubte wohl zu träumen, denn er streckte seinen rechten Zeigefinger gegen ihn aus.

«Verfluchter Achäer, Zeus soll dich mit dem Blitz treffen! Was treibst du hier in Troja? Weißt du denn nicht, daß der Krieg aus ist?»

Leontes hätte ihn mit Leichtigkeit töten können: der Unglückselige lag betrunken auf dem Boden und hätte nicht den geringsten Widerstand geleistet, aber Leontes war nicht zum Töten nach Troja gekommen. Sein einziges Ziel war, Hekta zu finden, um mit ihr zu den Schiffen zu flüchten: er war bereit, sie auch unter Einsatz seines Lebens zu verteidigen ... um sie dann zur Königin von Gaudos zu machen ...

Es erwies sich als sehr nützlich, daß er schon einmal in Troja gewesen war: nachdem er zwei Kreuzungen überquert hatte, befand er sich genau vor dem Haus mit der abgebrochenen Stufe. Die Tür stand offen, und das erste Zimmer war leer, ebenso das zweite und das dritte. Soweit er erkennen konnte, gab es weit und breit kein Lebenszeichen, weder aus früherer, noch aus jüngster Zeit: keine Kleider, keine Möbel, keine Wasser- oder Kornkrüge. Also hatte Hekta ihn angelogen: in diesem Haus wohnte schon mindestens seit einem Jahr kein Mensch mehr.

Und wenn es nun auch Hekta nie gegeben hat? Wenn sie tatsächlich nur ein Trugbild, ein Hirngespinst, eine Ausgeburt seiner Phantasie, eine Projektion seiner Liebessehnsucht gewesen war, wie Thersites im übrigen immer behauptet hatte? Es blieb ihm gar keine andere Wahl, als sich in den Palast zu begeben, um mit eigenen Augen zu sehen, ob Hekta und Helena ein und dieselbe Person waren.

Odysseus hatte unterdessen die Skäischen Tore aufgerissen, und die Achäer fielen in alle Straßen Trojas ein. Die Szenen, die sich jetzt vor den Augen des jungen Kreters abspielten, hätte sich ein kranker Kopf nicht furchtbarer ausdenken können: Vergewaltigungen, Massaker, Brände, Wachen, denen die Kehle durchgeschnitten, Säuglinge, die aus dem Fenster geworfen wurden ...

Leontes konnte das Schauspiel nicht ertragen, er mußte mehr als einmal stehenbleiben, um sich zu übergeben.

«Wer vermöchte den Mord und die Schrecken der Mordnacht redend erzählen, mit Zähren das Maß ausmessen der Mühsal», fragt sich Virgil in der *Äneis* und übertreibt bestimmt nicht.[10]

Zahlreiche Troer wurden im Schlaf mit einem noch glücklichen Gesichtsausdruck getötet: sie hatten bis gerade nach Herzenslust gegessen und getrunken, um das Kriegsende zu feiern.

Jeder Troer männlichen Geschlechts wurde ohne Ansehen seines Lebensalters niedergestreckt: vor allem die Kinder wurden gemetzelt, um zu verhindern, daß aus ihnen mit der Zeit gefährliche Rächer würden. Astyanax, der Sohn Hektors, wurde, obwohl noch nicht einmal zwei Jahre alt, von Neoptolemos an einem Fuß gepackt und über den Wall geschleudert. Bei den Frauen entschied einzig und allein ihr Aussehen darüber, ob sie getötet wurden: die hübschen oder zur Arbeit geeigneten wurden auf die Schiffe geschleppt; alle übrigen ohne viel Skrupel hingemordet.

Immer wieder sah Leontes Achäer mit schreienden Frauen auf den Armen aus den Häusern kommen und zitterte jedesmal vor Angst, daß es Hekta sein könnte. Über Leichen steigend und allen möglichen Gegenständen ausweichend, die aus den Fenstern geworfen wurden, erreichte der Junge schließlich den Palast. Die großen Säle hallten wider von den Schreien und dem Klagen.

Der erste Achäer, den er zu Gesicht bekam, war Neoptolemos, gefolgt von den getreuen Automedon und Periphas. Der grausame Sohn des Achill kam ihm hohnlachend entgegen und hielt ihm den abgeschlagenen Kopf eines Greises vors Gesicht:

es war das Haupt Priamos', des Königs von Troja. Bei diesem Anblick mußte sich Leontes aufs neue übergeben.

«Dies ist das gebührende Ende für die Feinde meines Vaters!» verkündete Neoptolemos triumphierend.

«Von welchem Feind deines Vaters sprichst du hier!» wandte Leontes entrüstet ein. «Ich habe selber gesehen, wie Priamos ihm gleich nach dem Tod Hektors die Hände geküßt hat.»

«Dann wird er sie ihm auch weiter küssen, das darfst du mir ruhig glauben, o Leontes, er wird sie ihm sogar noch mehr küssen, nachdem er jetzt mein Schwert kennengelernt hat! Ja wer weiß, vielleicht ist er ihm im finsteren Hades um diese Zeit schon begegnet und hat ihm erzählt, daß sein Sohn Neoptolemos der weitaus Stärkste unter den Achäern ist!»

Mit diesen Worten schleuderte er den blutenden Kopf auf einen Abfallhaufen. Leontes hätte das arme ergraute Haupt gern aufgehoben und es der Witwe überbracht, aber er fand nicht den Mut dazu. Er war wirklich nicht für den Krieg geschaffen. Ach, wenn er doch nur Hekta gefunden hätte, dann wäre er mit ihr davongelaufen, und zwar so weit wie möglich!

Vom Hof auf der Rückseite des Palastes sah er hinter einem Altar eine alte Frau mit zehn jungen Mädchen, die sich im verzweifelten Versuch, von der Soldateska, die plündernd über den ganzen Palast hergefallen war, nicht geraubt zu werden, eng aneinanderdrängten: es waren Hecuba und ihre Mägde. Aber Helena war nicht unter ihnen. Akamas, ein attischer Held, der im hölzernen Pferd genau neben Leontes gesessen hatte, zerrte ein junges Mädchen, eine gewisse Klymene, am Arm und wollte sie mit sich fortschleppen, während alle anderen versuchten, ihn daran zu hindern.

«Wo ist Helena?» fragte Leontes den Freund.

«Ich weiß nicht», erwiderte Akamas, der voll damit beschäftigt war, sich Klymene gefügig zu machen. «Geh mit Menelaos, auch er sucht sie.»

«Diese Unheilbringerin hat sich im Tempel versteckt», flüsterte ihnen Hecuba in der vergeblichen Hoffnung ein, Akamas könnte von seiner Beute ablassen und ebenfalls Helena nachjagen. «Sie ist die Quelle unseres ganzen Unglücks. Vergewaltigt sie ruhig, Männer, wenn euch das Spaß macht, aber laßt die anständigen Frauen in Ruhe.»

Akamas fand diesen Vorschlag keineswegs verlockend, sondern verstärkte seine Anstrengungen, sich die schöne Klymene zu unterwerfen. Leontes hingegen lief atemlos die Gassen wieder hinauf, die er gerade heruntergekommen war, als er aber dann im Tempel war, konnte er nirgends eine Spur von Helena entdecken, und von Hekta erst recht nicht. Dafür sah er Kassandra im Handgemenge mit dem Sohn des Oileus, dem grausamen Ajax.

Der Krieger hatte die Jungfrau angegriffen und versuchte sie sich mit aller Gewalt gefügig zu machen. Kassandra hatte sich an das Holzbildnis Athenes geklammert (das jetzt an Stelle des Palladiums hier stand) und schrie noch lauter als sonst bei ihren Weissagungen.

Leontes wohnte der Szene ohnmächtig bei: was hätte er auch tun sollen? Nur ein Kampf auf Leben und Tod hätte Ajax von seinem Vorhaben abbringen können. Für Hekta hätte Leontes sich gewiß geschlagen, aber für Kassandra . . .

Ajax war es durch all sein Zerren an der Jungfrau inzwischen gelungen, sie mitsamt dem Standbild zu Boden zu werfen. Der stürmische Krieger ließ sich dadurch nicht stören, daß die Frau sich noch immer an die Göttin festklammerte, sondern vergewaltigte sie trotzdem, und zwar von rückwärts. In den Schriften des Altertums ist nachzulesen, daß die Augen des Standbilds sich während dieser Vergewaltigung nach oben wandten und auch nach der Gewalttat so stehenblieben: ein Beweis, daß Athene sich von Anfang an geweigert hatte, dieses Sakrileg mitanzusehen. Und sie ließ es auch nicht ungestraft durchgehen: auf seiner Heimreise erlitt Ajax Schiffbruch, und als er auf einem Felsen Zuflucht suchte, zerschmetterte ihm Athene diesen mit einem von Zeus geraubten Blitz unter den Füßen, so daß der Sohn des Oileus ertrank.

Leontes war aufs höchste verzweifelt: er konnte keine der beiden Frauen finden, weder Helena noch Hekta, und wußte jetzt auch nicht mehr, wo er sie noch suchen sollte. Zu seinem Glück kannte er das Haus des Deiphobos nicht, sonst hätte er dort eine noch viel grausamere Szene mitansehen müssen als eben im Tempel.

Deiphobos, Paris' jüngerer Bruder, der jetzt knapp einen Monat mit Helena verheiratet war, hatte sich wie alle seine Vorgänger rettungslos in sie verliebt. Zu seinem Unglück nun mußte er seine frisch angetraute Gemahlin in jener Nacht gleich gegen zwei der gefürchtetsten achäischen Anführer verteidigen: gegen Menelaos und Odysseus. Und während ersterer mit gezücktem Schwert gegen ihn vorrückte, griff ihn letzterer, nachdem er sich, heimtückisch wie immer, durch die Hintertür hereingeschlichen hatte, gleichzeitig von hinten an. Deiphobos schnellte herum, und bei dieser Gelegenheit fügte Menelaos ihm eine Reihe von schauderhaften Verletzungen bei: er schlug ihm zuerst die Arme ab, dann die Beine, dann die Nase, die Ohren und die Zunge und tötete ihn erst am Schluß, als er nur noch ein blutender, formloser Stumpf war.

Nachdem Deiphobos aus dem Wege geräumt war, wollte der betrogene Ehemann sein rächendes Schwert auch noch gegen die schöne Helena erheben, aber bevor der Held sie durchbohren konnte, knüpfte die Tochter des Tyndareos die seidene Tunika auf und zeigte ihm ihre weiße Brust. Menelaos wurde schwach und ließ das Schwert sinken. [11]

«Hekta, geliebte Hekta, wo bist du?!» rief Leontes unterdessen in allen Gassen von Troja.

Er schrie und weinte: er drang in die verlassenen Häuser, wo er nur Tote und Sterbende fand, rief überall nach der Geliebten, doch weit und breit gab es keinen Troer mehr, der ihm hätte antworten können.

«Hekta, Hekta, wo bist du?»

Er drehte alle Frauenleichen um, die er auf der Straße liegen sah und versuchte vergebens, den einen oder anderen Sterbenden auszufragen.

«Hekta, hast du Hekta gesehen?»

Keiner konnte ihm etwas sagen. In der Zwischenzeit brachen die ersten Brände aus: Troja loderte, und er hatte keine Ahnung, wo er noch nach Hekta suchen sollte. Als er am inneren Wall entlanglief, entdeckte er schließlich das Holzlager, das den Zutritt zu dem Geheimgang verbarg. Ob sich Hekta in diesen unterirdischen Gang geflüchtet hatte? Auch das Holzlager brannte schon, und er mußte, um zu dem Eingang des Stollens zu gelangen, sich durch eine Feuersbrunst wagen. Aber Leontes ließ sich nicht entmutigen: er riß einer Leiche die Tunika herunter und wickelte sie um sein Gesicht, dann stürzte er sich mit gesenktem Haupt in die Flammen.

Gut eine Minute lang meinte er, im Rauch zu ersticken, aber dann befand er sich in der Grotte, die unmittelbar vor dem Geheimgang lag: im Hintergrund der Grotte stand Hekta mit einem sehr kleinen Kind im Arm. Ein grauhaariger Mann neben ihr, dem die rechte Hand fehlte, schwang in der linken eine lange Lanze aus Eschenholz. Als Leontes sich näherte, stellte sich ihm dieser Mann in den Weg und zielte mit seiner Lanze auf ihn. Leontes riß die Tunika vom Gesicht und zog das Schwert. Er stürzte schon auf den Troer los, als Hekta ihn erkannte.

«Halt, o Leontes!»

Gleichzeitig senkte auch der Mann neben ihr seine Lanze.

«Sohn, mein Sohn, ich bin Neopulos, dein Vater!»

Epilog

Ich heiße Kreneos und bin gerade fünfzehn Jahre alt geworden. Ich wurde als einziger Sohn einer trojanischen Frau namens Hekta und eines kretischen Helden namens Neopulos in Troja geboren, wo ich bis zum Alter von drei Jahren lebte. Mein Vater war einst König von Gaudos, einer kleinen Insel südlich von Kreta, doch irrt er jetzt verzweifelt durch den finsteren Hades, denn sein Bruder Antiphynios hat ihn gleich am Tag seiner Heimkehr getötet.

Ich war damals erst drei Jahre alt und kann mich an die Geschehnisse nicht erinnern, trotzdem kommt es mir so vor, als hätte ich die Ermordung meines Vaters selber miterlebt. Ich sehe alles genau vor mir: die Messerklinge, die sich in seine Brust bohrt, die blutende Wunde, die Verzweiflung und die Tränen meiner Mutter, das schreiende Volk.

An jenem Tag waren wir nach einer langen und sehr unbequemen Seereise gerade erst in Gaudos angekommen. Das Volk empfing uns mit Jubelschreien, und die Priester bereiteten in weniger als einer Stunde alles vor, um Poseidon für die günstigen Winde zu danken: ein junger schwarzer Stier wurde mit Lorbeer bekränzt und als Opfer bestimmt, die Jungfrauen bereiteten sich auf den kretischen Reigentanz vor, und am Strand erbaute man eine Holztribüne mit Ausrichtung auf Troja.

Als die Zeremonie gerade beginnen sollte, brach zwischen den beiden Brüdern ein Streit darüber aus, wer in der Mitte der Tribüne sitzen sollte. «Wie kommst du darauf, dich hier auf den Thron setzen zu wollen», sagte Antiphynios zu meinem Vater, «wo du dich doch mit den Troern zusammengetan hast. Sollen die Bewohner von Gaudos vielleicht eine Sklavin zur Königin bekommen, die außerdem auch noch ihre Feindin gewesen ist?» «Antiphynios, höre gut zu», erwiderte mein Vater entschlossen, «Hekta hat mir das Leben gerettet, als ich schon mit einem Fuß im Tartarus war. Und ich hätte sie auch nicht rechtmäßig geheiratet, wenn nicht meine erste Gemahlin letztes Jahr gestorben wäre. Wenn du mich aber heute nicht mehr für würdig hältst, über Gaudos zu herrschen, so soll wenigstens mein Sohn Leontes mein Nachfolger werden: er hat für das Vaterland sein Leben gewagt, während du hier in Sicherheit alle Freuden der Macht genossen hast.»

Der Streit wurde so heftig, daß es bald zu einem Handgemenge kam. Antiphynios nutzte die Gelegenheit, um Neopulos niederzustechen, wurde aber dann selber von den Inselbewohnern gesteinigt, die ihn wegen seiner vielen Gewalttaten haßten.

Heute ist Leontes König der Insel: er ist nicht nur mein Bruder, sondern gewissermaßen auch mein Vater, denn er hat meine Mutter ein Jahr, nachdem die Ärmste Witwe wurde, geheiratet. Leontes behandelt uns gut, er liebt uns, und wir lieben ihn ebensosehr.

Bei der Brandschatzung Trojas durften jene achäischen Helden, die im hölzernen Pferd versteckt gewesen waren, als erste unter den gefangenen Frauen wählen. Aber Leontes verzichtete darauf, sich eine Sklavin zu seinem persönlichen Vergnügen auszusuchen, und erbat statt dessen von Agamemnon die Befreiung Neopulos' und seiner Gemahlin Hekta. Mein alter Meister Gemonydes hat mir erklärt, daß damals niemand Leontes etwas abschlagen konnte, nachdem er so mutig gekämpft hatte. Menelaos hingegen forderte Helena zurück. Neoptolemos bekam Hektors Witwe Andromache, Akamas nahm sich Klymene. Der kleine Ajax aber mußte auf Befehl Agamemnons zur Strafe dafür, weil er Athene beleidigt hatte, auf Kassandra verzichten, und Odysseus schleppte Hecuba auf sein Schiff, mußte sie aber nach kurzer Zeit ins Meer werfen, da sie ihn unablässig beschimpfte.

Meine Geburt ist nur einer Reihe von glücklichen Umständen zu verdanken: mein Vater Neopulos kämpfte in den ersten Kriegsjahren auf der Seite der Achäer. Dabei wurde ihm eines Tages in einem Zweikampf die rechte Hand abgehauen, und er lag schließlich mehr tot als lebendig unter einem Haufen von griechischen und trojanischen Gefallenen. Meine Mutter Hekta, die mit ein paar Freundinnen aus der befestigten Stadt gekommen war, um den Ihren Hilfe zu bringen, entdeckte, daß dieser Achäer noch atmete, und verband, von plötzlichem Mitleid erfaßt, seinen blutenden Armstumpf mit Stoffstreifen aus ihrem eigenen Kleid. Dann gab sie ihm Wasser aus dem wundertätigen Brunnen zu trinken, das ihn nicht nur in kürzester Zeit heilte, sondern auch bewirkte, daß er sich in sie verliebte: Neopulos trank das Wasser und wurde von Eros' Pfeilen durchbohrt.

Diesem Brunnen verdanke ich viel. Aber abgesehen von dem wundertätigen Wasser – meine Mutter war ja auch eine sehr schöne Frau, und das ist sie noch heute. Viele nennen sie Helena, weil sie der Königin von Sparta so ungewöhnlich ähnlich sieht, doch im Unterschied zu dieser hat sie auch eine schöne Seele.

Anmerkungen

I Kurs auf Ilion

1 Auf den griechischen Schiffen hießen die Ruderer *thranitoi*, *zygitoi* und *thalamitoi*, entsprechend der Reihe, in der sie ruderten (Oberdeck, erstes Unterdeck, zweites Unterdeck). *Zygon* hieß die Bank, an die sie gekettet wurden.

2 Eisenanker gab es damals noch nicht, da Eisen sehr selten, sogar noch seltener als Gold war. Die Anker in der homerischen Zeit (die *eunai*) waren schwere Steine mit einem Loch in der Mitte, durch das ein Tau gezogen wurde (Homer: Ilias. Gesang I, Vers 436), und gaben gerade genug Halt, um die Fahrt zu verlangsamen. Darum wurden die Schiffe auch, wenn sie am Ziel angekommen waren, mit Muskelkraft aufs Trockene gezogen.

3 Daher der Ausdruck «sardonisches Lächeln» *(Risus sardonicus)*. Vgl.: Lutz Röhrich: Lexikon der sprichwörtlichen Redensarten (Freiburg 1973), Stichwort «Lachen».

4 In Griechenland waren Opferfeiern beim Volk sehr beliebt, nicht zuletzt deshalb, weil im Anschluß daran Fleisch an die Ärmsten verteilt wurde, die dann «Parasiten» im Sinne von «die, die mitessen» genannt wurden. Die köstlichsten Stücke wurden ausgelost. Allerdings aßen nicht alle Griechen das Fleisch der Opfertiere: In manchen Gegenden empfand man die Exklusivität der Götter so stark, daß man das Fleisch vergrub oder ins Meer warf. Es heißt sogar, daß die Menschen in grauen Vorzeiten alle Vegetarier waren; eines Tages habe sich ein Priester über ein frisch geröstetes Stück Fett hergemacht, das neben den Altar gefallen war, und das sei der Auftakt der fleischlichen Ernährung gewesen. (Vgl.: Sissa, Detienne: La vita quotidiana degli Dei greci. S. 62 und 158. Dt. Übersetzung liegt nicht vor, Anm. d. Übers.)

5 Aulis: böotische Stadt am Meer.

6 Tauris: heutige Krim.

7 Die Griechen glaubten, daß es Unheil bringe, den Namen des Gottes der Unterwelt, Hades, auszusprechen. So nannten sie ihn Agesilaos, Pluto, Dis oder Polydektes.

8 Die Dionysischen Feste waren gleichzeitig religiöse Prozessionen und Orgien: Das Volk nahm sie zum Anlaß, sich zu verkleiden, zu besaufen und aus dem Häuschen zu geraten.

9 Der dem Poseidon geweihte Wald bei Onchestos in Böotien war möglicherweise Schauplatz der ersten regulären Wagenrennen. Homer nennt ihn bei der Aufzählung der Schiffe (Ilias, II, 506). In: Homer: Ilias–Odyssee. München 1979. Vollständige Ausgabe. In der Übertragung von Johann Heinrich Voß (Ilias, Hamburg 1793; Odyssee, Hamburg 1781). Alle folgenden Homer-Zitate und Hinweise beziehen sich auf diese Ausgabe.

II Der Casus belli

1 Anspielung auf den «Totschlag» an Phobos durch seine Brüder Peleus und Telamon. Die beiden Helden rechtfertigten sich damit, es habe sich um einen Unfall gehandelt (ein aus der Hand gerutschter Diskus während eines Wettkampfs). Mit Hilfe eines anderen Unfalls – wieder ein mißglückter Diskuswurf – schaltete Peleus auch seinen Schwiegervater Aktor aus.

III Der Schönsten

1 Troja kontrollierte den gesamten Handel in Richtung Osten. Durch die Dardanellen wurden Edelmetalle wie Gold, Silber und Kupfer geschifft, aber auch andere Waren mit Seltenheitswert wie Zinnober, Jade, Flachs und Hanf, vom Weizen gar nicht zu sprechen, der auf den Märkten am Schwarzen Meer viel billiger als in Griechenland war. Dabei muß man sich auch klarmachen, daß es damals so gut wie kein Straßennetz gab und jeglicher Handel über das Meer abgewickelt wurde.

2 Heute Vorgebirge von Yenisehir.

3 Die zehn Trojas, die unter dem Ruinenhügel von Hissarlik entdeckt wurden, dürften ungefähr wie folgt zu datieren sein: Troja I 3000 v. Chr., Troja II 2500 v. Chr., Troja III 2300 v. Chr., Troja IV 2150 v. Chr., Troja V 2000 v. Chr., Troja VI 1800 v. Chr., Troja VIIa 1200 v. Chr., Troja VIIb 1000 v. Chr., Troja VIII 700 v. Chr., Troja IX 400 v. Chr. Im Gegensatz zur Auffassung Heinrich Schliemanns, der das von den Achäern niedergebrannte Troja als Nr. III bezeichnete, lag das homerische Troja zwischen den Schichten VIIa und VIIb.

4 Aus lokalpatriotischen Gründen wurde hier der lateinische Name «Hecuba» genommen und nicht der griechische «Hekabe».

5 Nachdem Orest seine Mutter getötet hatte, wurde er lange Zeit von den Erinnyen geplagt, auch wenn das Urteil der Götter ihn praktisch freisprach. Sein Verteidiger Apollon vertrat die recht frauenfeindliche Ansicht, daß der Muttermord kein so schreckliches Verbrechen sei, wenn man sich klarmache, daß die Frau doch nichts anderes sei (immer noch laut Apollon) als das Behältnis, in dem der Mann seinen Samen ablegt. (Aischylos: Eumeniden. Vers 659)

6 Ovid: Metamorphosen. Buch XI, 755–795.

7 Alexandros: «Verteidiger der Menschen».

8 Der *caduceus* oder Heroldsstab war das Erkennungszeichen der Boten. Er sah aus wie ein kleines Zepter, um das sich zwei Schlangen wanden. Hermes hatte ihn von Apollon im Tausch gegen eine Flöte bekommen.

9 Parnassos: Berg in Phokis, ungefähr 2500 m hoch. Für die Griechen war

er die Heimstätte der Dichtkunst. Der Parnassos hatte zwei Gipfel: Auf dem einen wohnten Apollon und die Musen, auf dem anderen Dionysos und die Mänaden.

10 *gymnos*: «nackt» (griech.).

11 Die Tatsache, daß ein König arm ist, ist gar nicht so erstaunlich, da es damals zum Königwerden schon reichte, den Befehl über irgendeine Ansiedlung an sich zu reißen, mag sie noch so winzig gewesen sein, oder auch über eine steinige Insel. Außerdem war Armut die normale Lebensbedingung aller Menschen des 12. Jhs. v. Chr. Hin und wieder stößt man in den mythologischen Sagen auf Könige, die Schafhirten sind (wie Anchises) oder einfache Bauern. Herodot bestätigt das, wenn er berichtet: «Und die Königin kochte ihnen selber das Essen, denn in alten Zeiten waren auch die Könige arm» (Herodot: Historien. Buch VIII, 137, Übersetzung A. Horneffer).

12 Nach Homer (Odyssee, IV, 12–14) und Pausanias (Reisen in Griechenland, II, 18, 6) hatte Helena nur eine Tochter, nämlich Hermione. Robert von Ranke-Graves schreibt (Griechische Mythologie, 159d), daß sie darüber hinaus noch drei Söhne hatte.

IV Thersites

1 Damit Achilles nicht nach Troja ziehen mußte, wo ihm der Tod gewiß war, ließ ihn seine Mutter im Palast des Königs Lykomedes untertauchen. Es wird berichtet, daß der Held in Frauenkleidern und mit den falschen Namen Pyrrha, Aissa oder Kerkysera unter den Töchtern des Königs lebte. Eines Tages sollen Odysseus, Nestor und Ajax zum Palast gekommen sein, um Achilles zu enttarnen. Vor den Augen der Königstöchter breiteten sie Edelsteine und wertvolle Kleider aus und baten sie dann, ihre Wahl zu treffen. Unter den Kleidern hatte Odysseus jedoch Waffen versteckt. Sobald Achilles sie entdeckt hatte, riß er sich die Kleider vom Leib und schwang mit Kriegsgeheul Schild und Lanze.

2 Die Insel Tenedos lag nur wenige Meilen vor Troja. Vor dem Krieg benutzte Troja sie als Vorposten gegen Angreifer aus dem Westen, später wurde sie der Seestützpunkt der Achäer.

3 In jener Zeit waren nur fünf Metalle bekannt: Gold, Silber, Kupfer, Blei und Zinn. Als Legierung war Bronze verbreitet (90% Kupfer und 10% Zinn). Eisen war hingegen äußerst selten. Da der Eisenerzabbau noch nicht verbreitet war, stammte das wenige im Umlauf befindliche Eisen wahrscheinlich von Meteoriten. Die Griechen stellten sich übrigens vor, daß das ganze Himmelszelt aus Eisen bestünde. Nicht umsonst hieß Eisen *sideros*, was die Herkunft sowohl des Wortes «Siderurgie» (Eisen, Stahlverarbeitung) als auch des Begriffs «sideral» (die Sterne betreffend) erklären würde, obwohl die (wirklich guten) Etymologen mit dieser Herleitung nicht einverstanden sind.

4 vgl. Homer: Ilias, XXIII, 831–835.

5 Homer: Ilias, II, 700–703.

6 Pausanias, I, 34, 2.

7 *thorax*: Brustpanzer, bestand aus einem Hemd aus Leinen oder Leder, das mit Metallplättchen in verschieden großer Zahl (zwischen 200 und 250) verkleidet war. Normalerweise trugen ihn nur wohlhabende Krieger.

8 «Caestus» (Faustkampf): Sportart, die mit unserem Boxen zu vergleichen ist. Der «Caestus» war eigentlich der Boxhandschuh. Der Athlet umwickelte sich die Fäuste mit Lederriemen, die an den Kanten mit Blei verstärkt waren. Der Erfinder des Faustkampfs soll Theseus gewesen sein. Die Boxmeister der damaligen Zeit waren Pollux, Amykos, der König der Bebryker, und natürlich Herakles.

9 *gynaikonitis*: Frauengemach, wo hauptsächlich Wolle gesponnen wurde.

10 «Gerenisch» war ein Attribut für Nestor, den König von Pylos. Als Herakles Nestor aus Pylos verjagte, fand er Unterschlupf in der Stadt Gerenia in Messenien.

11 Homer zählt im zweiten Gesang der Ilias alle Schiffe auf, die nach Troja segelten: Es waren 1172 mit 47 Anführern. Wenn man von einer Besatzung von fünfzig Mann pro Schiff ausgeht (ohne Ruderer), dürften die Achäer ein Heer von 60000 Mann nach Troja gebracht haben; und dabei ist nicht mitgerechnet, daß ein Schiff mehr als eine Fahrt für den Truppentransport machen konnte.

12 *thranion*: kleiner Holzschemel, nicht höher als dreißig Zentimeter.

13 Von der Insel Thera (Santorin) ging um das 16. Jh. v. Chr. infolge eines Vulkanausbruchs eine riesige Flutwelle aus, die die ganze Ägäisküste überschwemmte.

14 *halva*: Süßspeise, die man heute noch in Griechenland bekommt. Sie wird aus Mandeln, Sesam und Honig hergestellt.

15 *odyssesthai*: «grollen, zürnen» (griech.).

16 Philostratos, Heroika 10 (nach R. v. Ranke-Graves, a. a. O., 162).

17 «Nicht bevor Selene zweimal ihr Gesicht in vollem Glanz gezeigt hat»: in zwei Monaten.

V Menelaos kontra Paris

1 *xiphos*: gerades, zweischneidiges Schwert.

2 *phasganon*: kurzes Schwert.

3 Für die, die es genau wissen wollen, hier die Namen der Alten, die Priamos auf den Turm begleiteten: Panthoos, Hiketaon, Antenor, Thymoites, Lampos, Klytios und Ukalegon.

VI Die göttlichen Fans

1 Sehr viele griechische Orte nehmen für sich die Ehre in Anspruch, Heimat des Odysseus zu sein; hier ist aber mit der Bezeichnung «Reich der sieben Inseln» die Inselgruppe vor der Westküste Griechenlands gemeint. Es handelt sich im einzelnen um Ithaka, Zakynthos, Same und Dulichion, die Odysseus in der Odyssee nennt (IX, 21–24), um Taphos, an das sich Telemachos erinnert (Odyssee, I, 419), und um zwei kleinere Inseln, die vielleicht Atokos und Arkudion sein könnten.

2 Bei den Opferfeiern war es Brauch, die Opfertiere in zwei gleiche Teile zu teilen; der eine wurde zu Ehren der Götter verbrannt, der andere zum Essen unters Volk verteilt. Prometheus aber versteckte das gesamte Fleisch in dem Teil, der fürs Volk bestimmt war, und alle Knochen in dem für Zeus.

3 Der Ausdruck *vaiassa* kommt von «vascio» und bedeutet «Frau, die in einem ‹Basso› (neapolitanische Souterrainwohnung) lebt».

4 Die *pornai*, nicht zu verwechseln mit den Hetären, waren Straßenprostituierte der untersten Klasse.

5 Der Kronide: zur Erinnerung, Zeus war ein Sohn des Kronos.

6 Die Gehilfinnen des Hephästos waren mechanische Mädchen aus Gold, die der Gott selbst angefertigt hatte, damit sie ihm in der Werkstatt halfen.

7 «Singe den Zorn, o Göttin, des Peleiaden Achilleus, Ihn, der entbrannt den Achaiern unnennbaren Jammer erregte.» Dies die ersten Verse der Ilias.

8 Die Priester des Apollon trugen ein weißes Stirnband.

9 Kalchas, der Sohn des Thestor, war in Troja geboren, und deshalb hielt ihn Achilles für einen Verräter.

10 Homer: Ilias, IV, 128–131.

VII Das Orakel

1 Homer: Ilias, V, 87–88.

2 Bei dem magischen Tuch handelte es sich um ein Peplon mit wunderbaren Kräften, das die Grazien angefertigt hatten.

3 vgl. Homer: Ilias, V, 859–861.

4 Die Anspielung bezieht sich auf eine Anekdote, die sich während der Revolutionswirren des Jahres 1799 in Neapel abgespielt haben soll. Benedetto Croce erzählt, daß San Gennaro, der Schutzheilige der Stadt, das Wunder der Verflüssigung seines Blutes auch vor den Augen des französischen Generals Mac Donald bewirkt habe und daß die Neapolitaner daraufhin in der Rua Catalana ein Bild ausstellten, auf dem Sant'Antonio zu sehen war, der San Gennaro mit Peitschenschlägen traktiert.

5 Damals waren die Menschen im Durchschnitt sehr klein. Eine Person,

die einen Meter siebzig groß war, galt schon als Riese. Als man vor einigen Jahren das sehr gut erhaltene Skelett von Philipp von Mazedonien fand, dem Vater Alexanders des Großen (4. Jh. v. Chr.), entdeckte man, daß er nicht größer als unser besonders kleiner Volksschauspieler Renato Rascel war.

6 Bergvolk aus Kleinasien, Verbündete der Troer. Ihr Anführer war der Seher Ennomos.

7 Es handelt sich hier um dasselbe Mädchen, das später die Sklavin Achilles' wurde.

8 Das Palladium: hölzerne Statue, die Pallas Athene darstellen soll. Es wird erzählt, daß sie während des Baus der Stadt Troja vom Himmel gefallen sei und sich selbst im Tempel aufgestellt habe. Im Innern hatte die Statue eine Vorrichtung, die es der Göttin erlaubte, die Lanze zu schwingen.

VIII Der Giftmörder Euainios

1 Der Vollständigkeit halber hier die Namen: Agamemnon, Diomedes, Idomeneus, Meriones, Eurypylos, Thoas, Odysseus sowie der große und der kleine Ajax.

2 Homer: Ilias, VII, 240.

3 Die Namen der Argonauten stehen im Anhang im «Kleinen Mythologischen Wörterbuch», Stichwort «Argonauten».

4 Kolchis: entspricht ungefähr dem heutigen Georgien.

5 Die Verbindung von «Gold» und «Vlies» könnte daher rühren, daß die Einwohner von Kolchis bei Überschwemmungen des Flusses Phasis Gold suchten, indem sie Tierhäute auf dem Kiesbett ausbreiteten. Vielleicht waren das die «Vliese», hinter denen die Argonauten her waren.

6 In manchen Berichten heißt es, daß sich das Goldene Vlies nicht am Schwarzen Meer, sondern in Italien befand, und zwar bei der Po-Mündung an der Adria.

7 Pausanias erzählt, daß sich noch zu seiner Zeit (2. Jh. n. Chr.) auf dem *agora* (Marktplatz) von Korinth eine Quelle befunden habe, die Glauke genannt wurde. Da hinein habe sich die Ärmste bei dem (vergeblichen) Versuch gestürzt, das «selbstzündende» Kleid zu löschen, das Medea ihr geschenkt hatte (Pausanias: a. a. O., II, 3, 6).

8 Wie viele Kinder Medea und Jason nun wirklich hatten, ist nicht eindeutig zu sagen. Manche sprechen von vierzehn (sieben Söhne und sieben Töchter), andere nur von zwei, Mermeros und Pheres. In einigen Berichten heißt es, sie seien von den Korinthern getötet worden, die ihren König Kreon, den Medea getötet hatte, rächen wollten; anderen Berichten zufolge ist es Medea selbst, die ihre Söhne tötete, um Jason damit zu treffen (mit Ausnahme eines Sohns namens Thessalos, der seiner Mutter entkommen konnte und später Thessalien gründete).

9 Kurz gesagt: beim Rudern.

10 Manchmal frage ich mich wirklich, warum bei den vielen Früchten, die es auf der Welt gibt, in allen Legenden und Märchen immer wieder der Apfel herhalten muß! Adam und Eva, die Hexe bei Schneewittchen, das Urteil des Paris, der Garten der Hesperiden, immer geht es um einen Apfel. Wie ist die Negierung von Pfirsichen, Birnen und Kirschen zu erklären?

11 Färberwaid: Pflanze, aus deren Blättern ein bläulicher, stinkender Farbstoff gewonnen wird.

12 Myrine: Hauptstadt von Lemnos.

13 Ein gut sichtbar über dem Kopf gehaltener Stock bedeutete damals dasselbe wie heute eine weiße Fahne.

14 «In Morpheus' Armen liegen»: schlafen.

15 Epische Umschreibung des Sonnenuntergangs.

16 Solange der Tiefgang nicht ein bestimmtes Maß übersteigt.

17 Achilles scheint erst fünfzehn gewesen zu sein, als er nach Troja aufbrach.

18 Liebevolle Anrede für den Ratgeber und Beschützer des Achilles.

19 Klare Anspielung auf den Mord an Troilos.

IX Die Eberhauer

1 Der Cocktail ist nicht meine Erfindung, sondern ich habe ihn nahezu wortgetreu aus dem elften Gesang der Ilias, Verse 638–641 übernommen. Es ist zweifelhaft, ob wirklich Honig dazugehört; manche Übersetzer lassen ihn weg, für andere ist er in dem Wort *kykesis* (Weinmus) enthalten. (In der Übersetzung von Johann Heinrich Voß, Anm. d. Übers.)

2 Angestachelt von seiner Frau Kleopatra tötete Meleager nach der Jagd auch seine anderen Onkel und entfachte so den Zorn seiner Mutter Althaia.

3 Den Ort, an dem die zwei Quellen entspringen, eine warme und eine kalte, beschreibt Homer im 22. Gesang der Ilias (Vers 147–153):

«Eine rinnt beständig mit warmer Flut, und umher ihr
Wallt aufsteigender Dampf wie der Rauch des brennenden Feuers;
Aber die andere fließt im Sommer auch kalt wie der Hagel
Oder des Winters Schnee und gefrorene Schollen des Eises.»

4 vgl. Homer: Ilias, XI, 474–475.

5 Nestor spielt hier auf den Krieg zwischen den Bewohnern von Messenien und Elis um eine hundertköpfige Rinderherde an.

X An den Zwei Brunnen

1 Einer der zahlreichen Seitensprünge von Zeus.

2 Nicht immer schläferte Morpheus den Göttervater in Heras Auftrag ein, im Gegenteil, meist verhielt es sich genau umgekehrt. Erinnert sei hier nur daran, daß Morpheus einmal die ganze Menschheit drei Tage lang schlafen ließ, nur damit Zeus in aller Ruhe mit der Frau des Amphitryon zusammensein konnte.

3 vgl. Homer: Ilias, XVI, 259–265.

4 Um der Wahrheit die Ehre zu geben, auch Poseidon und Apollon wurden bestraft: Zeus schickte sie als Maurer zu Laomedon, der sich von ihnen die trojanischen Stadtmauern errichten ließ.

5 Homer: Ilias, XXII, 153–155.

6 Hera erledigte aber nicht alle Kinder der Lamia: Sie vergaß Skylla, die Jüngste.

7 Daher der Begriff «Ektoplasma» (äußere Schicht). Das griechische *ektos* bedeutet «außen».

8 Die *zygitoi* waren Rudersklaven, die ihr Leben lang – Tag und Nacht – angekettet an der Ruderbank verbrachten. Siehe Kapitel I, Anmerkung 1.

9 Die Möglichkeit, daß Helena vielleicht nur ein Phantasieprodukt war, sprechen Herodot im zweiten Buch der «Historien» (113–120) und Euripides in der Tragödie «Helena» an. «Nicht selber gab sie» [Hera, Anm. d. Übers.], sagt Helena dort, «sondern ein lebendig Bild, aus Ätherstoff geschaffen und mir völlig gleich.» (Verse 33 und 34). Und weiter: «Ich Troja nicht sah, keinem Mann ergeben war.» (Vers 59, Übersetzung: J. A. Hartung)

10 Eines Tages erörterten Zeus und Hera die Frage, wer bei der Liebe größere Lust empfinde, die Männer oder die Frauen. Zeus war der Ansicht, daß Frauen mehr von der Liebe hätten, und Hera behauptete das Gegenteil. Teiresias wurde aufgefordert, ein endgültiges Urteil in der Sache zu fällen, und der gute Mann stellte fest, daß neunzig Prozent der Lust an die Frauen und nur zehn an die Männer gingen, worauf Hera ihn aus Rache blendete. Als Entschädigung verlieh Zeus ihm die Gabe des Weissagens.

XI Polyxena

1 Man erzählt, Odysseus habe sich, um die Lage in Troja auszukundschaften, als Bettler verkleidet und von Diomedes bis aufs Blut auspeitschen lassen. So übel zugerichtet habe er dann die Troer um Aufnahme in der Stadt gebeten.

XII Der Schrei des Achill

1 Homer: Ilias, XVIII, 419.
2 Homer: Ilias, XVIII, 489.
3 Die Lanze aus Eschenholz, die Cheiron Achilles geschenkt hatte, ging nicht zusammen mit den anderen Waffen verloren, weil Patroklos sie im Zweikampf mit Hektor nicht dabei hatte. Es handelte sich um eine besondere Lanze, mit der nur der Pelide umgehen konnte.
4 Enosichthon: Beiname für Poseidon, bedeutet «Erderschütterer».

XIII Hektors Tod

1 vgl. Homer: Ilias, XXII, 136–318.
2 Homer: Ilias, XXII, 199–201.
3 Dictys Cretensis: De bello Troiano. Buch III, Kapitel XV.
4 vgl. Homer: Ilias, XXIII, 169ff.
5 vgl. Homer: Ilias, XXIII, 14–15.
6 Lethe war ein Fluß in der Unterwelt (Virgil: Äneis. Buch 6, Vers 705), dessen Wasser von den Toten getrunken wurde, um das irdische Leben zu vergessen. Nach Platon tranken die Seelen das Wasser nicht nur, um ihre Vergangenheit zu vergessen, sondern auch, um danach ein neues Leben auf der Erde zu beginnen. Für andere war Lethe eine Quelle (Pausanias, IX, 39, 8) oder gar eine Art Schlaraffenland (Aristophanes: Die Frösche. Vers 186).

XIV Die Amazonen

1 Der Name «Amazone», der sich aus der verneinenden Vorsilbe α und dem griechischen *mazon* zusammensetzt, dürfte «ohne Busen» bedeuten, was auch die Erzählung bestätigt, wonach den Amazonen die rechte Brust fehlte, damit sie ihren Bogen besser spannen konnten. Mag sein, aber ich glaube nicht so recht daran; mich überzeugt vielmehr die (vielleicht gewagte) etymologische Ableitung, wonach «Amazone» aus der verneinenden Vorsilbe α und dem Wort *amaxa* für «Streitwagen» entstanden ist. Denn die Amazonen waren die ersten, die auf ihren Pferden ritten und keine Wagen gebrauchten.
2 Die bekanntesten Amazonenköniginnen waren: Antiope, Antianeira, Hippolyte, Lampado, Lysippe, Marpesia, Melanippe, Minityia, Myrina, Omphale und Penthesilea.
3 Wenn jemand in der homerischen Welt eine besonders ruchlose Tat begangen hatte, wie z. B. einen Mord an einem Familienmitglied, mußte er

«geläutert» werden, bevor ihn die Erinnyen von den Gewissensbissen befreiten, und das konnte nur bei einem regierenden König geschehen.

4 Die Amazonen scheinen zur Zeit der Königin Myrina über gut dreitausend «Fußsoldatinnen» und dreißigtausend reitende Kriegerinnen verfügt zu haben.

5 Zu Beginn des 19. Jahrhunderts schrieb Heinrich von Kleist das Drama «Penthesilea», in dem die Amazonenkönigin Achilles besiegt und ihn in sexueller Raserei zerfleischt.

6 Das Verhältnis von Achilles und Penthesilea wird in der Ilias nicht erwähnt, was möglicherweise auf die Zensurmaßnahmen des Peisistratos im 6. Jh. v. Chr. zurückzuführen ist.

7 Obolus, griechische Münze, hatte einen Wert von einer Sechstel Drachme.

8 Ovid: Metamorphosen, XIII, 600–620.

XV Die Achillesferse

1 Die Tatsache, daß Paris hinter der Apollonstatue hervorgetreten war, brachte das Gerücht auf, nicht Paris, sondern Apollon selbst habe in Gestalt des Paris Achilles getötet. Es scheint tatsächlich zu stimmen, daß der Gott nicht besonders gut auf Achilles zu sprechen war, weil der seinen Sohn Kyknos mit einem Karateschlag ins Genick (seine einzige verwundbare Körperstelle) getötet hatte. Thetis wußte von Anfang an Bescheid über die Gefahr für ihren Sohn Achilles, und um zu verhindern, daß er – vielleicht auch nur unabsichtlich – einen der zahlreichen Söhne des Gottes tötete, gab sie ihm einen ständigen Begleiter, den Mnemon, der ihn jede halbe Stunde an die Gefahr erinnern mußte. Als sie aber merkte, daß Achilles trotzdem Kyknos umgebracht hatte, tötete sie Mnemon, weil er ihn nicht rechtzeitig gewarnt hatte. (Im «Kleinen Mythologischen Wörterbuch», Stichwort «Mnemon», und auch bei Ranke-Graves, Griechische Mythologie, ist es Achilles, der Mnemon tötet. Anm. d. Übers.)

2 Die Affodill-Wiese lag im Reich der Toten. Homer erzählt von ihr im elften Gesang der Odyssee, wo die Seele des Achilles bekennt, daß sie lieber Sklave eines armen Mannes wäre als König der Unterwelt. Affodill ist ein Liliengewächs, das Persephone besonders liebte. Die Griechen glaubten, daß es die passende Nahrung für die Verstorbenen sei, und pflanzten es direkt auf den Gräbern an.

3 Als Ajax geboren wurde, wollte Herakles ihn unverwundbar machen und wickelte ihn von Kopf bis Fuß ins Fell des nemeischen Löwen ein. Er merkte jedoch nicht, daß der Körper des Kindes unter den Achselhöhlen nicht bedeckt wurde, weil an diesen Stellen im Löwenfell Löcher für die Durchführung der Köcherriemen ausgespart waren.

4 Wenn man genau nachrechnet, kommt man zu dem Schluß, daß Neoptolemos nicht älter als elf war, aber in Anbetracht seiner kriegerischen Taten müßte er mindestens fünfzehn Jahre alt gewesen sein.

5 Plutarch: Moralia, 234 E 46; siehe auch Herodot: Historien, IX, 72.

6 Als Herakles das mit dem Gift des Nessos getränkte Gewand übergezogen hatte, das ihm von Deïaneira geschenkt worden war, wollte er lieber in den Flammen sterben als länger die Qualen erdulden. Er bat Philoktetes, der zufällig des Weges kam, den Scheiterhaufen anzuzünden, und schenkte ihm aus Dank seine Pfeile und den Bogen.

7 «Nea» bedeutet «neu» und meint hier eine Insel, die plötzlich durch einen Vulkanausbruch entstanden und – sehr wahrscheinlich – auf die gleiche Art auch wieder verschwunden ist. Auf welcher Insel nun Philoktetes ausgesetzt wurde, ist umstritten: Manche sagen, auf Lemnos, andere, auf Tenedos.

8 Aischylos: Agamemnon. Verse 689–690. (Die Stelle heißt wörtlich: «... hellwärts sendend Schiffe, Männer und Stadt.»)

9 «Siehe, sie warf in den Wein, wovon sie tranken, ein Mittel
Gegen Kummer und Groll und aller Leiden Gedächtnis.
Kostet einer des Weins, mit dieser Würze gemischet,
Dann benetzet den Tag ihm keine Träne die Wangen,
Wär ihm auch sein Vater und seine Mutter gestorben,
Würde vor ihm sein Bruder und sein geliebtester Sohn auch
Mit dem Schwerte getötet, daß seine Augen es sähen.»
Homer: Odyssee, IV, 220–226.

10 «Es weint auch Helena, hat sie im Spiegel die Runzeln der Greisin erblickt, und fragt sich, warum sie wohl zweimal geraubt wurde. Zeit, die alle Dinge verzehret, und du, neidisches Alter, alles zerstört ihr, benagt es mit eurem Zahn und laßt es allmählich in langsamem Tode hinsterben.» Ovid: Metamorphosen, XV, 232–236 (Übersetzung: Michael von Albrecht).

XVI Das hölzerne Pferd

1 Apollodoros: Epitome, V, 14–15.

2 Berühmter Vers von Virgil, der sprichwörtlich wurde: «Temeo Danaos et dona ferentes!» («Ich fürchte die Danaer, auch wo sie schenken!») Virgil: Äneis, II, 49.

3 Poseidon, der Gott des Meeres, soll die Pferde erfunden haben; vielleicht heißen deshalb noch heute im Italienischen große Wellen «cavalloni» (von «cavallo» – «Pferd»). Die Erfindung des Pferdes soll sich folgendermaßen zugetragen haben: Poseidon wollte Demeter vergewaltigen, doch die hatte keine Lust auf die Anwandlungen ihres Götterkollegen und verwandelte sich in eine Stute, woraufhin Poseidon sich in einen Hengst verwandelte. Wenn

die Geschichte stimmt, müßte man jedoch die Erfindung des Pferdes, oder zumindest der Stute, nicht Poseidon, sondern Demeter zuschreiben.

4 Die marmorne Laokoongruppe, die heute im Vatikanischen Museum in Rom zu sehen ist, schrieb Plinius der Ältere den rhodischen Bildhauern Agesandros, Polydoros und Athenodoros zu. Sie stand im Palast des Kaisers Titus (79/81 n. Chr.). Plinius: Historia naturalis. XXXVI, 37.

5 Virgil, Äneis, II, 213–215. (Übersetzung: Rudolf Alexander Schröder.)

6 Unter den zahlreichen Toren, die heute noch in Troja zu sehen sind, fällt eines ganz im Westen der Ringmauer auf: Es wurde mit unbehauenen Steinen, die sich deutlich von den anderen unterscheiden, verschlossen. Eine logische Erklärung dafür wäre, daß das hölzerne Pferd durch dieses Tor in die Stadt gelangte. Danach schlossen die Nachfolger der Troer lieber so schnell wie möglich das Loch, als daß sie das ganze Tor erneuerten.

7 vgl. Homer: Odyssee, IV, 274–279.

8 Triphiodoros: De Ilio exicidio, 463–490.

9 vgl. Homer: Odyssee, IV, 286–289.

10 Virgil: Äneis, II, 361–362. (Übersetzung: a. a. O.)

11 Bei dieser Szene kommt mir ein Gedicht von Salvatore di Giacomo in den Sinn. Er ist wütend auf die Frau, die ihn soeben betrogen hat, er möchte sie beleidigen, er möchte Gott weiß was mit ihr anstellen, aber als er sie so sieht, schöner als je zuvor, kann er nur noch sagen: «Armes Herz, mein armes Herz, wie schnell läßt du dich betören. Auch wenn du mir wieder Schmerz zufügst, ich will mich versöhnen, ja, will mich nur versöhnen.»

Kleines Mythologisches Wörterbuch

ACHILLES: Sohn des Peleus und der Thetis. Er war der berühmteste griechische Held. Da seine Mutter ihn unverwundbar machen wollte, tauchte sie ihn als Neugeborenes in das Wasser des Flusses Styx, wobei allerdings seine Ferse ausgespart blieb. Achilles wurde von dem Kentauren Cheiron aufgezogen, der ihm auch das Führen der Waffen beibrachte. Die Göttin Thetis wußte, daß es ihrem Sohn bestimmt war, im Trojanischen Krieg zu sterben. Darum versuchte sie, seine Abfahrt nach Troja zu verhindern, indem sie ihn auf der Insel Skyros unter den Töchtern des Königs Lykomedes versteckte. Mit einer List konnte Odysseus ihn jedoch enttarnen und ihn zwingen, zu den Waffen zu greifen. Während der Belagerung Trojas kam es wegen der Sklavin Briseïs zu einem Streit zwischen Achilles und Agamemnon, der zur Folge hatte, daß sich Achilles verärgert vom Kampfgeschehen fernhielt. Er kehrte erst wieder in die Reihen der Griechen zurück, als Hektor den Patroklos, Achilles' treuesten Freund, getötet hatte. Aus Rache erschlug der Held Hektor im Zweikampf, wurde aber später selbst von einem Pfeil des Paris, der ihn in seine verwundbare Ferse traf, getötet.

ADMETOS: heiratete Alkestis und bekam von Artemis das besondere Versprechen, nicht sterben zu müssen, wenn er einen anderen fände, der bereit wäre, für ihn in den Tod zu gehen. Als er dem Tod nahe war, begab er sich mit einem Becher Gift zu seinen Eltern, doch die waren nicht willens, für ihn zu sterben, obwohl sie schon sehr alt waren. Seine Frau Alkestis (→ *Alkestis*) war es dann, die seinen Platz auf dem Totenbett einnahm. Admetos nahm auch am Zug der Argonauten teil.

ADONIS: wurde auf der Insel Zypern aus einem Baumstamm geboren. Aphrodite nahm den Säugling auf und vertraute ihn Persephone an. Als die beiden Göttinnen sahen, daß Adonis zu einem wunderschönen Jüngling heranwuchs, kam es zum Streit zwischen ihnen. Zeus mußte eingreifen, und er legte fest, daß Adonis vier Monate im Jahr mit Aphrodite, vier Monate mit Persephone und vier Monate mit wem er wolle zusammensein sollte. Adonis verbrachte daraufhin auch die vier »freien« Monate mit Aphrodite, und das erregte die Eifersucht des Ares, der ihn von einem Eber töten ließ. Verzweifelt beweinte Aphrodite den Tod des Adonis, und ihre Tränen verwandelten sich in Anemonen.

ÄNEAS: Sohn des Anchises und der Aphrodite, König von Dardania. Während des Trojanischen Krieges unterstützten ihn die Götter sehr, besonders Poseidon, Apollon und seine Mutter Aphrodite. Zusammen mit seinem Sohn Ascanius und seinem alten Vater Anchises entkam er dem Blutbad in Troja. Er zog nach Latium und besiegte dort Turnus, den König der Rutuler. Äneas' Nachkommen gründeten die Stadt Rom.

AGAMEMNON: Sohn des Atreus, König von Mykene, Anführer des griechischen Heeres vor Troja. Er war gezwungen, seine Tochter Iphigenie zu opfern, damit die griechische Flotte nach Troja aufbrechen konnte. Nach seiner Rückkehr von Troja wurde er von seiner Frau Klytämnestra und ihrem Liebhaber Aigisthos während eines Festes ermordet.

AGELAOS: war der Hirte, der den Befehl des Priamos mißachtete und Paris nicht umbrachte, sondern aufzog.

AGENOR: trojanischer Krieger, Sohn des Antenor. Apollon nahm seine Gestalt an, um Achilles aufzuhalten, damit sich die Troer hinter ihre Mauern in Sicherheit bringen konnten.

AGESILAOS: anderer Name für Hades.

AGLAIA («die Zierde»): auch Pasithea genannt, war die jüngste der drei Chariten (Grazien). Ihre Schwestern waren Euphrosyne und Thalia. Morpheus machte ihr den Hof.

AGRIOS: Vater von Thersites.

AIAKOS: Vater von Peleus und Telamon, Sohn der Aigina, die Zeus vergewaltigt hatte, wurde König einer Insel, die den Namen seiner Mutter trug. Hera war über den erneuten Seitensprung ihres Mannes so erzürnt, daß sie Tausende von Schlangen losschickte, die das Wasser um die Insel vergiften sollten. In kürzester Zeit starben alle Inselbewohner. Daher wandte sich Aiakos an Zeus, damit er ihm aus den Ameisen neue Menschen schaffe. Das ist der Ursprung der «Myrmidonen» (von *myrmex* – Ameise).

AIETES: König von Kolchis, Sohn des Helios, Vater von Apsyrtos und Medea. Als er Jason und seiner Tochter Medea hinterhersegelte, die ihm das Goldene Vlies geraubt hatten, mußte er mehrmals die Fahrt unterbrechen, um die Einzelteile seines kleinen Sohnes

Apsyrtos aufzusammeln, den die heimtückische Medea zerstückelt und ins Meer geworfen hatte.

AIGIALEA: Tochter des Adrastos, dem König von Sikyon, Gattin des Diomedes. Die Tratschgeschichten von Nauplios (→ *Nauplios*) verleiteten sie dazu, ihren Mann zu betrügen.

AIGISTHOS: Sohn, aber auch Enkel des Thyestes. In der griechischen Tragödie spielte er die Rolle des Rächers. Er tötete nicht nur seinen Onkel Atreus, sondern beseitigte auch seinen Vetter Agamemnon, nachdem er dessen Frau Klytämnestra verführt hatte. Er selbst wurde dann von Orestes, dem Sohn von Agamemnon, getötet.

AISAKOS: ältester Sohn des Priamos und der Arisbe. Er besaß die Fähigkeit, Träume zu deuten. Zusammen mit Kassandra lieferte er die richtige Erklärung des Traums, den Hecuba bei der Geburt des Paris träumte. Man glaubte Aisakos nicht, vielleicht weil er ein ziemlich eigenartiger Typ war und unter epileptischen Anfällen litt. Aisakos soll sich in ein junges Mädchen verliebt haben, eine gewisse Asterope (→ *Asterope*), aber da seine Liebe nicht erwidert wurde, stürzte er sich aus Verzweiflung von einem Felsvorsprung ins Meer, und zwar jeden Tag, ohne je zu sterben. Schließlich hatten die Götter Erbarmen und verwandelten ihn in einen Seevogel.

AISON: Sohn des Kretheus, König von Iolkos, Vater von Jason. Er wurde von seinem Halbbruder Pelias vom Thron gestürzt und später von seinem Sohn Jason nach dem Abenteuer mit dem Goldenen Vlies gerächt.

AISSA: nannte sich Achilles, als er sich in Frauenkleidern im Palast des Königs Lykomedes versteckte.

AITHIOLAS: mutmaßlicher Sohn von Menelaos und Helena.

AJAX, Sohn des Oileus: König von Lokris. Im Gegensatz zu dem anderen Ajax, dem Sohn des Telamon, war er von sehr kleinem Wuchs. Dafür war er aber der beste griechische Speerwerfer vor Troja und, nach Achilles, der zweitschnellste Läufer. Er hatte einen recht aggressiven und überheblichen Charakter und war dafür bekannt, daß ihm eine zwei Meter lange Schlange wie ein Hund folgte.

AJAX, Sohn des Telamon: berühmt wegen seines umgänglichen Charakters und seiner stattlichen Körpergröße. Sein Vater war König von Salamis, sein Vetter Achilles. Kurz nach seiner Geburt wickelte ihn Herakles ins Fell des nemeischen Löwen ein. So wurde sein Körper unverwundbar, mit Ausnahme der Stellen allerdings, wo im Fell Löcher für die Durchführung der Köcherriemen ausgespart waren. Ajax wurde verrückt und brachte sich um, als ihm die Waffen des Achilles verweigert wurden.

AKADEMOS: weniger bedeutende Person, die nur dadurch bekannt wurde, daß sie Kastor und Pollux verriet, wo Theseus Helena am ersten Tag ihrer Entführung versteckt hielt. Die Athener nannten einen kleinen Wald nach Akademos, und genau in diesem Wald gründete Platon viele Jahre später seine Akademie. Wer hätte dem unbekannten Akademos schon vorhersagen können, daß sein Name viel später einmal – bloß weil er einmal spioniert hatte – so große wissenschaftliche und künstlerische Institutionen wie die Académie français oder die Academy Hall zieren würde.

AKAMAS: Sohn des Theseus und der Phaidra. Er war einer der griechischen Helden, die im hölzernen Pferd versteckt waren. Nach Troja war er auf der Suche nach seiner Großmutter Aithra gekommen, der Zofe Helenas, die zusammen mit ihrer Herrin während des Raubs geflohen war.

AKASTOS: Sohn des Pelias. Er nahm am Zug der Argonauten und an der Jagd auf den Kalydonischen Eber teil. Seine Frau Astydameia verliebte sich in Peleus, und als ihre Annäherungsversuche nicht erwidert wurden, beschuldigte sie ihn, sie vergewaltigt zu haben. Akastos versuchte nun, den mutmaßlichen Liebhaber zu beseitigen, indem er die gewalttätigen Kentauren dazu brachte, ihn zu töten. Doch Peleus wurde gerettet, und zwar durch den Kentauren Cheiron, den einzigen Kentauren mit einem freundlichen Wesen.

AKTOR: König von Phthia. Er nahm Peleus in Phthia freundlich auf, als dieser wegen des Mordes an seinem Halbbruder Phokos auf der Flucht war. Aktor war auch bei der Fahrt der Argonauten dabei.

ALEKTO: Göttin des Zorns. Sie ist eine der drei Erinnyen, zusammen mit Tisiphone, der Rache, und Megaira, dem Haß.

ALEXANDROS: bedeutet «Verteidiger der Menschen». Paris verdiente sich diesen Namen, als er noch auf dem Berg Ida lebte.

ALKESTIS: Tochter von Pelias, des Königs von Iolkos. Um einen Gatten für seine Tochter zu finden, veranstaltete Pelias einen Wettkampf, der von Admetos, dem König von Pherai, gewonnen wurde. Da Admetos vergessen hatte, der Göttin Artemis zu opfern, fand er in seiner Hochzeitsnacht anstelle der Braut einen Haufen fürchterlicher Schlangen im Brautgemach vor. Nachdem er den

Zorn der Göttin mit den ihr zustehenden Opfern besänftigt hatte, erhielt er von ihr das Geschenk, seinen Tod aufschieben zu können, wenn er jemanden fände, der an seiner Stelle zu sterben bereit wäre. Als Hades ihn dann zu sich holen wollte, ging Admetos mit einem Becher Gift zu seinen Eltern und fragte sie, ob einer von ihnen für ihn sterben wolle; trotz ihres fortgeschrittenen Alters wollten seine Eltern jedoch nichts davon wissen. Seine Frau Alkestis aber riß ihm den Giftbecher aus der Hand und opferte sich für ihn.

ALKIMOS: Gefährte des Achilles.

ALKMENE: Mutter des Herakles (→ *Herakles*) und des Iphikles (→ *Iphikles*).

ALTHAIA: Tochter des Thestios, Mutter von Deïaneira und Meleager (→ *Meleager*). Als Meleager gerade geboren war, sagten die Moiren Althaia voraus, daß ihr Sohn so lange leben werde, bis das Holzscheit, das gerade im Kamin lag, völlig verbrannt sei. Althaia nahm daraufhin das Holzscheit aus dem Feuer und versteckte es an einem sicheren Ort. Als sich ihr Sohn jedoch in Atalanta verliebte und alle seine Onkel bei einem banalen Jagdstreit tötete, holte Althaia das Holzscheit hervor und ließ es verglühen.

AMAZONEN: siehe Kapitel XIV des Romans.

AMISODAROS: Vater zweier trojanischer Krieger, Atymnios und Maris.

AMPHIARAOS: Sohn des Oïkles, nahm am Zug der Argonauten sowie an der Jagd auf den Kalydonischen Eber teil.

AMPHILOCHOS: trojanischer Krieger.

AMPHIMACHOS: Sohn des Kteatos, Anführer der Epeier, Verbündeter der Achäer.

AMPHIMACHOS: Sohn Nomions, Anführer der Karer, Verbündeter der Troer.

AMPHITRITE: Nymphe, Tochter des Nereus, Geliebte Poseidons. Sie lebte auf dem Meeresgrund in einem goldenen Haus.

AMPHITRYON: Sohn des Alkaios, König von Tiryns. Zeus verliebte sich in Amphitryons Frau Alkmene und nahm, nachdem er den Lauf der Sonne, des Mondes und der Stunden angehalten hatte, Amphitryons Gestalt an, um mit ihr zusammenzusein. Aus der Verbindung von Zeus und Alkmene ging Herakles hervor.

AMYKOS: Sohn des Poseidon und der Nymphe Meliё, König der Bebryker. Er war ein Riese mit außergewöhnlichen Kräften, aber in einem Kampf mit Pollux auf Leben und Tod unterlag er. Pollux jedoch schonte sein Leben.

ANANKE: auch die «Notwendigkeit» genannt, Mutter der Moiren. Sie stellt das Schicksal dar und steht so noch über dem Willen der Götter.

ANCHISES: Sohn des Kapys und der Themiste, Vater von Äneas. Aphrodite verliebte sich in ihn, aber Zeus machte ihn zum Krüppel, weil er mit Aphrodites Liebe geprahlt hatte. Es heißt, daß er einer der wenigen war, die den Untergang Trojas überlebten; Äneas soll ihn auf den Schultern aus der Stadt getragen haben.

ANDROMACHE: Tochter des Eetion, Frau Hektors und Mutter von Astyanax. Sie gilt, zusammen mit Penelope, als die ideale Ehefrau des Homerischen Zeitalters. Nach dem Fall Trojas wurde sie zur Sklavin des Neoptolemos, von dem sie drei Kinder hatte: Molossos, Piëlos und Pergamos. In manchen Quellen heißt es, daß sie nach Neoptolemos' Tod die Frau von Helios wurde, dem Bruder Hektors, der die Troer verraten hatte. Andere Berichte besagen, daß Andromache zusammen mit ihrem Sohn Molossos von der wunderschönen Hermione, der Frau des Neoptolemos, aus Eifersucht ermordet wurde.

ANKAIOS, der Große: Sohn des Aktor, nahm am Zug der Argonauten und an der Jagd auf den Kalydonischen Eber teil, bei der er als erster getötet wurde.

ANKAIOS, der Kleine: Neffe des oben genannten, nahm am Zug der Argonauten teil.

ANTENOR: weisester Troer, Ratgeber des Priamos. Von Anfang an versuchte er, Paris zu überzeugen, Helena zurückzugeben. Das rettete ihm das Leben während des Gemetzels in Troja, ließ ihn gleichzeitig aber auch als Vaterlandsverräter erscheinen. In Italien gründete er die Stadt Padua.

ANTIANEIRA: Amazonenkönigin, die durch die Behauptung bekannt wurde, Hinkende seien die besseren Liebhaber.

ANTIELOS: griechischer Krieger, war unter denen, die sich im Rumpf des hölzernen Pferdes versteckten. Er war der einzige, der glaubte, seine Frau und nicht Helena rufe ihn von außen. Odysseus erwürgte ihn, damit er nicht antworten konnte.

ANTILOCHOS: Sohn des Nestor, Freund von Achilles. Er wurde von Memnon vor Troja getötet, als er sich schützend vor seinen alten Vater warf.

ANTIOPE: möglicherweise anderer Name für Melanippe (→ *Melanippe*), Amazonenkönigin.

ANTIPHINIOS: Sohn des Leontes. Fiktive Figur.

APHRODITE (Venus für die Römer): Göttin der Liebe. Sie wurde aus dem Schaum geboren, der sich um die abgeschnittenen Genitalien des Uranos ansammelte. Daher ist sie «älter» als die anderen Götter des Olymp, einschließlich Zeus. Sie hatte einen Ehemann, Hephästos, und eine Menge Liebhaber, unter anderem Ares, Adonis, den Argonauten Butes, Hermes, Poseidon und Anchises, mit dem sie den Äneas zeugte. Das berühmte Urteil des Paris erklärte sie zur schönsten Göttin des Olymp.

APISAON: paionischer Krieger, Sohn des Hippasos, Verbündeter der Troer.

APOLLON: nach Zeus vielleicht der wichtigste Gott. Er war ein Sohn des Zeus und der Leto und wurde zusammen mit seiner Schwester Artemis auf der Insel Delos geboren. Während der Schwangerschaft war seine Mutter von der Schlange Python verfolgt worden, die Hera geschickt hatte. Noch nicht ganz drei Tage alt, tötete Apollon die Schlange und machte sich damit sofort als ziemlich rachsüchtiger Gott bekannt. Zu seinen berühmtesten Vergeltungsmaßnahmen gehören die Tötung der Kinder Niobes, dann die Qualen, die er dem Satyr Marsyas bereitete, weil dieser es gewagt hatte, ihn zu einem Flötenwettkampf herauszufordern, sowie die Seuche, die er dem griechischen Lager wegen der Beleidigung der Priesterin Chryses schickte. Er hatte unzählige Liebschaften, bekam aber auch einige Körbe; man denke nur an Daphne, die sich lieber in einen Lorbeerbaum verwandeln ließ, als ihm nachzugeben. Apollon galt als Beschützer der Musik und der Poesie, die neun Musen dienten ihm. Ihm war auch das berühmteste Orakel der griechischen Welt geweiht, das Orakel von Delphi.

APSYRTOS: jüngerer Bruder Medeas und Sohn von Aiëtes, dem König von Kolchis. Die schreckliche Medea und ihr Geliebter Jason zerstückelten ihn und warfen ihn ins Meer, nur um die Verfolgung durch den Vater zu verlangsamen, der gezwungen war, die Einzelteile aus dem Meer zu fischen.

ARES (Mars bei den Römern): Gott des Krieges, Sohn des Zeus und der Hera. Er ist das Sinnbild der rohen Gewalt, eine Art Rambo der Antike. Trotz seiner Körperkräfte war er aber nicht unbesiegbar: Diomedes, Athene, Herakles und viele andere verwundeten ihn. Der Anblick von Blut erregte ihn, und wenn gerade mal wenige Kriege stattfanden und nur wenige Menschen eines gewaltsamen Todes starben, beschwerte er sich bei Zeus darüber. Seine Kinder erbten seinen kriegerischen Charakter – um nur einige zu nennen: Deimos, die Furcht; Phobos, das Grauen; Enyo, das Blutbad. Ares hatte großes Glück bei den Frauen; seine bevorzugte Geliebte war Aphrodite.

ARGONAUTEN: Teilnehmer an der Expedition zur Eroberung des Goldenen Vlieses. Es sollen insgesamt fünfzig gewesen sein, aber es gibt sechsundfünfzig Namen: Akastos, Admetos, der Große Ankaios, der Kleine Ankaios, Amphiaraos, Argos, Askalaphos, Asterios, Aktor, Augeias, Butes, Kalais, Kanthos, Kastor, Kepheus, Kaineus, Koronos, Deukalion, Echion, Herakles, Erginos, Euphemos, Euryalos, Eurydamas, Phaleros, Phanos, Jason, Ialmenos, Idmon, Iphikles, Iphitos, Hylas, Laërtes, Lynkeus, Melampos, Meleager, Mopsos, Nauplios, Nestor, Oileus, Orpheus, Palaimon, Poias, Peleus, Peneleos, Periklymenos, Peirithoos, Polyphemos, Pollux, Staphylos, Telamon, Tydeus, Tiphys, Zetes, dazu noch die Argonautin Atalanta. Sechsundfünfzig Namen sind es wegen des Lokalpatriotismus der griechischen Städte, die zumindest einen Argonauten als Sohn der Stadt vorweisen wollten.

ARGOS: baute das Schiff für den Zug der Argonauten und nahm selbst an der Fahrt teil.

ARIADNE: Tochter des Minos und der Pasiphae, Halbschwester des schrecklichen Minotauros. Sie verliebte sich in Theseus und half ihm, aus dem Labyrinth hinauszufinden, indem sie ihm einen Wollfaden gab, mit dem er seinen Weg kennzeichnen konnte. Zusammen flohen sie von Kreta, aber auf der Insel Naxos ließ Theseus Ariadne allein. Dionysos nahm sich Ariadnes an, verliebte sich in sie und brachte sie im Triumphzug auf den Olymp.

ARIASSOS: kretischer Krieger, fiktive Figur.

ARKESILAOS: Führer der Böoter. Landete mit fünfzig Schiffen vor Troja.

ARTEMIS (Diana für die Römer): Tochter des Zeus und der Leto, Schwester von Apollon. Göttin der Jagd. Sie war genauso rachsüchtig wie ihr Bruder und tötete viele Menschen, die sie beleidigt oder Annäherungsversuche gemacht hatten. Erinnert sei hier nur an die Giganten Tityos und Orion oder an die vierzehn Kinder Niobes. Artemis war schön und grausam, dabei Jungfrau und kalt wie ein Eisberg. Meist wurde sie mit dem Mond gleichgesetzt, während Apollon die Sonne symbolisierte.

ARTINEOS: Zeltnachbar von Leontes, fiktive Figur.

ASIOS: Sohn des Dymas und Bruder der Hecuba.

ASKALAPHOS: Sohn des Ares, Bruder von Ialmenos, mit dem er zusammen in Orchomenos herrschte. Er nahm am Zug der Argonauten teil und war auch vor Troja dabei, wo er von Deiphobos getötet wurde.

ASKLEPIOS (Aesculapius für die Römer): Sohn des Apollon, wird als Urvater der Medizin betrachtet. Seine Mutter war Koronis, ein Mädchen, das Apollon dabei beobachtet hatte, wie es sich die Füße im See Boibeis in Thessalien wusch. Das reichte aus, damit der Gott sich in sie verliebte und sie schwängerte. Danach ließ er zu ihrer Bewachung eine Krähe mit weißem Gefieder zurück, doch Koronis betrog ihn noch am selben Tag mit einem Jüngling namens Ischys. Wutentbrannt spickte Apollon sie derart mit Pfeilen, daß sie schon bald wie ein Nadelkissen aussah, dann schleuderte er Blitze auf Ischys herab und verwandelte die Krähe in einen Vogel mit schwarzem Gefieder. Später stieg er, von Gewissensbissen gepeinigt, mit Hilfe des Götterboten Hermes in den Hades hinab und zog aus der Leiche seiner Exgeliebten ein noch lebendes Kind heraus, den Asklepios. Die Einwohner von Epidauros behaupteten, Asklepios habe die Heilkunst von dem Kentauren Cheiron erlernt. Von der Göttin Athene hatte er zwei Ampullen bekommen, die das Blut der Medusa enthielten *(pharmacon)*. Mit den Tropfen der linken Ampulle konnte er Tote zum Leben erwecken und mit denen der rechten die Lebenden töten. *Pharmacon* bedeutet auf griechisch sowohl «Medizin» als auch «Gift». Asklepios hatte zwei Söhne: Machaon (→ *Machaon*) und Podaleirios (→ *Podaleirios*), die beide auch Ärzte waren.

ASOPOS: Gott des gleichnamigen Flusses und Vater von Pelagon.

ASTERIOS: Sohn des Kometes, nahm am Zug der Argonauten teil.

ASTEROPAIOS: paionischer Krieger, Sohn des Pelagon. Wurde von Achilles getötet.

ASTEROPE: eine der sieben Okeaniden, wurde in einen Stern verwandelt und gehörte dann zu den Pleiaden.

ASTEROPE: trojanisches Mädchen. Aisakos, der älteste Sohn des Priamos, verliebte sich in sie.

ASTYANAX: Sohn des Hektor und der Andromache. Er war noch nicht zwei Jahre alt, als ihn Neoptolemos von den Stadtmauern Trojas hinabschleuderte.

ATALANTA: Tochter des Iasos und der Klymene. Kaum geboren, wurde sie von ihrem Vater im Partheniongebirge ausgesetzt. Ein Bär zog sie auf, und sie gedieh prächtig, wurde mutig, stark und entwickelte einen männlichen Charakter. Nach Hause zurückgekehrt, wurde sie von ihrem Vater gezwungen, sich einen Mann zu suchen; sie stellte aber als Bedingung, daß der künftige Ehemann sie in einem Wettlauf auf Leben und Tod schlagen müsse. So tötete sie nach und nach alle möglichen Heiratskandidaten, bis sich eines Tages Melanion – andere sagen Hippomenes – zum Wettkampf stellte. Der warf, auf den Rat Aphrodites hin, während des Laufs nacheinander drei goldene Äpfel auf die Rennstrecke, und Atalanta konnte dreimal der Versuchung, sie aufzuheben, nicht widerstehen. So verlor sie den Wettlauf, mußte heiraten und bekam einen Sohn, der Parthenopaios genannt wurde. Atalanta nahm sowohl am Zug der Argonauten als auch an der Jagd auf den Kalydonischen Eber teil.

ATE: Göttin des Fehlers. Sie war so leicht, daß kein Mensch merkte, wenn sie sich auf seinen Kopf stellte. Zeus packte sie bei den Haaren und warf sie aus dem Olymp, weil er der Ansicht war, daß sie ihn anläßlich der Geburt des Herakles schlecht beraten hatte. Sie landete auf einem Hügel in Phrygien, der heute noch «Fehlerberg» heißt.

ATHENE (Minerva für die Römer): sie wurde aus dem Gehirn von Zeus geboren. Eines Tages hatte der Göttervater fürchterliche Kopfschmerzen, und er bat seinen Sohn Hephästos um Hilfe. Der war aber kein Arzt, sondern Schmied, und so fiel ihm nichts Besseres ein, als seinem Vater mit einem Axthieb den Kopf zu spalten. Aus dem Spalt sprang Athene in voller Rüstung, die Lanze in der Hand und den Helm auf dem Kopf. Sowohl für die Griechen als auch für die Römer war sie das Sinnbild der Intelligenz, und da sie so intelligent war, besiegte sie mehrere Male Ares, den Vertreter der puren Gewalt. Im Trojanischen Krieg ergriff sie heimlich die

Partei der Achäer, weil sie beim berühmten Urteil des Paris durchgefallen war.

ATREUS: Sohn des Pelops, Vater von Agamemnon und Menelaos. Seinen Bruder Thyestes haßte er mehr als alles andere auf der Welt. Dieser hatte es auf den mykenischen Thron abgesehen, und er schlug vor, daß derjenige der beiden König werden solle, der ein goldenes Vlies vorlegen könne. Atreus willigte erfreut ein, denn er war sicher, das Goldene Vlies zu besitzen, aber das hatte Thyestes ihm mit Hilfe seiner Schwägerin und Geliebten Aërope am Tag vorher gestohlen. Aus Rache tötete Atreus die drei Kinder des Thyestes und legte sie seinem Bruder als Abendessen vor. Nach dem Essen unterrichtete er ihn über die Speisenfolge und zeigte ihm die Köpfe seiner Kinder. Thyestes wandte sich nun an ein Orakel und erfuhr, daß er sich an seinem Bruder nur rächen könne, wenn er sich mit seiner Tochter Pelopeia paare. So wurde Aigisthos gezeugt, der Atreus erschlug und das Königreich an Thyestes zurückgab. Vielleicht sollte ich noch erwähnen, daß sich Pelopeia nach der Vereinigung mit dem Vater auch noch mit ihrem Onkel paaren wollte.

ATROPOS: eine der drei Moiren – diejenige, die das Leben mit der Schere auslöscht. Auf griechisch bedeutet ihr Name «unbeugsam».

ATYMNIOS: Sohn des Amisodaros, trojanischer Krieger.

AUGEIAS: Sohn des Phorbas, König von Elis. Er war in Wirklichkeit ein Sohn des Poseidon und nahm am Zug der Argonauten teil. Ihm gehörten die berühmten Ställe, die Herakles in seiner siebten Arbeit zu reinigen hatte. Der Held war sich sicher, daß er das in einem Tag schaffen würde. Augeias nahm die Herausforderung an und wettete ein Zehntel seiner Herde dagegen. Als Herakles aber sein Vorhaben verwirklichte, indem er zwei Flüsse durch die Ställe fließen ließ, wollte Augeias seine Wettschuld nicht bezahlen und wurde daher von Herakles getötet.

AUTOLYKOS: Sohn des Hermes, war leicht kriminell veranlagt. Von seinem Vater hatte er die Macht, weiße in schwarze Kühe zu verwandeln und umgekehrt, und so entwendete er nach und nach die Kühe von Sisyphos, dem Nachbarbauern. Als dieser sah, daß sich seine Herde immer mehr verkleinerte, während die des Autolykos beständig wuchs, ließ er auf die Hufe seiner Tiere den Satz «Dem Sisyphos gestohlen» einritzen. So bewies er die Schuld des Autolykos, der daraufhin verhaftet wurde. Während man ihm den

Prozeß machte, nutzte Sisyphos die Gelegenheit, seine Tochter Antikleia, die Frau des Laërtes, zu verführen. Aus dieser Verbindung entstand Odysseus, der also, genau betrachtet, einen Dieb zum Vater, einen Dieb zum Großvater und den Gott der Diebe, Hermes, zum Urgroßvater hatte.

AUTOMEDON: Wagenlenker des Achilles.

BALIOS und XANTHOS: die unsterblichen Pferde, Kinder des Zephyros und der Podarge. Sie waren das Hochzeitsgeschenk von Poseidon für Peleus und wurden von Achilles, zusammen mit einem dritten Pferd, Pegasos, während des Trojanischen Krieges verwendet.

BATHYKLES: Sohn des Chalkon, myrmidonischer Krieger, kämpfte unter Achilles.

BOREAS: Sohn des Astraios und der Eos. Er lebte im kalten Thrakien und verkörperte den Nordwind. Seine Brüder waren Zephyros, der Westwind, und Notos, der Südwind.

BRIAREUS: Sohn des Uranos und der Gaia, einer von den Hekatoncheiren, den Giganten mit den hundert Armen und fünfzig Köpfen. Nachdem sein Vater ihn verbannt hatte, wurde er von Zeus befreit und kämpfte mit ihm zusammen gegen die Titanen.

BRISEIS: Tochter des Briseus. Ihr Leben verlief recht unglücklich: Zuerst wurde sie Sklavin des Achilles, der ihren Mann auf Lyrnessos tötete, und dann Sklavin des Agamemnon, der sie als Ausgleich für den Verlust seiner Konkubine Chryseïs beanspruchte.

BRISEUS: Vater von Briseïs.

BUTES: nahm an der Fahrt der Argonauten teil und war einer von Aphrodites Liebhabern.

CHARIBOIA: war zusammen mit Porkes eines der Seeungeheuer, die Poseidon geschickt hatte, um Laokoon zu erwürgen.

CHARIKLO: Frau des Kentauren Cheiron.

CHARITEN (Grazien für die Römer): Töchter des Zeus und der Erynome. Sie hießen Aglaia («die Zierde»), Euphrosyne («die Freude») und Thaleia («die Fülle»).

CHARYBDIS: Tochter von Poseidon und Gaia. Sie verspeiste das Vieh des Geryon, das schon Herakles gestohlen hatte. Zeus verwandelte sie zur Strafe in ein Seeungeheuer und plazierte sie der Skylla gegenüber am Eingang der Straße von Messina. Ihre Spezialität war es, das Meerwasser, mit allem was darauf trieb, anzusaugen, Schiffe und Seeleute eingeschlossen.

CHEIRON: Sohn des Kronos. Im Gegensatz zu den anderen Kentauren hatte er einen sanften Charakter und gehörte zu den wenigen Figuren der Mythologie, die so etwas wie Kultur besaßen. Als Fachmann für Medizin, Musik, Astronomie und Waffenkunde war er Lehrmeister zahlreicher Helden, wie z. B. des Peleus, Achilles, Nestor, Diomedes, Asklepios, Meleager, Patroklos und der Dioskuren Kastor und Pollux.

CHIMAIRA: gehörte zu einer Art «Familie Adams» des Altertums. Vater und Mutter waren die Ungeheuer Tyhaon und Echidne, die auch «die Viper» genannt wurde. Ihre kleinen Geschwister waren Kerberos, der Höllenhund mit den drei Köpfen, Hydra, die vielköpfige Wasserschlange, und schließlich Orthos, ein weiterer Hund mit zwei Köpfen, der ein inzestuöses Verhältnis mit seiner Mutter Echidne hatte und mit ihr den nemeischen Löwen und die berühmte Sphinx (eine geflügelte Löwin mit Frauenkopf) zeugte.

CHRYSEIS: Tochter des Chryses, Priesterin des Apollon. Agamemnon machte sie in Theben zu seiner Sklavin, mußte sie aber an ihren Vater zurückgeben, um den Zorn des Apollon zu besänftigen.

CHRYSES: Priester des Apollon, Vater von Chryseïs.

DEIANEIRA: Tochter des Oineus und der Althaia, Schwester von Meleager und Tydeus. Sie heiratete Herakles, aber da sie von ihm betrogen wurde, ließ sie ihm einen Mantel bringen, der mit dem Blut des Kentauren Nessos, eines früheren Geliebten Deïaneiras, getränkt war. Nachdem Herakles den vergifteten Mantel übergezogen hatte, gelang es dem Ärmsten nicht mehr, ihn wieder auszuziehen, und so verbrannte er sich lieber, als unter den ungeheuerlichen Qualen weiterzuleben.

DEIKOON: Sohn des Pergasos, trojanischer Krieger.

DEIMOS: genannt «die Furcht», Sohn des Ares.

DEIPHOBOS: Sohn des Priamos und der Hecuba. Nachdem Paris gestorben war, heiratete er Helena und wurde dafür von Menelaos auf besonders grausame Weise getötet.

DEMETER (Ceres für die Römer): Göttin des Wachstums und der Fruchtbarkeit. Sie war eine Tochter des Kronos und der Rhea, daher Schwester, aber auch Geliebte von Zeus, mit dem sie eine Tochter hatte, Persephone. Diese Persephone wurde von Hades geraubt und in die Unterwelt geschafft. Aus Trauer darüber weigerte sich Demeter von jenem Moment an, das Getreide wachsen zu lassen. Zeus mußte eingreifen, und er entschied, daß Persephone drei Monate im Jahr bei Hades und neun Monate bei Demeter verbringen sollte. In den drei Monaten, wenn das Mädchen bei Hades war, arbeitete Demeter fortan nicht mehr und ließ so den Winter entstehen.

DEUKALION: Sohn des Prometheus und der Pronoia, manche sagen auch der Pandora. Einmal war Zeus sehr zornig über die Sterblichen, und so entschied er sich, die Menschheit in einer großen Sintflut zu ertränken. Nur Deukalion und seine Frau Pyrrha konnten sich retten. Die beiden hatten einen Sohn, Hellen, der der Urvater der hellenischen Stämme sein soll.

DIOMEDES: Sohn des Ares, fütterte seine Pferde mit Menschenfleisch. Herakles tötete ihn wegen dieser Grausamkeit im Verlauf seiner achten Arbeit. (Manche Autoren sprechen hier auch von der siebten Arbeit.)

DIOMEDES: Sohn des Tydeus. Unter den zahlreichen Taten, die ihm zugeschrieben werden, finden sich die Verwundung von Aphrodite und Ares während des Trojanischen Krieges und die Gründung einiger italienischer Städte, darunter Benevento, Brindisi und Kanossa. Nachdem seine Frau Aigialea ihn betrogen hatte, wanderte er nach Italien aus, in eine Gegend namens Daunia (Apulien), wo er die Tochter des Königs Daunus heiratete.

DIONYSOS (Bacchus bei den Römern): Gott des Weins, Sohn des Zeus und der Semele. Am Tag, als Dionysos geboren wurde, bestand die Mutter darauf, den Göttervater in seiner vollen Majestät zu sehen, woraufhin sie vom Blitz erschlagen wurde. Als Dionysos erwachsen war, entdeckte er die Weinrebe, und von jenem Moment an zog er durch die Welt, um den Weinanbau zu verbreiten. Seine Reisen, bei denen ihm ständig eine Schar betrunkener Silenen und delirierender Mänaden folgte, sollen ihn bis nach Indien gebracht haben. Er verliebte sich in Ariadne, die von Theseus verlassen worden war, und nahm sie mit sich auf den Olymp. Der Dionysos-Kult, der mit orgiastischen Festen gepflegt wird, faßte sowohl bei den Griechen als auch bei den Römern Fuß.

DIOSKUREN: → *Kastor und Pollux*

DIS: anderer Name für Hades.

DOLON: trojanischer Krieger. Eines Tages nahmen ihn Odysseus und Diomedes gefangen und versprachen ihm das Leben im Tausch gegen einige Kriegsgeheimnisse. Nachdem sie ihr Ziel erreicht hatten, töteten sie den Gefangenen trotzdem.

DORIS: Tochter des Okeanos und der Tethys, heiratete Nereus und gebar ihm fünfzig Töchter, die Nereïden.

ECHIDNE: genannt «die Viper», Verlobte des Typhaon. Sie war halb Frau und halb Schlange und lebte in einer Höhle im Arima-Gebirge auf der Peloponnes. Ihre Lieblingsspeise: rohes Menschenfleisch. Von Argos Panoptes («dem mit den hundert Augen») wurde sie im Schlaf getötet.

ECHION: Er war der erste der griechischen Helden, der aus dem hölzernen Pferd kletterte, und er war auch der erste, der dabei starb: Er strauchelte und brach sich den Hals.

ECHO: geschwätzige Nymphe, mit der Zeus seine Frau Hera während seiner zahlreichen Seitensprünge ablenkte. Doch Hera bemerkte die List und bestrafte die Nymphe, indem sie ihr die Stimme wegnahm, oder genauer, indem sie ihr nur die Fähigkeit beließ, das letzte Wort anderer zu wiederholen.

ELEKTRA: Tochter von Agamemnon und Klytämnestra. Zusammen mit ihrem Bruder Orestes (→ *Orestes*) rächte sie die Ermordung des Vaters. Heldin vieler klassischer Tragödien.

EMPUSEN: Töchter der Hekate. Sie waren widerliche Dämonen, die oft als schöne Frauen auftraten. Unter ihren langen Röcken verbargen sich aber Eselsschenkel und Bronzehufe. Sie lungerten an Weggabelungen herum und lockten Vorbeikommende an, indem sie ihre Brüste entblößten. Wenn sie sich einen Mann geschnappt hatten, küßten sie ihn auf den Hals und saugten sein Blut aus, bis er tot war.

EOS: Göttin der Morgenröte. Tochter des Hyperion und der Theia, Schwester von Helios (Sonne) und Selene (Mond), Mutter der Winde Zephyros, Boreas und Notos. Sie hatte die Aufgabe, jeden Morgen mit ihren rosa Händen die Tore für den Sonnenwagen zu öffnen. Von ihren zahlreichen Liebhabern seien hier nur Ares (ihre Liebesgeschichte machte Aphrodite eifersüchtig), Orion, Kephalos und Tiphonos genannt.

EPEIOS: Sohn des Panopeus, berühmt wegen seiner Feigheit und seiner Fähigkeiten im Boxkampf. Er siegte bei den Leichenspielen zu Ehren des Patroklos und baute das hölzerne Pferd. Bei der Heimfahrt von Troja landete er in Italien und gründete die Stadt Metapont. In anderen Berichten heißt es, er habe sein Schiff in einem Sturm verloren, sich selbst aber an die italienische Küste retten können, wo er die Stadt Pisa gegründet habe, in Erinnerung an seine Geburtsstadt Pisa in Elis. In Troja schnitzte er eines Tages eine wundervolle Hermesstatue. Ein paar Fischer wollten sie zu Brennholz verarbeiten, aber es gelang ihnen nicht einmal, das Holz auch nur anzuritzen; also wollten sie es anzünden, aber die Statue brannte nicht. Schließlich warfen sie sie ins Meer, doch sie fanden sie in ihren Fischernetzen wieder. Da erkannten sie ihren Wert und brachten sie an einen geweihten Ort.

EPISTROPHOS: Führer der Phoker, nahm am Trojanischen Krieg teil.

ERGINOS: Sohn des Poseidon, König von Milet, hatte trotz seiner Jugend weißes Haar. Er nahm am Zug der Argonauten teil.

ERINNYEN (Furien bei den Römern): Sie wurden aus den Blutstropfen des kastrierten Uranos geboren und hießen Alekto, Tisiphone und Megaira. Dargestellt wurden sie mit einer Rute oder einer brennenden Fackel in der Hand. Ihre Hauptfunktion bestand darin, diejenigen zu quälen, die sich besonders schlimmer Vergehen schuldig gemacht hatten. Sie waren, mit anderen Worten, die Gewissensbisse. Sobald der Mörder Reue zeigte, verwandelten sie sich in liebliche Mädchen und hießen dann Eumeniden.

ERIS: Göttin der Zwietracht, Tochter des Erebos (Dunkelheit) und der Nyx, der Göttin der Nacht. Sie war beleidigt, als man sie nicht zur Hochzeit von Peleus und Thetis einlud, und warf aus Zorn den sogenannten «Apfel der Zwietracht» mit der Aufschrift «Für die Schönste» unter die göttliche Hochzeitsgesellschaft. Das war der Anlaß zum Streit zwischen Hera, Athene und Aphrodite und der Auftakt zum Trojanischen Krieg.

EROS (Cupido bei den Römern): Gott der Liebe. Die Berichte über seine Herkunft sind recht konfus: Für manche war er ein Sohn des

Ares und der Aphrodite, für andere ein Kind von Hermes und Artemis oder gar ein Sohn des Chaos und das erste Individuum, das dem Silbernen Ei entschlüpfte. Dank des Eros wurden alle weiteren sterblichen und unsterblichen Geschöpfe geboren. Man stellte ihn dar als geflügelten Jüngling mit einem Bogen in der Hand. Wer von einem seiner Pfeile getroffen wurde, verliebte sich augenblicklich in die erstbeste Person, die er traf.

ERYLAOS: trojanischer Krieger.

ERYMAS: trojanischer Krieger.

EUAIMON: Vater des Eurypylos.

EUAINIOS: König von Matala, fiktive Figur.

EUAISTOS: Bruder von Euainios, fiktive Figur.

EUDOROS: Sohn des Hermes, Führer der Myrmidonen im Trojanischen Krieg.

EUMENIDEN: So nannten sich die Erinnyen (→ *Erinnyen*), wenn ein Mörder seine Tat bereute. Sie hatten das Aussehen von lieblichen jungen Mädchen.

EUNEUS: Sohn des Jason und der Hypsipyle (→ *Hypsipyle*).

EUPHEMOS: Sohn des Poseidon und der Europa. Sein Vater verlieh ihm die Gabe, auf dem Wasser zu gehen. Er nahm an der Fahrt der Argonauten und an der Kalydonischen Eberjagd teil.

EUPHORBOS: Sohn des Panthoos, trojanischer Held. Pythagoras, der an die Wiedergeburt glaubte, war der Ansicht, zuerst Aithalides, dann Euphorbos, Pyrrhos und schließlich Hermotimos gewesen zu sein (als letzterer erkannte er auch den Schild des Menelaos wieder).

EUPHROSYNE: wurde auch «die Freude» genannt, eine der drei Chariten (→ *Chariten*).

EURYALOS: Sohn des Mekisteus. Er nahm an der Fahrt der Argonauten und am Trojanischen Krieg teil.

EURYDAMAS: Von ihm weiß man eigentlich nichts, außer daß er am Zug der Argonauten teilnahm und vom See Xynias stammte.

EURYDIKE: wunderschöne Nymphe, Tochter des Apollon. Sie verliebte sich in Orpheus, der sie mit seinem süßen Gesang bezaubert hatte. Als sie vor einem anderen Freier auf der Flucht war, wurde sie von einer giftigen Schlange gebissen. Voller Trauer über ihren Tod begab sich Orpheus (→ *Orpheus*) in die Unterwelt, um sie zurückzuholen, befolgte dabei aber nicht die Anweisungen der Götter und verlor sie für immer.

EURYNOME: Strenggenommen müßte man sie als erste Persönlichkeit der Weltgeschichte bezeichnen. Die Göttin entstieg nackt dem Chaos, dann wollte sie gern tanzen und teilte dafür den Himmel vom Meer, vielleicht nur, um einen Berührungspunkt unter den Füßen zu haben. Später schuf sie den Wind, der sich in eine Schlange namens Ophion verwandelte. Sobald das Reptil Eurynome erblickte, konnte es nicht anders, als sie zu vergewaltigen. Infolge dieser Begattung gebar Eurynome das Ei des Universums, aus dem nach und nach die Sonne, die Erde, der Mond, die Sterne, die Bäume und die Tiere schlüpften. Die beiden Liebenden hätten sicher glücklich zusammenleben können, wenn sich Ophion nicht damit gebrüstet hätte, der Schöpfer des Universums zu sein. Als Eurynome diese überhebliche Äußerung hörte, verpaßte sie ihm einen so kräftigen Tritt ins Gesicht, daß er alle Zähne verlor. Aus den Zähnen des Ophion entstanden die Menschen.

EURYPYLOS: Sohn des Euaimon, Führer der Thessalier im Trojanischen Krieg. Bei der Plünderung der Stadt spielte ihm das Schicksal ein Bild des Dionysos zu, dessen bloßer Anblick ihn um den Verstand brachte. Ein Orakel weissagte ihm aber, daß er von seinem Wahnsinn geheilt werde, sobald er einem richtig grausamen Schauspiel beiwohne. Und tatsächlich, die Heilung folgte auf den Fuß, als er sich in Arkadien mitansehen mußte, wie ein junger Mann und ein junges Mädchen zu Ehren der Göttin Artemis geopfert wurden.

EURYSTHEUS: König von Mykene und Tiryns, Enkel des Perseus. Er war ein direkter Nachkomme des Zeus, der ihm eine enorme Macht über den nach ihm geborenen Herakles (→ *Herakles*) verlieh. So unterwarf Eurystheus auf Betreiben der Hera seinen Vetter den ungeheuren Anstrengungen der zwölf Arbeiten.

EURYTION: Sohn des Aktor, König von Phthia, Vater der Antigone. Er wurde bei der Kalydonischen Eberjagd von seinem Schwiegersohn Peleus versehentlich getötet.

FATA: → *Ananke*

GADENOR: Vater von Ariassos, fiktive Figur.

GAIA: Mutter aller Götter und Menschen. Teilweise wird sie auch mit ihrer Tochter Themis (→ *Themis*), Mutter der Horen und Ursprung der Harmonie in der Natur, gleichgesetzt. Mit ihrem Sohn Uranos (Himmel) zeugte sie Rhea, die Mutter der Demeter; sie wurde daher als Beschützerin des Herdes und der Felder angesehen. Aber mit Uranos hatte sie auch die Zyklopen als Söhne sowie die Titanen, die sich dann gegen ihren Vater aufzulehnen wagten.

GANYMEDES: Sohn des Tros. Er war so schön, daß Zeus ihn von einem Adler entführen ließ. Es ist auch möglich, daß der Adler Zeus selbst war, in einer seiner zahlreichen Gestalten; sicher ist auf alle Fälle, daß Zeus nach dem Raub das Sternbild des Adlers ins Himmelszentrum hängte. Auf dem Olymp wurde Ganymedes dann dazu auserwählt, zusammen mit Hebe als Mundschenk der Götter zu dienen.

GEMONYDES: Lehrmeister des Leontes, fiktive Figur.

GERENISCH: Attribut für Nestor (→ *Nestor*), das von der Stadt Gerenia abgeleitet ist.

GLAUKE: anderer Name für Kreusa, die Tochter des Königs Kreon und Braut des Jason.

GORGONEN: Töchter des Phorkys und der Keto. Sie hießen Stheno, Euryale und Medusa. Nur die beiden ersten waren unsterblich.

GRAIAI: Monster mit Frauengesichtern, Schwestern der Gorgonen. Sie hießen Enyo, Pephredo und Deino und waren schon alt, als sie geboren wurden. Außerdem hatten sie gemeinsam nur ein Auge und einen Zahn, und jedesmal, wenn sie etwas sehen oder essen wollten, mußten sie diese untereinander austauschen. Perseus nahm Auge und Zahn als «Geißel», um von ihnen Informationen zu erpressen, die es ihm erlauben sollten, Medusa zu töten.

HADES (Pluto für die Römer): Gott der Unterwelt, Sohn des Kronos und der Rhea, Bruder von Zeus und Poseidon. Nach dem Sturz des Gottes Kronos wurde die Welt in drei Teile aufgeteilt: Zeus bekam den Himmel, Poseidon das Meer und Hades das Reich der Unterwelt. Gegen den Willen von Zeus und Demeter heiratete Hades deren Tochter Persephone. Die Menschen der Antike wagten es nie, seinen Namen auszusprechen und gaben ihm statt dessen die verschiedensten Beinamen, wie z. B. Agesilaos, Dis oder Polydektes.

HARPYIEN: Töchter des Thaumas und der Elektra. Sie hatten Vogelkörper und Frauengesichter und hießen Aëllo, Okypetes und Kelaino. Von den Seeleuten wurden sie für Gewitter verantwortlich gemacht. Um den blinden Phineus dafür zu bestrafen, daß er als erster die Kunst des Wahrsagens betrieben hatte, quälten sie ihn, indem sie jedesmal, wenn Phineus sich zu Tisch setzte, sein Essen mit ihrem Kot ungenießbar machten.

HEBE (Juventas bei den Römern): Tochter des Zeus und der Hera. Sie war Mundschenk der Götter und Göttin der Jugend.

HECUBA (Hekabe bei den Griechen): ist vor allem als Frau des Priamos bekannt. Nach dem Fall Trojas wurde sie Sklavin von Odysseus. Manche sagen, sie habe sich ins Meer gestürzt, um nicht seine Sklavin werden zu müssen. Andere behaupten, sie sei von den Gefährten des Odysseus gesteinigt worden, die es satt hatten, ihre unablässigen Beleidigungen anhören zu müssen. Als ihre Mörder den Steinhaufen wegräumten, unter dem sie sie begraben hatten, fanden sie an ihrer Stelle eine Hündin mit glühenden Augen.

HEKATE: Tochter des Perses, Göttin der Magie und der Verzauberung. Sie ist die Mutter einiger berühmter Töchter, die für ihre Bosheit bekanntgeworden sind, wie die Empusa und die Zauberin Kirke.

HEKTA: trojanische Frau, Geliebte des Leontes. Fiktive Figur.

HEKTOR: Sohn des Priamos und der Hecuba, ruhmreichster trojanischer Held. Er heiratete Andromache, mit der er einen Sohn hatte: Astyanax. Er gilt als das Sinnbild des mutigen Kriegers, vorbildlichen Ehemanns und liebevollen Vaters. Er tötete Patroklos und wurde selbst von Achilles ausgeschaltet. Nur nach langem Bitten und Betteln gelang es Priamos, Achilles zur Herausgabe des Leichnams zu bewegen.

HELENA: Die Göttin Nemesis wollte den Zudringlichkeiten von Zeus entgehen und verwandelte sich darum in einen Fisch, eine Maus, eine Biene, ein Reh und in andere Tiere. Das nützte ihr aber nichts, denn Zeus verwandelte sich gleichzeitig in verschiedene Raubtiere, wie den Biber, die Katze, die Hornisse oder den Löwen. Bei der soundsovielten Verwandlung nun, als sie gerade eine Gans war und er ein Schwan, gelang es Zeus, sie zu vergewaltigen. Das Ei, das daraus entstand, pflanzte Zeus in den Bauch der Leda ein, der Gattin des Tyndareos und Königin von Sparta, als diese eines

Tages breitbeinig auf einem Schemel saß. Aus diesem Ei wurden Helena, Klytämnestra, Kastor und Pollux geboren. Nicht alle vier aber waren Kinder des Zeus, denn Leda hatte in jenen Tagen auch mit ihrem Mann geschlafen. Als schönste Frau der Welt hatte Helena ein aufregendes Leben: Als sie noch ein junges Mädchen war, wurde sie von Theseus ein erstes Mal geraubt, dann heiratete sie Menelaos und wurde von Paris ein zweites Mal geraubt; schließlich wurde sie mit Deïphobos vermählt, um danach noch mal Menelaos zu heiraten. Manche behaupten sogar, sie habe auch was mit Achilles gehabt, im Jenseits.

HELENOS: Sohn des Priamos und der Hecuba, Zwillingsbruder Kassandras, Orakelspezialist. Nach dem Tod Hektors übernahm er das Kommando der trojanischen Truppen. Als man ihm aber nach dem Tod des Paris Helena nicht zur Frau geben wollte, lief er zu den Achäern über und verriet Odysseus alle notwendigen Bedingungen, damit Troja endlich kapitulierte. Diese waren: der Raub des Palladiums, die Rückführung der Gebeine des Pelops nach Troja, die Teilnahme von Neoptolemos und Philoktet am Kampf mit Pfeil und Bogen des Herakles und schließlich der Bau des hölzernen Pferdes. Mit Neoptolemos zog er später nach Griechenland, erbte nach dessen Tod das Königreich und heiratete Andromache, die frühere Frau Hektors.

HELIOS: Sonnengott, wird teilweise mit Apollon gleichgesetzt, Sohn von Hyperion und Theia, Bruder von Selene (Mond) und Eos (Morgenröte). Er lenkte einen Wagen, der von den vier feuerspeienden Pferden Lohe, Brand, Feurig und Morgenschein gezogen wurde. Man nahm an, daß der Sonnengott morgens in Äthiopien aufstieg und jeden Abend in die Adria eintauchte.

HEPHÄSTOS: Sohn von Zeus und Hera. Als seine Mutter sah, daß er im Vergleich mit den anderen Göttern ziemlich häßlich war, warf sie ihn kurz nach seiner Geburt ins Meer (Ägäis). Thetis und Erynome nahmen ihn auf und zogen ihn in einer Meeresgrotte groß. Hephästos war ein technisch sehr begabter Gott, der zahlreiche Erfindungen machte. Eines Tages flog er zum zweitenmal aus dem Olymp, als er seine Mutter gegen Zeus verteidigte, und brach sich beide Beine auf der Insel Lemnos. Er heiratete die schönste der Göttinnen, Aphrodite, die ihn hemmungslos betrog.

HERA (Juno bei den Römern): Tochter des Kronos und der Rhea, Schwester und Gattin des Zeus. Sie ist das Sinnbild der Eifersucht.

Nicht, daß Zeus ihr dazu keinen Grund gegeben hätte, aber sie war von ihren ständigen Rachegelüsten geradezu besessen. Starrköpfig verbiß sie sich in ihre Feindseligkeit gegen die Troer, weil Paris (→ *Paris*) Aphrodite für schöner als sie gehalten hatte: ein weiteres Beispiel für ihren störrischen und rachsüchtigen Charakter.

HERAKLES (Hercules bei den Römern): Sohn des Zeus und der Alkmene. Die Umstände seiner Geburt waren recht abenteuerlich. Alkmene gefiel Zeus sehr, aber die war ihrem Mann Amphitryon treu und wäre nie auf die Avancen des Göttervaters eingegangen. Also verfiel Zeus auf die Idee, sich in die Gestalt Amphitryons zu verwandeln und die Zeit, d. h. den Lauf der Sonne, des Mondes und der Stunden anzuhalten, damit er den Ehebruch in aller Ruhe genießen konnte. Aus der Verbindung ging Herakles hervor. Er war so stark, daß er die zwei Schlangen, mit denen die eifersüchtige Hera ihn umbringen wollte, im zarten Alter von einigen Monaten in der Wiege erwürgte. Herakles wünschte sich Unsterblichkeit, und Zeus war bereit, sie ihm zu geben, allerdings unter der Bedingung, daß er die von Eurystheus, dem König von Tiryns und Mykene, verlangten zwölf Arbeiten erfolgreich hinter sich brachte. Eurystheus zwang ihn dazu, sich mit einigen monströsen Tieren zu messen – dem Nemeischen Löwen, der Hydra von Lerna, dem Erymanthischen Eber, der Kerynitischen Hirschkuh, den Stymphalischen Vögeln, dem Kretischen Stier, den Stuten des Diomedes, dem Vieh des Geryon und dem Höllenhund Kerberos – und einige mehr oder weniger unangenehme Aufträge zu erledigen, wie die Augeias-Ställe zu säubern, den goldenen Gürtel der Hippolyte zu stehlen und die Äpfel im Garten der Hesperiden zu ernten.

HERMAPHRODITOS: Sohn des Hermes und der Aphrodite. Er wurde als Mann geboren, dann aber eines Tages von der Nymphe Salmakis derart leidenschaftlich umarmt, daß die Götter gerührt waren und ihre beiden Körper zu einem einzigen Körper mit zwei Geschlechtsorganen verschmolzen.

HERMES (Merkur bei den Römern): Sohn des Zeus und der Maia, Götterbote und Gott der Diebe. Er wurde in einer Grotte geboren und baute sich noch am Tag seiner Geburt eine Leier aus einer Schildkrötenschale; dann stahl er eine Herde, die Apollon gehörte, und als der Gott sein Vieh zurückverlangte, schenkte Hermes ihm als Ausgleich die Leier, die er gerade erfunden hatte. Dargestellt wurde Hermes als bärtiger junger Mann mit geflügelten Sandalen, einem spitzen Hütchen – dem Petasos – auf dem Kopf und dem Symbol seiner Botenfunktion – dem Heroldstab «caduceus», an dessen Spitze sich zwei Schlangen kreuzen – in der Hand.

HERMIONE: wunderschöne Tochter des Menelaos und der Helena. Zunächst versprach ihr Vater sie dem Orestes als Gattin, dann überlegte er es sich aber anders und gab sie Neoptolemos, dem Sohn von Achilles. Hermione tötete Andromache, die Konkubine ihres Mannes und erste Frau von Hektor, und heiratete später Orestes, nachdem der ihren Gatten getötet hatte. Damit erfüllte sich ihre erste Liebe.

HEROPHILOS: Sohn des Poseidon und der Aphrodite.

HESPERIDEN: drei Töchter des Atlas (des Titanen, der von Zeus dazu verurteilt war, die Welt auf den Schultern zu tragen); sie hießen Aigle, Erytheia (auch Hestia oder Arethusa) und Hespere (Hesperusa oder Hespereia). Ihr Garten, der voller goldener Äpfel hing, lag im sagenumwobenen Atlantis, d. h. mitten im Atlantik. Anderen Berichten zufolge lag er in Marokko.

HESTIA (Vesta bei den Römern): Göttin des Herdes, Tochter des Kronos und der Rhea. Sie war das erste der Kinder, die Kronos verspeiste und nach Zeus' Eingreifen wieder ausspucken mußte. Hestia tritt in den griechischen Mythen recht wenig in Erscheinung, wahrscheinlich, weil sie eine ortsgebundene Göttin, ja eigentlich eine Abstraktion ist: Sie beschützte Heim und Herd, wie im übrigen auch den Olymp, und ließ sich selten draußen sehen.

HIKETAON: Sohn des Laomedon, Bruder von Priamos.

HIPPIA: Beiname für Athene; sie wurde so genannt, weil sie Pferde liebte.

HIPPOLYTE: Tochter des Ares, Amazonenkönigin. Auf Befehl des Eurystheus mußte Herakles ihr in der neunten Arbeit den goldenen Gürtel abnehmen, den sie von ihrem Vater geerbt hatte. Manche sagen, Herakles sei mit Gewalt zum Ziel gekommen, andere behaupten, er habe die Amazonenkönigin in sich verliebt gemacht. Für die ersten wurde Hippolyte von Herakles getötet, für die zweiten aber starb sie unabsichtlich durch die Hand ihrer Schwester Penthesilea.

HIPPOTHOOS: Anführer der Pelasger.

HORAI (oder Horen): Töchter des Zeus und der Themis. Anfangs waren sie nur zu dritt (Eunomia, «die Ordnung», Dike, «die Gerechtigkeit» und Eirene, der «Frieden»), dann zu fünft (mit Thallo und Karpo) und schließlich zu zwölft und zu vierundzwanzig.

HYLAIOS: Kentaur, der Atalanta vergewaltigen wollte und von ihr getötet wurde.

HYLAS: wunderschöner Jüngling, mit aller Wahrscheinlichkeit Geliebter des Herakles. Er nahm an der Fahrt der Argonauten teil, doch als er während eines kurzen Aufenthalts an Land ging, um Trinkwasser zu besorgen, wurde er von einigen Nymphen geraubt. Herakles suchte weinend die ganze Insel nach ihm ab – vergeblich.

HYPASE: trojanisches Mädchen, fiktive Figur.

HYPERENOR: Sohn des Panthos, Bruder von Euphorbos, wurde während des Trojanischen Krieges von Menelaos getötet.

HYPSIPYLE: Tochter der Myrina, Königin von Lemnos, jener Insel, auf der nur Frauen lebten. Sie nahm die Argonauten auf und versorgte sie mit Wasser und Nahrung im Tausch gegen sexuelle Leistungen, durch die die Frauen von Lemnos für Nachwuchs sorgen wollten. Es heißt, daß Hypsipyle sich im Verlauf dieses Unternehmens in Jason verliebte und von ihm die zwei Söhne Euneos (den künftigen König der Insel) und Nebrophonos hatte.

IALMENOS: Sohn des Ares und der Astyoche, nahm am Zug der Argonauten und am Trojanischen Krieg teil.

IASOS: Sohn des Lykurgos, Gatte der Klymene und Vater von Atalanta.

IDAS: Sohn des Aphareus, Zwillingsbruder von Lynkeus, nahm an der Fahrt der Argonauten und an der Kalydonischen Eberjagd teil. Er und sein Bruder sollten Phoibe und Hilaeira, die Leukippiden, heiraten, doch wurden die beiden Schwestern von Kastor und Pollux geraubt. In dem Streit, der darauf folgte, tötete Idas Kastor, während Lynkeus von Pollux getötet wurde. Zeus machte der Auseinandersetzung ein Ende, indem er Idas tötete.

IDMON: Sohn des Apollon und der Kyrene, war ein berühmter Seher, nahm am Zug der Argonauten teil.

IDOMENEUS: König von Kreta und Enkel des Minos, einer der schönsten Männer des griechischen Heeres. Er war einer der Bewerber um die Hand der Helena gewesen und landete mit achtzig Schiffen vor Troja. Seine Heimreise gestaltete sich, wie bei fast allen Achäern, sehr schwierig: Während eines Sturmes gelobte er Poseidon, ihm das erste menschliche Wesen zu opfern, das er treffen würde, wenn er wieder festen Boden unter den Füßen hätte – aber offensichtlich hatte er Pech, denn der erste, den er sah, war sein Sohn. Der Junge hatte noch nicht einmal die Zeit, «Papi» zu rufen, als Idomeneus schon sein Schwert erhoben hatte, um ihn abzuschlachten: Doch ein plötzliches Geräusch erlaubte es dem Jüngling zu fliehen – und seinem Vater nachzudenken.

IOLAOS: erster Name von Protesilaos (→ *Protesilaos*).

IPHIGENIE: Tochter des Agamemnon und der Klytämnestra; andere sagen, daß Theseus und Helena ihre Eltern waren. Der zweiten Hypothese zufolge soll sie während des ersten Raubs der Helena (dem durch Theseus) gezeugt und dann, um einen Skandal zu verhindern, als Kind der verheirateten Tante ausgegeben worden sein.

IPHIKLES: Sohn des Amphitryon und der Alkmene. Er war ein Zwillingsbruder des Herakles, obwohl Zeus nicht sein Vater war. Als Hera zwei Schlangen schickte, um die Zwillinge in der Wiege zu erwürgen, fing Iphikles, der menschlicher Natur war, zu weinen an. Er weckte damit Herakles, der die Schlangen mit bloßen Händen tötete. Iphikles nahm am Zug der Argonauten und an der Kalydonischen Eberjagd teil.

IPHITOS: Sohn des Sthenelos und Bruder von Eurystheus. Er nahm an der Fahrt der Argonauten teil.

IRIS: Göttin des Regenbogens. Sie war eine Tochter des Thaumas, Schwester der Harpyien und galt als Botschafterin des Friedens.

IXION: König der Lapithen, heiratete Dia, die Tochter des Eioneus. Um den Brautpreis nicht zahlen zu müssen, lud er seinen Schwiegervater zum Abendessen ein und warf ihn dann in eine Grube, die mit glühenden Kohlen gefüllt war. Zeus, der mehr über den genauen Tathergang wissen wollte, zitierte Ixion auf den Olymp, wo dieser, kein bißchen eingeschüchtert, sich daran machte, Hera zu umwerben. Nun verlor der Göttervater die Geduld und stellte Ixion eine Falle. Aus einer Wolke schuf er ein Bild seiner Ehefrau und überraschte ihn mit diesem Trugbild im Bett. Die darauffolgende Bestrafung war grauenhaft. Zeus peitschte Ixion so lange, bis er tausendmal «Ich soll meinem Wohltäter mit Dank vergelten» gerufen hatte, dann band er ihn an ein Rad, das sich für immer am Himmel drehte. Ixion war der Vater der Kentauren.

JAHRESZEITEN: Töchter des Zeus und der Themis. Sie werden oft mit den Horen (→ *Horen*) gleichgesetzt. Jede der vier Jahreszeiten hatte einen Schutzgott: Hermes für den Frühling, Apollon für den Sommer, Dionysos für den Herbst und Herakles für den Winter.

JASON: Sohn des Aison. Er wurde von seinem Onkel Pelias, der den Jason zustehenden Thron von Iolkos an sich gerissen hatte, nach Kolchis geschickt, um das Goldene Vlies zu suchen. Jason führte den Zug der Argonauten, an dem die bedeutendsten Helden der damaligen Zeit teilnahmen. Bei diesem Unternehmen konnte Jason sehr auf die Hilfe der Medea zählen, der Tochter des Königs Aiëtes, der das Goldene Vlies bewachte. Als Jason sie aber zehn Jahre später verlassen wollte, um Kreusa (oder Glauke) zu heiraten, rächte sich Medea, indem sie zwei ihrer drei gemeinsamen Kinder tötete und der jungen Braut ein vergiftetes Hochzeitskleid zukommen ließ.

KADMOS: Sohn des Agenor und der Telephassa. Sein Vater schickte ihn auf die Suche nach seiner Schwester Europa, die Zeus geraubt hatte, und da er sie nicht fand, konnte er nicht mehr nach Hause zurückkehren. Also half er Zeus dabei, den Giganten Typhoeus zu besiegen. Das Orakel von Delphi riet ihm, einer jungen Kuh zu folgen und dort eine Stadt zu gründen, wo sich die Kuh niederlegen würde. Auf böotischem Boden sank die Kuh endlich zu Boden, und Kadmos gründete die Stadt Theben. Vorher hatte er aber noch einen Drachen zu töten, der ein Sohn des Ares war. Aus den im Boden vergrabenen Drachenzähnen entstanden die Spartoi, die «Gesäten», die als besonders wilde Krieger bekannt wurden. In Theben heiratete Kadmos die Harmonia.

KAINEUS: Sohn des Elatos, ist der erste Transsexuelle der Geschichte. Ursprünglich war er eine wunderschöne Nymphe namens Kainis. Eines Tages verliebte sich Poseidon in sie und wollte mit ihr schlafen. Begeistert stimmte die Nymphe zu, stellte aber die Bedingung, daß Poseidon sie (hoffentlich danach) in einen unbesiegbaren Krieger verwandle. Er nahm an der Fahrt der Argonauten und an der Kalydonischen Eberjagd teil.

KALAIS: Sohn des Boreas, trug Flügel an den Füßen. Er nahm zusammen mit seinem Bruder Zetes an der Fahrt der Argonauten teil.

KALCHAS: Sohn des Thestor, Enkel Apollons, war der offizielle Seher des griechischen Heeres. Er brachte sich um, als er einen Seherwettkampf mit Mopsos verloren hatte.

KALLIOPE: Muse der Poesie und der Beredsamkeit, Braut des Apollon und Mutter von Orpheus und den Sirenen (→ *Musen*).

KALYDONISCHER EBER: riesige Bestie, die Artemis geschickt hatte, um Oineus, den König von Kalydon, zu bestrafen. An der Jagd auf das Untier nahmen zahlreiche Helden teil, darunter: Idas, Lynkeus, Theseus, Peirithoos, Kastor, Pollux, Jason, Telamon, Nestor, Peleus, Eurythion, Amphiaraos, Admetos, Kaineus, der große Ankaios, Kepheus und Atalanta. Der Jagdgesellschaft schloß sich auch Asklepios an, der berühmteste Chirurg der homerischen Welt.

KALYMNIA: Verlobte von Leontes, fiktive Figur.

KANTHOS: der Euböer genannt. Er nahm am Zug der Argonauten teil.

KAPYS: Sohn des Assarakos, König von Dardania. Seine Frau war Themiste, seine Kinder hießen Anchises und Themis.

KAPYS: trojanischer Krieger, Freund des Äneas und Gründer der Stadt Capua.

KASSANDRA: Tochter des Priamos und der Hecuba. Apollon verliebte sich in sie und schenkte ihr die Gabe der Weissagung, aber Kassandra gab ihm nicht nach. Daher spuckte ihr der Gott auf die Lippen, womit er sie dazu verurteilte, daß niemand ihren Weissagungen glaubte. Sie endete als Sklavin des Agamemnon und wurde schließlich von Klytämnestra getötet.

KASTOR UND POLLUX (oder die Dioskuren): Söhne von Leda, Zeus und Tyndareos. Aufgrund von Ledas doppelter Befruchtung wurde der eine als Sterblicher, der andere als Unsterblicher geboren. Als Kastor getötet wurde, bat Pollux den Göttervater, anstelle seines Bruders ins Grab zu dürfen. Zeus verlieh daraufhin beiden eine Halb-Unsterblichkeit (abwechselnd einen Tag im Hades und einen auf dem Olymp) und gab ihnen ein Sternbild: die Zwillinge. Kastor und Pollux nahmen am Zug der Argonauten teil.

KEBRIONES: Wagenlenker und Halbbruder von Hektor.

KEDALION: Zwerg, Diener des Hephästos. Als Orion sein Augenlicht verlor, kletterte Kedalion auf seine Schultern und lenkte ihn nach Osten. Daraufhin wurde er von seiner Blindheit geheilt.

KENTAUREN: Söhne des Ixion (→ *Ixion*). Sie waren halb Mensch und halb Pferd und außerdem berühmt für ihre Grausamkeit. Im Kampf mit den Lapithen unterlagen sie und wurden aus Thessalien vertrieben.

KEPHEUS: Sohn des Lykurgos, nahm sowohl an der Fahrt der Argonauten als auch an der Jagd auf den Kalydonischen Eber teil.

KERKYSERA: einer der Namen, die sich Achilles zugelegt haben soll, als er im Schloß des Königs Lykomedes untergetaucht war.

KILLA: Schwester von Priamos, Mutter des Munippos.

KLEOPATRA: Tochter des Idas, Frau von Meleager. Aus Trauer über den Tod ihres Mannes erhängte sie sich. Die Götter verwandelten sie in ein Perlhuhn. Nicht zu verwechseln mit der historischen Gestalt gleichen Namens.

KLOTHO: «die Spinnerin», eine der Moiren.

KLYMENE: Helenas Magd und Mutter der Atalanta.

KLYTÄMNESTRA: Tochter von Tyndareos und Leda, Zwillingsschwester von Helena, Kastor und Pollux. Zunächst heiratete sie Tantalos (einen Sohn des Thyestes, nicht zu verwechseln mit dem anderen Tantalos, dem Vater des Pelops) und danach Agamemnon. Nachdem der frischgebackene Ehemann nach Troja losgesegelt war, blieb sie ihm eine Zeitlang treu, betrog ihn aber dann mit Aigisthos. Und das war gut zu verstehen, denn Agamemnon hatte nicht nur ihren ersten Mann und ihre Kinder aus erster Ehe getötet, sondern auch die Tochter Iphigenie. Außerdem hatte er sich, als wenn das noch nicht gereicht hätte, in Chryseis und Kassandra verliebt. Als er aus dem Krieg nach Hause kam, schenkte Klytämnestra ihm ein Gewand, dessen Ärmel an den Enden zugenäht waren. Als der Ärmste nun versuchte, es anzuziehen, wurde er von Aigisthos mit dem Schwert erschlagen. Und da dieser schon einmal beim Töten war, ließ er auch noch Agamemnons Sklavin Kassandra niederstechen. Später tötete Agamemnons Sohn Orestes den Aigisthos.

KLYTHIOS: Sohn des Laomedon, Bruder des Priamos, einer der Ältesten Trojas.

KNOSSIA: Geliebte des Menelaos, fiktive Figur.

KOIRANOS: Vor Troja gab es zwei Krieger, die Koiranos hießen; der eine war Lykier und kämpfte auf Seiten der Troer, der andere, ein

Kreter, kämpfte mit den Achäern. Letzterer war ein Schildträger des Meriones von Knossos.

KORONOS: genannt «der Lapithe», Sohn des Kaineus, nahm am Zug der Argonauten teil.

KOSINIDE: Vater von Euainios, fiktive Figur.

KRENEOS: Sohn von Neopulos und Hekta, fiktive Figur.

KREON: Sohn des Menoikeus, Bruder der Iokaste. In einigen Sophokles-Tragödien spielt er die Rolle des Bösewichts. Er bot demjenigen die Hand seiner Schwester Iokaste an – der Witwe des Laios –, der das Land von der Sphinx befreien würde. Ödipus erledigte die Aufgabe und heiratete so auch noch seine eigene Mutter, nachdem er schon seinen Vater getötet hatte. Zu den schlimmsten Verbrechen des Kreon gehört es, daß er die Antigone sterben ließ, die Tochter von Ödipus, weil sie es gewagt hatte, entgegen seinem Befehl ihren Bruder Polyneikes zu bestatten.

KRETHEUS: Sohn des Aiolos und Gründer der Stadt Iolkos.

KREUSA: → *Glauke*

KRONOS: Sohn des Uranos und der Gaia. Er wurde von seinem Vater in den tiefen Tartaros gestürzt, konnte sich aber befreien und Uranos mit einer Sichel, die ihm seine Mutter Gaia gegeben hatte, kastrieren. Da Kronos befürchtete, selbst von einem seiner Kinder gestürzt zu werden, gewöhnte er es sich an, sie direkt nach der Geburt zu verspeisen. Als aber Zeus an der Reihe war, übergab seine Frau Rhea ihm statt des Kindes einen in Windeln gewickelten Stein, den Kronos, ohne etwas zu merken, herunterschluckte. Als Zeus herangewachsen war, gab er seinem Vater ein Brechmittel zu trinken, und Kronos mußte alle Kinder, die er verschlungen hatte, wieder ausspucken. Darunter waren Hades, Poseidon, Hera, Demeter und Hestia.

KYKNOS: In der antiken Mythologie gibt es zahlreiche Figuren dieses Namens, einige sind Söhne des Apollon oder des Ares, andere auch des Poseidon. Der Kyknos, der uns hier interessiert, nahm am Trojanischen Krieg teil und wurde von Achilles schwer verwundet. Im Todeskampf stieß er einen Schrei wie ein Schwan aus, und als er dann starb, verwandelte er sich in den Vogel, der ihm auch den Namen gab.

LACHESIS: «die Abmesserin», eine der drei Moiren. Ihre Aufgabe war es abzumessen, wann der Lebensfaden eines Menschen zu Ende war.

LAERTES: Er ist hauptsächlich als Vater von Odysseus bekannt. Es könnte aber sein, daß er gar nicht der Vater war, denn seine Frau Antikleia wurde neun Monate vor Odysseus' Geburt von Sisyphos vergewaltigt. Als Odysseus von Troja zurückkehrte, lebte Laërtes noch, und obwohl er schon sehr alt war, half er seinem Sohn, Penelopes Freier davonzujagen. Er nahm am Zug der Argonauten teil.

LAMIA: Tochter des Belos und der Libye, war eine Geliebte des Zeus. Aus Eifersucht tötete Hera alle ihre Kinder, mit Ausnahme der Skylla (→ *Skylla*). Der ärmsten Lamia raubte der Schmerz den Verstand, und in kürzester Zeit wurde sie ein Horrorweib, das die Kinder anderer Leute entführte. Nachts zog sie sich gewöhnlich die Augen aus, damit diese sie während des Schlafs bewachen konnten.

LAMPADO: Amazonenkönigin.

LAMPOS: Sohn des Laomedon, einer der Ältesten in Troja.

LANIZIA: Schwester von Leontes, fiktive Figur.

LAODAMEIA: Bildhauerin, Tochter des Königs Akastos. Sie heiratete Protesilaos, doch konnte sie nur eine Nacht mit ihm zusammensein, die Hochzeitsnacht. Als ihr Mann vor Troja starb, flehte sie Persephone an, ihn doch für eine einzige Nacht lebend zu ihr zurückkommen zu lassen. Als die Göttin ihr die Gnade erwies, nutzte Laodameia die zugestandene Zeit dazu, eine Wachsstatue von ihrem Gatten anzufertigen, mit der sie jede Nacht umarmt schlafen konnte. Ihr Vater Akastos, der sie für übergeschnappt hielt, warf die Statue in einen Kessel mit kochendem Öl, und Laodameia sprang sofort hinterher.

LAODOKON: Vor Troja gab es zwei, die Laodokon hießen. Einer war Achäer, der andere Troer. Der, der hier interessiert, war einer der weisesten Männer Trojas, Sohn des Antenor und Bruder des Laokoon.

LAOGONOS: trojanischer Krieger.

LAOKOON: Sohn des Antenor, Priester des Apollon, berühmt für seine Bedenken, das hölzerne Pferd in die Stadt Troja hereinzuziehen. Kaum hatte er seine ablehnende Meinung zu dem seltsamen Geschenk der Achäer kundgetan, entstiegen dem Meer zwei Seeungeheuer in Form von Schlangen und zerquetschten ihn und seine zwei kleinen Söhne vor den entsetzten Augen der Troer.

LAOMEDON: Sohn des Ilos und der Eurydike, Vater von Priamos, Klytios, Hesione und Hiketaon. Er ließ sich von Apollon und Poseidon beim Bau der trojanischen Stadtmauer helfen, weigerte sich aber nach deren Fertigstellung, den vereinbarten Lohn zu zahlen. Die Götter ärgerten sich darüber, und Poseidon schickte ihm ein Seeungeheuer. Um es zu besänftigen, mußte Laomedon seine Tochter Hesione als Opfer an einen Felsen ketten; sie wurde aber von Herakles gerettet.

LAOTHOE: Sklavin des Priamos, Mutter von Lykaon und Polydoros.

LATONA: lateinischer Name der griechischen Göttin Leto, Tochter des Koios und der Phoibe. Sie wurde von Zeus schwanger und war daraufhin den Nachstellungen der Hera ausgesetzt. Die hetzte ihr auch die Schlange Python (→ *Python*) auf den Hals, die dafür sorgte, daß Latona nirgendwo gebären konnte. Doch sie ließ sich vom Südwind Notos im Flug auf die Treibinsel Delos bringen, wo sie Apollon und Artemis gebar.

LEDA: Gattin des Tyndareos, Mutter von Helena, Klytämnestra, Kastor und Pollux. Manche sagen, sie sei von Zeus in Gestalt eines Schwans vergewaltigt worden, für andere hat sie nur das Ei aufgenommen, das die Nemesis-Gans mit dem Zeus-Schwan gezeugt hatte (→ *Helena*).

LEONTES: Junge von der Insel Gaudos, fiktive Figur.

LEONTEUS: thessalischer Anführer im Krieg um Troja.

LEUKIPPOS: König von Messenien. Er ist als Vater der zwei Leukippiden Phoibe und Hilaeira bekannt, die zunächst von Kastor und Pollux geraubt wurden und dann die Zwillingsbrüder Idas und Lynkeus (→ *Lynkeus*) heirateten.

LITAI: Töchter des Zeus. Sie symbolisieren das Flehen um Vergeben eines reuigen Menschen gegenüber der geschädigten Person.

LYKAON: Sohn des Priamos und der Laothoë, wurde von Achilles getötet.

LYKOMEDES: König der Insel Skyros. Bei ihm versteckte Thetis ihren Sohn Achilles (→ *Achilles*), nachdem sie ihn in Mädchenkleidung gesteckt hatte. Lykomedes beherbergte zunächst auch Theseus, aber da er befürchtete, der Held wolle seinen Thron an sich reißen, tötete er ihn, indem er ihn von einem Fels herunterstieß.

LYKOPHRON: achäischer Krieger, Sohn des Mastor, war Schildträger von Ajax, dem Sohn des Telamon.

LYNKEUS: Sohn des Aphareus, Zwillingsbruder von Idas. Er nahm an der Fahrt der Argonauten und auch an der Kalydonischen Eberjagd teil. Die Zwillingsbrüder sollten Phoibe und Hilaeira, die Leukippen, heiraten, als diese von den Dioskuren (→ *Dioskuren*) geraubt wurden. In dem Streit, der darauf folgte, tötete Idas Kastor, während Lynkeus von Pollux getötet wurde.

LYSIPPE: Amazonenkönigin. Sie hegte eine krankhafte Leidenschaft für ihren Sohn Tanais und brach deshalb die Gesetze der Amazonen, nach denen alle Männer aus dem Land ausgewiesen werden mußten. Wahrscheinlich wurde diese Leidenschaft von Aphrodite hervorgerufen, die damit die Lysippe für ihre Abneigungen gegen die Ehe bestrafen wollte. Man erzählt auch, daß Tanais sich selbst tötete, um den Inzest zu verhindern.

LYSTODEMOS: Krieger aus Lokris, fiktive Figur.

MACHAON: Sohn des Asklepios, berühmtester Chirurg des Homerischen Zeitalters. Zusammen mit seinem Bruder Podaleirios lernte er die Heilkunst vom Vater Asklepios. Die Brüder nahmen auch zusammen am Trojanischen Krieg teil, wo sie Gelegenheit hatten, unter anderen Menelaos, Telephos und Philoktet zu kurieren.

MÄNADEN («Bacchantinnen» für die Römer): Anhängerinnen des Dionysos. Sie kauten fortwährend Efeublätter (oder Blätter anderer Pflanzen) und steigerten sich, von «Raserei gepackt», in orgiastische Riten.

MAIA: eine der Pleiaden, Tochter des Atlas, vereinigte sich mit Zeus und gebar Hermes.

MARAPHIOS: soll ein Sohn von Menelaos und Helena gewesen sein.

MARIS: trojanischer Krieger, Sohn des Amisodaros.

MARPESIA: Amazonenkönigin. Sie eroberte Thrakien und Syrien und weitete ihr Reich bis zum Ägäischen Meer aus.

MEDEA: Tochter des Aiëtes, sehr umstrittene Persönlichkeit. Sie verliebte sich in Jason und half ihm, das Goldene Vlies zu stehlen, das ihr Vater in einem Wald in Kolchis aufbewahrte. Um die anschließende Verfolgungsjagd ihres Vaters zu verlangsamen, zerstückelte sie ihren kleinen Bruder Apsyrtos und warf ihn ins Meer. Als Expertin in Zaubertränken und Verzauberungen konnte sie Pelias, Jasons Feind, dazu bewegen, sich in einen Kessel mit kochendem Wasser zu stürzen, indem sie ihn davon überzeugte, das Bad würde ihn verjüngen. Als Jason sie verließ, um Kreusa zu heiraten, brachte sie zwei der drei Kinder um, die sie mit ihm hatte, und schenkte der Braut ein vergiftetes Hochzeitskleid, in dem diese unter unendlichen Qualen starb.

MEDUSA: die jüngste der drei Gorgonen (→ *Gorgonen*). Als sie geboren wurde, war sie wunderschön, doch dann beging sie den Fehler, mit Poseidon vor einem Artemisbild zu schlafen. Die Göttin war selbst Jungfrau und fühlte sich dadurch zutiefst beleidigt. Sie verwandelte die Medusa in ein schreckliches Ungeheuer mit zischenden Schlangen als Haare, langen Wildschweinhauern als Zähne, Nägeln aus Bronze, flammenden Augen und Fledermausflügeln. Wer sie ansah, wurde zu Stein. Perseus konnte sie aber töten, weil er sie nur als Spiegelbild auf seinem Schild zu Gesicht bekam. Aus dem abgetrennten Rumpf der Medusa entsprangen zwei Söhne Poseidons: Chrysaor und Pegasos, das geflügelte Pferd. Aus den Blutstropfen, die aus Medusas rechter Seite flossen, mixte die Göttin Athene das *pharmacon*, eine Medizin, die Tote zum Leben erwecken konnte, aus denen der linken Seite ein Gift (→ *Asklepios*).

MEGAIRA: zusammen mit Alekto und Tisiphone eine der drei Erinnyen (→ *Erinnyen*).

MELAMPOS: Sohn des Amythaon (böse Zungen behaupten des Poseidon) und der Idomene, Bruder von Bias. Sein Name bedeutete «schwarze Füße»; er wurde so genannt, weil seine Mutter ihn als Säugling eine Stunde lang im Schatten eines Baumes mit den Füßen in der prallen Sonne stehengelassen hatte. Da Melampos einmal zwei tote Schlangen ordentlich bestattete und sich um ihre Jungen gekümmert hatte, wurde er von den Tieren sehr geliebt. Er verstand die Sprache der Vögel, aller Vierbeiner und sogar der Insekten. Diese Fähigkeit erlaubte es ihm, eines Tages die Unterhaltung von zwei Holzwürmern zu belauschen und den Einsturz eines Holzgebälks vorherzusagen. Er nahm an der Fahrt der Argonauten teil.

MELANIPPE: möglicherweise anderer Name der Antiope (→ *Antiope*), Amazonenkönigin. Sie konnte ihre Schwester Hippolyte befreien, die Herakles gefangengenommen hatte, wurde dann aber von Telamon getötet.

MELEAGER: Sohn des Oineus und der Althaia, Bruder von Deïaneira. Als er geboren wurde, weissagten die Moiren, daß er so lange leben werde, bis das Holzscheit, das gerade im Kamin brannte, nicht völlig verglüht sei. Oineus und Althaia nahmen das Holzscheit aus dem Feuer und versteckten es in einer Art Panzerschrank. Als Meleager aber seinen Onkel tötete, warf seine Mutter das Holzscheit ins Feuer zurück. Nach Meleagers Tod begingen die Mutter und die Schwestern des Helden einen Massenselbstmord, und Artemis verwandelte sie in Perlhühner.

MEMNON: Sohn des Tithonos und der Eos, König von Äthiopien und Ägypten, galt als der schönste Mann dunkler Hautfarbe. Er kam nach Troja, um Priamos beizustehen, und tötete eine große Zahl Achäer, unter anderem Antilochos, den Sohn von Nestor. Er selbst wurde dann nach einem langen Zweikampf von Achilles getötet. Während der Begräbnisfeier verwandelte sich seine Asche in Raubvögel, die Memnodides genannt wurden, und die Tränen seiner Mutter verwandelten sich in Tau.

MENELAOS: Sohn des Atreus und Bruder von Agamemnon. Er wurde berühmt, weil er Helena heiratete, die ihn dann wegen Paris (→ *Paris*) verließ. Mit Helena hatte er nur eine Tochter, Hermione (in manchen Berichten werden ihnen noch verschiedene andere Kinder zugeschrieben). Von einer Sklavin hatte Menelaos einen Sohn, dem er den Namen Megapenthes gab, was soviel wie «großer Schmerz» bedeutet. Damit wollte er unterstreichen, wie sehr er wegen seiner Frau leiden mußte. Als er Helena zurückbekam, wollte er sie zunächst töten, aber dann war er doch wieder überwältigt von ihrer Schönheit und verzieh ihr lieber.

MENESTHEUS: griechischer Krieger, der von Hektor getötet wurde.

MENESTHIOS: Anführer der Myrmidonen im Trojanischen Krieg.

MENOITIOS: König von Opus, Sohn des Aktor, Vater des Patroklos.

MERIONES: kretischer Befehlshaber, Kamerad von Idomeneus. Er gewann das Bogenschießen bei Patroklos' Leichenspielen.

MERMEROS: Sohn von Jason und Medea. Er war noch nicht erwachsen, als seine Mutter ihn tötete, um sich an Jason zu rächen.

MINITYIA: Amazonenkönigin.

MINOS: König von Kreta, Gatte von Pasiphaë. Um auf den Thron zu gelangen, versprach er Poseidon, ihm den schönsten Stier, den man je gesehen habe, zu opfern. Der Gott schickte ihm daraufhin aus dem Meer ein wunderschönes Exemplar mit weißem Fell, aber Minos fand ihn zu schade und opferte lieber ein anderes Tier. Poseidon war beleidigt und sorgte dafür, daß Minos' Frau Pasiphaë sich in den Stier verliebte. Sie vereinigte sich mit ihm, wurde schwanger und gebar den Minotauros, ein Ungeheuer, halb Mensch und halb Stier, das sich von Menschenfleisch ernährte. Minos ließ deshalb von dem Architekten Daidalos ein Labyrinth konstruieren, wo er das Ungeheuer versteckte, und damit keiner das Geheimnis des Labyrinths verraten konnte, sperrte er den Baumeister und dessen Sohn Ikaros gleich mit ein; die beiden konnten aber entkommen, mit Hilfe von Wachsflügeln, die Daidalos extra angefertigt hatte. Um den Minotauros zufriedenzustellen, verpflichtete Minos schließlich die unter seiner Herrschaft stehenden Städte zu einer jährlichen Tributzahlung von sieben Jünglingen und sieben Mädchen für das Ungeheuer. An einer dieser traurigen Expeditionen, der aus Athen, nahm der Held Theseus freiwillig teil, und dank der Hilfe von Ariadne, einer Tochter des Minos, gelang es ihm, den Minotauros zu töten. In der Unterwelt wurde Minos Richter über die Seelen der Verstorbenen.

MINOTAUROS: blutrünstiges mythologisches Ungeheuer, entstand aus der Liebe von Pasiphaë, der Frau des kretischen Königs Minos (→ *Minos*), zu einem Stier. Es wurde von Theseus getötet.

MNEMON: bedeutet «der, der erinnert». Thetis gab ihn dem Achilles als Begleiter, damit er ihn ständig daran erinnern konnte, niemals Söhne des Apollon zu töten, weil er sonst selbst von dem Gott getötet werde. Mnemon hatte Achilles das jede halbe Stunde mit lauter Stimme zu wiederholen. Doch leider schwieg er, als Achilles Kyknos tötete, der eben ein Sohn des Apollon war. Wegen dieses Versäumnisses wurde Mnemon dann selbst von Achilles getötet.

MNEMOSYNE: («das Gedächtnis»), Tochter des Uranos und der Gaia, Mutter der neun Musen.

MOIREN (Parcae bei den Römern): Manchmal werden sie als Töchter des Erebos (Dunkelheit) und der Nyx (Nacht) bezeichnet (vgl.: Hesiod: Theogonie, Abschnitt 217), manchmal aber auch als Töchter des Zeus und der Themis oder der Ananke (Notwendigkeit) (vgl.: Plutarch: Das Dämonium des Sokrates, 591 b). Teilweise gelten sie auch als Schwestern der Ananke (vgl.: Platon: Der Staat, X, 14). Sie begleiteten den Menschen vom Tag der Geburt bis zu seinem letzten Atemzug. Klotho, «die Spinnerin», spann den Lebensfaden, Lachesis, «die Abmesserin», prüfte seine Länge und Atropos, »die, die nicht zu vermeiden ist», sorgte für den endgültigen Schnitt.

MOMOS: Sohn des Hypnos und der Nyx, Gott des Tadels. Er war es, der Zeus dazu riet, Helena auf die Welt kommen zu lassen und damit einen weitreichenden Konflikt heraufzubeschwören.

MOPSOS: Sohn des Apollon und der Manto, war wahrscheinlich der fähigste Seher aller Zeiten. Er trieb Kalchas zum Selbstmord, als er ihn in einem Seherwettstreit schlug.

MORPHEUS: Sohn des Hypnos und der Nyx (Nacht), Gott des Schlafes. Man stellte sich ihn als alten Mann mit ganz leichten Flügeln vor. Er näherte sich so sanft dem Bett, daß ihm nie jemand ins Gesicht sehen konnte. Nach Ovid hatte er zwei Brüder: Phantasos, den Gott der schönen Träume, und Phobetor, den Gott der schlechten Träume, also der Alpträume. Von Morpheus' Namen leitet sich das Substantiv «Morphium» ab.

MUNIPPOS: Sohn der Killa, Enkel des Priamos.

MUSEN: Töchter des Zeus und der Mnemosyne. Sie waren zu neunt und lebten beschützt von Apollon auf dem Berg Helikon. Jede von ihnen kümmerte sich um eine der schönen Künste: Kalliope um epische Dichtung und Redegewandtheit, Kleio um epischen Gesang und Geschichte, Erato um Liebesdichtung, Euterpe um Musik, Melpomene um Tragödien, Polyhymnia um heiligen Gesang, Thaleia um Komödien, Terpsichore um Tanz und Urania um Astronomie.

MYRINA: Beiname der Batiteia, einer Amazonenkönigin. Sie war zunächst Königin in Libyen, wo sie alle Männer ihres Königreichs tötete; dann zog sie nach Lemnos, wo sie praktisch noch mal das gleiche machte. Mutter der Hypsipyle und Gattin des Thoas.

NARKISSOS: Sohn des Kephissos und der Nymphe Leiriope. Als er geboren wurde, sagte ihm der Seher Teiresias voraus, daß er so lange leben werde, bis er sich zum erstenmal in einem Spiegel sehe. Daher entfernte seine Mutter alle Spiegel und jedwede reflektierende Oberfläche aus dem Haus. Eines Tages aber hatte Narkissos großen Durst und kniete an einem Teich nieder, wo er sein

Spiegelbild sah. Manche behaupten nun, er sei bei dem Versuch, sich zu umarmen, ins Wasser gefallen und ertrunken, andere sagen, er habe sich ins eigene Schwert gestürzt, weil er sich nicht selbst lieben konnte. Aus seinen Blutstropfen wuchs eine Blume, die Narzisse.

NASTES: Sohn des Nomion, Anführer der Karer, die mit Troja verbündet waren.

NAUPLIOS: Sohn des Klytoneos, erfahrener Seemann, nahm an der Fahrt der Argonauten teil. Als er erfuhr, daß sein Sohn Palamedes von den Achäern zu Unrecht des Verrats beschuldigt und getötet worden war, rächte er sich, indem er das Gerücht verbreitete, die griechischen Heerführer unterhielten amouröse Beziehungen zu trojanischen Frauen. Daraufhin betrog Klytämnestra ihren Agamemnon mit Aigisthos, Aigialea den Diomedes mit Kometes und Meda, die Gattin des Idomeneus, schlief mit Leukos. Nauplios entzündete außerdem falsche Leuchtfeuer entlang der euböischen Küste, so daß viele der von Troja heimkehrenden Schiffe Schiffbruch erlitten.

NEBROPHONOS: Sohn des Jason und der Hypsipyle.

NELEUS: Vater von Nestor.

NEMEISCHER LÖWE: ging aus dem inzestuösen Verhältnis von Orthos mit seiner Mutter Echidne hervor. Seine Haut war von keinerlei Metall zu verletzen. Nachdem Herakles vergeblich versucht hatte, ihn mit seinen Pfeilen zu durchbohren, trieb er ihn in eine Höhle und erwürgte ihn mit bloßen Händen. Danach trug er den Kopf des Löwen als Helm und das Fell als Schutz für seinen Körper.

NEMESIS: Göttin der Rache. Sie wurde sowohl von den Griechen als auch von den Römern verehrt.

NEOPTOLEMOS: Sohn des Achilles und der Deïdameia, auch unter dem Namen Phyrrhos bekannt. Obwohl er noch sehr jung war (wahrscheinlich noch nicht einmal fünfzehn), tat er sich beim Gemetzel in Troja als besonders grausam hervor: Er tötete mit eigenen Händen Priamos und Polyxena und warf Astyanax, den kleinen Sohn Hektors, von den Stadtmauern hinab. Wieder zurück im Vaterland, schlief er mit seiner Sklavin Andromache, der Witwe des Hektor, und zog sich dadurch den Zorn seiner Verlobten Hermione zu. Das Mädchen hetzte die Einwohner von Delphi gegen ihn auf und ließ ihn steinigen – mit der Begründung, wenn er nicht getötet werde, zerstöre er das Orakel des Apollon.

NEOPULOS: Vater von Leontes, fiktive Figur.

NEREIDEN: fünfzig Meeresnymphen, Töchter des Nereus und der Doris. Sie wurden meist auf Delphinen (oder anderen Meerestieren) reitend dargestellt. Die berühmtesten Nereiden waren Thetis, Amphitrite und Galatea.

NEREUS: Sohn des Pontos und der Gaia, als Meeresgott Vorgänger von Poseidon. Er war Vater der fünfzig Nereiden und lebte mit seiner Familie auf dem Meeresgrund in einer goldenen Grotte.

NESSOS: Kentaur, Sohn des Ixion und der Nephele. Er verliebte sich in Deïaneira, die Gattin des Herakles, und wurde von diesem getötet, als er sie rauben wollte. Bevor er aber starb, schenkte er der Deïaneira noch etwas von seinem Blut und riet ihr, es zu benutzen, wenn jemand sie eines Tages respektlos behandeln sollte. An diesen Rat erinnerte sie sich, als Herakles der Iole, einer Tochter des Eurytos, den Hof zu machen begann. Sie schenkte ihm ein Gewand, das mit dem Blut des Nessos getränkt war. Kaum hatte der arme Herakles das Gewand übergezogen, fühlte er sich bei lebendigem Leibe verbrennen. Er wollte es schnell wieder ausziehen, aber das Gift des Kentauren erlaubte es nicht, denn das Gewand war mit der Haut zusammengewachsen. Um nicht unter den furchtbaren Qualen weiterleben zu müssen, verbrannte sich der Held auf einem Scheiterhaufen.

NESTOR: Sohn des Neleus und der Chloris, König von Pylos, wurde auch der gerenische Nestor genannt. Der für seine Weisheit berühmte Nestor war der einzige Sohn des Neleus, der nicht von Herakles getötet wurde; er war nämlich nicht da. Er lebte sehr lange, was es ihm erlaubte, sowohl am Kampf der Lapithen gegen die Kentauren als auch an der Fahrt der Argonauten, der Kalydonischen Eberjagd und am Trojanischen Krieg teilzunehmen.

NIOBE: Tochter des Tantalos. Sie beging den Fehler, vor einer Freundin mit ihrer zahlreichen Nachkommenschaft zu prahlen. «Leto», sagte sie, «hat nur zwei Kinder, aber ich habe vierzehn.» Wenn sie das doch nicht gesagt hätte: Die superrachsüchtigen Apollon und Artemis (die Kinder der Leto) griffen zu Pfeil und Bogen und erschossen alle ihre Kinder, Apollon die Söhne und Artemis die Töchter. Die Götter verwandelten Niobe in einen Fels, der aus einer Quelle unaufhörlich Tränen vergoß.

NOTOS: Sohn des Astraios und der Eos, Bruder von Boreas und Zephyros, verkörperte den Südwind, d. h. den Schirokko.

ODYSSEUS: Sohn des Laërtes, König von Ithaka. Er war berühmt für seinen Listenreichtum. Da er sich auf die Hand der schönen Helena keine Hoffnungen machte, ließ er sich von Tyndareos das Versprechen geben, daß Penelope seine Frau würde, die ihm dann den Telemachos gebar. Um nicht in den Trojanischen Krieg zu müssen, spielte er den Verrückten und säte Salz auf den Strand, aber er wurde von Palamedes überführt, der für diese Einmischung später mit dem Leben bezahlen sollte. Der Trojanische Krieg wurde von Odysseus' listenreichen Einfällen geprägt, darunter der mit dem hölzernen Pferd, der den Achäern erlaubte, in Troja einzudringen. Nach der Eroberung der Stadt irrte der Sohn des Laërtes noch zehn Jahre umher, bevor er nach Ithaka zurückkehrte. Hier fand er die Freier seiner Frau Penelope vor, die es auf sein Königreich abgesehen hatten. Wieder einmal mußte er zu einer List greifen, um seine Rivalen auszuschalten und auf den Thron zurückkehren zu können.

OILEUS: König von Lokris, Vater des kleineren Ajax. Er war beim Zug der Argonauten dabei.

OINEUS: König von Kalydon, Vater von Deïaneira, Tydeus und Meleager. Als er vergessen hatte, der Göttin Artemis zu opfern, bestrafte sie ihn, indem sie ein monströses Wildschwein in sein Königreich schickte. Die Verwüstungen, die es anrichtete, waren so verheerend, daß Oineus sich nicht anders zu helfen wußte, als seine Nachbarn um Hilfe zu bitten, und so kam es zur gewaltigsten Wildschweinjagd des Altertums, an der die namhaftesten griechischen Helden teilnahmen (→ *Kalydonischer Eber*).

OINONE: Nymphe des Berges Ida. Apollon verlieh ihr nach einer Liebesnacht die Kunst der Weissagung. Später verliebte sich die Nymphe in Paris, und als sie sah, daß er nach Sparta aufbrechen wollte, versuchte sie, ihn davon abzuhalten. Sie weissagte ihm alle Folgen, die der Raub der Helena nach sich ziehen würde. Als die Troer ihr den Körper des tödlich verletzten Paris brachten, verweigerte sie ihm ihre Hilfe, obwohl sie wußte, daß sie die einzige war, die ihm das Leben hätte retten können. Später bereute sie ihre Weigerung und machte sich mit einem Wunderheilmittel nach Troja auf, aber als sie ankam, war Paris schon tot.

OKEANOS: Sohn des Uranos und der Gaia. Aus der Verbindung mit seiner Schwester Tethys entstanden die Ozeane, die Meere und die

Flüsse. Er war der einzige der Titanen, der sich nicht gegen die Götter auflehnte.

OMPHALE: Amazonenkönigin. Sie zwang Herakles (der zu ihr gekommen war, um sich von dem Mord an Iphitos reinzuwaschen), Frauenkleider zu tragen und zu spinnen. Zum Schluß verliebte sie sich in den Helden und gebar ihm zwei Söhne.

ORESTES: Sohn des Agamemnon und der Klytämnestra. Er ging als der Rächer in die Geschichte ein: Mit Hilfe seiner Schwester Elektra rächte er den Tod des Vaters, indem er seine Mutter Klytämnestra und deren Liebhaber Aigisthos tötete.

ORPHEUS: Sohn des Oiagros (oder des Apollon) und der Kalliope, ausgezeichneter Sänger. Die Schönheit seines Gesangs zog die Tiere an und rührte die Berge. Er verliebte sich in Eurydike (→ *Eurydike*), und als sie durch einen Schlangenbiß starb, stieg er in die Unterwelt hinab, um sie zu den Lebenden zurückzuholen. Durch sein Singen bezwang er sogar Charon, Kerberos, die Richter der Toten, Hades und Persephone. Er bekam die Erlaubnis, Eurydike mit zurückzunehmen, doch leider verlor er sie gleich wieder, weil er sich zu früh nach ihr umdrehte, d. h. bevor das Mädchen die Gänge der Unterwelt verlassen hatte. Orpheus starb, in Stücke gerissen von den Mänaden, den Anhängerinnen des Dionysos, die ihm vorwarfen, nach dem Tod der Eurydike jeglichen Kontakt mit Frauen gemieden zu haben.

OTOS: Anführer der Epeier, geboren in Kyllenien.

PALAIMON: Sohn des Hephästos. Er nahm am Zug der Argonauten teil.

PALAMEDES: Sohn des Nauplios. Ihm wurden eine Menge nützlicher Erfindungen zugeschrieben: die der Zahlen, des Diskus, des Leuchtfeuers, der Waage, der Maße, einiger Buchstaben des Alphabets, der Kunst, Wachposten in Stellung zu bringen, und vor allem des Würfelspiels und eines Brettspiels (eine Art Schach oder Dame). Er überführte Odysseus, als dieser sich verrückt stellte, um nicht in den Krieg gehen zu müssen. Später rächte Odysseus sich dafür und beschuldigte Palamedes des Verrats, nachdem er einen Haufen Goldmünzen unter seinem Zelt vergraben hatte. Daraufhin wurde Palamedes von den Achäern gesteinigt.

PAN: Gott der Wälder, Sohn des Hermes und der Nymphe Penelope. Er hatte Ziegenbeine, ein Paar kleine Hörner und war am ganzen

Körper behaart. Er war so häßlich, daß ihn seine Mutter – verständlicherweise – nach der Geburt fortwarf. Doch Hermes nahm ihn auf und brachte ihn auf den Olymp, wo er hingegen allen sehr gut gefiel. Pan hatte zwei Lieblingsbeschäftigungen: Nymphen nachzujagen und auf der Panflöte *(syrinx)* zu spielen. Es scheint, daß diese zwei Hobbys in einem engen Zusammenhang standen. Die schöne Nymphe Syrinx wollte den Nachstellungen des Gottes entgehen und bat Gaia, sie in ein Schilfrohr zu verwandeln. Pan nützte das aus, indem er Löcher in sie bohrte und sie als Musikinstrument gebrauchte.

PANDAROS: Sohn des Lykaon, Anführer der Lykier im Trojanischen Krieg. Er war wegen seiner Fertigkeiten als Bogenschütze berühmt. Direkt nach dem Duell zwischen Paris und Menelaos schoß er einen Pfeil auf Menelaos ab und brach so den Waffenstillstand zwischen Troern und Achäern.

PANTHOOS: Ältester in Troja, Freund von Priamos, Vater von Hyperenor, Euphorbos und Polydamas.

PARIS: Sohn des Priamos und der Hecuba. Die Eltern ließen den Säugling auf dem Berg Ida aussetzen, da Hecuba vor seiner Geburt einen entsetzlichen Alptraum hatte. Doch dank eines Bären, der das Kind säugte, und dank des Hirten Agelaos, der den kleinen Paris zu sich nach Hause brachte, wuchs er zu einem gesunden und starken Mann heran. Durch die Idee des Zeus, ihn im Schönheitswettbewerb der drei Göttinnen entscheiden zu lassen, bekam er eine Menge Schwierigkeiten. Er wählte Aphrodite und erhielt dafür die Liebe der Helena, der schönsten Frau der Welt – und das ist die Vorgeschichte zum Trojanischen Krieg. Paris tötete Achilles und wurde selbst von Philoktet getötet.

PASITHEA: anderer Name für Aglaia, eine der drei Chariten.

PATROKLOS: Sohn des Menoitios, König von Opus, bester Freund des Achilles. Fast könnte man die zwei als Klassenkameraden bezeichnen, denn beide gingen durch die Schule des Kentauren Cheiron. Als Achilles sich vom Kampf zurückzog, um gegen das Verhalten des Agamemnon zu protestieren, zog Patroklos dessen Rüstung über und tötete viele Troer, darunter Saperdon, einen Sohn des Zeus. Schließlich wurde Patroklos aber von Hektor getötet, worauf die Achäer einige Mühe hatten, seinen Leichnam zu bergen. Zu seinen Ehren wurden feierliche Leichenspiele abgehalten, und nach dem Tod des Achilles vermengte man die Asche der beiden Freunde und verwahrte sie in der gleichen Urne.

PEGASOS: Zusammen mit Balios und Xanthos (→ *Xanthos*) bildete er das Pferdetrio, das den Streitwagen des Achilles zog.

PEIRITHOOS: Sohn des Ixion und der Dia, König der Lapithen, nahm an der Fahrt der Argonauten und an der Kalydonischen Eberjagd teil. Als er Hippodameia heiratete, lud er zum Fest auch die Kentauren ein, die ihm, nachdem sie sich besoffen hatten, die Braut stehlen wollten; also tötete er mit Hilfe der Lapithen, des Theseus und des Nestor eine stattliche Zahl von ihnen. Mit Theseus zusammen raubte er auch die Helena, verlor aber dann den Losentscheid darüber, wer sie zur Geliebten haben dürfe. Dann versuchte er, wieder zusammen mit Theseus, auch Persephone zu entführen, aber Hades nahm die beiden gefangen und zwang sie, sich auf zwei Felsspitzen niederzusetzen, auf denen sie festwuchsen. Theseus konnte mit Mühe von Herakles befreit werden, aber für Peirithoos gab es keine Rettung.

PEIROOS: Sohn des Imbrasos, Anführer der Thraker.

PEISANDROS: Es gab zwei Peisandros im Trojanischen Krieg. Einer, der Sohn des Antimachos, war Troer, der andere, Sohn des Maimalos, war Myrmidone und kämpfte auf seiten der Achäer.

PELAGON: Sohn des Flusses Asopos, paionischer König, Vater von Asteropaios.

PELEUS: Sohn des Aiakos und Bruder des Telamon. Im Umgang mit Waffen hatte er nicht sehr viel Glück: Aus Versehen tötete er seinen Halbbruder Pholos, und bei der Kalydonischen Eberjagd legte er unabsichtlich auch seinen Schwiegervater Eurytion um. Als er in die Hände der Kentauren geriet, die ihn zerfleischen wollten, rettete ihn Cheiron, der Kentaur mit dem sanften Gemüt. Auf Befehl des Zeus tat er sich mit Thetis zusammen und zeugte Achilles. Peleus nahm auch an der Fahrt der Argonauten teil.

PELOPEIA: Tochter und Geliebte des Thyestes.

PELOPS: Sohn des Tantalos und Vater von Atreus und Thyestes. Er gab der Peloponnes ihren Namen. Die schmutzige Wäsche seiner Familie regte die Phantasie verschiedener Dichter wie Sophokles, Aischylos und Euripides an und hat so nicht unwesentlich zum Erfolg der griechischen Tragödie beigetragen. Als Pelops noch ein

Kind war, wurde er von seinem Vater zerstückelt, dann gekocht und den Göttern in einem Essen vorgesetzt. Doch diese durchschauten die List, bestraften Tantalos und setzten Pelops wieder zusammen.

PENELEOS: Sohn des Mikisteus. Er nahm an der Fahrt der Argonauten und am Trojanischen Krieg teil.

PENELOPE: Tochter des Ikarios, Gattin des Odysseus und Mutter des Telemachos (→ *Telemachos*). Sie gilt als das Modell der treuen Ehefrau, war also das genaue Gegenteil von Helena. Als sie heiratete, wollte ihr Vater unbedingt, daß sie mit ihrem Mann in ihrer Heimat Sparta bliebe, doch Penelope verschleierte ihr Gesicht, wie um zu sagen: «Papa, ich will mit Odysseus alleine sein.» Ikarios verstand den Wink und tröstete sich mit dem Bau eines Tempels der Sittsamkeit. Berühmt machte Penelope das Tuch, das sie tagsüber webte und nachts wieder auftrennte, womit sie drei Jahre lang die Entscheidung für einen ihrer zahlreichen Freier hinauszögerte.

PENTHESILEA: Tochter des Ares, Amazonenkönigin. Sie tötete ohne Absicht ihre Schwester Hippolyte und begab sich daraufhin nach Troja, um sich von König Priamos von der Schuld reinigen zu lassen. Als sie merkte, daß sie sich dort mitten in einem Krieg befand, hielt sie es für ihre Pflicht, sich auf die Seite der Troer zu schlagen. Sie kämpfte gegen Achilles, der sie tötete und anschließend vergewaltigte.

PERIKLYMENOS: Sohn des Neleus und Enkel von Poseidon. Er nahm an der Fahrt der Argonauten teil, bei der es zu einem Streit auf Leben und Tod mit Herakles kam. Von seinem Großvater hatte Periklymenos die Gabe, sich in jedes beliebige Tier zu verwandeln, und so konnte er zunächst vor der Rache des Helden fliehen, bis er schließlich als Adler von einem vergifteten Pfeil getroffen wurde.

PERIPHAS: Es gab zwei Periphas' im Trojanischen Krieg. Einer, der Sohn des Epytos, war trojanischer Herold, der andere, ein Sohn des Ochesios, war ein Freund des Neoptolemos.

PERIPHETES: Sohn des Kopreus, griechischer Krieger.

PERSEPHONE (Proserpina für die Römer): Tochter des Zeus und der Demeter, wurde von Hades geraubt und in die Unterwelt gebracht. Ihre Mutter, die Göttin des Getreides, suchte sie neun Tage und neun Nächte lang, bis sie schließlich den Namen des Entführers herausbekam. Also befahl Zeus dem Hades, das Mädchen zurückzubringen, allerdings nur, wenn es noch nichts von den Speisen der Toten gegessen habe. Persephone schwor, die ganze Zeit über nichts angerührt zu haben, und wollte sich schon auf den Heimweg machen, als ein Gärtner, der sich Askalaphos nannte, ihr widersprach: «Also ehrlich gesagt, ich habe gesehen, wie die Dame einen Granatapfelkern gegessen hat.» Die Sache mit dem Granatapfel (der von jenem Tag an die Frucht der Toten wurde) brachte die Verhandlungen ins Stocken. Demeter trat in einen Streik und befahl allen Bäumen und allen Getreidehalmen, keine Früchte mehr hervorzubringen. In kürzester Zeit verfielen die Äcker, so daß die Menschheit vom Aussterben bedroht war. Zeus mußte wieder eingreifen und machte ein neues Schlichtungsangebot: Persephone solle neun Monate im Jahr mit ihrer Mutter und drei Monate mit ihrem Vater verbringen. Demeter war einverstanden, aber in den drei Monaten, wenn die Tochter in der Unterwelt war, legte sie die Arbeit nieder (und verursachte so den Winter). Der Spion Askalaphos wurde von der Göttin in eine Schleiereule verwandelt.

PERSEUS: Sohn der Danaë und des Zeus. Danaës Vater Akrisios, der König von Argos, hatte durch eine Prophezeiung erfahren, daß er von Perseus getötet werde, und warf daraufhin seine Tochter und seinen Enkel in einem Kasten ins Meer. Bei der Insel Seriphos gelangten sie aber wohlbehalten wieder an Land. Als sich der König der Insel, Polydektes, in Danaë verliebte, wollte er den Jungen loswerden und stellte ihm übermenschliche Aufgaben: Also stahl Perseus den Graiai (→ *Graiai*) ihr einziges gemeinsames Auge und ihren einzigen gemeinsamen Zahn und erpreßte so von ihnen Auskunft über den Aufenthaltsort einer Tarnkappe und geflügelter Sandalen. Die benutzte er dazu, zu den Gorgonen zu fliegen und die Medusa (→ *Medusa*) zu töten. Mit dem Haupt der Medusa, das jeden, der es anschaute, in Stein verwandelte, vernichtete er dann Polydektes und seine Leute. Schließlich kehrte er nach Argos zurück, aber sein Großvater, der immer noch Angst vor der Prophezeiung hatte, flüchtete nach Larisa. Perseus folgte ihm dorthin und konnte ihn auch dazu überreden, nach Argos zurückzukehren, aber bei einem Wettkampf im Diskuswerfen tötete er ihn unabsichtlich. Aus Schmerz darüber kehrte Perseus nicht mehr nach Argos zurück, sondern suchte Zuflucht in Tiryns, wurde dort König und begründete die Dynastie der persischen Achämeniden.

PHALEROS: Sohn des Alkon, wurde von seinem Vater gerettet, als ihn eine Giftschlange in der Wiege bedrohte. Er nahm an der Fahrt der Argonauten teil und war als ausgezeichneter Bogenschütze bekannt. Der athenische Hafen Phaleron ist nach ihm benannt.

PHANOS: Sohn des Dionysos, auf Kreta geboren, nahm an der Fahrt der Argonauten teil.

PHEREKLOS: berühmter Zimmermann, Sohn des Tekton, des «Architekten», und Enkel von Harmonides, dem «Handwerker». Er baute das Schiff, mit dem Paris und Helena flohen.

PHERES: Sohn des Jason und der Medea. Er war noch nicht erwachsen, als seine Mutter ihn tötete, um sich an Jason zu rächen.

PHILOKTET: Sohn des Poias. Er erhielt als Geschenk von Herakles einen Bogen und einen Köcher voller giftiger Pfeile, weil er ihm geholfen hatte, den Scheiterhaufen anzuzünden, auf dem der arme Herakles sich verbrennen wollte, da er die Qualen, die das Gewand des Nessos ihm bereitete, nicht mehr aushielt. Während der Fahrt nach Troja wurde Philoktet von einer Schlange gebissen. Wegen des ekelhaften Gestanks aus der Wunde setzten ihn die Achäer daraufhin auf einer verlassenen Insel aus. Nach zehn Jahren holte ihn Odysseus nach Troja, wo er Paris in einem Bogenwettkampf tötete.

PHILOTEROS: Schiffskommandant, fiktive Figur.

PHOBOS: genannt «das Grauen», Sohn des Ares.

PHÖNIX: Sohn des Amyntor, König von Eleon in Böotien. Er wurde zu Unrecht angeklagt, die Geliebte seines Vaters vergewaltigt zu haben. Man blendete ihn und schickte ihn ins Exil. Peleus nahm ihn auf und überredete den Kentauren Cheiron, ihm sein Augenlicht wiederzugeben. Später übertrug Peleus dem Phönix auch die Erziehung des Achilles und beauftragte ihn, den Helden im Trojanischen Krieg zu beraten.

PHOIKOS: Kentaur, der Atalanta vergewaltigen wollte und von ihr getötet wurde.

PHOKOS: Sohn des Aiakos. Seine Halbbrüder Telamon und Peleus töteten ihn versehentlich in einem Wettkampf im Diskuswerfen.

PHOLOS: Sohn des Silenos, einer der netten Kentauren. Er bewirtete Herakles und bot ihm Wein an, der den anderen Kentauren gehörte. Das gefiel denen nicht, und Pholos «verunglückte» während des Kampfes der Kentauren mit Herakles.

PHORKYS: Anführer der Phrygier, Verbündeter der Troer.

PHRIXOS: Sohn des Athamas und der Nephele. Um vor seiner Stiefmutter Ino zu fliehen, die ihn töten wollte, sprangen er und seine Schwester Helle auf den Rücken eines Widders mit einem goldenen Vlies und flogen mit ihm in Richtung Kolchis. Doch leider fiel Helle in einen Meeresarm, der von diesem Tag an Hellespont genannt wurde. Phrixos gelangte nach Kolchis, opferte Zeus dort den Widder und nagelte das goldene Vlies an einen Baum.

PLEIADEN: sieben Nymphen, Töchter des Atlas und der Pleione. Sie wurden in Arkadien geboren und von Zeus, um sie vor dem Giganten Orion zu retten, an den Himmel versetzt, wo sie einer Sternenkonstellation (dem Siebengestirn oder Plejaden) den Namen gaben. Die bekannteste Pleiade war Maia, die Mutter des Hermes; die anderen hießen Alkyone, Asterope, Kelaino, Elektra, Merope und Taygete.

PLEISTHENES: wird häufig als Sohn des Menelaos und der Helena bezeichnet.

PLEXIPPOS: Sohn des Thestios und Bruder der Althaia. Er wurde von seinem Neffen Meleager getötet, weil er es gewagt hatte, der Atalanta das Fell des Kalydonischen Ebers aus der Hand zu reißen.

PODALEIRIOS: Sohn des Asklepios und Bruder von Machaon. Genau wie sein Vater und sein Bruder war er ein hervorragender Arzt. Sein Spezialgebiet war allerdings eher die innere Medizin und weniger die Chirurgie, für die sein Bruder zuständig war.

PODARKES: Sohn des Iphiklos und Bruder von Protesilaos. Er galt als der zweitschnellste Läufer der damaligen Zeit. (Der schnellste war Achilles.) Die Amazone Klonia wurde von ihm getötet.

PODES: Sohn des Eetion, trojanischer Krieger.

POIAS: Sohn des Magnesers Thaumakos, Vater von Philoktet. Er war bei der Fahrt der Argonauten dabei.

POLLUX: → *Kastor und Pollux*

POLYDEKTES: anderer Name für Hades (→ *Hades*).

POLYDOROS: Sohn des Priamos und der Laothoë (oder der Hecuba). Homer berichtet, daß er von Achilles getötet wurde. Bei anderen heißt es, daß er noch vor dem Untergang Trojas zusammen mit einer ansehnlichen Goldmenge in Sicherheit gebracht werden konnte, und zwar bei Polymestor, dem König von Chersones. Als Troja fiel, tötete dieser Polydoros und bemächtigte sich des Goldes.

POLYPHEMOS: Sohn des Poseidon und der Hippea, nicht zu verwechseln mit dem berühmten Zyklopen. Er nahm an der Fahrt der Argonauten teil.

POLYXENA: Tochter des Priamos und der Hecuba. Sie war gezwungen, die Ermordung ihres Bruder Troilos mitanzusehen, und schwor sich, an Achilles Rache zu nehmen. Sie gab vor, in den Helden verliebt zu sein, und bot sich als Tausch für die Herausgabe von Hektors Leiche an. Als sie mit Achilles das Lager teilte, verleitete sie ihn dazu, ihr von seiner verwundbaren Körperstelle zu erzählen. Dann lockte sie ihn in einen Apollontempel, wo Paris ihm in die Ferse schoß. Diese Tat büßte sie später mit dem Leben. Nach dem Fall Trojas opferte Neoptolemos sie auf dem Grab des Achilles.

PORKES: war eines der Seeungeheuer, die Poseidon zur Erdrosselung des Laokoon aussandte. Das andere war Chariboia.

POSEIDON (Neptun bei den Römern): Sohn des Kronos und der Rhea, Bruder des Zeus und des Hades, Gott des Meeres. Als Säugling wurde er von seinem Vater verschluckt, dann aber wieder ausgespuckt, als Zeus Kronos ein Brechmittel zu trinken gab. Poseidon lebte in einem goldenen Palast auf dem Meeresgrund, von wo aus er mit einem Wagen, der von zwei Pferden mit bronzenen Hufen gezogen wurde, zu seinen Unternehmungen aufbrach. Symbol seiner Macht war der Dreizack, den ihm die Telchinen geschenkt hatten.

PRIAMOS: Sohn des Laomedon, König von Troja. Er hatte fünfzig Kinder, davon neunzehn von Hecuba. Die berühmtesten waren Hektor, Paris, Troilos, Deiphobos, Kassandra und Polyxena.

PROMETHEUS: Wohltäter der Menschheit, Sohn des Titanen Iapetos. Als Prometheus eines Tages einen Ochsen zwischen seinem Vetter Zeus und dem Volk von Sikyon aufteilte, versteckte er alle Knochen in der dem Zeus zustehenden Hälfte und das ganze Fleisch in der Hälfte, die für das Volk bestimmt war. Dem Göttervater gefiel das überhaupt nicht, und darum rächte er sich, indem er den Menschen das Feuer wegnahm. «Ihr wolltet das Fleisch», sagte er, «dann könnt ihr es jetzt auch roh essen.» Aber Prometheus gab sich nicht geschlagen: Er stieg auf den Olymp, stahl einen Funken vom Sonnenwagen und brachte so das Feuer auf die Erde zurück. Wegen dieses zweiten Affronts gegen die Götter wurde er an einen Felsen im Kaukasus gekettet, wo ihm ein Adler jeden Tag ein Stück der Leber aushackte.

PROTESILAOS («der zuerst springt»): Sohn des Iphiklos. Seinen Beinamen erhielt er, nachdem er als erster der griechischen Streitmacht vom Schiff gesprungen und von Hektor erschlagen worden war.

PROTEUS: Sohn des Poseidon, Hirte der Seeungeheuer. Er lebte auf dem Meeresgrund bei der Insel Pharos in der Nilmündung. Seine Spezialität war es, sich in jede beliebige Sache zu verwandeln, in ein Tier oder ein Element; so entstand auch der Begriff *proteisch* (wandlungsfähig). Diese Verwandlungen fanden statt, wenn jemand von ihm die Zukunft wissen wollte. Einmal wollte er Menelaos entkommen, und so verwandelte er sich zunächst in einen Löwen, dann in einen Drachen, schließlich in einen Panther, ein Wildschwein, einen Baum und in Wasser. Als Proteus alt war, wurde er König von Ägypten.

PYRRHA: So nannte sich Achilles, als er sich in Frauenkleidern unter den Töchtern des Königs Lykomedes versteckte. Nicht zu verwechseln mit einer anderen Pyrrha, der Frau des Deukalion.

PYTHIA: Wahrsagerin des Orakels von Delphi. Sie saß auf einem Dreifuß, genau der Stelle, wo Apollon die Schlange Python getötet hatte, und gab ihre Antworten bekannt. Sie sprach aber nur einmal im Jahr, nach einem dreitägigen Fasten, und alles, was aus ihrem Munde kam, schien keinerlei Sinn zu haben.

PYTHON: weissagende Schlange, die Hera sehr am Herzen lag. Eines Tages, als Latona von Zeus schwanger war, befahl die eifersüchtige Hera der Schlange, Latona überallhin zu verfolgen, damit diese nirgends gebären konnte. Latona aber ließ sich von dem Wind Notos auf die Treibinsel Delos bringen, wo sie Artemis und Apollon zur Welt brachte. Es heißt, daß Delos nach der Geburt der Götter zu treiben aufgehört und im Zentrum der Ägäis auf vier goldenen Pfeilern ihren festen Platz gefunden habe. Weiter wird erzählt, daß von dem Zeitpunkt an auch niemand mehr auf der Insel geboren werden durfte; die Frauen von Delos wurden zum Gebären auf Nachbarinseln gebracht. Als Apollon gerade vier Tage alt war, lieh er sich von Hephästos Pfeil und Bogen und erschoß die

Schlange in einer Felsenkluft bei Delphi, und genau dort entstand danach das wahrscheinlich bedeutendste Orakel des Apollon. Der Schlange Python zu Ehren wurden die Pythischen Spiele eingesetzt.

RHEA: eine der Titaninnen, der Töchter von Uranos und Gaia, und daher Schwester ihres Gatten Kronos, dem sie unter anderen Zeus, Hera, Demeter, Hestia, Poseidon und Hades gebar. Als sie merkte, daß Kronos seine Kinder verschluckte, um zu verhindern, daß eines davon ihn einmal stürzen könnte, wickelte sie anstelle ihres Letztgeborenen, Zeus, einen Stein in die Windeln und gab ihn ihrem Mann zum Abendessen; dann zog sie Zeus heimlich auf der Insel Kreta auf.

RHESOS: Anführer der Thraker, Verbündeter der Troer. Er war wegen seiner weißen Pferde berühmt. In einer Weissagung hieß es, daß Troja nicht in feindliche Hände falle, solange die Schimmel nicht im Fluß Skamander getränkt würden. Rhesos wurde im Schlaf von Odysseus und Diomedes getötet.

RHODOS (oder Rhode): Sohn (für manche auch Tochter) des Poseidon und der Aphrodite.

SAPERDON: Sohn des Zeus und der Laodameia. Er kämpfte im Trojanischen Krieg und wurde von Patroklos (→ *Patroklos*) getötet.

SCHEDIOS: Sohn des Perimedes, Anführer der Phoker.

SELENE: Göttin des Mondes, Tochter des Hyperion und der Theia, Schwester von Helios und Eos. Sie wurde als wunderschönes Mädchen dargestellt, das auf einem von zwei Schimmeln gezogenen Wagen fährt. Teilweise wird sie mit Artemis gleichgesetzt.

SINON: Sohn des Aisimos, Vetter von Odysseus. Als die Achäer vorgaben, Troja zu verlassen, blieb Sinon am Strand zurück, um sich von den Troern gefangennehmen zu lassen. Man brachte ihn zu Priamos, und dem erzählte er, die Griechen hätten ihn töten wollen, da er Zeuge des Betrugs des Odysseus an Palamedes geworden sei. Er fügte noch hinzu, daß das hölzerne Pferd ein Geschenk sei, das die Achäer für die Athene dagelassen hätten. Sinon soll es auch gewesen sein, der ein Leuchtfeuer auf den trojanischen Stadtmauern entzündete, um den griechischen Schiffen zu signalisieren, daß alles nach Plan verlaufen war.

SISYPHOS: Sohn des Aiolos, Gründer von Korinth. Er machte als schlauester Mensch seiner Zeit Geschichte. Als Aigina von Zeus geraubt wurde, teilte er dies ihrem Vater, dem Flußgott Asopos, mit und verlangte als Belohnung dafür eine neue Quelle für die Stadt Korinth. Zeus bestrafte Sisyphos, weil er ihm nachspioniert hatte, und schickte ihn in die Unterwelt; dort ließ dieser sich von Hades erklären, wie die Ketten funktionierten, mit denen er angekettet werden sollte, und unter dem Vorwand, den Mechanismus noch nicht richtig verstanden zu haben, brachte er Hades dazu, sich selbst anzuketten. Infolge dieses Mißgeschicks starb niemand mehr auf der Erde, und Ares, der unter diesem Zustand besonders litt, versuchte alles, um den Gott der Unterwelt wieder zu befreien. Sisyphos aber ersann eine neue List: Er behauptete, daß seine Frau ihn nicht richtig begraben habe, und bat um drei Tage Ausgang, um sein eigenes Grab herzurichten. Natürlich kam er nicht mehr zurück. Als er wirklich starb (eines natürlichen Todes), wurde er dazu verurteilt, einen Felsbrocken auf einen Berg zu wälzen, der dann wieder zu Tal rollte, immer wieder, bis in Ewigkeit, ohne jemals anzuhalten, so daß Sisyphos nie mehr Zeit zum Nachdenken hatte.

SKAMANDER: einer der beiden Flüsse, die die trojanische Ebene durchfließen. Für die Menschen des Altertums war er auch ein Gott, nämlich ein Sohn des Zeus und der Doris. Er heiratete Idaia und zeugte mit ihr Teukros, den Stammvater des trojanischen Königshauses.

SKYLLA: einzige Tochter der Lamia, die nicht von Hera getötet wurde. Als sie erwachsen war, verführte sie Glaukos und machte damit die Zauberin Kirke eifersüchtig: Diese sah, daß Skylla bei einer Quelle badete, und schüttete daraufhin ein Gift ins Wasser, welches das Mädchen in ein Ungeheuer mit sechs Köpfen und zwölf Pfoten verwandelte. Aus Scham versteckte sich Skylla in einer Grotte in der Straße von Messina, die sie nur verließ, um Seeleute zu verspeisen. Ihr gegenüber lebte ein anderes göttliches Ungeheuer, die Charybdis. Homer erzählt von beiden in der Odyssee: Skylla ist «die, welche zerfleischt» und Charybdis «die, welche ansaugt».

SOKOS: Sohn des Hippasos, trojanischer Krieger.

STAPHYLOS: Sohn des Dionysos, nahm zusammen mit seinem Bruder Phanos am Zug der Argonauten teil.

STENOBYOS: Steuermann des Schiffes von Leontes, fiktive Figur.

STHENELOS: Es gab mehrere Helden dieses Namens. Hier interessiert uns der Sthenelos, der im hölzernen Pferd versteckt war, ein Sohn des Kapaneus und Freund des Diomedes, der fünfundzwanzig Schiffe nach Troja führte.

TALOS: auch der «Bronzene Diener» genannt. Er war ein Roboter, den Hephästos konstruiert und dem König Minos geschenkt hatte, um Kreta vor Piraten zu schützen. Nachts lief er dreimal um die Insel und warf Felsbrocken auf jedes Schiff, das in die Nähe kam. Er hatte nur eine Ader, die vom Mund bis zur Ferse verlief. Medea tötete ihn, indem sie ihn hypnotisierte und ihm dann den Stöpsel in der Ferse herauszog, so daß er verblutete.

TALTHYBIOS: berühmtester aller Herolde. Er arbeitete für Agamemnon und erwarb sich als Bote so großes Ansehen, daß seine Landsleute ihm, als er nach Sparta zurückkehrte, einen Tempel weihten. Sein Name wurde ein Synonym für den «Herold».

TANAIS: Sohn der Amazonenkönigin Lysippe. Er sprang lieber in den gleichnamigen Fluß, wo er ertrank, als dem inzestuösen Begehren der Mutter nachzugeben.

TANTALOS: König mit einem Hang zum Mondänen. Er wurde oft zu Festen auf den Olymp eingeladen. Eines Tages wollte er sich dafür revanchieren und lud die Götter zu sich nach Hause ein. Doch im letzten Moment merkte er, daß er kein Fleisch für den Hauptgang im Haus hatte, und so kam er auf die Idee, seinen Sohn Pelops zu zerstückeln und zu kochen. Die Götter erkannten aber die Untat und erhoben sich angewidert von der Tafel, mit Ausnahme der Demeter, die gedankenverloren an der Schulter des Jungen nagte. Die Bestrafung des Tantalos war exemplarisch: Er wurde dazu verurteilt, immer Hunger und Durst zu haben. Die Früchte des Baumes, an den er gebunden war, näherten sich seinem Mund und wichen zurück, sobald er zubeißen wollte; genauso senkte sich der Wasserspiegel des Baches jedesmal, wenn er den Kopf beugte, um etwas zu trinken. Es bleibt noch zu erwähnen, daß Pelops wieder zusammengesetzt und zum Leben erweckt wurde. Hephästos flickte sogar seine Schulter mit einem Stück Elfenbein.

TEIRESIAS: Athene blendete ihn, weil er sie heimlich beim Baden in einem Teich beobachtet hatte. In einer anderen Version heißt es, Hera habe ihn mit der Blindheit bestraft, weil er ihr in einer ihrer zahlreichen Auseinandersetzungen mit Zeus Unrecht gegeben hatte. Um die Strafe abzuschwächen, wurden ihm seherische Fähigkeiten verliehen.

TELAMON: Sohn des Aiakos, Bruder des Peleus. Nachdem er aus Versehen seinen Halbbruder Phokos getötet hatte, wurde er zusammen mit Peleus auf die Insel Salamis verbannt. Telamon nahm an der Kalydonischen Eberjagd und an der Fahrt der Argonauten teil. Er war dreimal verheiratet, nämlich mit Glauke, Periboia (Mutter des großen Ajax) und Hesione (Mutter des Teukros).

TELCHINEN: Töchter (oder Söhne) des Meeres. Sie waren kein besonders schöner Anblick mit ihren Hundegesichtern und den Flossen anstelle der Hände. Poseidon schenkten sie den Dreizack und Kronos die Sichel, mit der er seinen Vater entmannte. Es heißt, daß sie auch den Nebel erfunden hätten und daß Zeus sie deswegen beseitigen wollte. Um der Bestrafung zu entgehen, lebten sie ständig auf der Flucht.

TELEMACHOS: Sohn des Odysseus und der Penelope. Er wurde wenige Monate vor Odysseus' Abfahrt nach Troja geboren. Palamedes legte den Säugling in den Sand, direkt vor den Pflug des Königs von Ithaka, um diesen dazu zu zwingen, die Rolle des Wahnsinnigen aufzugeben. Als Odysseus auch nach zehn Jahren nicht aus dem Trojanischen Krieg heimgekehrt war, machte sich Telemachos auf die Suche in ganz Griechenland und kam dabei auch nach Sparta zu Menelaos, wo Helena ihm zur Entspannung *elenion*, ein Beruhigungsmittel, wenn nicht sogar eine Droge, verabreichte.

TELONIS: lykischer Wirt, fiktive Figur.

TETHYS: Tochter des Uranos und der Gaia, Gattin des Okeanos, mit dem sie zahlreiche Kinder hatte, darunter die Okeaniden, die Meere und die Flüsse.

TEUKROS: Sohn des Telamon und der Hesione. Er war sehr klein gewachsen, was er dazu nutzte, sich hinter dem Schild seines Halbbruders Ajax (→ *Ajax*) zu verstecken, um dann plötzlich hervorzuspringen und den Feind zu durchbohren. Als er nach Salamis zurückkehrte, verbannte ihn sein Vater, weil er nicht richtig auf seinen Bruder Ajax aufgepaßt hatte.

THALEIA: eine der neun Musen, zuständig für die Komödie. Sie war aber auch eine der drei Chariten und wurde als solche «die Fülle» genannt.

THAUMAS: Sohn des Pontos und der Gaia, Vater der Harpyien.

THEMIS: Göttin der Gerechtigkeit, Tochter des Uranos und der Gaia. Sie war Schwester und Geliebte des Zeus, mit dem sie viele Kinder zeugte, unter anderem die Horen und die Jahreszeiten (→ *Jahreszeiten*); ihrem Gatten Kapys gebar sie den Anchises. Oft war sie Ratgeberin des Göttervaters. Dargestellt wurde sie mit einer Waage in der Hand.

THERSITES: Sohn des Agrios, verwachsener griechischer Krieger, Vetter des Diomedes. Seine hervorstechendste Charaktereigenschaft war es, jedem das, was er über ihn dachte, an den Kopf zu werfen. Achilles warf er Leichenschändung vor und wurde dafür mit einem Kinnhaken getötet.

THESEUS: Sohn des Aigeus und der Aithra, war einer der berühmtesten griechischen Helden. Von seinen zahlreichen Abenteuern seien hier nur die bekanntesten erwähnt: der erste Raub der Helena (→ *Helena*), die Liquidierung des Minotaurus (→ *Minotaurus*), die Tötung des Wegelagerers Periphetes (der Vorbeikommende mit einer bronzenen Keule erschlug) und der Ausflug in die Unterwelt zusammen mit Peirithoos (→ *Peirithoos*). Theseus regierte in Athen und war der erste, der einen Bund aller griechischen Völker zu gründen versuchte. Zusammen mit Herakles kämpfte er gegen die Amazonen und nahm, wie alle großen Helden, an der Kalydonischen Eberjagd und an der Fahrt der Argonauten teil. Als er nach Athen zurückkam, mußte er feststellen, daß sich Menestheus seinen Thron angemaßt hatte. Theseus begab sich daraufhin zu Lykomedes (→ *Lykomedes*), dem König von Skyros, aber der stieß ihn von einem Felsen hinab in den Tod.

THESSALOS: jüngster Sohn von Jason und Medea. Seine Mutter wollte ihn, genau wie seine Brüder Mermeros und Pheres, töten, doch er konnte entkommen. Als Erwachsener gründete er das Königreich Thessalien.

THESTOR: Priester des Apollon, Vater von Kalchas, Theonoë und Leukippe. Er mußte mitansehen, wie Theonoë von Piraten entführt wurde, und machte sich sogleich an die Verfolgung, wurde aber selbst gefangengenommen und an Ikaros, den König von Karien, verkauft. Seine jüngste Tochter schlich sich als Priesterin verkleidet in den Palast und konnte ihn befreien.

THETIS: Tochter des Nereus und der Doris. Da es in einer Weissagung geheißen hatte, ihr erster Sohn werde unbesiegbar sein, erlaubte es Zeus nicht, daß sie sich mit einem Gott paarte. Sie wurde von Peleus vergewaltigt und gebar einen Sohn, Achilles, dem ein ruhmreicher Tod in einem Krieg vorhergesagt wurde. Thetis versuchte alles, um ihm das Leben zu retten: Sie badete ihn im Wasser des Styx, um ihn unverwundbar zu machen, versteckte ihn unter den Töchtern des Lykomedes (→ *Lykomedes*) und stand ihm in jeder Schlacht bei, aber schließlich mußte sie sich doch dem Schicksal ergeben.

THOAS: Sohn des Andraimon und der Gorge, König von Aitolien. Er führte vierzig Schiffe in den Trojanischen Krieg und war unter denen, die im hölzernen Pferd versteckt waren.

THOAS: Sohn des Dionysos und der Ariadne, König von Lemnos, Gatte der Myrina und Vater der Hypsipyle. Als die Frauen von Lemnos auf die Idee kamen, alle männlichen Bewohner der Insel zu töten, rettete ihn seine Tochter, indem sie ihn in einem Boot aussetzte.

THON: ägyptischer Priester, der unter König Proteus diente.

THYESTES: Sohn des Pelops und Bruder des Atreus.

THYMOETES: Schwager von Priamos, Gatte der Killa. Priamos interpretierte eine Prophezeiung von Kassandra und Aisakos falsch und ließ seine Schwester Killa, die kurz vor der Niederkunft mit Munippos, dem Sohn des Thymoetes, stand, zusammen mit anderen trojanischen Frauen umbringen. Zehn Jahre später sollte Thymoetes sich dafür rächen, als er die Troer überredete, das hölzerne Pferd in die Stadt zu lassen.

TIPHYS: Steuermann der Argo beim Zug der Argonauten. Er erkrankte und starb, bevor sie Kolchis erreichten, und wurde durch den Kleinen Ankaios ersetzt.

TISIPHONE: Göttin der Rache. Sie war eine der drei Erinnyen, zusammen mit Megaira, «dem Haß», und Alekto, «dem Zorn».

TITHONOS: Sohn des Laomedon, einer der schönsten Männer der klassischen Mythologie. Eos, die Göttin der Morgenröte, verliebte sich in ihn, und in ihrer Leidenschaft bat sie Zeus, Tithonos unsterblich zu machen. Leider vergaß die Göttin, auch um ewige Jugend für ihren Geliebten zu bitten, und so wurde Tithonos immer älter und gebrechlicher, bis niemand mehr mit ihm zu tun haben wollte, auch die Göttin nicht.

TROILOS: jüngstes Kind von Priamos und Hecuba. Achilles tötete ihn im Tempel des thymbräischen Apollon vor den Augen seiner Schwester Polyxena.

TYDEUS: Sohn des Oineus und der Periboia. Seine Frau Deïopyle gebar ihm Diomedes. Er schloß sich den «Sieben gegen Theben» an und nahm auch an der Fahrt der Argonauten teil.

TYNDAREOS: Sohn des Periëres und der Gorgophone. Er heiratete Leda (→ *Leda*), die ihm Vierlinge gebar: Helena, Klytämnestra, Kastor und Pollux. Diese Kinder, die so berühmt werden sollten, waren aber nicht alle von ihm, denn Leda hatte am selben Tag auch mit Zeus geschlafen. Tyndareos wollte die von allen umworbene Helena einem griechischen Königssohn zur Frau geben und verlangte, dem Ratschlag des Odysseus folgend, daß alle Heiratskandidaten einen Vertrag unterschrieben, der sie dazu verpflichtete, die Ehre der Braut zu verteidigen, falls diese von einem Fremden verletzt werden sollte. Als Belohnung für den guten Rat überredete er seinen Bruder Ikarios, seine Tochter Penelope Odysseus zur Frau zu geben.

UKALEGON: Mitglied des trojanischen Rats der Alten.

URANOS: Himmelsgott, war Sohn und gleichzeitig Gatte der Gaia, mit der er zahlreiche Kinder hatte, im einzelnen: die Titanen (Koios, Krios, Kronos, Iapetos, Hyperion und Okeanos), die Titaninnen (Phoibe, Mnemosyne, Rhea, Theia, Themis und Tethys), die Zyklopen (Arges, Brontes und Steropes) und die hundertarmigen Hekatoncheiren (Briareos, Kottos und Gyes). Weil Uranos Angst hatte, eines der Kinder könnte ihn eines Tages stürzen, sperrte er sie alle in den tiefen Tartaros ein. Seine Frau aber stachelte die Kinder dazu an, sich gegen den Vater aufzulehnen, und Kronos, der jüngste von allen, war es dann, der ihn mit einer Sichel entmannte.

XANTHOS: → *Balios und Xanthos.*

ZEPHYR: Westwind, Sohn des Astraios und der Eos, Bruder von Notos und Boreas.

ZETES: Sohn des Boreas, nahm zusammen mit seinem Bruder Kalaïs an der Fahrt der Argonauten teil.

ZEUS (Jupiter für die Römer): Sohn des Kronos und der Rhea. Er war das einzige von Rheas Kindern, das nicht vom Vater verschluckt wurde. Versteckt auf der Insel Kreta und versorgt von der Ziege Amaltheia wuchs Zeus heran. Als er erwachsen war, zwang er seinen Vater, seine Geschwister wieder auszuspucken, und mit zweien von ihnen teilte er sich dann das Universum. Er selbst bekam den Himmel, Hades die Unterwelt und Poseidon das Meer. Zeus, der als der wichtigste aller Götter galt, betrog dauernd seine Frau Hera und hinterließ so fast überall seine Kinder. Er war für die Himmelsphänomene verantwortlich; seine Lieblingswaffe war der Blitz.